Michael Behrendt

STEINEFRESSER

Roman

DEUTSCHER
LEVANTE
VERLAG

Um den Frieden in unserer Gesellschaft und Ihre Nachtruhe nicht zu beeinträchtigen, sei an dieser Stelle ausdrücklich darauf hingewiesen, dass die handelnden Personen in diesem Roman womöglich frei erfunden sind und Ähnlichkeiten mit lebenden oder toten Personen rein zufällig sein könnten.

Drei sind, die da herrschen auf Erden:
die Weisheit, der Schein und die Gewalt.
Johann Wolfgang von Goethe

Für meine Verrückten. Besonders einen.

Die Deutsche Bibliothek verzeichnet diese Publikation
in der Deutschen Nationalbibliografie: http://dnb.de

1. Auflage
Copyright © Deutscher Levante Verlag 2014
Alle Rechte vorbehalten

Lektorat: Daniel Gerlach
Layout und Satz: Satz- & Verlagsservice Ulrich Bogun
Umschlaggestaltung: Deutscher Levante Verlag GmbH
Druck und Bindung: CPI Clausen & Bosse GmbH

ISBN 978-3-943737-17-2

www.levante-verlag.de

INHALT

	PROLOG	11
1	PROMENADE	13
2	SCHACHT	16
3	KOMA	43
4	KAFFEE UND DONUTS	50
5	GLADIATOREN	60
6	HÄNGENDE DECKUNG	69
7	NICOLE	81
8	PRIVAT	90
9	BLUTSPUREN	93
10	STATISTIKEN	99
11	SCHAUM	104
12	WAFFENBRÜDER	106
13	KINDER UND HUNDE	112
14	VERGELTUNG	119
15	KURFÜRSTENDAMM	128
16	DER FUSSBALL	136
17	ESCORT	139
18	CHIPS	144
19	3252 SH	152

20	**POLIZEIREPORTER**	162
21	**GEBLENDET**	172
22	**ABTEILUNG X**	179
23	**ACHTUNDACHTZIG**	186
24	**KREUZBERG-MELODIE**	191
25	**PETER WILKENS**	199
26	**PHANTOMSCHMERZEN**	207
27	**MORPHIUM**	210
28	**SEX ZWISCHEN ERWACHSENEN**	216
29	**DAS VERMÄCHTNIS**	220
30	**GEFAHRENSUCHER**	228
31	**DRUCKWERBUNG**	235
32	**HEINES HANDSCHRIFT**	244
33	**SCHWEISSBRENNER**	253
34	**BIS 2099**	255
35	**VERDACHTSBERICHTERSTATTUNG**	261
36	**IN IRLAND STERBEN**	266
37	**ERNTEZEIT**	281
38	**NACHT DER RATTEN**	290
39	**JAHRGANG 36**	295
40	**ZUGRIFF**	301
41	**DER PRAKTIKANT**	305
42	**AUS VERSEHEN**	307

Besonderer Dank geht an meine Freundin Sonja Vukovic, eine der wenigen jungen Journalistinnen, die sich in unserer mehr und mehr verkommenen Branche treu geblieben sind. Ohne sie würde es dieses Buch nicht geben.

Ich danke meinen beiden Verlegern: Daniel Gerlach, der auch mein Lektor ist, und Jörg Schäffer, dem klugen Strategen. Und natürlich Olli C. – für dieses Cover und so manchen harten Haken.

PROLOG

Rauch und dichter Nebel lagen über den Spargelfeldern und vermischten sich allmählich. Einige Landarbeiter hatten sich schon aufgemacht, um das wuchernde Kraut abzuschneiden und am Wegrand zu verbrennen. Ein alltäglicher Vorgang im Beelitzer Herbst. Und mit der gleichen Routine versahen zwei Herren und eine Dame in kamelhaarfarbenen Mänteln ihre Pflicht. Der Vorgang hatte eine Registernummer, ein Datum, Namenskürzel. Der kleine Junge wusste nicht, was da geschah. Er ahnte nur, dass etwas anders war als sonst. Es war die Zeit, zu der er eigentlich zur Kindertagesstätte ging. Zu Fuß mit seinem Vater, weil der, anders als seine Mutter, nicht mehr zum Dienst musste.

Warum, das wusste der kleine Junge nicht. Zuerst hatte er gedacht, dass Freunde seiner Eltern kamen. Früher hatte es schließlich oft Besuch gegeben. Aber niemand freute sich, als der Wagen vorfuhr und die drei unten klingelten.

Die Frau lächelte zwar nicht, aber sie benahm sich freundlich. Die beiden Männer schauten ihn, den Jungen, nicht einmal an. „So, mein Kleiner, jetzt komm mal mit", sagte die Frau. Die Mutter zog ihm noch einen warmen Anorak über, wickelte einen bunt gestreiften Schal um seinen Hals, drückte ihm den Plüschbären in die Hand und küsste ihn. Die Frau hatte noch einige Sachen aus seinem Zimmer mitgenommen und führte ihn nun aus dem Haus. Die beiden

PROLOG

Männer, die mit der Frau gekommen waren und nach Zigaretten rochen, stellten sich in die Tür: dem Vater entgegen, der anders war an diesem Morgen. Das habe er nun sich selbst zuzuschreiben, hörte der Junge einen der Männer sagen. Er würde diesen Satz über Jahre in Erinnerung behalten, ohne zu wissen, was er bedeutete.

Er hatte seinen Teddybären jetzt ganz fest an sich gedrückt. Als er sich umdrehte, sah er, wie der Vater sich abwandte. Seine Mutter aber sah ihn an, winkte und lächelte. Sie werde ihn bald wieder nach Hause holen und wünsche ihm eine gute Reise, hatte sie noch beim Frühstück gesagt. Ihr Gesicht war nass, aber es regnete nicht an diesem Morgen, schon gar nicht im Haus. Nur der Nebel stand in der Luft.

Der Kleinere der beiden öffnete den grauen Wolga. Der Junge wusste nicht, was vor sich ging, aber die Automarke erkannte er sofort. Selbst wenn er noch nie in einem Wolga gefahren war. Die Männer setzten sich auf die beiden vorderen Sitze, die Frau drückte ihn auf die Rückbank und nahm neben ihm Platz. In der Hand hielt sie jetzt einen grauen Umschlag aus Pappe. „Wo fahren wir hin?", fragte der Junge, der nun zum ersten Mal an diesem Morgen sprach. Die Frau mit dem kamelhaarfarbenen Mantel sagte nichts. Aber sie schaute freundlich zu ihm und gab ihm einen aufmunternden Klaps. Erst ihm, dann seinem Teddy. Der Junge schaute geradeaus zwischen den Schultern der beiden Männer hindurch. Durch die Windschutzscheibe konnte er den Turm der Anstaltskirche sehen. Der Wolga bog ab, es schepperte. Der Junge wusste genau, warum: ein Schlagloch. Einer der beiden Männer fluchte. Dann rauschte der Wagen vorbei an den Spargelfeldern in Richtung Schnellverkehrsstraße. Der Junge drückte den Teddy fest an sich und die Nase gegen das kalte Fenster.

PROMENADE 1

Wenn man eine 9-Millimeter-Handfeuerwaffe in einem geschlossenen 7er-BMW abfeuert, entsteht ein unverwechselbarer, dumpfer Sound. Dabei ist nichts dem Zufall überlassen. Schließlich tüfteln die Mathematiker und Maschinenbauer in den Entwicklungsabteilungen der Bayerischen Motoren Werke jahrelang an Rezepturen für den Klang, bevor ein neues Modell vom Stapel läuft. Ihre Erkenntnisse sind die einer geheimen Wissenschaft, die sich Psychoakustik nennt. Es geht dabei um die richtige Geräuschkulisse in der verkleideten Kabine einer Luxuslimousine. Man soll bei der Fahrt den Sound von Kraft, Wohlstand und Geschwindigkeit genießen, aber ohne das nervtötende Rauschen des Autobahnverkehrs.

Der Schuss war außerhalb des Wagens deshalb nur sehr gedämpft zu hören. Wer die Ohren spitzte, konnte seine Richtung orten. Aber es hörte niemand hin.

Nur ein paar Enten wurden an diesem Abend aus dem Schlaf gerissen. Die unter dem Gefieder verborgenen Köpfe vom Bruchteil einer Sekunde auf den anderen emporreißend, gingen sie augenblicklich in die Luft und kurz danach in Formation. Das von ihrer panischen, aber eleganten Flucht aufgewühlte Wasser des Langen Sees beruhigte sich schnell wieder. Eine Minute später lag der See wieder glatt da. Die Enten stellten bald fest, dass ihre Sorge unbegründet

ERSTES KAPITEL

war. Sie kehrten an ihre Schlafplätze zurück, landeten wie Wasserflugzeuge mit schräg gestellten Füßen auf der dunklen Oberfläche. Das kurze Gequake klang nach Routine. Falscher Alarm. Gute Nacht, allerseits! Sie steckten wieder ihre Schnäbel unter die Flügel. Die Geräusche, die sie danach vernahmen, gehörten nicht zu ihrer Welt. Und der fußlahme Dackel, der sich wenig später in Begleitung einer ebenso gebrechlichen Gestalt dem Wasser näherte, war für sie keine Gefahr.

Hedwig Gramkow, Jahrgang 1931, geboren in Ortelsburg, Masuren, fand keinen Schlaf und spazierte deshalb durch die Nacht. Und ihr letzter verbliebener Begleiter, der Hund, empfand solche Ausflüge schon seit Jahren nicht mehr als Freigang, sondern als Bestrafung. Gemessen an der Tatsache, dass er zwei Schachteln *Ernte* täglich rauchte, hatte der alte Gramkow lange durchgehalten, bevor er Anfang des Jahres das Zeitliche gesegnet hatte. Bis zum Schluss hatte sie neben ihm im Bett gelegen, das Geröchel seiner zerfressenen Lunge und des abgesonderten Schleims gehört. Hedwig Gramkow hatte sich daran gewöhnt, ein obszönes Schlaflied war es ihr geworden, das sie jetzt nicht mehr hören konnte. In dieser Nacht sah sie den großen, dunklen BMW am Ufer des Langen Sees stehen. Der kahl rasierte Kopf schimmerte ein wenig, weil sich der Mond am Nachthimmel wieder zwischen den Wolken hervorgeschoben hatte.

Der Fahrer ruhte auf dem Lenkrad, als sei er übermüdet abgebogen und hier am Seeufer eingenickt. Still blieb er sitzen, als die alte Dame mit ihrem Haustürschlüssel spitz gegen die Seitenscheibe klopfte. Sie sah nicht das Blut, das in zwei dünnen Rinnsalen beinahe symmetrisch an seinem Schädel hinunter- und in den Fußraum der Limousine lief: Von einem pflichtbewussten Dackel hätte man erwarten können, dass er in diesem Fall Alarm schlug und versuchte, sein Frauchen vom Tatort wegzuziehen. Aber dem armen Kerl war auch das nun schon zu viel.

Je früher es vorbei ist, desto besser, schien auch der Dackel sich zu denken. Hedwig Gramkow stand eine Weile wortlos da und schaute auf den dunklen See. Schlafende Enten und die Silhouette einer bewachsenen Insel, der kleine Rohrwall, lagen vor ihr. Dann fasste sie sich ein Herz und beschloss, die Polizei zu informieren. Die alte Dame machte kehrt und zog den Dackel hintendrein. Angst, nachts um drei Uhr einem Verbrecher zu begegnen, hatte Hedwig Gramkow nicht. Was sollte der ihr auch noch nehmen.

ZWEITES KAPITEL

SCHACHT 2

Mal eine Stunde oder zwei am Stück hatte Wolf Schacht geschlafen. Dann wachte er wieder auf und starrte in die Dunkelheit. In seinem Beruf wurde man oft genug plötzlich geweckt, da war es eigentlich unausweichlich, dass einer schlief, wenn es die Zeit gestattete. Wenn Schacht in diesen Tagen die Augen schloss, öffnete sich vor ihm ein großes schwarzes Maul, das ihn zu verschlingen drohte, ihm auf den Atem drückte und seine mächtigen, zahnlosen Kiefer in ihn hinein versenkte. Wenn das geschah, stand Schacht einfach wieder auf. Er brauchte den Lichtschalter nicht zu betätigen, denn jenseits des Schlafzimmers im Korridor brannte immer eine Funzel. Eine kleine Lampe, aber immerhin ein Licht. Es waren die Tage vor dem 6. April. Es würden immer die Tage vor dem 6. April bleiben. Sie hatten einen liegen lassen. Nicht wieder nach Hause gebracht. Ulis Platz im Teamwagen war leer geblieben. Und er würde da nie wieder sitzen. Sie alle zählten die Tage, wann es losging, wusste niemand so genau. Mancher fing schon zwei Wochen vorher an. Jedes Jahr aufs Neue. Es war der inoffizielle Jahreswechsel seiner Mannschaft. Grausam, düster, besinnlich immerhin. Das Abendland wechselt den Kalender mit der Nacht vom Heiligen Sylvester, die Perser feiern Neujahr im März, dann endet auch das Geschäftsjahr mancher großer Konzerne. Schacht und seine Männer zogen alljährlich den Bilanzstrich am 6. April.

Die Tage von einem 6. April auf den anderen waren früher gut gewesen, jetzt wurden sie schlechter, die Zeitabstände zwischen den schlimmen Nächten wurden dafür immer kürzer. Morgen war Ulis Tag. Jeder von ihnen hatte seine eigene Methode, um über die Runden zu kommen. Einige tranken für ihn mit und hoben unzählige Male das Glas, weil er es selbst nicht mehr konnte. Andere wiederum nahmen sich Urlaub, flogen ans Ufer eines Ozeans, tauchten mit schweren Nitrox-Flaschen auf dem Rücken ab in riskante Tiefen oder sprangen aus Flugzeugen mit einem Fallschirm, den sie so spät wie möglich aufgehen ließen. Suchten das Extreme, das Adrenalin, das berauschte und die Hände zittern ließ. Wer die Gelegenheit dazu hatte, riss eine schöne Unbekannte auf und besorgte es sich mit ihr so gut, wie es eben ging. Bernhard, der Jüngste, sparte das Geld für eine Fernreise und verbrachte stattdessen ein paar Tage und Nächte in einem Salzburger Puff. Er schwärmte Schacht manchmal vor, dass man dort „à la carte" essen und trinken könne. Man müsse das Freudenhaus also bis zum Checkout nicht verlassen und spare obendrein noch das Hotel.

Quiquek hatte seine ganz besondere Tradition, um den Uli-Tag gebührend zu begehen. Schacht glaubte, dass die Besäufnisse und Abenteuer, die seine Männer ihm zu Ehren veranstalteten, durchaus in Ulis Sinne waren. Bei Quiqueks Ritualen war er sich aber alles andere als sicher. Der zog los mit Freunden – darunter auch manche aus der Truppe –, und sie suchten sich ihre Gegner. Es ging immer sehr schnell. Und es war immer sehr brutal. Meistens in der gleichen Kneipe, wo die Gefahrensucher hockten und auf einen Vorwand lauerten.

Im vergangenen Jahr war Quiquek dabei ein besonders prächtiges Exemplar ins Visier gelaufen. Da konnte er nicht widerstehen. Ein russischer Zuhälter führte an diesem Abend

ZWEITES KAPITEL

eine seiner Botox-Nutten aus und hatte sich wohl über irgendwas geärgert. Quiquek provozierte ihn routiniert, aber ohne den ersten Schritt nach vorn zu gehen. Er saß da und glotzte den Luden so lange an, bis der nicht mehr anders konnte. Der Russe legte die Jacke ab und folgte Quiquek vor die Tür.

Quiquek verpasste dem Zuhälter eine Gerade auf die Kinnspitze, dass dem die Kieferknochen buchstäblich auseinanderflogen. Danach machte sich Quiquek wie ein wild gewordenes Tier über den massiven Leib des Russen her, bis jeder Lebensgeist daraus entwichen war. Quiquek ließ ab. Ein Kollege pumpte den Mann wieder zurück in sein Zuhälterleben. Auch wenn es keiner wollte, rückte wenig später die Schutzpolizei an. Kollegen. Quiquek türmte, man sammelte sich dann in der nächsten Bar und hielt Ausschau nach dem nächsten. Sie suchten keine Opfer, sie suchten Gleichgesinnte. Gladiatoren, wie sie selbst.

Schacht drehte sich im Bett von einer Seite auf die andere. Er war auch ein Gefahrensucher, schon immer einer gewesen, sonst hätte er sich nicht für diesen Beruf entscheiden können. Und doch wollte er es nicht. Nicht mehr. Bevor er zu dieser Truppe kam, war er Bereitschaftspolizist gewesen. An der Front, wann immer in Berlin Demonstrationen eskalierten. Steine fressen, nannte man das in ihrer Sprache – allerdings waren es manchmal auch Molotowcocktails und Flaschen, seltener Stahlkugeln, von Handzwillen abgeschossen. Während eines Einsatzes am 1. Mai hatte es ihn insgesamt 22 Mal erwischt. Die Ausrüstung und das Adrenalin hatten die Schmerzen ferngehalten. Aber in der Nacht nach dem Einsatz kamen sie dann. So war das immer. Bei allen. Der beanspruchte Körper wollte nach 18 Stunden in schwerer Ausrüstung, mit zu wenig Wasser und fester Nahrung, auch einmal fragen: Schacht, wie hast du dir das in Zukunft mit uns beiden vorgestellt?

Er ging zur Stereoanlage und schob eine CD von Johnny Cash ein. Der „Man in Black" starb im September 2003, da wusste er bereits seit sechs Jahren, dass seine Zeit bald kommen würde. Als Cash seinen Tod schon als etwas unabweisbar Nahendes angenommen hatte, brachte er noch sechs Alben heraus. Die besten seiner Karriere, fand Schacht. Cash beherrschte den Raum. „Ain't no grave gonna hold this body down." Hymne aller Todgeweihten. Marschlied der Gladiatoren.

Schacht beschloss, nun einfach dazusitzen und den kommenden Morgen zu erwarten. Auf die hoffentlich erscheinende Sonne, die sich gegen die Klammer des verregneten Frühjahrs über den Horizont kämpfen würde, um dem Tag einen annehmbaren Teint zu geben. Er wartete auf den neuen Dienst, den er nicht kannte und in den er sich erst hineinfinden musste. Nach ein paar Wochen würde er das als erledigt abspeichern und sich erst dann wieder um seine Zukunft sorgen. Das Bier war alle. Der Morgen schien zu verschlafen, es wurde und wurde nicht hell. Schacht ließ ab von dem Gedanken, sich noch ein neues Bier holen. Heute war Ulis Tag, und an Alkohol würde er keinen Mangel leiden. Allein mit Johnny Cash – Schacht musste zugeben, dass er sich ein Stück weit auch in seinem Leid gefiel. Allein deshalb, weil er allein sein wollte, nicht weil er musste. Allein, weil ja das Leben weitergehen musste. Und weil es weiterging, nickte Schacht dann doch noch ein.

Ungläubig starrte Schacht auf das alte, private Telefon, das vor ihm lag. Quiquek nannte es „Wolfs Knochen", Bernhard sprach von einem „Kreuzfahrtschiff". Er glaubte, es sich einzubilden, aber das Klingeln verstetigte sich jetzt.

Die Stimme am anderen Ende war belegt, offenbar war der Mensch, der dazugehörte, auch gerade erst erwacht.

„Schacht? Sind Sie das?"

ZWEITES KAPITEL

Schacht schwieg.

„Schmied hier, aber wer sollte Sie ausgerechnet heute Nacht wecken."

„Da sagen Sie was."

„Wir haben einen Toten in Köpenick. Offenbar ein Selbstmord."

„Und was haben wir dort verloren?"

Für einen Moment hielt Schacht inne. Wen hatte er selbst da wohl mit „wir" gemeint? Schmied räusperte sich.

„VB 1 hat einen Dienstausweis gefunden. Der Tote ist ein Kollege. Sehr pikant."

Schacht schwieg und fragte sich jetzt, was Schmied wohl mit dem Wort „pikant" ausdrücken wollte. Er lehnte sich zurück. VB 1 stand für Verbrechensbekämpfung 1. Die Einheit, die zuerst einen Tatort besichtigte, wenn die Schutzpolizei Alarm schlug. VB 1 musste entscheiden, ob eine örtliche Einheit der Kripo den Fall übernehmen sollte. Oder eine Fachdienststelle wie die Mordkommission. Bei toten Polizisten war grundsätzlich Letzteres der Fall. Schacht hatte wohl etwas zu lange nachgedacht, denn Schmied rief jetzt ungeduldig: „Schacht, sind Sie noch dran?" Schacht bejahte.

„Staatsschutz. Der Tote ist offenbar beim Staatsschutz unter Vertrag", legte Schmied nach. In seiner Stimme lag der gewitzte Tonfall eines alten Lehrers, der seinen Schülern am letzten Tag vor den großen Ferien noch eine besonders knifflige Rechenaufgabe beschert. Besonders betroffen schien Schmied jedenfalls nicht zu sein. „Merken Sie was, Schacht?"

Schacht „merkte" überhaupt nichts, aber er wusste, was der Staatsschutz tat. Die Truppe, die es eigentlich nicht gab, weil sie sich selbst für unermesslich wichtig hielt.

Er hatte das Gespräch beinahe vergessen.

„Kommt die ganze Kommission?"

„Klar, und es wird mächtig Streit um die Zuständigkeiten geben, das sage ich Ihnen voraus. Für uns eine dumme Angelegenheit, für Sie als Gast ein großartiges Schauspiel."

Schacht runzelte die Stirn und ließ das auch in seiner Stimme hören. „Da ist ein Kollege tot."

„Ich weiß", erwiderte Schmied jetzt etwas schuldbewusst. „So war es nicht gemeint. Sie wissen, was ich meine."

Schacht nickte, was der andere nicht sah.

„Wo spielt das Ganze?"

„Königsseestraße, geht von der Regattastraße ab, nahe dem Bahnhof Grünau. Eine gute Gegend."

„Kommen Sie auch?"

„Muss ich wohl. Bei dem Programm. Kilian wird erwartet."

Schmied meinte den Chef des Landeskriminalamtes. „Da muss ich mich blicken lassen. Sehen Sie aus wie ein Mensch?"

„Noch nicht, aber ich habe Fachliteratur."

„Hauptsache, Sie halten sich zurück und benehmen sich nicht wie ein Idiot."

Schacht legte auf und schaltete das Licht an. Er wusste, dass sich die anderen Beamten für einen Einsatz in der Nacht herausputzten. Oft genug hatte er sie gesehen, wenn sie selbst um vier Uhr frisch rasiert und im Dreiteiler anrückten und den Tatort übernahmen. Damals hatten sie ihn nicht erkennen können. Jetzt war er einer von denen. Zeitweilig, aber zumindest für einige Wochen. Der Schein war zu wahren, aber er wollte es nicht übertreiben. Er stieg in frische Jeans und schlüpfte in ein Poloshirt. Darüber zog er ein Sportsakko. Unter seinem Bett fand er schwarze Halbschuhe. Bevor Schacht seine Waffe ins Hüftholster steckte, wog er sie andächtig in der Hand. Die kleine Taschenlampe am Ende seines Magazinschachts konnte ihn verraten als einen, der sonst nicht dazugehörte. Dieses kleine Accessoire erfüllte

ZWEITES KAPITEL

ihn mit kindlichem Stolz. Nun ging es los, zum ersten Mal auf der anderen Seite: bei den „Spätereintreffenden", wie sie es nannten. Schacht fröstelte, als er in seinen Volvo stieg und den Zündschlüssel umdrehte.

Die Blaulichter der Bereitschaftspolizei führten einen zuckenden Tanz auf, der Schacht schon von Weitem den Weg ans Ufer des Langen Sees wies. Der Tatort war vorschriftsmäßig abgesperrt. Mitten in der Nacht. Wer sollte da schon kommen. Schacht rollte auf einen Polizisten zu, der da in seiner blinkenden Weste mit seiner Kelle, einem schief auf dem Kopf sitzenden Barett und einem grünen Einsatzanzug stand. Der junge Kollege machte mit der linken Hand eine Bewegung, die Schacht bedeuten sollte, langsamer zu fahren. Er fuhr nun noch langsamer an die Absperrung heran, der Beamte klopfte auf das Wagendach. Eine unnötige Geste, die Dominanz vermitteln sollte. Schacht lächelte den jungen Polizisten an und öffnete das Fenster in der Fahrertür.

„Guten Morgen, Kollege."
„Können Sie sich ausweisen?"
Schacht zückte seinen Ausweis.
„Sind Sie an den Ermittlungen beteiligt?"
„Gewissermaßen."
„Heißt was?"
„Dass ich gewissermaßen zur Mordkommission gehöre."
„Gewissermaßen. Und zu wem gehören Sie sonst so?"
Der junge Beamte war unsicher, sein Truppführer erschien neben ihm, mischte sich aber nicht ein.
„Okay, Wolf Schacht, SEK Berlin."
„Und was hat das SEK hier verloren? Der Mann da ist doch schon längst tot."
Schacht musste sich eingestehen, dass ihm dieser dumme Spruch gefiel.

„Ich hospitiere für 'ne Weile bei der Mordkommission. Wollen Sie Schmied anrufen? Ich gebe Ihnen die Handynummer."

Schmied war Chef aller Berliner Mordkommissionen.

„Nichts für ungut, Kollege", sagte der Truppführer mit einem Ausdruck von Respekt in seiner Stimme. „Der Beamte hier ist frisch dabei und geht nur nach Vorschrift vor. So haben wir alle mal angefangen, oder?"

Schacht nickte, der junge Polizist nahm die Maßregelung, die alles andere als gehässig war, ohne sich zu regen hin. Schacht bedankte sich, stellte seinen Wagen ab und ging in Richtung des Langen Sees. Der Schauplatz war mit Scheinwerfern erhellt. Es herrschte beinahe Tageslicht.

Einen Tatort in diesem Stadium zu sehen, war für Schacht eine ungewohnte Sache. Im normalen Leben waren sie die Ersten, die ankamen, und die Ersten, die wieder verschwanden. Das Chaos, das sie manchmal am Tatort hinterließen, fiel dann in ein anderes Ressort. Die Ermittelei, das Sichern kleinster Beweise – ein halber, ausgespuckter Kaugummi oder eine Zigarettenkippe – überließen sie den anderen. Wenn es Blutspuren gab, kamen die manchmal von ihnen. Schacht und seine Männer erledigten ihre Aufgabe meist innerhalb weniger Minuten und fuhren dann wieder zur Unterkunft nach Berlin-Lichterfelde.

In den Einsatzbesprechungen mit den „Spätereintreffenden" benahmen er und seine Leute sich stets professionell. Respektvoll. Danach aber zogen sie ausführlich her über die Typen der Mordkommission, die mit ihrer 83-prozentigen Aufklärungsrate protzten. Alle in der Branche wussten, dass das nur gelang, weil sich Tötungsdelikte und Morde in den allermeisten Fällen als sogenannte Beziehungstaten erwiesen. Gab es zufällig einmal keine Verbindung zu einem Ex-Liebhaber oder Ehemann, standen die Anzugträger blöde da.

ZWEITES KAPITEL

Schacht und seine SEK-Kollegen liebten ihr Feindbild innerhalb des Polizeibetriebs, was natürlich nicht bedeutete, dass man grundsätzlich keinen freundschaftlichen Umgang mit Kommissaren pflegte. Schacht hatte oft darüber nachgedacht, was seine Männer davon hielten, dass er einen Ausflug in die Welt der Mordermittler unternahm. Steckte darin nicht schon ein kleiner Verrat an seiner Truppe? Wie die Kommissare ihn nun ihrerseits betrachteten, darüber machte Schacht sich keine Illusionen. Er hatte es vorher gewusst, war aber immerhin zufrieden, dass er diesen einen Schritt gegangen war. Etwas musste sich verändern. Schacht hatte die Altersgrenze für den Dienst in der Spezialeinheit noch nicht erreicht, wohl aber seine eigene. Er hatte nie gezählt, wie oft er im Einsatz seine Waffe abgefeuert hatte. Wie viele Wohnungen er demoliert und wie viele Knochen er im Eifer des Gefechts gebrochen hatte. Aber er kam immer mehr zu der Erkenntnis, dass sich das Maß langsam, aber sicher füllte. Irgendwann war es randvoll. Schmied, der Chef der Mordermittler, hatte ihm einen großen Dienst erwiesen und ihm diese Hospitanz ermöglicht. Nun war er Schacht, der Praktikant.

Nur dem Ruf und Einfluss Schmieds war es zu verdanken, dass ein Beamter seines Ranges überhaupt beim Landeskriminalamt unterkommen konnte. Denn Schacht mochte in den Augen anderer ein Elitekämpfer sein. In der Rangordnung des „Polizeivollzugsdienstes" war er nicht mehr und nicht weniger als ein Schutzpolizist. Schacht war eine Ausnahme von der Geschäftsanweisung und musste wegschlucken, was sicherlich kommen würde: Misstrauen seitens der neuen Kollegen, Geringschätzung, Überheblichkeit. Er musste letztendlich selbst beweisen, dass es für einen wie ihn Verwendung gab.

Die Luft war kühl und klar, und wenn man tagsüber bereits von Frühjahr sprechen konnte, trat sein Atem in diesen frühen Morgenstunden immer noch als weißer Qualm hervor. Schachts Sakko erwies sich als viel zu dünn. Er schüttelte sich einmal kräftig im Gehen. Schacht fror, wollte aber nicht noch einmal zum Auto zurückgehen. Er konnte den Wagen am Ufer stehen sehen, ein dunkler BMW der 7er-Reihe. Die nähere Umgebung war abgesperrt, er sah mehrere Ermittler in weißen Papieranzügen, die verhindern sollten, dass ihre eigenen Faserspuren und Hautpartikel in den Tatort fielen und die Beamten auf eine falsche Spur lenkten. Um den Wagen herum gab es eine weitere Absperrung, in Form eines Rechteckes, das an jeder Ecke von einem Bereitschaftspolizisten gesichert wurde. Schacht ging auf sie zu, ein Uniformierter wollte gerade einschreiten, als Schmied an ihn herantrat. „Alles klar, der Mann gehört zu uns."

Schmied streckte ihm die Hand entgegen.

„Morgen, Wolf. Schön, dass Sie da sind."

Schmied war knapp 60 Jahre alt, aber vom regelmäßigen Schwimmtraining gut in Form. Er hatte noch sehr volles dunkelblondes Haar, trug seine Locken stolz über dem Hemdkragen und erinnerte Schacht so manches Mal an einen gereiften Schlagersänger. Oder an einen Fußballtrainer aus der Bundesliga der 90er-Jahre. Unter den Polizeibeamten seiner Generation zählte Schmied jedenfalls noch zur ersten Garde, was Eleganz betraf. Und Schacht fiel nun zum ersten Mal auf, was für einen kräftigen Händedruck Schmied hatte.

„Kommen Sie, ich stelle Ihnen das Team vor."

Damit klatschte er zweimal in die Hände, was die Aufmerksamkeit der Kriminalbeamten erregte.

„Ladies und Gentlemen, das hier ist Wolf Schacht."

Viele kritische Augen richteten sich jetzt auf ihn. Schacht schaute in die Runde und versuchte, ein freundliches Gesicht zu machen. Alle hier wären wohl erleichtert, wenn Schmied

ZWEITES KAPITEL

nun verkünden würde: Es war eine Beziehungstat, und Schacht hier ist der Täter!

Schmied fasste sich kurz und sprach jovial. Schacht sei für zwei Monate bei der Mordkommission und habe, wie die meisten bereits wüssten, beim Spezialeinsatzkommando den Titel eines Teamführers inne. Eigentlich sei sein erster Arbeitstag am Montag, aber als er, Schmied, alarmiert worden sei, da habe er sich gedacht, es sei eine gute Idee, Schacht gleich dazuzuholen. „Herr Schacht wird bei Ihnen in der 5. Mordkommission angebunden bleiben. Ich denke, wir können von einander lernen, und wünsche mir eine gute Zusammenarbeit."

Damit schlug er Schacht leicht auf die linke Schulter. Hände wurden geschüttelt. Ein Untersetzter namens Bernd Oster reichte ihm mit butterweichem Druck die Hand und sah ihm dabei nicht einmal ins Gesicht. Schacht wusste: Sie würden keine Freunde werden. Der Leiter der 5. Mordkommission, Horst Schmelzer, war vergleichsweise herzlich, lächelte bei der Begrüßung und murmelte etwas vor sich hin, das Schacht nicht verstehen konnte. Auffallend freundlich war Beate Schönhorst. Schacht taxierte sie auf Anfang 30. Ihr kastanienbraunes Haar hatte sie zu einem Pferdeschwanz gebunden. Auf der Wange unter ihrem linken Auge befand sich ein auffälliges Muttermal, das ihrer natürlichen Schönheit noch etwas mehr Charakter gab. Die Figur, die Schacht unter der Jack-Wolfskin-Jacke ausmachen konnte, schien sportlich. Sie trug festes Schuhwerk und sah vertrauenswürdig aus. Schacht ließ sich Zeit, sie zu betrachten, denn sie nahm ihn ebenfalls in Augenschein. Auf 100 Meter Entfernung hätte er sie als Zivilpolizistin erkannt, da war er sicher. Sie schaute wach, aber nicht fröhlich und wirkte auf den ersten Blick etwas einsam.

„Sie werden bei mir und Frederik sitzen. Es ist zwar ein bisschen eng bei uns im Büro, aber es wird schon werden."

„Und hier kommt Frederik", sagte ein hochgeschossener junger Mann, der sich vom Tatfahrzeug gelöst hatte und hinzugetreten war. Etwa so alt wie die junge Beamtin und beinahe gleich angezogen. Vielleicht würde Schacht Glück mit diesen beiden haben. Mit dem teigigen Bernd Oster konnte er sich zwei Monate im selben Büro nicht einmal vorstellen. Eigentlich, so fiel ihm jetzt ein, konnte er sich zwei Monate in einem Büro überhaupt nicht vorstellen. Egal mit wem.

„Ich bin Frederik Lüttich. Du oder Sie?"

Die Augen des Beamten leuchteten, er schaute zu Beate Schönhorst, dann wieder zu Schacht.

„Du", antwortete dieser. „Was ist hier passiert?"

Wolf Schacht, der Praktikant, hatte nun schon so gesprochen wie Wolf Schacht, der Teamführer beim SEK. Es fiel ihm auf, er musste sich zusammenreißen. Die beiden jungen Kollegen reagierten aber nicht negativ darauf.

„Wir wissen es noch nicht genau", sagte Frederik. „Ein Beamter des Staatsschutzes liegt mit einer Schusswunde im rechten Schläfenbereich auf dem Fahrersitz. Sieht sehr nach einem Suizid aus. Die Sig hat er auch noch in der Hand."

Die Sig Sauer 2/26 war die Einheitswaffe der Berliner Polizei. Acht Schuss im Magazin, eine im Lauf. Also neun, zumindest bei den guten Polizisten.

„Und wie heißt er?"

„Heiko Brettschneider."

Schacht zog die Augenbrauen hoch. „Kann ich ihn mal sehen?"

„Klar", lächelte Frederik, „du bist schließlich bei der Mordkommission."

Er führte Schacht an den Wagen heran, bat den Kollegen der Spurensicherung in dem weißen Anzug kurz um Platz. Der machte sich gerade am Türgriff zu schaffen und sprühte ihn mit einem dunklen Pulver ein. Dann schob er die nur an-

ZWEITES KAPITEL

gelehnte Tür auf. Schacht blickte hinein, schaute in das Profil des Mannes und ging tief in die Hocke.

Hätte Schacht den Namen nicht zuvor gehört, er hätte Brettschneider nicht gleich erkannt. Ließ man den Umstand außer Acht, dass der Mann ein Loch im Schädel hatte, so sah Schacht nur noch entfernte Ähnlichkeit mit dem Bereitschaftspolizisten, den er einmal gekannt hatte. Der Tote war ein Bodyguard im dunklen Anzug, der das Jacket offensichtlich auch am Steuer trug. Im linken Ohr unter einer Wulst, die auf dem glatt rasierten Schädel besonders drastisch hervortrat, steckte ein Stöpsel mit einem spiralförmigen Kevlar-Kabel. Schacht erkannte die Ausführung als „Mobile Team Kit Bodyguard". Der tote Brettschneider sah immer noch aus, als sei er stolz auf diesen Job.

Schacht überlegte angestrengt, vor wie vielen Jahren er diesem Menschen erstmalig begegnet war. Brettschneider zählte damals zu der Sorte, die es kaum erwarten konnte, dass man sie am 1. Mai oder bei anderen Demonstrationen wie Terrier von der Leine ließ. „Steinefresser" – so nannten sich die Hundertschaften selbst. Sie fraßen Pflastersteine für den wehrhaften Rechtsstaat und die Demokratie.

Brettschneider, das war Schacht von Anfang an bewusst, schluckte die Steine nicht. Er rückte aus, um auszuteilen. Schacht hatte das einmal aus nächster Nähe mitbekommen. Sein Team war damals an einem besonders schönen und sonnigen 1. Mai vorsorglich in Berlin-Kreuzberg unterwegs gewesen. In Zivil, um mögliche Gefahrenherde zu erkunden. Aus einem Hauseingang hatten sie hysterisches Geschrei vernommen: Drei Bereitschaftspolizisten droschen dort auf etwas ein, das Schacht bei näherem Hinsehen als eine junge Frau erkennen konnte. Eine andere Frau stand auf dem Treppenabsatz und brüllte „aufhören", bis einer der Polizisten sie dort heruntergzog und ihr die handschuhbewehrte linke

Faust mit Karacho ins Gesicht schlug. Keine 60 Kilo wog das „polizeiliche Gegenüber". Aber die drei sprangen mit den Mädchen um wie mit ausgewachsenen Rockern.

Als Schacht dazwischenging und sich auswies, winselten die beiden nur noch. Durch das Visier von Brettschneiders Polizeihelm konnte Schacht in ein Gesicht sehen. Lust und Befriedigung sprachen daraus. Damals glaubte Schacht, dass er dieses Gesicht niemals vergessen würde. Als er jetzt den toten Brettschneider betrachtete, stellte er fest, dass er es wohl vergessen hatte. Jetzt erst – nach vielen Jahren – kam die Erinnerung zurück. Schacht empfand kein Mitleid mit dem Toten, seine Bestürzung war eher eine allgemeine und, wie Schacht fand, der Lage angemessen. Sie waren sich in den folgenden Jahren immer wieder einmal begegnet. Sie waren sich aus dem Weg gegangen. Angezeigt hatte Schacht die Kollegen damals nicht.

„Wolf?", fragte Frederik.

„Ich kenne den Mann. Er gehört zum Personenschutzkommando der Senatsverwaltung für Inneres." – „Das dem Staatsschutz untersteht", ergänzte Beate, die hinzugetreten war.

Schacht erhob sich langsam und spürte dabei die linke Kniescheibe, die er sich vor Jahren bei einem Einsatz demoliert hatte. Morgens früh um vier bei dieser feuchten Kälte meldete sie sich seit langer Zeit wieder einmal zu Wort.

„Ich glaube, er war zuletzt bei Tiedge", brummte Schacht.

„Dem Staatssekretär." Frederik pfiff durch die Zähne. „Hat der immer Personenschutz?"

„Der war in letzter Zeit oft in den Medien", schaltete Beate sich wieder ein, „wegen seiner Kampagne gegen Bandenkriminalität."

„Tiedge wollte ihn", sagte Schacht und schaute dabei wieder zu der Leiche. „Wir haben das nie verstanden."

ZWEITES KAPITEL

„Wieso?"

„Man soll nicht schlecht über Tote reden, aber Heiko war von sich und seinen Muskeln ziemlich überzeugt."

„Und woher kennst du ihn?", wollte Beate wissen.

„Er hat es mal bei uns versucht, ist aber gescheitert. Er war damals sehr erbost darüber. Irgendwie kam er beim Personenschutz unter. Und mit denen trainieren wir manchmal."

Schmied hatte das Gespräch mitbekommen. „Wie gut kannten Sie ihn?"

Schacht antwortete schnell. „Nicht gut. So wie Sie einen Bereitschaftspolizisten kennen, dem sie ein paar Mal an Tatorten begegnet sind."

Vor seinem ersten Einsatz bei der Mordkommission hatte Schacht sich vorgenommen, soweit es ging den Mund zu halten. Nun standen die Kollegen um ihn herum, als führe er selbst die Ermittlungen. Schmied schien der gleiche Gedanke durch den Kopf zu gehen.

„Trotzdem, Sie machen mit Beate die Wohnung", ordnete er an. Schließlich sehe Schacht den toten Brettschneider mit anderen Augen als die Kollegen, die ihn gar nicht kannten. Zudem sei die „Fünfte" derzeit krankheitsbedingt schlecht besetzt.

Die Truppe bestand gerade aus den vier Kollegen, die ihm vorgestellt worden waren.

„Okay, mache ich gern."

Beate Schönhorst ging bereits auf seinen Volvo zu, als könne sie es nicht erwarten, mit Schacht endlich allein zu sein. Der hörte Oster zischen: „Ob der weiß, dass er bei uns die Tür nicht eintreten darf?"

Schacht überhörte das. Wenn es die einzige abfällige Bemerkung blieb, die er sich bei diesem ersten Einsatz anhören musste, war er gut davongekommen. Ohnehin fühlte er sich schon eigentümlich vertraut mit seinem Job auf Zeit.

„Wo wohnt Brettschneider", fragte Schacht im Gehen.

„In Schöneberg, Neue Kulmer Straße. Sagt der Computer."

„Schlüsseldienst?"

„Wir versuchen es erst einmal damit", sagte die junge Beamtin und hielt ihm den Schlüsselbund des Toten hin. „Vielleicht haben wir Glück."

Der Schlüsselbund sah privat aus, das galt auch für den schwarzen Autoschlüssel, der daran hing. „Ist das eigentlich ein Dienstwagen?", fragte Schacht und wies mit dem Kopf auf den 7er-BMW, über den sich nun wieder die „Spusi" hermachte. Die weißen Papieranzüge, die sich flink und behände um das Auto herumbewegten, sahen ein bisschen wie Gespenster aus.

Beate zuckte mit den Schultern. Einen 7er-BMW bekam, wer es unbedingt wollte, auch auf Kredit oder als Leasing-Wagen. Auch mit einem Polizistengehalt. Brettschneider war auf jeden Fall der Typ dafür gewesen. Soweit sich Schacht erinnerte, hatte der gern auf großem Fuß gelebt.

Während Schacht den Volvo schweigsam über die Stadtautobahn und durch die menschenleeren Straßen in Richtung Schöneberg lenkte, dachte er noch ein wenig über den Selbstmörder nach. Er kannte niemanden, der Brettschneider mochte, aber nicht alle hatten ihn so abgrundtief verachtet wie Schacht. Fast jeder erwarb sich beim Training einen Spitznamen, und Polizisten waren bei der Vergabe meistens nicht sehr originell. Wenn einer dunkle Augenbrauen hatte, nannten sie ihn „Ali". Brettschneiders Spitzname war „Meister Proper" – der glänzenden Glatze wegen, die er sich jeden Morgen rasierte, und der aufgepumpten Muskeln, die er gern in viel zu enge Hemden zwängte und dadurch zur Schau stellte, sofern er nicht gerade im Einsatz mit Staatssekretär Tiedge unterwegs war.

ZWEITES KAPITEL

„Warum bist du jetzt bei uns?"

„Ich spioniere ein bisschen."

Beate quittierte seinen Satz mit einem ironischen Blick von der Seite, den er zwar spürte, aber nicht sah. Er hatte auf die Frage gewartet, aber Beate hatte sich Zeit gelassen.

„Ich gehe beim SEK jetzt auf die Altersgrenze zu. Ich muss mich früher oder später nach was Neuem umsehen, bevor mir irgendeine Stelle zugewiesen wird, bei der ich dann womöglich noch durchdrehe."

„Wird dir das nicht fehlen?"

„Was?"

„Der Job, das Extreme. Ich meine, das ist doch etwas anderes, als Funkstreife zu fahren."

Er spürte die Bewunderung und konnte nicht behaupten, dass ihm das unangenehm war.

„Was glaubst du denn, was wir da machen?"

„Ich weiß, was die SEK-Kollegen machen. Ihr haltet zusammen wie kaum eine andere Einheit. Ihr trainiert zusammen, ihr lebt zusammen, ihr kämpft zusammen."

Er kannte diese Reden. Von Leuten, die nicht wussten, wovon sie sprachen. Schacht wollte diesen Mythos gar nicht demontieren, aber beizeiten gefiel es ihm auch, den Bescheidenen zu spielen. „Die Jungs in den Dienstgruppen auf den Abschnitten sind nicht weniger gefährdet. Wenn wir gerufen werden, haben andere nichts erreicht." Das SEK könne sich immerhin auf den Einsatz vorbereiten. Die Funkwagenbesatzungen der Polizei könnten das nicht. „Die werden wegen häuslicher Gewalt gerufen, und plötzlich richtet einer die Schrotflinte auf sie", schloss er seinen kurzen Vortrag, bei dem Beate beifällig nickte.

Schacht hatte einen Freund auf dem Polizeiabschnitt an der Bismarckstraße. Ein guter Boxer und ein Judoka, der nie die Schutzweste trug, weil sie ihm zu lästig war. Eines Tages kam ein Routineeinsatz: Ein Mann, angeblich kein schlecht beleumundeter Berliner, hatte seine Frau im Wohnungsflur vertrimmt. Zu fünft waren die Polizisten in die Räume eingedrungen. Der wütende Ehemann zog ein Messer und rammte es Schachts Kumpel sechsmal nacheinander in den Oberkörper, bevor ein Kollege dazwischengehen konnte und ihm mit dem Tonfa, einem Schlagstock, der zur Standardausrüstung der Berliner Polizei gehört, das Gebiss aus der Visage schlug. Die Lunge des verletzten Polizisten fiel zusammen, er rang danach drei Tage auf der Intensivstation um sein Leben und war heute wieder im Dienst.

„Ich wäre gern zum MEK gegangen. Ich habe es nur nie versucht", sagte Beate, nachdem Schacht seine Anekdote aus dem Alltag einer Berliner Funkstreife beendet hatte und sie sich Brettschneiders Adresse näherten.

Das Mobile Einsatzkommando war für Observationen zuständig, nahm auch hin und wieder Schwerverbrecher fest, bereitete im Normalfall aber die Aktionen des SEK vor. Diese Beamten verfolgten Straftäter, klärten auf und führten das SEK schließlich heran: an die Zielpersonen, an deren Wohnungen. Beim MEK kamen auch Frauen unter, wenngleich nur sehr wenige.

„Und warum nicht?", fragte Schacht.

„Weiß nicht, hatte vielleicht keinen Schneid."

„Du wärst der Typ dafür, das sehe ich, und das meine ich auch ernst."

Er lächelte und wusste, dass sie nicht nur errötete, sondern ab jetzt ständig über dieses Thema nachdenken würde.

„In 50 Metern haben Sie Ihr Ziel erreicht, das Ziel liegt rechts", meldete sich jetzt die monotone Stimme des Navigationsgeräts. Schacht fand einen Parkplatz direkt vor dem Mehrfamilienhaus. Ein Altbau, gut erhalten und saniert. Eine Wohnung hier dürfte nicht billig sein.

ZWEITES KAPITEL

Die schwere Haustür war nur angelehnt, sie mussten also erst vor der eigentlichen Wohnung die vielen Schlüssel ausprobieren.

„Welche Etage?", fragte Schacht.

Darauf Beate, woher sie das wissen solle.

„Okay, dann los."

Das Haus hatte fünf Etagen, und obwohl es saniert war, sehr edel und luxuriös wirkte, hing ein modriger Geruch in dem Gebäude. In jedem Stockwerk gingen insgesamt vier Wohnungen in verschiedene Richtungen ab. Die beiden Polizisten teilten sich auf, aber in den ersten vier Etagen hatten sie kein Glück.

„Warum müssen Verlierer immer ganz oben wohnen", dachte sich Schacht und schwang sich für den letzten Aufstieg in das hölzerne Geländer. Die Flurbeleuchtung ließen sie ausgeschaltet. Wenn jetzt irgendwo ein Frühaufsteher in den Hausflur trat, würde der sich ordentlich erschrecken.

Tatsächlich wurden sie erst in der 5. Etage fündig, Schacht entdeckte das Namensschild aus Messing.

„Gib mir mal den Bund", flüsterte er. Er hielt die insgesamt acht Schlüssel an das Schloss und prüfte die Kompatibilität. Aufgrund der Größe der Zähne schloss er sechs Schlüssel aus und ersparte sich somit das Ausprobieren, was nur Lärm verursachte. Zwei Schlüssel blieben übrig, er entschied sich für einen und spuckte darauf. Dann schob er ihn in die Öffnung und verursachte beinahe kein Geräusch. Er drehte ihn nach links und merkte an dem kaum zu vernehmenden Klacken, dass er den richtigen gewählt hatte. Er nahm seine Kollegin beiseite und führte sie auf leisen Sohlen zurück zum Treppenhaus.

„Wahrscheinlich ist da keiner drin", flüsterte er und kam Beates Ohr dabei ganz nahe. „Aber man kann nie wissen. Wenn ich den Schlüssel herumgedreht habe, und ich werde das sehr langsam tun, warte ich, bis ich das Schloss schnappen höre. Dann gehen wir rein, und zwar schnell." Sie nickte entschlossen. „Ich gehe vor, du checkst die Rückseite der Wohnungstür und bleibst dann so lange im Flur direkt hinter mir, bis die ersten Räume abgehen. Ich nehme die linken, du immer die rechten, egal, was zuerst kommt. Gib mir deine Taschenlampe."

Sie zog eine kleine schwarze Maclite hervor.

Er drückte ihr die Lampe in die linke Faust und zeigte ihr, die Hand so zu führen, als ob sie auf die Uhr schaute, wodurch das Licht immer rechtwinklig nach vorn abstrahlte.

„Jetzt nimm deine Pistole."

Sie folgte erneut der Anweisung, und er führte ihr rechtes Handgelenk auf den Platz ihrer Uhr. Die Gelenke lagen über Kreuz. Lampe und Mündung schauten nach vorn.

Sie sah zu ihm und zwinkerte. Schacht, der Praktikant, dachte er und zwinkerte zurück.

„Wir machen es im Dunkeln. Wie gesagt, es wird niemand da sein, aber so gefällt es mir besser."

Schacht zog sein Sakko aus und legte es neben die Tür. Dann holte er seine Pistole aus dem Holster. Die Sig Sauer 2/28 war ein besonderes Modell für die Spezialeinheiten. 15 Schuss, plus der Patrone im Lauf. Schacht schaltete die kleine Taschenlampe ein, dort wo das Magazin im Griff verschwand. Das Licht schien immer dorthin, wohin er die Waffe richtete, was im Umkehrschluss bedeutete, dass er immer auf das zielen musste, was er sehen wollte. „Beim SEK schießen wir erst und schauen dann", witzelte Schacht, als Beate mit großen Augen auf seine kleine Spezialausrüstung schaute.

Mit der linken Hand den Schlüssel drehend, brachte er die Mündung mit der rechten an die Stelle, wo sich der Türspalt zuerst öffnen würde. Dann ging alles blitzschnell. Schacht

ZWEITES KAPITEL

drückte die Tür mit der Schulter auf, führte die Pistole nun beidhändig. Sie folgte. Die gähnende Dunkelheit nahm sie gefangen, nur das Licht der kleinen Taschenlampen erhellte die merkwürdige Szenerie. Schacht ging voran. Es war die Küche, und sie war leer. Er hörte Beate eine Tür öffnen, dann noch eine. Auf seiner Seite kam als nächstes ein großes Badezimmer, dann ein Wohnzimmer, Beate betrat zeitgleich einen weiteren Raum. Am Ende des Flures standen sie wieder nebeneinander.

„Alles klar", sagte Schacht und betätigte einen Lichtschalter im Flur.

Beide schützten für wenige Momente ihre Augen mit den Händen vor dem plötzlichen Licht, nach und nach gewöhnten sie sich aber wieder an die Helligkeit.

„Das war mein Part, was machen wir jetzt?", fragte er augenzwinkernd. Er wusste noch aus Zeiten der Ausbildung, wonach Ermittler suchen mussten, wollte ihr aber nun wieder das Zepter übergeben. Sie sah ihn an. Mit einem tiefen Blick. Der Blick war eindeutig. Er nahm ihn wahr. Für einen Moment fragte er sich, ob es bei der Mordkommission eigentlich oft vorkam, dass Kollegen übereinander herfielen und es nachts in der Wohnung eines Verdächtigen – oder Opfers – trieben. Das SEK war ein Männerbund. Was wussten sie, fiel ihm jetzt auf, schon vom Berufsalltag der „Spätereintreffenden".

„Also?"

„Suchen. Unterlagen, Dokumente, einen Abschiedsbrief. Alles, was irgendwie für den Fall interessant sein könnte."

Schacht fragte sich nun, was eigentlich ein „Fall" an dieser Geschichte war. Aber ein Staatsschützer hatte sich umgebracht, da musste ermittelt werden.

Schacht schaute sich in der Wohnung um. Sie war so, wie er sich Brettschneiders Wohnung vorgestellt hätte. Und hin und wieder warfen er und Beate sich Blicke zu, als hätten sie sich beim gemeinsamen Stadtbummel verlaufen und als wären sie dabei ganz versehentlich in einen Sexshop geraten. Brettschneiders geräumiges Schlafzimmer hätte auch die Kulisse für einen Pornofilm abgeben können. Das Bett war gigantisch groß und weiß und plüschig, darüber hing ein schwerer, übergroßer Spiegel. Fachmännisch aufgehängt in einer Stuckrosette, die der ursprüngliche Erbauer in der Gründerzeit für einen Kronleuchter vorgesehen hatte. An der Wand an der Kopfseite des Bettes hing ein Ölgemälde, das man mit viel gutem Willen als einen Akt bezeichnen konnte.

Von moderner Kunst verstand Schacht nicht viel, aber er konnte immerhin erkennen, dass die Pinselstriche eher schlampig geführt waren. Nur bei den Genitalien hatte der Künstler Liebe zum Detail bewiesen. Das Gemälde zeigte eine nackte rothaarige Frau, die mit gespreizten Beinen und Reitstiefeln auf einem Schemel saß. Davor kniete devot eine Gespielin, die der sitzenden Domina gierig die rasierte Spalte leckte und dem Betrachter dabei einladend ihr Hinterteil darbot. Raum, Wandfarbe und Möbel auf dem Gemälde glichen Brettschneiders Ambiente. Auf einem Beistelltisch neben dem Bett lagen verschiedene Sexspielzeuge, Vibratoren und geplüschte Handschellen. Er dachte sich seinen Teil und ging ins Wohnzimmer. Dieses wurde von einer weißen Ledercouch und einem riesigen Fernseher beherrscht.

„Komm mal", hörte er jetzt Beate aus dem Arbeitszimmer rufen, wobei sich Schacht fragte, wofür einer wie Brettschneider überhaupt ein heimisches Arbeitszimmer brauchte.

Schacht folgte ihrer Stimme. Auf dem sehr aufgeräumten Schreibtisch lagen einige Bücher, die Schacht auf den ersten Blick als Verschwörungsliteratur einstufte. Die Abkürzungen von Geheimdiensten prangten in blutroten Lettern

ZWEITES KAPITEL

auf den Schutzumschlägen: CIA, BND, KGB, MOSSAD, das Kennedy-Attentat, der 11. September. Auch ein Buch über die Stasi lag da: Auf den ersten Blick sah es für Schacht aus wie die Memoiren irgendeines Ost-Agenten.

Über dem Schreibtisch hingen Fotos, die Brettschneider mit verschiedenen Politikern zeigten. Große und kleine in verschiedenen, kitschigen Rahmen. „Petersburger Hängung" nannte man das, so erinnerte sich Schacht. Daneben hatte Brettschneider Zielscheiben angebracht, die er im Training mit Erfolg beschossen hatte. Es gab gerahmte Bilder mit verschiedenen Polizeiabzeichen, ein durchaus berühmtes, schwarzweißes Aktfoto von Arnold Schwarzenegger, das Brettschneider offenbar aus einem Magazin herausgeschnitten hatte. Daneben wiederum – Schacht hatte es fast befürchtet – eine Autogrammkarte von Sylvester Stallone als „Rambo III" mit einem Flitzebogen in der Hand, der statt Pfeilspitzen Granaten abfeuerte.

„Hat wohl in seiner eigenen Welt gelebt", sagte Schacht mehr zu sich selbst als zu Beate.

Die hatte gar nicht zugehört, sondern stand neben ihm und hielt einen kleinen Aufstellrahmen in der Hand, den sie aufmerksam betrachtete und nun an Schacht weitergab. Ein abgegriffenes Farbfoto, das aus den 80er-Jahren stammen konnte, vielleicht aber auch älter war. Der berühmte Kodacolor aus jener Zeit konnte es nicht gewesen sein. Es wirkte eher wie ein verblichenes Polaroid, hatte allerdings weder einen weißen Rand noch dessen typisches Format. Ein kleiner Junge, der offenbar noch nicht laufen konnte, saß da auf einem Stuhl. Im Hintergrund eine gemusterte Tapete. Der Junge schaute fröhlich aus einem Matrosen-Kostüm heraus und hielt die passende Mütze mit beiden Händen vor sich. Daneben ein Mann und eine etwas jüngere Frau, über die es kaum etwas zu sagen gab. Außer, dass sie bei Weitem nicht so fröhlich schauten. Vermutlich ein Kinderfoto Brettschneiders. Das Bild war alt, der Aufstellrahmen nagelneu.

Schacht und Beate horchten auf und sahen sich fragend an. Jemand hatte sachte, aber entschlossen an der Wohnungstür geklopft. Erst jetzt fiel Schacht ein, dass die womöglich sperrangelweit offen stand. Reine Gewohnheit: Wenn das SEK irgendwo einstieg, gab es meistens keine Tür mehr, die man schließen konnte. Er stellte das Bild geräuschlos zurück auf den Schreibtisch und nahm die Pistole wieder in die Hand.

„Schmied?" flüsterte er zu Beate.

„Eher Schmelzer. Aber der würde vorher anrufen."

Schacht schlich zum Flur und entdeckte, dass Beate die Tür offenbar geschlossen hatte, ohne dass es ihm aufgefallen war. Wieder das Klopfen, diesmal deutlicher. Wer immer draußen stand, wusste, dass jemand in der Wohnung war, wollte aber kein Aufhebens machen. Auf einem Ablagetisch sah Schacht einen Schlüssel liegen. Daran hing ein Plastikschildchen mit der Aufschrift „Sport". Wenn es Brettschneiders Handschrift war, so sah die ordentlich und sauber aus. Nach links gekippt, wie die eines jungen Mädchens.

Schacht steckte den Schlüssel intuitiv ein, hielt einen Moment lang inne, schaute bewusst nicht durch den Türspion, steckte die Waffe ins Holster und öffnete die Tür. Vor ihm standen zwei Männer. Sie trugen lange, einfarbige Jacken und zückten ihre Dienstausweise. Das wäre nicht nötig gewesen, Schacht hatte es bereits gerochen.

„Bertram und Biel, LKA 5, Staatsschutz", sagte der Kleinere von beiden, dessen Nase nicht nur viel weiter in die Stirn ragte als nötig, sondern dazu noch rot entzündet war. Der andere hielt Schacht sein Jacket hin, das er im Treppenhaus vor der Wohnung aufgelesen hatte.

„Wir übernehmen jetzt, vielen Dank für Ihre Mühe."

ZWEITES KAPITEL

Damit schoben sich die beiden an Schacht vorbei, scheiterten aber schon zwei Schritte weiter an Beate, die sich ihnen wie eine fauchende Großkatze in den Weg stellte. „Wir führen die Ermittlungen."
„Nicht mehr."
Das sagte der Größere. Er war hübsch, aber fett. Er schwitzte trotz der kalten Temperaturen, die nachts noch herrschten. In diesem Moment fiel Schacht auf, dass Brettschneiders Wohnung gut beheizt war. Ob wohl jemand, der den Plan gefasst hat, sich am anderen Ende der Stadt in den Kopf zu schießen, noch die Wohnung aufräumt und dann die Heizung runterdreht?
Schacht wandte sich wieder dem schwitzenden Staatsschützer zu. „Viele Stufen, was Kollege?"
„Sie sind dann wohl der Praktikant", giftete der zurück.
Beates Telefon klingelte.
„Sie haben sicher Verständnis dafür, dass wir den Tod eines Staatsschützers selbst untersuchen. Nichts für ungut, Kollege", sagte der mit der roten Nase und nahm die Schließleiste der Tür in Augenschein. Er habe wetten können, dass sie den Schreiner rufen müssen, warf der Passmann ein. Beide schnaubten belustigt durch die Nase.
Beate beendete gerade ihr Telefongespräch, bei dem sie kaum ein Wort gesprochen hatte.
„Schmied sagt, wir sind raus. Er wünscht uns ein schönes Wochenende."
Schacht nickte. Es war Sonntagfrüh. Er hatte so etwas geahnt. Und Schmied ebenfalls. Er spürte den Schlüssel Brettschneiders in seiner Hosentasche. „Sport". Wer weiß, was der zutage förderte.
Auf der Fahrt zur Dienststelle in der Keithstraße in Tiergarten sprachen sie kein Wort. Dort stand Beates Wagen, den sie nun unbedingt noch abholen wollte. Sie fühlte sich

erniedrigt, er sich in seinen Erwartungen bestätigt. Eine besondere Verabschiedung gab es nicht. Nicht unter Bullen, die sich noch nicht lange kannten. Wenn man einmal damit anfing, einem Ritual wie Handschlag oder Küsschen, konnte man das nicht mehr abschaffen, ohne dass damit ein Signal verbunden wäre. Das jedenfalls fürchtete Schacht, der ja noch nicht einmal seinen ersten offiziellen Arbeitstag beim LKA begonnen hatte. Herzlich konnte es immer noch werden.

Schacht schaltete das Radio ein. RTL brachte die Frühnachrichten. Neue Peinlichkeiten beim Bau des neuen Großflughafens BER. Schacht fragte sich schon lange, ob Berlin tatsächlich eine Metropole oder nur noch eine Provinzstadt mitten in Brandenburg war. Viel zu berichten gab es an diesem Morgen nicht, also wurden Politiker zitiert, die sich am Wochenende zu irgendetwas äußerten. Ein Berliner Abgeordneter der Linken, Thilo Prinz, hatte an einer Schwulen-Demo in Moskau teilgenommen und war dort kurzzeitig verhaftet worden. Er kritisierte Putin im Rundfunk und sprach von einer Rückentwicklung des Rechtsstaates in Russland. Ein anderer Linker, ein Parteifreund, kritisierte nun wiederum Prinz. Angesichts der aggressiven Politik des Westens in der Ukraine-Krise sei es ja nicht geschickt, die Russen jetzt zu provozieren. Der Nachrichtensprecher fügte noch süffisant hinzu, Prinz sei in der Partei umstritten. Der innenpolitische Sprecher der Linken sei bei alten SED-Genossen angeeckt, weil er einen offensiven Umgang mit der Stasi-Vergangenheit von DDR-Politikern forderte.

Schacht drehte ein bisschen wahllos am Radioknopf herum und fand keine gescheite Musik. Durch das Rauschen hörte er für eine Sekunde den Sound von Pink Floyd. Er versuchte, den Sender wiederzufinden, aber es gelang ihm nicht. Er fuhr durch leere Straßen, dann über Land nach Gens-

ZWEITES KAPITEL

hagen, bis er den kleinen Weg erreichte, der am Gehöft eines Landwirtes vorbei zu seinem Haus führte. Dort hatte Schacht sich eingemietet, in einer Remise auf dem Anwesen des Bauern, der einiges an Ländereien besaß. Ohnehin bestand das Bundesland Berlin, auf das er von hier schauen konnte, aus viel mehr Feld- und Ackerland, als mancher Tourist vermutete. Dort draußen suchte Schacht Abstand von der großen Stadt. In Berlin zufällig auf Bekannte zu treffen, darauf konnte Schacht verzichten. Der Job brachte das mit sich. Er suchte Ruhe, weiter nichts.

Die Sonne ging auf und kämpfte sich gegen den verregneten Frühlingshimmel nach oben, im Moment zumindest. Er schloss auf, machte Licht und holte sich schnurstracks ein Bier aus dem Kühlschrank. Im Wechsler seiner Stereoanlage im Wohnzimmer lief immer noch die Cash-CD vom Abend. Der Alte sang von Tod, Gewalt und Missgunst. Von Neid, Brutalität und Verrat. Ein neuer Tag hatte begonnen. Es war Ulis Tag. Schacht stürzte sein Bier herunter, genehmigte sich noch ein Glas Whisky, trank auch diesen in einem Zug aus und warf sich bäuchlings auf sein Bett.

KOMA 3

Was hätte Salvador Dali wohl davon gehalten, dass man heute die Wände von Krankenhäusern mit billigen Drucken seiner Werke regelrecht tapezierte? Zerschmolzene Uhren, Insekten, Raubtiere, schräge Gestalten endlos reproduziert. Auch der „Schrei" von Edvard Munch hing da im Gang. Düster, morbide, was, so fragte Schacht sich, hatte die Klinikleitung bei dieser Auswahl der Motive geritten. Schacht hasste die Bilder an den Wänden, schlecht gefasst und hinter rahmenlosen Haltern, viele verrutscht, manche mit einer umgeknickten Ecke, andere hinter verschmiertem Glas. Schacht hasste diesen Gang. Er hasste die sterilen Stühle, die alle paar Meter rechts und links an den Wänden standen, neben kleinen Tischen, auf denen wiederum Blumensträuße in Vasen standen, in alten Bierhumpen und Spreewaldgurkengläsern.

Er hasste die Schubwagen der Krankenschwestern, in denen die Reste der Essensportionen abtransportiert wurden. Teilnahmslos und im Vorübergehen blickte ihn eine korpulente Pflegehilfe an, die Urinproben von Patienten vor sich herschob. Flüssigkeiten in unterschiedlichen Gelbtönen und Konsistenzen, die den Laboranten Aufschluss über das Innenleben der Patienten gaben. Auf dieser Station konnten sie nicht sagen, wie es ihnen ging. Ihre stillen Botschaften an die Außenwelt sonderten sie täglich in ein paar Millilitern

DRITTES KAPITEL

Blut und Pisse ab. Der lange Flur verursachte Beklemmungen in ihm. Am Ende des Ganges auf der rechten Seite lag das Zimmer mit der Nummer 112. Eins-eins-zwo wie die Rufnummer der Feuerwehr. Für den Patienten, der dahinter lag, gab es allerdings keine Hilfe mehr. Schacht wusste das. Sie alle wussten das. Ulis Frau hatte das zuerst begriffen und sich aus dem Staub gemacht.

Die Klinke starrte ihn höhnisch an, als wüsste sie, dass er sie nicht anfassen wollte, es dennoch tun musste. Sie war glatt und kalt, und auf ihr lag ein öliger Film Sterilium, womit sich die Schwestern die Hände desinfizierten. Alles fühlte sich beschissen an. Ulis Anblick war der Gleiche, seit mehreren Jahren nun schon, und doch würde Schacht sich niemals daran gewöhnen.

Die Schwestern wussten, dass Uli am 6. April Besuch bekam. Der Patient hätte das nicht gewollt, aber sie hielten sich nicht daran. Die Augen hatten sie ihm geschlossen. Schacht war ihnen dafür dankbar, weil es seinem Freund wenigstens die Fratze der Behinderung ersparte und den leeren, starren Blick. Ulis Haare waren geschnitten, sogar mit dem Anspruch eines gepflegten Herrenschnitts. Er war frisch rasiert. Die einst so starken, muskulösen Arme lagen in großen welken Hauttaschen. Die markanten Gesichtszüge waren entglitten, verfallen.

Zwei Schläuche steckten Uli in der Nase, ein anderer versorgte ihn mehrfach täglich mit Nahrung. Es war eine Magensonde, die man ihm hoffentlich sanft in den Schlund getrieben hatte. In seinem Penis steckte ein Schlauch für den Urinbeutel, eine Windel war um seinen Unterleib gebunden. Schacht sah sie nicht unter der Decke, aber er wusste, dass sie da war. Ulis Hände lagen gefaltet auf der Decke in Bauchnabelhöhe, und die Schwestern hatten ihm sogar seine Uhr umgebunden. Eine Schwinge auf dem Zifferblatt umschloss den Berliner Bären, das Emblem des Berliner SEK. „Ehre und Stärke" stand darunter. Schacht sah auf seine eigene, die gleiche. Ulis Uhr ging nach.

Jetzt war es Zeit für den angenehmeren Teil dieses Besuchs. Schacht griff in die mitgebrachte Kühltasche stellte eine Flasche Havana Club – siebenjährig – auf Ulis Beistelltisch. Dazu zwei Gläser, die er mit Eis und einer großzügigen Mischung Rum mit Cola füllte. Die feinen Limettenscheiben hatte er zu Hause sorgfältig geschnitten. Schacht hob das Glas, trank erst seines leer, dann das von Uli. Es war sein Lieblingsdrink gewesen.

Schacht schüttelte sich nach dem zweiten Glas, stieß auf und schmeckte sogleich mit Wohlbefinden seine eigene Fahne. Er schaute auf Uli und musste unwillkürlich an einen arabischen Witz denken, den ihm ein irakischer Übersetzer der Justizbehörde während eines Einsatzes erzählt hatte. Er handelte von einem Christen, der in Gedenken an einen verstorbenen Freund jeden Abend zwei Schnäpse zu sich nimmt: einen für sich und einen für seinen Freund. Sein Nachbar, ein frommer Muslim, beobachtet ihn immer dabei und bedrängt ihn, doch endlich zum Islam zu konvertieren und das Saufen sein zu lassen. Der Christ willigt schließlich ein, schenkt sich am Abend aber wieder ein Glas ein. Als der Nachbar ihm Vorwürfe macht, sagt der Christ: „Ich bin vielleicht Muslim geworden, aber mein Kumpel doch nicht."

Schacht lächelte Uli traurig an. Für feingeistige Witze hatte die Truppe wenig übrig, ihr Humor war eher derb. Wenn sich einer beim Sprung aus dem Hubschrauber ein Bein gebrochen hatte, bekam er am nächsten Tag schon neue Laufschuhe geschenkt.

Schacht erlaubte sich, in alten Zeiten zu schwelgen. Als Uli noch bei ihnen war. Uli, der Moralapostel. Wie oft sie bei den Grillfesten der Truppe über die Zeit danach gesprochen hat-

DRITTES KAPITEL

ten. Was sie nach dem Kommando planten. Einen eigenen Boxstall gründen. Eine Kneipe aufmachen. Auswandern. Eine Tauchschule eröffnen. Der ganze Quatsch. Ulis Träume endeten am 6. April 2004.

Es war ein Routineeinsatz gewesen. Ein Prostituiertenmörder sollte in seiner Wohnung gestellt werden. Für sie nichts Besonderes. Wer Huren totschlug, war ein Lappen. Mit Lappen wurde man schnell fertig. Sie schlossen bei solchen Einsätzen im Vorfeld Wetten ab. Wer haut den Delinquenten zuerst um? Das MEK hatte die Lage morgens aufgeklärt und gemeldet, der mutmaßliche Täter halte sich allein in seiner Wohnung auf. Seit morgens um acht Uhr. Später sollte sich herausstellen, dass die beiden MEK-Beamten verschlafen und fahrlässig gelogen hatten. Ihnen war deshalb entgangen, dass die Frau des Hurenmörders gegen halb zehn einen Anruf von der Schule ihrer Zwillingstöchter erhalten und sie nach Hause bugsiert hatte, bevor sie als Verkäuferin wieder zur Arbeit ging. Die Mädchen hatten die Masern und lagen nun zu Hause im Bett bei ihrem arbeitslosen Vater oder Stiefvater. Schacht wusste es nicht mehr genau.

SEK-Polizisten fuhren selten komplett ausgerüstet zum Einsatz. Zumeist gab es einen sogenannten Bereitstellungsort unweit der Zugriffsadresse. Dort trafen sich die Beamten der Fachdienststelle mit der Truppe. Es gab letzte Absprachen. Letzte Erkenntnisse wurden ausgetauscht. Dann gingen die Männer zu den Kofferräumen ihrer Fahrzeuge. Schacht stand neben Sergej und machte sich bereit. Sie achteten auf die Umgebung, damit sie niemand dabei beobachtete. Er legte seinen Einsatzgürtel um, mit dem Leatherman und einer starken Taschenlampe. Plastikbändern zum schnellen Fesseln von Tätern. Pfefferspray, drei Ersatzmagazine. Er klettete wie die anderen das dicke Nylonband um seinen rechten Oberschenkel und fixierte dort die Waffe. So zog man schneller. Dann kam die Weste, schwarz und schwer, mehr als zehn Kilo wog das Ding, mit Trauma-Platten, die auch Salven aus automatischen Gewehren abhalten konnten. Ein großes Messer war an der linken Brustseite befestigt, der Griff zeigte nach unten. Sie standen im Halbkreis, Schacht sprach sein Team jetzt an. „Uli nimmt den Schild, Quiquek geht als Zweiter. Der Typ ist ein Wichser, aber lasst ihn ganz. Mehr als drei Dinger sind verboten und kosten was."

Die Männer grinsten. „Dann los." Sie zogen sich ihre Masken über die Gesichter und sahen nun beinahe gleich aus – mit Ausnahme von Uli, der nicht nur wegen seines Schildes, sondern auch wegen seiner mächtigen Schultern aus der Truppe herausragte.

Sie setzten in einer fast synchronen Bewegung ihre ballistischen Helme auf. Schacht lud danach seine Lieblingswaffe durch: Die Maschinenpistole vom Typ Heckler & Koch MP5. Er liebte das Geräusch, wenn die erste Patrone in den Lauf gedrückt wurde. „Attacke!"

Als Schacht und sein Team wenig später vor der Tür in Stellung gingen, war die Katastrophe noch nicht erkennbar, aber bereits nicht mehr abzuwenden. Uli stand mit seinen knapp zwei Metern und dem Schild vor dem Eingang. Er sollte auf Schachts Kommando die Tür einschlagen und dann den Täter suchend als Erster in die Räume stürmen, seinen Kollegen Deckung geben. Hunderte Male hatte er das gemacht, Uli war der Ruhepol im 3. Team. Aber es kam alles anders. Ausgerechnet die beiden verschlafenen MEK-Männer standen an diesem 6. April unter dem Balkon des Gesuchten mit ihren kugelsicheren Westen. Der Verdächtige sah sie, als er sich vom Balkon ein neues Bier holen wollte zu dieser Morgenstunde, und er wusste, dass er schuldig war. Er brüllte herum, dass er lieber sterbe, als in den Bau zu gehen. Die Zwillinge wolle er nun auch töten, weil sie auch nur

DRITTES KAPITEL

Kinder einer Hure seien. Er hasse Huren und könne so wenigstens verhindern, dass die beiden auch zu Huren würden. Und dass er ihnen einen Gefallen täte. Schacht erinnerte sich gut an jedes Detail dieser Abschiedsrede – gelallt, aber aus voller Kehle schallte sie über die Straße und durch die Tür ins Treppenhaus.

Es gab einen Funkspruch an das Team vor der Tür, an die schwer bewaffneten acht Männer. Es war Uli, der zuerst das Angstgeschrei der Mädchen hörte. Uli hatte selbst zwei kleine Töchter und wartete nicht mehr auf das „Go" von Schacht als Teamführer. Mit dem 16-Kilo-Schild zertrümmerte er die Wohnungstür und lief hinein, um die Kinder zu retten. Aber die beiden MEK-Beamten hatten noch ein weiteres Detail übersehen. Zwei Rockerfreunde des Verdächtigen hatten sich an diesem Morgen ebenfalls bei ihrem Kumpel eingefunden, um Pornos zu schauen, Bier zu trinken und die Kinder im Schlaf zu beobachten. Die beiden Rocker brüllten nicht, sondern verhielten sich still. Uli sah zuerst den Vater, wie der sich gerade mit einem Brotmesser in der erhobenen Hand über die Mädchen beugte. Die Mädchen waren geschickt und wichen den ersten Stichen aus, schon traf Ulis Stiefel den Mann mit Vollspann ins Gesicht. Uli beugte sich vor, um den schweren Schild niederzulegen und sich den Gegner nun mit den Fäusten vorzuknöpfen. Den Hieb mit der Eisenstange, der ihn ins Genick traf, spürte er dabei kaum. Schacht fragte sich später oft, ob der Rocker im Hinterhalt nur einen Glückstreffer gelandet hatte oder ob er wusste, dass zwischen Helm und Weste eines SEK-Mannes im Einsatz die verwundbarste Stelle lag. Ihm war, als habe der Teufel selbst an diesem Morgen das Brecheisen geführt.

Quiquek machte den Rocker mit einem einzigen Faustschlag unschädlich, aber es war zu spät. Während die Festgenommenen abgeführt wurden, erwachte Uli noch einmal in Schachts Beisein und fragte nach den Kindern. „Sie sind leicht verletzt, Uli, du hast sie gerettet."

Schacht wusste bis heute nicht, ob sein Freund die Antwort noch vernommen hatte. Die Ärzte stellten fest, dass sein Halswirbel zertrümmert und das Rückenmark fast vollständig durchtrennt war. Vom Hals abwärts gelähmt hieß das, sollte er je aufwachen. Und damit ließ sich Uli nun seit Jahren Zeit. Schacht würde seinen Anblick von damals nicht vergessen. Das Gesicht verborgen von Helm und schwarzer Sturmhaube. Martialisch sah er immer noch aus, wie er da am Boden lag mit der dunklen Schussweste, die den Aufdruck „Polizei" und sein Blutgruppenzeichen trug. Mit der Pistole im Oberschenkelholster und dem Messer am Gürtel.

Schacht hob noch einmal das Glas auf seinen Freund. Er sah auf seine Uhr. Er hatte zwei Stunden an dem Bett gesessen. Schacht drückte die Hand des Hünen, der nun ganz schwach in seinem Kot lag. Die Flasche Rum ließ Schacht dort stehen. Es würden andere kommen im Laufe des Tages. Männer, die wussten, dass Uli es nicht gewollt hätte, dass man ihn noch besucht, die aber nicht anders konnten. Weil Uli eben dann doch anders gewesen war. Einer, der sanft werden konnte und seinen Töchtern jeden Streich vergab. Ihnen stundenlang beim Spielen zusah, mit einem Bier in der Hand. „Deswegen machst du den Job, stimmt's, Uli? Du willst, dass die Welt für sie so bleibt", hatte Schacht ihm einmal gesagt. „Ja, Wolf. Dafür würde ich sterben."

Das hatte er nun davon. Schacht wäre gern wie Uli gewesen. Neben ihm stehend, hatte er sich immer wie ein Zyniker und Egoist gefühlt. Schacht nahm den schlaffen linken Arm des Freundes. „Ehre und Stärke" stand auf dem Zifferblatt. Er stellte Ulis Uhr und ging.

VIERTES KAPITEL

KAFFEE UND DONUTS 4

Vor wenigen Jahren erst hatte die Berliner Polizei ein neues Gebäude für das Landeskriminalamt am Platz der Luftbrücke in Tempelhof gebaut, auf der anderen Seite des alten Polizeipräsidiums. Von außen modern, verkam es schnell im Innern und glich bald, mit seinen scheinbar endlosen bleichen Gängen, einem Krankenhaus. Auch hier hingen hässliche Bilder in billigen Rahmen oder Poster mit Präventionsparolen der einzelnen Diensteinheiten der Kriminalpolizei: gegen Gewalt, Drogen, Rassismus, Korruption. Nach 22 Uhr fühlten sich hier vor allem die Kolleginnen nicht richtig wohl, obwohl man im Hauptquartier der Polizei ja anderes erwarten würde. Der Komplex wirkte einsam, seine Dimensionen riefen bei manchen geradezu Urängste wach. Unten, wo einst Mitarbeiter des Zentralen Objektschutzes für die Sicherheitskontrollen im Eingangsbereich gesorgt hatten, versahen aus Kostengründen nun einige weibliche Angestellte diesen Dienst. Von den körperlichen Defiziten abgesehen, fehlte es denen sowohl an Umgangsformen als auch an fachlicher Kompetenz. Viele Ermittler schüttelten täglich den Kopf beim Betreten des Hauses und wussten genau, dass einer, der es ernst meinte, ohne große Schwierigkeiten hinein- und wieder herauskam. Es siegt immer der Entschlossenste.

In dem neuen LKA-Gebäude saßen beinahe alle Diensteinheiten der Kriminalpolizei, nur das SEK saß als Unterabteilung LKA 63 zusammen mit den anderen Spezialeinheiten – wie dem MEK oder den Präzisionsschützen – auf einem Grundstück in Berlin-Lichterfelde, auf dem sich auch ein Abschnitt befand.

Die Kommissariate für die Bekämpfung der „Delikte am Menschen" saßen traditionell an der Keithstraße in Tiergarten, unweit des Kurfürstendamms und jenes Konsumpalastes, von dessen Glitzerwelt die Ost-Berliner jahrzehntelang feucht geträumt hatten: dem KaDeWe, dem Kaufhaus des Westens. Die acht Mordkommissionen hatten dort ebenso ihre Büros wie die Experten für die Delikte Kinderpornografie und Kindesvernachlässigung.

Die Keithstraße ging von der Kurfürstenstraße ab, und die Parkplatzsituation war bescheiden. Schacht hatte drei Querstraßen entfernt eine Bucht gefunden und den Rest der Strecke zu Fuß zurückgelegt. Er kannte das Gebäude mit der Hausnummer 30 von vielen Einsätzen, nach denen er und seine Leute Verdächtige zu Vernehmungen geschleppt hatten. Dass die Fotografen der Presse seit jeher auf der anderen Straßenseite warteten, um einen „Abschuss" der Täter zu machen, hatten sie stets gewusst. Sie kontrollierten damit auch ein Stück weit, wen sie abschirmen und wen sie der gierigen Boulevardpresse zum Fraß vorwerfen wollten.

Die doppelte Schwingtür zum LKA war schwer, auch ein kräftiger Mann wie Schacht musste sie mit beiden Händen aufschieben. Sonst war er durch ein Seitentor auf das Hofgelände gefahren. Aber die Zeiten änderten sich.

„Dienstausweise unaufgefordert vorzeigen" stand auf einem alten Schild. Ein Mann von etwa 120 Kilo bei 1,70 Me-

VIERTES KAPITEL

ter Größe forderte ihn auf, sich auszuweisen. Er kramte umständlich einen Zettel hervor, der ihn offenbar an den neuen Kollegen erinnern sollte.

„Schacht, Wolf, da haben wir es ja." Die Frau Schönhorst habe ihn angekündigt. Er wisse, wohin er sich wenden müsse?

Nein, sagte Schacht, er sei zum ersten Mal hier. „Gut, dann an der Wache vorbei rechts zum Fahrstuhl. Dritte Etage, dann Zimmer Nummer 3112 suchen. Immer der Nase nach, Kollege", grunzte der Dicke.

Im dritten Stockwerk angekommen, suchte Schacht die Zimmernummer. Im Vorübergehen war es ihm, als habe er aus einem Zimmer das Tippen einer Schreibmaschine vernommen. Er schüttelte den Kopf und fragte sich, welches Formular die Berliner Polizei noch benutzte, das nicht elektronisch auszufüllen war. Im Zusammenhang mit dem kürzlich bekannt gewordenen NSA-Skandal, der elektronischen Datenüberwachung Zigtausender Bundesbürger durch amerikanische Geheimdienste, hatte Schacht gelesen, dass Schreibmaschinen wieder in Mode kamen. Der russische Geheimdienst FSB hatte angeblich schon einige Hundert solcher Geräte für seine Abteilungen bestellt. Schacht fragte sich auch, was aus den Hunderten Experten geworden war, die einst im Dienst der DDR-Staatssicherheit die Schriftbilder von Schreibmaschinen analysiert hatten. Bekämen diese ausrangierten Fachkräfte bald wieder Arbeit, so etwas wie einen Rentner-Minijob?

Schacht spähte durch die angelehnte Tür und sah Beate in ein Telefongespräch vertieft. Er öffnete die Tür, Frederik hockte vor dem Computer und tippte lustlos einen Bericht. Beate sah ihn, nickte ihm freundlich zu und verdrehte demonstrativ die Augen. Offenbar war sie von dem Gespräch genervt. Frederik stand auf und reichte Schacht herzlich die

Hand. „Punkt acht Uhr, wir haben wegen einer alten Sache etwas früher angefangen. Schmied erwartet uns um neun, wir haben also noch etwas Zeit. Kaffee?"

Schacht nickte dankend und fragte sich, ob das Kaffeeholen nicht in sein Ressort falle. Immerhin war er der Praktikant. Stattdessen holte er eine Pappschachtel hervor.

„Ich habe Donuts dabei, fand es irgendwie passend unter Bullen."

„Danke, sehr nett", sagte Frederik, der die Anspielung auf amerikanische Polizeifilme offenbar nicht verstanden hatte, aber beherzt in die Schachtel griff. Er nahm sich einen Donut mit Zuckerguss und bunten Streuseln und hatte sich schon nach wenigen Minuten den Pullover eingesaut. Beate beendete ihr Telefonat und widmete sich dann ebenfalls dem neuen Kollegen. Noch immer nagte der Zwischenfall in Brettschneiders Wohnung an ihr.

„Wie lange bist du schon dabei?", wollte Schacht wissen.

Offenbar zu lange, stöhnte sie. Sie frage sich, warum sie auf ihre Eltern gehört und Abitur gemacht habe. „Um mich von arroganten Staatsschützern runterputzen zu lassen, hätte ich das nicht gebraucht."

Schacht merkte, dass ein Small Talk über interne Eifersüchteleien bei der Polizei dem Klima in diesem Büro jetzt zuträglich sein würde. Er ließ sich gern darauf ein. „Ihr habt selten das Problem, euch von anderen dumm anmachen lassen zu müssen", holte er aus. „Über uns SEK-Schläger machen sie auch so ihre Witze, aber das ist nur natürlich. Ihr von der Mordkommission seid es aber in Wahrheit, die alle für überheblich und blasiert halten. Mit eurer Aufklärungsrate von 83 Prozent!"

Schacht nahm einen Schluck Kaffee und wunderte sich nicht über die Stille, die nach seinem kurzen Vortrag herrschte. Schmied trat ein, 45 Minuten zu früh, und Schacht

VIERTES KAPITEL

fragte sich, was der von seinen Worten schon auf dem Gang gehört hatte.

Schmied ließ sich jedenfalls nichts anmerken. „Wolf, wie schön, ein Glück, dass Sie schon da sind. Wir gehen zu Schmelzer ins Büro, da besprechen wir die Sache."

Die drei standen auf, Frederik sah Schacht nachdenklich an, als dieser im Gang vor ihm lief.

Schmelzers Büro war groß, aber lieblos eingerichtet. Ein Schreibtisch mit zwei Telefonen, zwei Urkunden von Schießwettbewerben – Platz 2 und 3 – sowie ein Wimpel der GSG9.

„Da war wohl einer beim Tag der offenen Tür", dachte sich Schacht und nahm den Platz ein, der ihm zugewiesen wurde. Der Konferenztisch war ebenso alt und abgegriffen wie die darumstehenden Stühle. Schmelzer saß am Kopfende vor einer großen Packung Gummibärchen. Neben ihm saß Bernd Oster, der, wie Schacht jetzt wusste, stellvertretender Leiter der 5. Mordkommission war und – bei Tageslicht besehen – ein wenig Ähnlichkeit mit den weißen Bären aus Schmelzers Tüte hatte. Beate und Frederik nahmen Platz neben Tobias Geißen, ein weiterer Kollege, der Sonntagnacht nicht am Einsatzort gewesen war. Klein, untersetzt, trotz seiner Jugend schon fast kahlköpfig, mit einem Blackberry in der Hand. Schacht konnte ihn noch nicht einschätzen. Der Rest der Truppe war krank, im Urlaub oder bummelte Überstunden ab.

Schacht wunderte die schwache Besetzung, zumal es den mutmaßlichen Suizid eines Staatsschützers zu bearbeiten galt. Erst jetzt fiel ihm ein, dass man den Fall – sofern es einer war – ja längst der Mordkommission entzogen hatte.

„Morgen", sagte Schmelzer. „Herrn Schacht kennen die allermeisten von Ihnen ja schon. Er bleibt für zwei Monate bei uns, wer Fragen hat, soll sie ihm selbst stellen." Geißen schaute von seinem Blackberry auf, nickte Schacht zu und schrieb einige Notizen auf einen Block, der vor ihm lag. Schmelzer fasste im Protokollton zusammen, was bisher geschehen war. Dass der Staatsschutz nun selbst die Ermittlungen zum Tod Brettschneiders führe. „Sie werden bitte Ihre Erkenntnisse, so Sie welche gewinnen konnten, zu Papier bringen und diese mir dann zur Prüfung überlassen, bevor ich sie an die ermittelnden Kollegen weiterleite."

„Wir sind also völlig raus aus dem Fall?", fragte Schacht.

Schmelzer hielt inne und bedachte den Neuen mit einem spöttischen bis geringschätzigen Blick, schaute dann in die Runde, um sich zu vergewissern, dass es jeder mitbekommen hatte. „Die Mordkommission ist raus aus dem Fall", fügte er dann hinzu.

Schmied räusperte sich. „Horst, Kollege Schacht gehört der Mordkommission für die nächsten zwei Monate an, wie Sie eingangs ganz richtig erwähnt haben. Und das auf meinen ganz ausdrücklichen Wunsch hin."

Schmelzer schien diese Maßregelung nicht zu beeindrucken. Man sei personell knapp besetzt. Er habe sich, wenn schon, dann einen erfahrenen Ermittler gewünscht, der nicht erst in die Grundbegriffe der Polizeiarbeit eingeführt werden müsse. Ihm sei eine echte Unterstützung angekündigt worden und „kein Mann für die Ringecke".

Schmelzer ging sehr weit. Schacht wunderte sich, weil er wusste, dass dieser die Autorität des Chefs aller Mordkommissionen infrage gestellt hatte. Und das vor Untergebenen. Er kannte Schmelzer nicht, aber die Reaktionen der Kollegen vermittelten ihm den Eindruck, dass Schmelzer eine Show abzog und dass ein solcher Wortwechsel nicht gerade oft vorkam. Schmelzer suchte Ärger, aber warum ausgerechnet seinetwegen, wegen Wolf Schacht, dem Praktikanten?

Schmied spreizte die Nasenflügel, ließ sich aber nicht provozieren. „Ich denke, die Kollegen kehren jetzt an ihre

VIERTES KAPITEL

Schreibtische zurück, auf denen sich sicher die Akten stapeln. Und wir beide besprechen die jüngsten Entwicklungen im Fall Brettschneider."

Die anderen erhoben sich, und nachdem die Tür von Oster zugezogen worden war, konnte selbst der Pförtner im Erdgeschoss den alten Schmied schreien hören.

Schacht saß an seinem Leihschreibtisch und wusste nicht im Geringsten, was er tun sollte.

„Die Wahrscheinlichkeit, dass ich einen interessanten Auftrag bekommen werde, ist wohl eher gering", sagte er zu Beate.

„Tut mir leid, das Ganze", antwortete sie. „Er ist zwar schwierig, aber so kenne ich ihn auch nicht."

Die Tür ging auf und Schmied kam herein. Er hatte einen hochroten Kopf und wirkte zufrieden, gab sich aber Mühe, dass man ihm das nicht zu sehr anmerkte. In seiner Fantasie sah Schacht jetzt das geräumige Büro von soeben, in dessen Mitte Schmelzer lag: in Scheiben geschnitten und umrahmt von einer gigantischen Blutlache.

„Macht mal den Fernseher an. Tiedge gibt gleich eine PK. Die Pressestelle hat angerufen. Kilian ist auch dabei", befahl Schmied.

Schacht wunderte sich, dass sich die Presse für den Selbstmord eines Staatsschützers interessierte, aber vermutlich waren längst Gerüchte über einen Mafiamord im Umlauf. Brettschneiders Chef, das wusste Schacht, hatte dem Organisierten Verbrechen in Berlin mehrfach öffentlich den Krieg erklärt.

Frederik schaltete den kleinen Apparat an, der neben Beates Schreibtisch und einer ganzen Galerie vertrockneter Topfpflanzen auf dem Fensterbrett stand. Im Programm des lokalen Fernsehsenders RBB sah man schon den „Blauen Salon" des LKA-Gebäudes. Die Pressekonferenz lief bereits, und die Kamera war auf das Gesicht des Innenstaatssekretärs gerichtet: Arnold Tiedge. „… bei seiner Familie und seinen Freunden", sagte der Politiker mit gesenkter Stimme. „Wir werden wahrscheinlich niemals herausfinden, was genau diesen besonnenen Beamten zu diesem Schritt getrieben hat." Schacht lauschte den Worten Tiedges aufmerksam. Der Mann sprach taktvoll, konzentriert und anteilnehmend. Schacht kaufte ihm ab, dass ihm der Tod des Leibwächters persönlich naheging.

Er selbst, so fuhr Tiedge fort, mache sich auch persönlich Vorwürfe. Er sei es gewesen, dem Brettschneiders seelischer Verfall im täglichen Dienst aufgefallen sei. Schacht war von Tiedges Art zu sprechen ebenso beeindruckt wie Beate und Frederik – Schmied stand hinter ihm, sodass Schacht seine Reaktion nicht sehen konte. Aber offenbar hörten auch die Journalisten dort unten im Saal aufmerksam zu. Es sei Zeit, sagte der Staatssekretär, der „Ökonomisierung" der Polizeiarbeit Einhalt zu gebieten und das Menschliche wieder etwas in den Vordergrund zu rücken. Jeder müsse die psychischen Signale bei seinen Kollegen erkennen können und darauf reagieren. „Er wollte keine Hilfe, deswegen hatte ich verfügt, dass er ab der kommenden Woche vom Außendienst abgezogen werden sollte, um sich zumindest zeitweilig und bis zu seiner Genesung mit der Planung der Einsätze und der damit verbundenen Logistik zu befassen. Leider kam dies zu spät, und ich bedaure das."

Nach Tiedge kamen auch Polizeipräsident Peter Rutsch sowie ein paar andere zu Wort.

„Wenn der wüsste", dachte Schacht bei sich. Wenn Brettschneider ein besonnener Beamter war, dann war er Eddie Vedder.

„Wolf", er hörte die Stimme von Schmied, „es ist Ihr erster Tag, und im Moment ist nicht viel zu tun. Ob Sie mir mal

VIERTES KAPITEL

in allen Einzelheiten die Sache in der Irakischen Botschaft schildern könnten?"

Wenige Wochen zuvor hatte es dort eine Geiselnahme gegeben, die aber glimpflich beendet worden war. Schacht wusste, dass Schmied sich den Bericht hätte kommen lassen können, wenn er es wirklich gewollt hätte.

„Gern, in Ihrem Büro?"

„Ja, kommen Sie, ich kann es gar nicht erwarten." Im Fernsehen sei ja nur ein allgemeiner Bericht gewesen. Was Schacht und seine Leute da genau getan hätten, sei kaum bekannt geworden.

Sie überließen Beate und Frederik ihren Mutmaßungen und gingen in Schmieds Büro. Es war wie die anderen der leitenden Beamten, groß und öde.

„So, Wolf, Sie merken ja schon, was hier abläuft. Sie haben nicht nur Fans hier, das war aber allen klar. Frederik und diese junge Beamtin sind in Ordnung, ich hoffe, die lassen sich nicht versauen." Er selbst, so fuhr Schmied fort, sei ja nicht so weit nach oben gekommen, hätte er nicht „einen gewissen Riecher für den Geruch von Scheiße". Und den habe er schon vernommen, als er dorthin gerufen wurde, wo Brettschneider mit durchschossenem Schädel hinter dem Steuer saß. „Viel Zeit ist nicht, weil ich Sie bald mit einer offiziellen Aufgabe betrauen muss. Beziehungsweise Schmelzer."

Allmählich dämmerte Schacht, worauf Schmied hinauswollte. „Der heutige Tag wird sicher noch so dahinplätschern. Ich weiß, was Sie von Brettschneider halten, und ich ahne, weswegen. Hören Sie sich mal um nach diesem Kerl. Ich will nicht wissen, bei wem. Aber es wäre schön, wenn Sie heute Abend was zu erzählen hätten. Ich lade Sie zum Steak ein. 20 Uhr, das Escados am Kudamm."

Dann klaubte Schmied ein paar Papiere zusammen, faltete diese nachlässig und schob sie in die Innentasche des Jackets. Er nickte, verließ sein eigenes Büro und ließ Schacht mitten im Raum stehen.

Draußen hatte ein Nieselregen eingesetzt. Der Dicke am Eingang hatte seine Schicht einer dauergewellten Kollegin übertragen, die ein Kreuzworträtsel oder Sudoku in einer Boulevard-Zeitung löste. Oder zu lösen versuchte. Sie sah nämlich verzweifelt aus. Schacht trat heraus, klappte den Sakkokragen hoch, steckte die Hände in die Taschen seiner Jeans. Wo er beginnen musste, wusste er genau.

FÜNFTES KAPITEL

GLADIATOREN 5

Die düsteren Gewitterwolken über dem Augustaplatz in Berlin-Lichterfelde ließen die Szene noch gespenstischer wirken. Zwei dunkle Gestalten standen dort oben an der flachen Dachkante eines mehrgeschossigen Gebäudes – mit dem Rücken zum Abgrund gewandt, und zwar so nahe, dass ihre Fersen bereits waagerecht in der Luft standen. Sie nickten einander zu und gaben sich ein routiniertes Handzeichen. Dann seilten sie sich flink und synchron wie zwei schwarze Spinnen an der Fassade ab. Schacht erkannte Bernhard und Sergej. Hier trug niemand eine Maske. Er hätte sie aber auch damit erkannt. Training war alles. Und sie trainierten, so oft sie konnten.

Der Rhythmus steckte noch in ihm. Schacht kannte die Zyklen der Dienstpläne und wusste daher, dass seine Jungs heute bei der Arbeit waren.

Er komme aber spät, sagte der Pförtner. Schacht log, er habe Urlaub, weil er nicht erklären wollte, wo er sich in der nächsten Zeit herumtrieb. Er passierte die hochgefahrene Schranke, fuhr auf das Gelände und bog nach wenigen Metern rechts ab. Links lag das Abschnittsgebäude mit der Meldestelle, rechts das Haus der Spezialeinheiten. Das ganze Team war da, demnach hatten sie keinen Einsatz. Der dunkle VW-Bus, der Basiswagen, mit dem nicht serienmäßigen, besonders PS-starken Motor und den dunklen Teleskopleitern auf dem Dach, die viertürigen Limousinen und der BMW-Geländewagen vom Typ X5, in dem der Teamführer stets auf der Beifahrerseite saß.

Alle standen geparkt vor dem Eingang. Bernhard und Sergej lösten sich von ihren Karabinerhaken und sahen Schacht offenbar nicht ankommen. Im Vergleich zu vielen anderen Einheiten hatte das Team viel Zeit zum Trainieren. Eine SEK-Schicht in Berlin dauerte 24 Stunden. Man kam um sieben Uhr morgens und ging zur gleichen Zeit am folgenden Tag. Sie schliefen in Mehrbettzimmern und machten Sparring auf dem Boxboden. Der war im oberen Teil des Gebäudes. Sie pumpten Gewichte im Fitnessraum oder übten taktisches Vorgehen in dem eigenen Gebäude. Manche Ehe war an dem Job gescheitert. Was nur natürlich war.

Diese Männer waren für extreme Gewalterfahrungen gemacht. Schacht wunderte sich immer über die weitverbreitete Ansicht, dass man das Kämpfen für den Ernstfall täglich trainieren konnte, sonst aber ein friedliebendes, bürgerliches Leben lebte. Wer sich so intensiv mit Gewalt beschäftigte wie seine Männer, wandte sie früher oder später an. Auch dann, wenn sich der Ernstfall einmal nicht ergab. Sicher, es gab auch die Besonnenen. Aber die meisten, daran hatte Schacht nie gezweifelt, waren auf ihre Art und Weise irre. Gefahrensucher.

Sie stritten sich, wer zuerst dorthin rennen durfte, wo sich ein Geiselnehmer mit der Kalaschnikow verschanzt hatte. „Erstkontakt" mit dem Täter, das war der Begriff, um den es den Verrückten ging. Was sollte eine halbwegs normale Frau mit halbwegs normalen familiären Ansprüchen tun, wenn ihr Mann zweimal die Woche für 24 Stunden mit solchen Kerlen herumhing? Sie konnte in den Gesprächen nicht dazwischengehen. Man kam nicht zwischen das, was diese Männer zueinander sagten. Man konnte ihre Ansich-

FÜNFTES KAPITEL

ten nicht hinterfragen, auch nicht ihr Verhältnis zur Gewalt. Wenn diese Männer etwas bereuen, dann das, dass sie nicht in Amerika geboren waren und bei allem Training nie die Chance hatten, mit den U.S. Navy Seals auszurücken und einen Osama bin Laden in einer Kill-Mission zu töten. Sie brauchten das Böse. Und wenn es nicht von selbst zu ihnen kam, mussten sie sich eben auf die Suche nach ihm machen. So wie man eine Schlange aus einem Erdloch treibt.

Während Schacht in das Hauptquartier des SEK schlenderte, dachte er abermals an Uli. Wie konnte ein Gladiator die Bedeutung eines Elternabends würdigen? Sich über die Rasenmähzeiten seines Nachbarn ärgern? Eine Vier in Mathe des Jüngsten zum Anlass für ein ernstes Gespräch nehmen? Vielen gelang das nicht. Sie mussten sich irgendwann entscheiden zwischen diesen beiden Leben. Schacht hatte für sich beschlossen, nur das eine führen zu wollen, um niemals vor dieser Entscheidung zu stehen. Natürlich gab es Alice. Aber er glaubte, dass sie im Herzen war wie er. Das machte es leichter.

Die anderen Dienststellen nannten das SEK auch „Erdgeschoss". Das lag schlicht daran, dass die Männer dort ihre Räume hatten. Darüber lagen die des MEK. Es war seit Jahren ein normaler Sprachgebrauch, wenn die Frage in einer Einsatzbesprechung auf den Zugriff kommend mit dem Satz beantwortet wurde: „... übernimmt das Erdgeschoss."

Schacht ging auf die Wache zu.

„Guten Morgen, Wolf Schacht, Mordkommission. Ist das hier der Sitz der hirnlosen Polizeischläger?"

Er grinste durch die Scheibe, und Peter zeigte ihm die geballte Faust.

„Gegelte Anzugträger haben hier keinen Zugang. Melden Sie sich oben beim MEK."

Bullensprüche. Es war erfrischend.

„Wo steckt Quiquek?", fragte Schacht.

„Verprügelt den Nachwuchs", grinste sein Kollege. „Achtung!"

Peter legte den Finger auf den Mund, Schacht hörte Quiqueks kehlige Stimme schon aus der Trainingshalle.

„Das war alles, du Lappen? Steh schon auf, sonst kannste gleich zur Entenpolizei gehen."

„Was hat er nur gegen den Wasserschutz?", grinste Schacht.

„Ohne Witz", prustete jetzt Peter, „die haben ihm neulich eine Knolle verpasst. Er wollte mit Lea mal einen Bootsausflug auf der Havel machen. Stell dir vor: Die Entenpolizei fährt jetzt schon Streife in Zivil!"

„Ist ja ein Ding", sagte Schacht und lauschte wieder Quiqueks Kommandos.

„Er ist auf dem Boxboden, aber das hörste ja. Bleibste nachher auf einen Kaffee oder gehste sofort zurück in die feine Gesellschaft?"

Peters letzte Worte klangen plötzlich ernst. Seit sie von Schachts Hospitanz bei der Mordkommission erfahren hatten, zweifelten manche im SEK schon daran, dass der Teamführer je zurückkehren würde.

„Klar, ich geh jetzt Svennie verhauen, und dann mit zwei Stück Zucker bitte."

„Das will ich sehen." Der Schalk in Peters Stimme war jetzt wieder da.

Schacht stieg die Treppen bis ganz nach oben, und die Schreie wurden lauter. Eigentlich nur die von Quiquek, die anderen drei Anwesenden waren zurückhaltend und still.

Dem Bürgeramt war Quiquek als „Sven Dietrich" bekannt. Seinen Spitznamen hatte er den großflächigen, mitunter kunstvollen Tätowierungen auf seinem gestählten Körper zu verdanken. Als Schacht ihm zum ersten Mal begegnete, musste er an den Spielfilmklassiker „Moby Dick" denken, den er als Teenager mit großen Augen im Fernsehen geschaut hatte. Eine der Hauptfiguren der Geschichte, die auf einem Wahlfänger im 19. Jahrhundert spielte, war der düstere, aber aufopferungsvolle Harpunier: ein tätowierter Südsee-Insulaner namens „Queequeg", der weder Tod noch Teufel fürchtete. Da Schacht nur den Film gesehen, aber nie das Buch gelesen hatte, und so den Namen nur vom Hören kannte, war die Schreibweise „Quiquek" entstanden, was so nun schon seit Jahren auf allen Geburtstagskuchen für Sven Dietrich stand.

Quiquek war ein harter Hund, ein Gefahrensucher, einer derjenigen Irren, die bei Einsätzen keinen Widerspruch duldeten, wenn es darum ging, der Zweite hinter dem Schildträger zu sein. Die gefährlichste Position, weil sie am wenigsten gedeckt und für den Erstkontakt mit dem Täter vorgesehen war. Der Zweite lief versetzt hinter dem Schildträger und hatte eine Hand auf dessen Schulter, in der anderen die Waffe. Der Dritte ragte in der Keilform mit dem Sturmgewehr noch weiter hinaus, dahinter folgte der Rest.

Schacht sah Quiquek im Ring stehen. Er trug eine Karatehose, ein schwarzes T-Shirt, seine Hände steckten in Boxhandschuhen. Die dunkle Tätowierfarbe schimmerte auf der schwitzenden Haut. Sein linker Arm war von der Schulter bis zum Handgelenk besonders aufwendig tätowiert. Der 35-Jährige hatte ewig gespart und sich vor Jahren einen Acht-Wochen-Trip in die Südsee gegönnt. Als er zurückkam, war der Arm voll. Eingeschlagen auf die traditionelle Art und Weise der Polynesier, mit kleinen Meißeln und Hämmern. Eine Woche Schmerzen, wenn das reichte, aber Sven war froh. Ein Irrer eben.

Die jungen SEK-Schüler, die gerade den Basislehrgang absolvierten, waren am Ende ihrer Kräfte. Quiquek hatte mit ihnen trainiert, er hatte das Gleiche hinter sich, befand sich aber zusätzlich noch im normalen Dienst. Er wirkte aber ausgeglichen und fröhlich. Das dichte schwarze Haar trug er kurz, er war knapp 1,80 Meter groß, sein Körper war beeindruckend trainiert – das musste Schacht immer wieder anerkennen. Quiquek machte angeblich 300 Liegestütze am Tag, seine Brustmuskulatur drückte sich durch das nass geschwitzte T-Shirt. Wenn sie von Quiqueks Bauchmuskulatur sprachen, war der Ausdruck „Sixpack" fehl am Platze. Sergej hatte einmal nachgezählt: Quiquek besaß keinen Sechser, sondern einen Achter. So hart trainiert, dass er wahrscheinlich nicht mal einen Schlag mit einem Zimmermannshammer spüren würde.

Schacht war dankbar, einen Mann wie ihn im Team zu haben. Einen, auf den man sich hundertprozentig verlassen konnte, der in einer Kneipenschlägerei im Notfall auf zehn Leute gleichzeitig losging und dabei keine Angst um seine Gesundheit hatte. Einer, der dem weißen Wal die Harpune erst in den Leib rammt, wenn er ihm in die Augen sehen kann. Quiquek hatte damals den Rocker niedergestreckt, der Uli mit der Eisenstange getroffen hatte. Schacht wunderte sich noch heute, wie Quiquek damals seine Emotionen im Griff gehabt hatte. Denn als sie gewahr wurden, was mit Uli passiert war, hätten sie dem Rocker am liebsten den Schädel zertrümmert. Gewollt hätten sie das alle. Aber das wäre wohl nicht professionell gewesen. Man musste sich immer noch vom „polizeilichen Gegenüber" unterscheiden, wie es hieß. Manchmal fehlte nicht viel – manchmal überschritten sie auch diese Grenze. Das wussten auch die anderen, denen sie dann gegenüberstanden. Es hatte Einsätze gegeben, nach denen man ihnen die Dienstmarken und Waffen hätte abnehmen müssen. Weil sie manchmal Dinge taten, die nach allem, was Schacht über das Gesetz wusste, nicht in Ordnung waren.

FÜNFTES KAPITEL

Sicher durfte niemand willkürlich misshandelt werden, das war auch unmännlich in ihren Augen. Aber wenn ein Kinderschänder sich während des Zugriffs beim Anbringen der Handschellen einmal die Schulter ausrenkte – wer wollte da dem Beamten eine böse Absicht unterstellen? Wenn ein abgehalfterter Boxer, der inzwischen als Rapper bei einem Plattenlabel unter Vertrag stand, in einem recht vornehmen Berliner Stadtteil seine schwangere Frau verprügelte und die Polizei wusste, dass der Rapper Waffen im Haus hatte, rückten Schacht und seine Männer an. Wenn der Rapper sich dann immer noch aufspielte, forderte Quiquek ihn zum Duell Mann gegen Mann und polierte ihm die Fresse, dass es nur so eine Art war. Gegen diese Bestrafung, die er vom Gericht niemals bekommen würde, konnten seine teuren Rechtsanwälte nicht viel unternehmen. Und der Rapper würde den Mund halten, sofern er ihn wieder aufbekam.

Quiquek und Schacht schüttelten sich die Hände und rammten sich gegenseitig mit den Schultern. Sie waren Freunde, für den Rest ihres Lebens.

„Nehmt mal Haltung an, ihr Klappstühle", brüllte Sven, „das ist der Teamführer des Dritten."

Die jungen Männer schauten die beiden an. Sven grinste. „50 Liegestütze, und zwar pro Treppenabsatz. Und jetzt los, ich sehe mir das an."

Die SEK-Schüler spurteten los.

„Gute Jungs?", fragte Schacht leise.

„Und wie", Svens Augen leuchteten. „Sind wie wir. Ich habe sie ordentlich verdroschen, aber sie verlangen immer noch mehr. Sie wollen unbedingt ins Dritte. Du weißt, warum."

Schacht nickte. Er kannte den Grund, der die jungen Männer motivierte, auch wenn niemand je darüber sprach. Das Ereignis, das sein Team, das Dritte, zur Legende hatte werden lassen: dreckig, gnadenlos, gerecht. Er war nicht stolz darauf, dachte sich Schacht. Aber wenn er sich ganz ehrlich selbst fragte, irgendwie doch. Die Männer keuchten im Flur, Quiquek brüllte quer durch das Haus. Dann ließ er die Schüler wieder antreten. Sie waren außer Atem, ihre Köpfe knallrot, ihre Hände zitterten.

„Wisst ihr was, ihr Pfadfinder?"

Er sprach ernst und zwinkerte Schacht zu. Die jungen Männer sahen es nicht.

„Ich habe in meinen Jahren schon eine Menge Nachwuchs gesehen. Aber etwas wie euch, so etwas kam mir bisher nicht unter."

Die Gesichter blieben regungslos.

„Sollte mich einer von euch Klappstühlen beerben in fernen Jahren, so ist es gut bestellt um uns."

Die SEK-Schüler schauten erleichtert: Einer konnte sich ein stolzes Grinsen nicht verkneifen.

„Geht jetzt duschen, ihr stinkt."

Quiquek hob scherzhaft die Fäuste und deutete eine Attacke an. Die Jungs verließen den Raum.

„Das macht dir Spaß, was?"

„Ja. Und du? Muss ich jetzt den Wagen holen?"

„Arsch. Ich war bei Brettschneider am Tatort."

„Der Lappen. Wir haben heute bei der Pressekonferenz beinahe die Glotze aus dem Fenster geworfen. Der und besonnen. Ein Nuttenficker war er, ein Angeber und eine Schande für den Personenschutz."

„Ob Friedel was weiß?"

„Wer, wenn nicht er?"

Friedrich Lege war ein ehemaliger SEK-Beamter, der nach dem Erreichen der Altersgrenze das Glück gehabt hatte, dass er als Ausbilder zum Personenschutz gehen konnte.

„Ich rufe ihn mal an. Du hast alles im Griff?"

FÜNFTES KAPITEL

„Klar, Chef."
Sven war stellvertretender Teamführer.
„Kommst du morgen zum Training?"
„Ich versuch's."
Er war seit zwei Wochen nicht beim Boxen gewesen.
„Ruf mich an, wenn was ist."
„Ehrensache."
Sven grinste. Dann brüllte er ins Treppenhaus.
„Sind die Damen dann bald fertig mit dem Duschen?"
Schacht ging die Treppe hinunter. Und er spürte Quiqueks Blick in seinem Rücken. Sie beide ahnten, dass die gemeinsame Zeit schon bald ein Ende haben würde.

HÄNGENDE DECKUNG 6

„Du willst was über Brettschneider wissen, stimmt's?"
„Ja, meine neue Truppe hatte den Fall für ein paar Stunden."
„Deine neue Truppe!"
„Friedel, es sind nicht nur Arschlöcher da. Auch ein paar sehr Anständige. Du kennst Schmied lange, und er hat ein Händchen für junge Leute. Außerdem kann ich ein bisschen stänkern."

Friedrich Lege hatte ihn immer beeindruckt. Wahrscheinlich war er so etwas wie Schachts Vorbild gewesen. Der Alte war hart gewesen. Immer. Gerecht, anständig, rau und ehrlich. Schacht hatte sich oft vorgestellt, ob er selbst anders geworden wäre mit einem Vater wie ihm.

„Hast du Heiko gesehen?", fragte der.

„Ja, er hatte ein blitzsauberes Loch in der rechten Schläfe. War sofort tot. Mir kommt es komisch vor. Wir mochten ihn nie sonderlich, wie du weißt. Wie war er bei euch?"

Lege dachte nach. Brettschneider war nicht sein Freund gewesen, aber er war dennoch ein Kollege.

SECHSTES KAPITEL

„Ich weiß nicht, wie ich ihn beschreiben soll. Er hatte eine große Fresse. Hielt sich für den Besten. Er war tatsächlich ein sehr guter Schütze, aber er verwechselte seine körperliche Dominanz immer mit dem, was ein Personenschützer wirklich haben muss." Schacht wusste, was das in Leges Augen war: Verstand und ein sicheres Gespür, das es ermöglicht, das Verhalten anderer Menschen einzuschätzen und notfalls vorauszuahnen.

„Über unser Vorauskommando hat er immer gelacht", fuhr Lege fort. Brettschneider habe Aufklärung vor dem Eintreffen seiner Schutzperson bei Terminen und Anlässen für blödsinnig gehalten. Er sei imstande, das auch so klären zu können, habe er gesagt.

„Obwohl ich ein paar Jahre Einfluss auf ihn hatte, konnte ich auch keinen besseren Menschen aus ihm machen", fuhr Lege fort. Schacht schaute nachdenklich zu Lege auf. Für einen Moment war er sich nicht mehr sicher, von wem der Alte sprach: von Brettschneider oder von ihm selbst?

Leges Nummer hatte Schacht nicht mehr im Kopf gehabt, es war eine Weile her. Lege hatte sich merklich über seinen Anruf gefreut.

Und wie er jetzt so in einem Café am Forum Steglitz dasaß und beide Hände um eine Apfelschorle gelegt hatte, machte es Schacht Freude, den Alten zu betrachten. Sonderlich alt war Lege eigentlich nicht, Schacht schätzte ihn auf Ende 50: ein Haudegen, der sich den neuen Errungenschaften der Polizeiarbeit nicht mehr stellen wollten. Aufgewachsen im Arbeiterbezirk Wedding hatte sich der Junge ohne Vater durchs Leben geboxt, im wahrsten Sinne des Wortes. Heute gab es Computer und Profiler, diplomierte Absolventen der Kriminalwissenschaften, die sich nicht – wie einst Lege – im Wedding mit Dieben um einen Sack Kohlen geprügelt hatten. Wer wollte ihnen das verdenken?

HÄNGENDE DECKUNG

Lege war Funkstreife gefahren, und weil er auch bei schlimmsten Kloppereien in Kiez-Eckkneipen am Ende alle Protagonisten entweder beim Versöhnungsbier oder in der Mehrpersonenzelle vereint hatte, hatte sein Abschnittsleiter ihn zum SEK empfohlen. Lege war einer der ganz besonnenen Männer in der Truppe gewesen. Legendär sein Auftritt bei einem Einsatz in der Gropiusstadt: Dort wollte einer seine Frau erstechen, weil sie angeblich Geld aus seinem Portemonnaie genommen hatte, das für sein abendliches Bier vorgesehen gewesen war. Die Nachbarn bekamen es mit der Angst – das damals zweite Team hatte Lege am Ende des kargen Flures in der grauen Mietskaserne in Stellung gehen lassen. In voller Montur. Dann hatte der Bulle mit Herz an der Tür geklingelt. Der Wütende war noch kein Täter, aber auf dem Weg, einer zu werden. Am Dialekt einen gleicher Herkunft erkennend, öffnete der sogar, ließ allerdings die Türkette einrasten und sprach durch einen Spalt.

„Sieh mal", hatte Lege gesagt, „du weißt, dass du im Unrecht bist. Aber bisher ist nicht viel passiert. Deine Frau und du, wenn ihr euch wieder vertragen habt, bleibt nicht mehr als eine Bedrohung übrig. Und wenn du nicht vorbestraft bist, wird das keine große Sache!"

Der Täter hatte angefangen nachzudenken, das Messer sinken lassen und sich von innen an die Tür gelehnt. Es wäre für Lege eine Kleinigkeit gewesen, die Kette aus dem Schloss zu rammen und den Mann zu überwältigen, aber er wollte ihn zur Einsicht bringen und wartete für die Länge einer Zigarette, die der Delinquent in spe nachdenklich vor sich hin rauchte. „Pass auf Alter, jetzt kommen wir in Zeitnot", setzte Lege noch einmal an. Jetzt komme bald die Kripo, dann vielleicht noch der Direktionsleiter. Und da es Sonnabend sei, werde der um diese Zeit sauer sein, weil er seine Kohlroulade habe stehen lassen.

SECHSTES KAPITEL

„Also, wenn du nicht rauskommst, kommen die rein", hatte Lege gesagt und auf seine Kollegen gedeutet. Der Mann gab auf, eine Minute später.

Lege hatte sich gefreut, weil es irgendwie doch ein gutes Ende genommen hatte. Schacht fragte sich, wann er das letzte Mal einen Menschen mit Argumenten von einer Gewalttat abgehalten hatte. Er konnte sich nicht daran erinnern. Es wurde immer derber in dieser Großstadtwelt, der Einsatz von Schusswaffen bei Kriminellen war längst entschlossener und hinterhältiger als zu Leges Wedding-Zeiten. Schacht erinnerte sich an Leges Abschied – nach einer SEK-Vorführung vor einer Delegation israelischer Polizisten, die in Berlin zu Gast waren. Schachts Männer waren ganz überzeugt von ihrer Darbietung gewesen, Lege aber kam danach mit einem Blech Kuchen in die Unterkunft. „Kinder, ich bin raus und habe hier nichts mehr zu sagen." Außer Donnern und Krawall habe er heute nichts gesehen. Ob sie eigentlich noch einen Schrank mit Straßenkehrer-Kostümen und Anzügen der Müllabfuhr hätten, um sich unerkannt in einen Einsatz zu begeben? Oder ob sie nur noch herumsprengten?

Lege nippte an seiner Schorle. Dem Geruch von Leges Kleidung nach urteilte Schacht, dass der das Rauchen inzwischen aufgegeben hatte. Der Alte hatte nie unangenehm gerochen, aber die Mischung aus Tabakrauch und Rasierwasser hatte Lege immer gut gestanden. „Wie geht es denn, Friedel?", fragte Schacht und war sich nicht sicher, ob er diese Frage nicht soeben schon einmal gestellt hatte.

„Kann nicht klagen. Erzähl mal im Ernst, du willst zu den Langschläfern?"

„Friedel, ich muss mich umsehen. Und es ist eine Erfahrung."

Lege ging über den letzten Satz hinweg und war plötzlich wieder bei Brettschneider. „Er hat immer von seinen Frauengeschichten erzählt. Wen er so alles flachlegt, und was die Damen so bei ihm anstellen, um ihn geil zu machen. Es hat uns ziemlich genervt, aber Tiedge hatte einen Narren an ihm gefressen." Über Kunst und klassische Musik habe sich der Staatssekretär gewiss nicht mit Brettschneider unterhalten, fuhr Lege fort. Schacht dachte unwillkürlich an das Mösengemälde in Brettschneiders Wohnung. Wie dem auch sei, Tiedge und sein Leibwächter seien gut miteinander ausgekommen, sagte Lege. Trotz aller Angebereien sei Brettschneider tatsächlich dessen Chefpersonenschützer geworden. Es habe in den vergangenen Monaten ja mächtigen Trubel gegeben, auch mehrere Interviews mit Tiedge in den Medien: Der habe dort die sogenannte Offensive des Senats gegen Bandenkriminalität und Organisiertes Verbrechen vorgestellt. Die Risikoeinschätzung für Tiedge sei dadurch gestiegen, der Personenschutz aufgestockt worden. „Vielleicht lag es auch daran, dass sich Heiko schon in neuen Hemisphären sah", schloss Lege seinen Bericht.

„Was meinst du?" Schacht setzte sich gerade hin.

„Nach der Scheiße, die der Verfassungsschutz in den letzten Monaten gebaut hat, könnte ein Posten vakant werden. Es heißt, dass Tiedge dafür im Gespräch ist."

„Als Chef des Bundesamtes für Verfassungsschutz?", fragte Schacht. Lege nickte. „Hast du das nicht gewusst? Tiedge war selbst Bulle, ist charismatisch und kompetent – du hast ihn ja schon mal gesehen. Das richtige Parteibuch hat er auch."

Schacht interessierte sich weder übermäßig für Berliner Politik noch für Gerüchte aus dem Personalwesen. Aber die Nachricht, dass Brettschneiders Schutzperson als Leiter des Inlandsnachrichtendienstes im Gespräch war, schien ihm nicht unwichtig.

„Wie ist das bei euch logistisch. Habt ihr einen Schrank für Sport und Ausrüstung zusammen?"

SECHSTES KAPITEL

„Nein, warum fragst du?"

„Ich habe einen Schlüssel aus dem Privatbesitz von Heiko, auf dem Sport steht und den ich dem Staatsschutz nicht geben möchte, weil die uns nerven, uns den Fall wegnehmen und uns ohnehin für dämlich halten."

Schacht spürte, dass Lege darauf achtete, wie er „uns" sagte. Dreimal hintereinander.

„Wolf, das ist Unterschlagung von Beweismaterial. Dafür reißen die dir den Arsch auf. Zu Recht. Du musst einen verdammt guten Grund für so ein Verhalten haben. Wir sind hier nicht in einem Hollywoodfilm."

Der Haudegen hatte sich inzwischen einen Kaffee bestellt. Sie sprachen nicht. Ein paar Minuten lang. Dann schaute Lege ihn an. „Brettschneider hat zu Hause mit eigenen Geräten trainiert. Aber knapp eine Woche vor seinem Tod hat er geprahlt, jetzt in eines dieser 24-Stunden-Studios eingetreten zu sein, weil er die Tresenmieze dort zu Nachtzeiten knallt."

„Weißt du, welche Filiale?"

„Tempelhof."

„Okay, hast mir geholfen."

„Wie geht's dir? Es war Uli-Tag."

„Du weißt, wie es mir geht."

Lege nickte. Sie fanden ein anderes Thema, sprachen über alte Zeiten, was die Jungs so machten, der Nachwuchs, wie es beim Personenschutz zuging, Bullenthemen. Als sie sich verabschieden wollten, wurde Lege ernst.

„Was glaubst du, Wolf, was ist da passiert?"

„Ich weiß es nicht, Friedel. Legt sich so ein Angeber um? Und wenn ja, wieso? Vielleicht war er ja schwul und ist am Bahnhof Zoo mit einem Stricher von einer zivilen Einheit gesehen worden." Lege ignorierte Schachts Bemerkung, und in diesem Moment musste sich Schacht eingestehen, wie dämlich diese gewesen war.

Auf der Straße reichten sich die beiden Männer die Hand. „Gehst du noch mit Quiquek zum Boxen?", wollte der Ältere wissen.

„Klar, hatte in letzter Zeit viel zu tun, aber du weißt, es ist eine Sucht."

„Wir machen viel Sparring bei uns, ich habe oft gegen Brettschneider geboxt."

„Und?"

Lege zog den Reißverschluss seines Anoraks hoch, der Berliner April war jetzt heiter, aber ein eiskalter Wind pfiff durch die breiten Alleen der Hauptstadt. Lege deutete eine Aufwärtsgeste mit der linken Faust an. „Ich habe Brettschneider immer mit einem Leberhaken erwischt. Ließ die Deckung hängen. Das war seine schwache Seite."

Als Schacht am Abend wie von Schmied bestellt das Steakhaus betrat, hatte er erwartet, den Chef allein dort sitzen zu sehen. Stattdessen sah er ihn im Gespräch mit Beate Schönhorst. Das verwirrte ihn, weil er und Schmied im Büro nach dem Affentanz mit Schmelzer fast schon konspirativ gesprochen hatten. Andererseits war Schmied ein Mensch, der gern andere um sich hatte. Und sollte er der jungen Beamtin wirklich trauen, so war es zumindest aus seiner Sicht natürlich, zwei Polizisten zusammenführen zu wollen, die er für „gleichdenkend" erachtete.

„Wolf, hallo", sagte Schmied und winkte ihn heran. „Frau Schönhorst und ich haben heute lange miteinander gesprochen, und da habe ich sie schließlich dazugebeten. Ich hoffe, das geht in Ordnung." Was sollte er dazu sagen. Es war ihm unangenehm. Beate offenbar auch. Sie schaute demonstrativ auf die Olivenöl-Flasche, die auf dem Tisch stand und die der Restaurantgast gleich vor Ort für erstaunliche 9,80 Euro erwerben konnte.

SECHSTES KAPITEL

„Kein Problem. Habt ihr schon bestellt?", fragte er und überging damit die peinliche Situation.

„Nein, wir haben gewartet. Nur einen Wein haben wir uns gegönnt."

Schacht hatte die Flasche gesehen. Er selbst bestellte sich ein Bier.

Schmied ergriff wieder jovial das Wort und sprach Beate nun schon beim Vornamen an. Er halte Beate für eine der wenigen Beamtinnen in seinem dekadenten Stall, die das Herz auf der richtigen Seite hätten. Was er von Schacht halte, das wisse er ja ohnehin. Er würde sich freuen, wenn die beiden eng zusammenarbeiteten. Und deshalb habe er sie gewissermaßen auch zusammengebracht.

Sie guckte verlegen.

„Schmied, die Partnervermittlung", versuchte Schacht einen Scherz, biss sich sogleich auf die Zunge und schaute sich im Lokal um. Am Nebentisch links saß ein asiatisch aussehendes Pärchen, das sich allerdings auf Englisch unterhielt. Auf der anderen Seite und kaum in Hörweite ein Vertretertyp im grauen Anzug und mit gelöstem Krawattenknoten, der sein ganzes Entrecôte in Streifen gesäbelt hatte, um sich nun hastig mit der Gabel ein Stück nach dem anderen in den Mund zu schieben.

Schacht kam auf Brettschneider zu sprechen. Es gebe nicht viel zu berichten, zumindest bis jetzt nicht. Seine Leute und auch die vom Personenschutzkommando hätten den Toten als ein sich selbst überschätzendes Großmaul beschrieben, das aus unerfindlichen Gründen dem Staatssekretär Tiedge ans Herz gewachsen war. „Das kann wohl daran liegen, dass Brettschneider sich nicht an Regeln hielt und deshalb auch ein unkomplizierter Bodyguard war."

Den letzten Satz seines Vortrags hatte er sich ausgedacht. Warum, wusste er nicht.

„Wie gehen wir weiter vor?", wollte Beate wissen.

„Ich weiß es nicht", log Schacht. Er wollte in Ruhe über die ganze Situation und die von Schmied verordnete Allianz mit der Kollegin nachdenken.

„Es ist auch wirklich schwer", sagte Schmied. „Vielleicht irre ich mich auch mit meinem Gefühl. Wir wissen ja nicht einmal, ob wir überhaupt einen Fall haben. Dann sollten wir jetzt einfach unser Steak genießen und den Abend ausklingen lassen."

Beate, Schacht und Schmied hockten für eine Weile beieinander, aßen und tranken gut und führten Bullengespräche. Es ging zwischenzeitlich um die letzte Presseerklärung der neuen Landesvorsitzenden der Gewerkschaft der Polizei über den nicht mehr zu bewältigenden Arbeitsalltag, den Personalabbau, die Überstunden. Bei Fahrraddiebstählen sollte, so ein internes Strategiepapier, überhaupt nicht mehr ermittelt werden. Es sei denn, man präsentierte den Beamten mit der Anzeige auch handfeste Hinweise auf den oder die Täter. Dann die schlechte Ausrüstung. Schacht interessierte das nicht so sehr. Da, wo er war, hatten sie alles, was sie brauchten. Über den Vorfall mit Schmelzer am Vormittag verloren sie kein Wort – auch der Tod des Personenschützers Brettschneider spielte keine Rolle mehr. Dafür waren Schmied und Beate vom Rotwein beeinträchtigt. Er selbst hatte nur zwei Bier getrunken und fühlte sich entspannt. Aber er ahnte, worauf es hinauslaufen würde, und war der Idee nicht abgeneigt.

Tatsächlich standen sie schließlich nebeneinander auf dem Gehweg des einzigen Prachtboulevards, den Berlin zu bieten hatte. Schacht und Beate sahen dem Taxi nach, in dem Schmied heimwärts nach Dahlem fuhr. Seit der Scheidung von seiner Frau bewohnte der Chef dort eine herrschaftliche Eigentumswohnung allein – Schacht wusste, dass Schmied

SECHSTES KAPITEL

die monatlichen Tilgungsraten für seinen Kredit öfter den Schlaf raubten als das Böse auf den Straßen. Ein zarter Nieselregen hatte die Fahrbahn und den Gehsteig feucht werden lassen, und das Licht der alten Laternen spiegelte sich darin. Sie war angetrunken, aber noch nicht in dem Stadium, in dem Frauen für gewöhnlich anfangen, anstrengend zu werden.

„Kannst du mich ein Stück fahren?", fragte sie und sah ihn direkt an. Wenig später saßen sie in seinem Wagen. Sie fuhren entgegengesetzt zur Richtung seines Hauses, sie beide wussten das. Schacht sah den roten VW Vento im fließenden Verkehr hinter sich. Er hatte ihn vor dem Restaurant bemerkt, und er bemerkte ihn jetzt. Das konnte Zufall sein. Er behielt den Rückspiegel im Auge. Der Vento verschwand nach einer Weile.

Es war nichts Besonderes gewesen, keine Sache, die er in den kommenden Jahren als einen Höhepunkt seines sexuellen Lebens in Erinnerung behalten würde. Sie war über ihn hergefallen, mehr oder weniger, um sich letztlich aber selber fallen zu lassen und sich ihm hinzugeben. Er hatte die Einsamkeit gespürt, die er sich bei einer attraktiven Frau wie ihr nicht hatte vorstellen können. Nun schlief Beate. Sie hatte zu viel getrunken, ihm ein paar Schweinereien ins Ohr geflüstert und ihr Becken fest auf seine Lenden gepresst. Sie war dabei heftig gekommen, und er hatte das Zittern in ihrem Körper gespürt, als sie auf ihm gesessen, sich mit ihren Händen in seine verkrallt hatte und dann schließlich auf seiner Brust eingeschlafen war. Er hatte spüren können, dass sie in den letzten Monaten die jetzt angewandten Praktiken und Stellungen im Geiste durchgespielt und sich für einen speziellen Moment aufgehoben hatte. Sie hatte seinen Kopf gierig zwischen ihre Beine gepresst und sich wenig später erkenntlich gezeigt. Voller Hingabe, sodass klar wurde, dass sie das nicht ständig tat. Es gab in diesem Punkt keine Routine in ihrem Leben. Das war deutlich.

Schacht hatte es genossen, aber es war nicht das gewesen, was er mit Alice erlebt hatte. Sie hatte nicht diesen Blick aus diesen unergründlich tiefen dunklen Augen. Diesen Blick, der seinem nicht auswich. Sie hatte sich dabei nicht auf die Unterlippe gebissen. Sich selbst berührt, während sie auf ihm ritt. Den Kopf nach hinten gelegt, die Arme gehoben, die schönen Achselhöhlen gezeigt, in denen nach der letzten Rasur zart ein paar nachwachsende Haare sprossen.

Beate hatte ihn nicht frech angegrinst, als sie ihn nahm. Sie schien ein Stück weit das abzuarbeiten, was sie aus Filmen oder Geschichten wusste.

Er zwang sich, dabei nicht an Alice zu denken. Weil es ihm wehtat. Und weil er sich schäbig vorkam, aus guter Kameradschaft mit einer Frau ins Bett zu gehen, die Alice nie das Wasser reichen konnte.

Jedenfalls lag Beate nun zusammengerollt unter dem Laken. Er stand in Boxershorts in einer Eiseskälte auf ihrem Schlafzimmerbalkon und schaute auf die Straßen Schönebergs. Er drehte sich zu ihr und sah ihre beiden Pistolenholster nebeneinander vor dem Bett liegen. Ein bisschen sah es aus, als hätten auch die Waffen versucht zu kopulieren.

Er hoffte, dass sie die Sache sah wie er. Sonst würde die künftige Zusammenarbeit schwierig werden. Am liebsten hätte er leise seine Sachen zusammengeklaubt und wäre aus der Wohnung verschwunden. Er zwang sich aber noch zu bleiben. Bis zum Morgen. An dem die Probleme nach der letzten Nacht zu den ohnehin vorhandenen vervielfältigt sein würden. Ihm war schlecht. Er suchte nach einem Drink in der ihm unbekannten Wohnung, fand Scotch im Schrank über der Spüle, schenkte sich großzügig ein und leerte das halb gefüllte Glas in einem Zug. Dann legte er sich neben die

SECHSTES KAPITEL

junge Polizistin. Er hörte, wie sie sich regte, im Schlaf etwas murmelte, ein Seufzen. Schacht blieb reglos liegen, bis Beate wieder ruhig schlief. In den Arm nahm er sie nicht.

Eine Stunde später stand er wieder auf, hellwach und völlig klar. Er stand vor Beates Schlafzimmerspiegel und betrachtete sich selbst.

Er boxte geräuschlos ein paar Kombinationen gegen sein eigenes Spiegelbild und deutete mit der linken Faust einen Leberhaken an. Dann beugte er sich nach seiner Sig Sauer, zog sie aus dem Holster und wog sie andächtig in der Hand. Langsam führte sich Schacht die Waffe mit der linken Hand an seine Schläfe.

Rechts – dort, wo die Leber lag – war Brettschneiders schwache Seite. Schacht erinnerte sich an Leges Worte. War Brettschneider also Linkshänder gewesen? Hätte er sich dann nicht auch aus Gewohnheit von links nach rechts in den Kopf schießen müssen? Schacht verwarf den Gedanken wieder. Im Moment des Selbstmords brach so mancher wohl mit seinen Gewohnheiten. Und ganz leicht war es vermutlich nicht, Indizien für einen Mord zu sammeln. Schacht stellte sich vor, hinter dem Lenkrad eines BMW zu sitzen, und drückte sich die Mündung seiner Waffe wieder an die linke Schläfe. Sein Ellenbogen würde gegen die Scheibe stoßen. Es war in jedem Fall bequemer, sich das Hirn von der anderen Seite herauszuschießen. Egal, ob man mit rechts schrieb oder mit links.

NICOLE 7

Arm, aber sexy, so sei Berlin. Diesen Satz hatte der Regierende Bürgermeister ein paar Mal fallen lassen. Wann immer er seitdem auf einer Party gesehen wurde, hofften die freien Fernsehjournalisten, dass er ihn noch einmal in ihre dankbaren Kameras sprechen würde: So eine kurze Sequenz brachte auf dem freien Markt ein paar Hundert Euro ein. Dass Berlin arm war, sah Schacht jeden Tag, auch wenn sein Team schon so manchem Millionär die Türen eingetreten hatte. Dass Berlin sexy war, fand er nicht. Womöglich trieb er sich in den falschen Gegenden herum. In den Augen derer, die Berlin beschützen sollten und die für diese Stadt tagtäglich ihr Leben riskierten, klang das „arm, aber sexy" eher wie Hohn. Der Innensenator und vor allem der Polizeipräsident, so die Meinung vieler, waren längst nicht mehr die Verbündeten der Polizisten. In Berlin konnte jeder das Maul aufreißen und seine Meinung über die Zustände der Welt zum Besten geben – es sei denn, man war ein Bulle.

Längst konnten die Beamten sich zum täglichen Dienst, zur Ausstattung und Ausrüstung nur noch dann äußern, wenn sie in den Artikeln der Zeitungen als Gewerkschaftsleute gekennzeichnet waren. Sonst gab es Ärger: Versetzungen, Disziplinarverfahren, zynische Hinweise des nächsten Vorgesetzten auf die Karriere. Schacht war nicht oft auf den Versammlungen der Polizeigewerkschaft erschienen, aber er

SIEBTES KAPITEL

erinnerte sich noch gut an die Worte eines älteren Kollegen, der vor der Wende als DDR-Volkspolizist gedient hatte: Die Beschneidung der Meinungsfreiheit unter Polizisten habe inzwischen Züge des SED-Staats angenommen. Der Kollege hatte stürmischen Beifall bekommen, danach die Aufforderung zum Kritikgespräch mit seinem Vorgesetzten am nächsten Morgen. Auch Schacht hatte ihm applaudiert, obwohl er eigentlich wenig vom Leben in der DDR wusste. Im Polizeidienst gab es einige „Ex-Vopos", zum Teil auch ehemalige Soldaten der NVA, und immerhin lag die ganze Sache mit der Wende nun auch schon geraume Zeit zurück.

Berlin war arm, und an manchem Morgen schrie einen die seelische Armut dieser vermeintlich so blühenden Stadt geradezu an. Wenn es grau war und regnete, wenn die Menschen den Weg nach draußen mieden oder nur mit dem Regenschirm antraten. Wenn die Kinder mit ihren großen Schulranzen an der Haltestelle standen, immer Ausschau haltend nach der Jugendgang, die ihnen wieder das Leben zur Hölle machen wollte. Wer eine Mutter hatte, die noch liebevoll den Tornister mit allerhand Sachen packte, musste Schutzgeld bezahlen, wenn er nicht wollte, dass alles auf dem Asphalt landete. Kleinigkeiten, die den kleinen Seelen so wichtig waren und mit einem einzigen Fußtritt zerstört wurden. Kleine, aber nicht verheilende Wunden entstanden so; Ängste gruben sich in die Kinderköpfe und brachen Jahre später als Krankheiten hervor.

Schacht wunderte sich über die tapferen Kinder, die in Neukölln, Kreuzberg oder Schöneberg trotzdem jeden Tag zur Schule gingen. Er fragte sich, ob sich in diesen Vierteln mit den steigenden Immobilienpreisen auch die Zustände auf den Pausenhöfen änderten. Er war da wenig optimistisch. Die Stadt, die er an und für sich liebte, war ein verlogenes Biest.

Die einen trauten sich nicht, die sozialen Hintergründe der Gewaltkriminalität zu diskutieren, weil sie kein Wasser auf die Mühlen rechter Populisten geben wollten. Oder weil sie fürchteten, dass man sie selbst als rechtsradikal beschimpfen würde. Dass ihre Argumente verhetzt würden. Andere wiederum tingelten mit kruden Thesen über genetisch vererbbares Verbrechertum durch die TV-Talkshows und verkauften dann einige Hunderttausend Bücher. Schacht ärgerten diese selbst ernannten Tabubrecher, er fragte sich aber oft, wie es überhaupt so weit gekommen war. Es wurde überzogen. Plakatiert. Überspitzt. Es gab Diskussionen. Öffentliche. Hinter verschlossenen Türen.

Dieter Glietsch, lange Jahre Polizeipräsident und als „schwierig" bekannt, hatte als langjähriges SPD-Mitglied das Recht der für alle geltenden Demokratie beansprucht und als erster Behördenleiter überhaupt gesagt, dass Berlin ein Problem mit gewaltbereiten Jugendlichen mit Migrationshintergrund habe. Weil ein Mann aus dem linksbürgerlichen Lager das sagte, konnten sich andere vernünftige Leute dem Problem endlich nähern. Auch wenn Glietsch sonst schwierig war – er hatte der Stadt einen Dienst erwiesen. Das erkannten alle an, auch seine Gegner.

Erst vor wenigen Monaten hatte Schacht einen ausführlichen Bericht über eine Studie gelesen, derzufolge es keinen „ursächlichen Zusammenhang" zwischen ethnischer Herkunft und Straffälligkeit gab. Das mochte sein. Dennoch mussten Schacht und seine Kollegen feststellen, dass der Großteil der alltäglichen Gewaltkriminalität von Jugendlichen arabischer oder türkischer Herkunft begangen wurde. Zumindest ihrem Eindruck nach waren das auch die alltäglichen Probleme der Polizei. Es ging dabei nicht um millionenschweren Finanzbetrug oder Giftmüllverklappung – Straftaten, die eine Gesellschaft statistisch sicher mehr schädigten.

SIEBTES KAPITEL

Aber jeden Tag wurden in Berlin Funkstreifenbesatzungen beleidigt, bespuckt, geschlagen. Der eine schwor auf seine Mutter, der andere auf den Koran – die Familien rückten manchmal an, wenn sich die Polizei in ihre Kieze traute. Regelmäßig kam es vor, dass Streifen sich bei einer Verhaftung zurückziehen mussten, weil die Araber innerhalb kürzester Zeit ein wahres Aufgebot von Verwandten mobilisierten, um sie zu befreien. Ein Wunder, dass in einer solchen Situation noch kein unerfahrener Beamter in die Menge geschossen hatte. Eine Frage der Zeit, das wussten alle. Berlin war arm und verlogen, aber bestimmt nicht sexy. Jeder Bulle empfand das so. Auch die höchsten Bosse wussten das, aber sie hatten nicht die Courage, sich mit der politischen Spitze anzulegen.

Schacht lenkte seinen Volvo durch die Straßen und fuhr von der Stadtautobahn kommend an der Ausfahrt Alboinstraße in Tempelhof ab. Knapp 100 Meter weiter auf der linken Seite lag das Fitnessstudio, zu dessen einem seiner Schränke Schacht möglicherweise einen Schlüssel bei sich trug. Es war genau einer dieser Morgen, an denen er am liebsten seine Sachen gepackt und das Versprechen gehalten hätte, das er Alice damals gegeben hatte. Er zwang sich, an etwas anderes zu denken, und mühte sich, den Regen, den grauen Himmel, den kalten Wind zu ignorieren.

Eine alte Frau allerdings konnte er nicht ignorieren, die sich zu Recht über den bereits in den Morgenstunden angetrunkenen Kampfhundbesitzer aufregte. Das Tier trug keinen Maulkorb, fletschte die Passantin an und hockte sich dann auf die Hinterbeine, um einen beeindruckenden Scheißhaufen auf dem Gehweg zu platzieren. „Berlin, du kannst so hässlich sein, dreckig und grau", sang Peter Fox. Schacht konnte ihm nur beipflichten.

Er beobachtete die Szene durch die tanzenden Scheibenwischer. Sollte der Kampfhundbesitzer der alten Frau jetzt blöde kommen, musste er den Drecksköter mit den kupierten Ohren und dem Kettenhalsband wohl erschießen. Er fühlte die Waffe an seiner Hüfte. Der Hundehalter in seiner lila Jogginghose pöbelte schließlich mehr ins Leere als zu der Frau und verschwand dann in einem Hauseingang.

Tagsüber begrüßte das Fitnessstudio mit überaus freundlichen Menschen. Eine junge Frau im türkisfarbenen, bauchfreien Top und Hotpants – Schacht schätzte sie auf Anfang 30 – fragte ihn sogleich, ob sie ihm helfen könne. Er hatte Bilder im Kopf. An den Beinen gab es nicht ein Gramm Fett, auch nicht am Bauch. Irgendein Arzt hatte sicher nachgeholfen, die Brustwarzen drängten sich gen Himmel, aber das war egal. Die Frau hatte kurze, schwarze Haare, war dezent geschminkt und trug eine Sekretärinnenbrille, die ihr – in Kombination mit dem sonst sportlichen Aufzug – etwas Kesses, Respektloses verlieh. Zwischen ihren Schenkeln, genauer gesagt im Schritt, konnte Schacht genau jene fünf Zentimeter Platz erspähen, für die bei einer Frau zwei Dinge nötig waren: Veranlagung und unermüdliches Training. Schacht spürte dass sein Blut in Wallung geriet. Das war hoffentlich nicht die Frau, die Brettschneider nach dem Training regelmäßig vögelte. Oder vielmehr gevögelt hatte.

Schacht blickte sich um. Man sah die tadellos polierten Geräte, an denen sich einige Klubmitglieder quälten. Auf dem Tresen rollten Quirle die verschiedenen Fruchtsäfte in Glaskästen umher. Es roch nach Körperöl und Schweiß, aber nicht so unangenehm wie in so mancher Muskelbude, die Schacht in Berlin kennengelernt hatte. Er zückte seine Dienstmarke, beugte sich über den Tresen und sagte leise: „Ich bin von der Polizei. Haben Sie einen Heiko Brettschneider in Ihrem System?"

Die junge Frau war nun verunsichert. Er wollte ihr helfen, damit die Situation locker blieb.

SIEBTES KAPITEL

„Keine Sorge, es hat nichts mit dem Studio zu tun. Nur eine kleine Ermittlung. Ohne Sport", sagte er und zwinkerte ihr zu. Sie wirkte ein wenig erleichtert, aber noch immer angespannt. Brettschneider sei seit drei Monaten Kunde. Weil er regelmäßig komme, habe er einen festen Schrank bekommen. Die Nummer 38. Das werde ihm allerdings nicht helfen, fügte sie nun immer leutseliger hinzu. „Ich müsste den Hausmeister mit dem Generalschlüssel ausrufen lassen."

Schacht winkte ab. „Kannten Sie ihn gut?"

„Nicht besonders, warum?" Sie war keine gute Lügnerin, das konnte Schacht nicht nur an ihrer zarten Wangenröte sehen, sondern auch in ihrer Stimme hören. Etwas anderes fiel ihm in diesem Moment auf. Er hatte von Brettschneider unwillkürlich in der Vergangenheit gesprochen. Wusste sie bereits, dass der nicht mehr am Leben war? Schacht dachte einen Moment über die Pressekonferenz zu Brettschneiders Tod nach, die das Regionalfernsehen in Auszügen gezeigt hatte. Die Tageszeitungen hatten den Fall nicht aufgegriffen – jedenfalls war Schacht nichts aufgefallen. Ein toter Staatsschützer allein, das war noch keine Story. Womöglich las die Kleine ohnehin keine Zeitungen und bezog ihre Nachrichten ausschließlich über Facebook. Vielleicht hatte sie auch von dem Selbstmord eines Leibwächters gehört, ohne dabei an Brettschneider zu denken. Am Ende wusste sie gar nicht, was der beruflich tat.

Die junge Frau schaute ihn fragend über ihre Brillengläser an. „Nur so." Schacht wollte es fürs Erste dabei belassen und folgte jetzt den Schildern zu den Umkleideräumen. In einem Gymnastikspiegel betrachtete Schacht das Mädchen, das nun mit einem anderen Kunden sprach, noch einmal von der Seite. Brettschneider hatte Geschmack. Oder hatte es zumindest in diesem einen Fall bewiesen.

Die lauten Gesprächsfetzen hörte Schacht bereits von Weitem, und es kam ihm beinahe vertraut vor. Er erkannte mindestens eine Stimme und den Akzent, der ihm auf dem Gang entgegentönte. „Sieh an", dachte Schacht bei sich. Er atmete durch, spannte seinen Körper und trat ein. Er sah drei Araber, aufgepumpte Typen, kurzes schwarzes Haupthaar, die Seiten hochrasiert. Sie sprachen übermäßig laut und ließen die Türen ihrer Spinde krachen. Alles an ihnen war raumfordernd und dominant. Schacht blickte dem Größten zuerst ins Gesicht, und es durchzuckte ihn ein leises Triumphgefühl: Fadi Brahim. Intensivtäter, Bruder eines halbwegs prominenten Boxers.

Schacht kannte Fadi Brahims Akte bei der Staatsanwaltschaft, Dezernat „Arabische Großfamilien". Zumindest kannte er die Highlights. Brahim war ein Zuhälter der übleren Sorte, nutzte den Ruhm seines Bruders, um zu renommieren, litt aber auch darunter. Gegen ihn waren mehrere Verfahren anhängig: illegaler Waffenbesitz und Waffenhandel, Nötigung, schwere Körperverletzung, Zuhälterei, Fahrerflucht. Wenn sich Schacht recht erinnerte, hatte Brahim erst vor einigen Monaten mit seinem Mercedes Coupé einen Passanten überfahren und sehr schwer verletzt. Bei der Verhandlung konnte sich der mehrfach eingegipste Zeuge nicht mehr an den Hergang des Unfalls erinnern.

Fadi Brahim stand nun da im Unterhemd und grinste Schacht ein wenig blöde an – er erkannte ihn natürlich nicht, denn bei ihrer letzten Begegnung hatte Schacht eine Sturmmaske getragen.

Sie hatten ihn vor wenigen Jahren in einem Bordell festgenommen, wo Brahim damals gerade eine Putzfrau krankenhausreif schlug. Als er schließlich am Boden lag, weil Quiquek ihn mit einem Aufwärtsschwinger in die Magengrube erwischt hatte, liefen ihm plötzlich dicke Tränen über die Wangen. Sein Geschluchze hörte Schacht noch im Ohr: Sie sollten ihn bitte mit mehreren Beamten abführen, damit

SIEBTES KAPITEL

alle wussten, dass man für Fadi Brahim das SEK bestellen musste. Er fürchtete sich vor der Untersuchungshaft, vor den Mithäftlingen. Es würde sich im Knast herumsprechen, dass er ein Schwächling war. Schacht und Quiquek hatten ihm den Wunsch damals nicht erfüllt.

Um Schrank Nummer 38 aufzuschließen, musste Schacht nun ausgerechnet dorthin, wo jetzt Brahim stand. Dessen Freunde schickten sich an, unter die Dusche zu gehen, wobei einer von beiden noch lachend einen fahren ließ. Schacht hatte keine Lust, höflich um Platz zu bitten, und schob sich an dem Hünen vorbei. Der reagierte prompt so, wie es sich in seinen Kreisen gehörte. Ob Schacht, diese Missgeburt, keine Augen im Kopf habe und ob er lieber gleich im Dreck liegen wolle.

Schacht beugte sich vor, murmelte etwas Unverständliches und trat zu. Seine Fußspitze traf präzise die untere Seite von Fadi Brahims Kniescheibe. Der ging augenblicklich zu Boden, stöhnte leise. Zu leise, als dass seine lauthals palavernden Kumpanen unter der Dusche Notiz davon genommen hätten. Schacht drückte dem am Boden Liegenden seinen linken den Zeigefinger in das Dreieck unter dem Kehlkopf und sprach sehr leise und sehr ruhig.

„Pass auf, du Penner. Ich kann hier jedem erzählen, dass du nicht boxen kannst und jammerst, wenn dich richtig harte Typen festnehmen. Du kannst mir jetzt aber auch freundlich Platz machen, und wir vergessen das hier schnell."

Im Gesicht des Schlägers war Unglauben zu erkennen. Brahim erkannte offenbar Schachts tiefe Stimme. Er ahnte, wer da vielleicht zu ihm sprechen könnte, hatte damals aber nur Masken gesehen.

„Ist gut, Alter, ich sag nichts mehr."

Schacht machte sich an Brettschneiders Spind zu schaffen, beobachtete aber im Augenwinkel, ob Brahim es sich nicht noch einmal anders überlegen würde. Aber der zog sich flugs seine Klamotten über und humpelte aus der Umkleide, bevor die anderen beiden mit dem Duschen fertig waren.

Die Schränke waren genormt, gleich groß, aneinandergereiht, mit gleichem Volumen. In der Nummer 38 fand Schacht nichts Ungewöhnliches: An einem Haken hingen feuerrote Boxhandschuhe, die zuerst ins Auge fielen. Dann lagen da ein frisches, sorgfältig gefaltetes Handtuch, ein nicht zu teures, aber auch nicht zu billiges Deodorant, ein paar Turnschuhe mit hellen Sohlen und ein dunkelbraunes Scheckkartenetui. Schacht klappte es auf und fand darin allerhand belanglose Chip- und Bonuskarten: Rabatte im Supermarkt, Treuepunkte bei OBI, Mitgliedschaft im ADAC. Dazwischen ein mehrfach gefalteter Kassenzettel. Die aufgedruckte Schrift darauf war fast vollständig abgerieben und verblichen. Auf die Rückseite hatte jemand einige Zahlen und Buchstaben mit einem Bleistift geschrieben. Vermutlich hatte Brettschneider etwas notieren wollen und kein anderes Papier gefunden. „3252 SH" stand da.

Schacht steckte den Zettel ein, ohne darüber nachzudenken, dass er schon wieder im Begriff stand, Beweismaterial zu unterschlagen. Er verschwendete auch keinen Gedanken daran, dass nun seine Fingerabdrücke auf der Spindtür und dem Etui klebten. Die Boxhandschuhe hängte er zurück und legte alles wieder so zurück, wie er es vorgefunden hatte. Als Schacht den Fitnessklub verließ, schaute die junge Frau an der Kasse ihm mit großen Augen nach. Schacht spürte den Blick im Rücken. Einen anderen, der ihn beim Verlassen des Klubs beobachtete, sah Schacht allerdings nicht. Fadi Brahim hockte draußen hinter den getönten Scheiben seines Mercedes Coupés und rieb sich das geschwollene Knie. Irgendwann, so schwor er sich bei seinem Gott, würde er einen Bullen töten.

ACHTES KAPITEL

PRIVAT 8

Zuerst hatte er sich nicht getraut. Hatte Angst gehabt vor einer neuerlichen Enttäuschung. Stefan Heine war jetzt 42 und hatte die meiste Zeit nur Abweisung erfahren. Ein guter Schüler zu sein, der sogar eine Klasse übersprungen hatte, war da eher kontraproduktiv. Manche Körbe klangen höflich, manche sogar herzlich. Sehr viele aber auch erniedrigend. Er wollte nicht aufgeben und weiter fest daran glauben. Statistisch betrachtet gab es eine Seelengefährtin für jeden Junggesellen auf der Welt.

Er klaubte einige Papiere auf seinem Arbeitsplatz zusammen, Quittungen. Bewirtungen. Kopien aus der Behörde. Unterlagen, die er eigentlich nicht zu Hause haben sollte. Auf den Akten standen Namen, Vorgänge, Registernummern. Er legte sie ordentlich übereinander, denn er war ein sorgfältiger Mensch. Vielleicht würde er heute zum ersten Mal seit langer Zeit wieder Besuch bekommen? Bevor er die Unterlagen verstaute, nahm er einen Stift zur Hand und schrieb ein großes „T" auf ein Deckblatt. „Vorgangsführer Tischler → EGruT". Jetzt musste er nur noch das Verzeichnis ergänzen. Für manche Begriffe musste er seine eigenen Abkürzungen erfinden. Aber heute Abend war das nicht mehr wichtig.

Einmal war er ins Bordell gegangen. Hatte eine Menge Bargeld in die Hand genommen, zumindest für seine Verhältnisse. 300 Euro für 90 Minuten mit einer Frau, die ihm bereits den Atem genommen hatte, als er sie auf der Internetseite des Callgirl-Dienstes gesehen hatte. Und da zeigte Holly nicht einmal ihr Gesicht. Die leuchtenden Augen und der warme Blick, den sie ihm beschert hatte, war der Lohn für dieses Risiko gewesen.

Riskant war nicht, dass man ihn dort hätte sehen können. Im Gegenteil: Wenn man ihn überwachte und heimlich beim Sex fotografierte, sollte es mit einer Frau wie Holly sein. Von ihm aus sollte die ganze verdammte Internetwelt dort draußen ihn mit dieser Göttin sehen. Oder nicht?

Andere Männer hätten den Puffbesuch genossen und Holly gefragt, wann sie das nächste Mal Dienst schob. Er dagegen dachte zu viel. Das wusste er, das war schon immer so gewesen. Holly hatte ihm alles gegeben. Sie hatte nicht versucht, für ihn einen Pornofilm zu inszenieren, sondern eine Hochzeitsnacht. Andere hätte diese Hingabe wohl in ihrer Männlichkeit bestätigt. Aber während sie auf ihm saß, er diese schweren und wohlgeformten Brüste sah und berührte, da dachte er bereits darüber nach, wie erbärmlich dieses Leben war. Er, ein Mann aus gutem Haus mit guter Bildung, musste teuer dafür bezahlen, um sie zu erleben. Sie, die Frau, die von der Natur großzügig und im Überfluss bedacht war, schlief mit ihm, um ihren Lebensunterhalt zu finanzieren. Sie gab ihm dafür einen Augenblick der Illusion, und nicht mal die konnte er genießen, ohne sie wieder durch Grübeleien zu zerstören.

Auch Kokain half da nicht wirklich. Er kam an dieses Zeug auch nicht allein ran. Sie hatte etwas davon auf seinen erigierten Penis gestreut und sich dann behutsam darauf gesetzt.

Beinahe wäre er unter der Last dieser Gedanken schwach geworden. Sie hatte es gemerkt und ihr Spiel intensiviert, sodass er doch noch zum Schuss gekommen war. Sie hatte

ACHTES KAPITEL

ihn anschließend gefragt, was ihn beschäftigte, ihn auf die Stirn geküsst und sich für seine Zärtlichkeit bedankt. Dann schrieb sie ihm eine Adresse auf. „Da treffen sich Menschen, die ehrlich und anständig sind wie du", hatte sie gesagt und ihren Körper in ein weiches Handtuch gewickelt.

Heute war er Holly dankbar. Seit drei Wochen schon hatte er intensiven Mailkontakt mit einer Frau, die sich selbst nur Kerstin nannte. Nach vielen Gesprächen per Mail und später schließlich am Telefon hatten sie vereinbart, sich gegenseitig Fotos voneinander zu schicken. Erst wollte er das um keinen Preis. Kerstin hatte an dem vereinbarten Tag nicht geantwortet, und er war traurig gewesen, dass es wieder nicht geklappt hatte. Dann war die SMS gekommen. „Treffen wir uns mal privat?" Er hatte es nicht glauben können.

BLUTSPUREN 9

Schacht war am Abend nach einer kurzen, klärenden Begegnung mit Beate über einem Buch eingeschlafen. Er las den „Seewolf" von Jack London. Er hätte nicht Musik dabei hören sollen, schon gar nicht Pink Floyd, denn das machte ihn stets müde, ließ ihn aber auch gut schlafen. Durchschlafen, ohne dass die Dämonen ihn heimsuchten und aufschrecken ließen. Vielleicht war es nur die Musik gewesen, vielleicht aber auch das Wissen, dass der 6. April vorbei war und es viele Monate dauern würde, bis er sich wieder näherte. Aber dann unaufhaltsam. Auf dem Kalender, Tag für Tag, gnadenlos.

Schacht konnte es selbst nicht glauben, dass sich ein Profi wie er immer noch so mit diesem Ereignis beschäftigte. Aber ihm war über die Jahre auch klar geworden, warum es die ganze Truppe quälte. Sie hatten sich bis zu diesem Tag unverwundbar gefühlt. Übermächtig. Nicht immer schossen sie schneller und schlugen schneller zu als andere. Aber der 6. April hatte etwas verändert, das – kombiniert mit dem voranschreitenden Alter – so etwas wie Unsicherheit gebar. Früher war Schacht, ohne einen Augenblick darüber nachzudenken, von einem Dach aufs andere gesprungen. Heute fragte er sich manchmal, ob die Distanz vielleicht zu weit war, ob er sich bei diesem Sprung den Knöchel brechen könnte. Er stellte sich Worst-Case-Szenarien vor, die in sei-

NEUNTES KAPITEL

nem Kopf früher nicht existierten. Mit seiner sportlichen Fitness hatte das nichts zu tun.

Einmal, auf einer Sommerparty in Quiqueks Garten, hatte dieser sich neben Schacht gesetzt und seinen Arm um ihn gelegt. „Hey Boss. Wir sind untötbar. Das weißt du doch, oder?" Ulis Schicksal hatte das Gegenteil bewiesen – schlimmer noch: Er war kein im Kampf gefallener Held, für den man Kränze niederlegte und von dem man in den Wirtshäusern schwärmte. Er war ein geisterhafter Schatten seiner einst so prallen, lebensfrohen Existenz. Keine Rüstung konnte sie davor schützen. Der 6. April war nicht nur Ulis Tag, es war auch der Tag der Selbsterkenntnis. Und Schacht fürchtete sich insgeheim davor, dass Quiquek ihn einmal fragen würde, ob seine Hospitanz bei der Mordkommission damit zu tun hatte.

Er hatte Kaffee getrunken, geduscht, sich rasiert, sich angezogen, den Wagen auf dem Weg ins Büro vollgetankt und an Alice gedacht. Lange waren die Emotionen nicht mehr so intensiv gewesen, jetzt waren sie schier allgegenwärtig. Es war ihm sogar angenehm, seine wunde Männerseele mit Salz zu bestreuen. Aber er musste sich auch eingestehen, dass es ihn von der Arbeit abhielt. Und er hatte das Gefühl, dass noch viel Arbeit auf ihn zukommen würde.

Als er das Gebäude an der Keithstraße betrat, spürte er, dass etwas nicht stimmte. Er war ein Gefahrensucher, der seinen Instinkten traute. Jetzt konnte er die Gefahr beinahe spüren, aber darüber lag ein schwerer, dichter Nebel.

Das Büro war leer, und auf seinem Schreibtisch lag ein Zettel. „Schacht bitte bei mir im Büro melden". Unterschrieben hatte Schmelzer.

Schacht spannte seinen Körper der Länge nach an. Das tat er immer, wenn eine Auseinandersetzung bevorstand, sei es eine verbale oder eine körperliche. Er rollte den Kopf, grinste grimmig und ging auf die hohe Bürotür von Schmelzer zu. Dabei spürte er, dass sein Rücken sich anders anfühlte als sonst. Wie fühlte sich wohl ein Mordermittler nach 20 Jahren Dienst?

Ohne zu klopfen trat Schacht ein und sah Schmelzer mit den beiden Staatsschutzpolizisten an einem Tisch sitzen, die er am ersten Abend in der Wohnung Brettschneiders getroffen hatte. Bertram und Bieder. Oder hatte er Biel geheißen? Der hübsche Fette schwitzte wieder.

„Na, Kollege, war der Fahrstuhl besetzt?", sprach Schacht ihn an. Der starrte ausdruckslos zurück.

„Herr Schacht", eröffnete Schmelzer überheblich und bot ihm weder Stuhl noch Kaffee an. „Was wollten Sie von Friedrich Lege?"

Darum ging es also. Ließ Schmelzer ihn schon überwachen? „Ich verstehe die Frage nicht", antwortete Schacht und wusste, dass er damit die Stimmung noch verschärfte.

Schmelzer schien sich zu besinnen und ging auf Schachts Provokation nicht ein. Er versuchte, so weit wie möglich von oben herab zu sprechen. Für den Fall, dass man es Schacht nicht deutlich genug mitgeteilt habe, wolle er es noch einmal für das Protokoll sagen: Der Staatsschutz ermittele in dem Fall.

Der Staatsschützer mit der entzündeten Nase nickte beipflichtend. Bei Tageslicht erinnerte er Schacht noch mehr an Pinocchio als an dem Abend in Brettschneiders Wohnung.

„Wenn Sie erlauben, möchte ich hinzufügen, dass wir wohl besser von einer Angelegenheit sprechen, denn von einem Fall kann eigentlich nicht die Rede sein", wandte jetzt der Schwitzende ein. „Weil es ein Suizid war", ergänzte sein Kollege.

„Und weil es kein Fall ist, sitzen hier drei Kriminalbeamte zusammen und reden darüber", warf Schacht in den Raum. Ihn selbst eingerechnet, seien es ja sogar vier.

NEUNTES KAPITEL

„Was wollten Sie von Lege?", wiederholte Schmelzer seine Frage.

„Ein alter SEK-Kollege. Wollte wissen, wo man einen guten Mundschutz kaufen kann. Sie wissen doch, dass wir beim SEK uns auch körperlich betätigen", blaffte Schacht jetzt den hübschen Fetten an. Er kam sich ein bisschen vor wie ein aufsässiger Pennäler vor dem Schuldirektor.

„Wenn Sie uns veralbern wollen, dann sind Sie bei mir falsch", wurde Schmelzer laut. Pinocchio bremste ihn nun allerdings.

„Aber, aber, Herr Kollege, nur die Ruhe. Lassen Sie sich doch nicht provozieren. Herr Schacht, Sie haben mit Herrn Lege über den Boxsport gesprochen. Sehr schön. Und anschließend waren Sie in dem Fitnessstudio, in dem Herr Brettschneider, unser Kollege Brettschneider, trainiert hat. Würden Sie die Güte besitzen, uns den Grund ihres Aufenthalts dort mitzuteilen?"

Erst jetzt dachte Schacht an seine Fingerabdrücke auf dem Schrank und beschloss, die Konfrontation jetzt durchzustehen. Bei der Mordkommission habe man wenig Zeit für körperliche Ertüchtigung. Er habe sich ein Studio suchen wollen, wo man auch nach Feierabend trainieren könne. „Und Heiko, Ihr Kollege, verstand vom Training eine ganze Menge. Sie haben seine Muskeln ja gesehen."

Schmelzers Augen blitzten. Der Schwitzende wühlte jetzt in seinem Notizblock herum und sprach, ohne Schacht dabei anzusehen. „Und zufällig haben Sie mit einer jungen Frau gesprochen, die dem Vernehmen nach ein Verhältnis mit dem Toten gehabt haben soll."

„Na ja, Heiko, Ihr Kollege, hatte einen guten Geschmack. Und schließlich ist die Kleine jetzt solo. Nach dem Tod Ihres Kollegen." Sogleich wusste Schacht, dass er zu weit gegangen war – auch für seine eigenen Maßstäbe. Schmelzer sprang von seinem Stuhl auf. „Ich werde dafür sorgen, dass Sie zu Ihrer Gladiatorenschule zurückkehren. Ich war von Anfang an dagegen." Dann holte er tief Luft und gab Ruhe.

Der hübsche Fette drehte sich zu Schmelzer. „Seine Zeit hier wird sicher kurz sein, und dann darf er wieder Türen eintreten. Sie haben sich nichts vorzuwerfen, Herr Kollege."

Schacht ging einen Schritt auf den Mann zu und sah, wie unter dessen Achseln halbrunde, dunkle Flecken hervortraten.

„Raus mit Ihnen!", zischte Schmelzer.

Schacht verließ den Raum. Der Kampf hatte begonnen. Jetzt offiziell. Die Frage war nur, warum es diesen Kampf überhaupt gab. Und was er, der Praktikant Schacht, eigentlich ausgefressen hatte.

Das Büro, das er mit Frederik und Beate teilte, war immer noch leer. Gut möglich also, dass die beiden von Schmeltzers Wutanfall nichts mitbekommen hatten. Allerdings hing der Geruch von frischem Kaffee in der Luft. Er nahm sich einen der auf dem Tisch stehenden Becher und füllte ihn bis zum Rand. Eine abscheulich schwarze Brühe. Milch gab es keine, und eines der Stücke Kuchen auf dem Tisch wollte er ebenfalls nicht nehmen, weil er davon sicher Sodbrennen bekommen würde.

Das Gespräch verwirrte ihn. Nicht dass er sich in irgendeiner Art und Weise bedroht gefühlt hätte. Bislang hatte er zwar geglaubt, dass die Umgangsformen in einer Behörde, wo man die meiste Zeit in Büros hockte und sich mit Menschen unterhielt, gepflegter seien als beim SEK. Aber diese Lappen machten ihm keine Angst. Sie konnten ihm maximal eine schlechte Beurteilung schreiben und dafür sorgen, dass er nicht bei der Mordkommission zu Ende hospitierte. Mehr nicht. Er konnte noch einige Jahre beim SEK bleiben und hatte dort einen guten Ruf. Und dann gab es ja noch Alice.

NEUNTES KAPITEL

Gerade schickte sich Schacht an, wieder in erotischen Erinnerungen zu schwelgen, da klingelte ausgerechnet Beates Telefon. Schacht zögerte einen Moment, meldete sich dann mit Namen und Abteilung.

Eine junge Laborantin der Gerichtsmedizin war im Auftrag des an diesem Morgen diensthabenden Arztes auf der Suche nach Horst Schmelzer. Schacht horchte auf, ließ sich aber nichts anmerken. Er hörte Schmelzers Gezeter noch deutlich nachhallen: Der Staatsschutz führe die Ermittlungen! Aber vermutlich kannte Schmelzer nach all seinen Jahren im Morddezernat jeden in der Gerichtsmedizin und hatte ein gutes Verhältnis zu den Leuten dort entwickelt.

„Haben Sie es denn nicht in Schmelzers Büro versucht?", fragte Schacht.

„Ja, aber er ist in einer Besprechung. Dr. Frank wollte ihm das Obduktionsergebnis zu Heiko Brettschneider durchgeben. Ich habe gleich einen Termin, kann ich Ihnen das kurz sagen?"

Schacht sah die Chance, einen Vorsprung zu bekommen. Vor wem und weshalb, das spielte jetzt keine Rolle.

„Okay, lassen Sie mal hören. Ich werde es Herrn Schmelzer gleich mitteilen."

Die Laborantin begann vorzutragen. Sie wechselte den Tonfall, für Schacht klang es ein wenig wie der Seewetterbericht im Deutschlandfunk: multiple Verletzung der Hirnstruktur, Todeseintritt unmittelbar.

Nichts anderes war zu erwarten gewesen. Er dachte darüber nach, einen Stift zur Hand zu nehmen, ließ es dann aber sein. Schmelzer und der Staatsschutz würden ohnehin noch einen ausführlichen Bericht erhalten.

Schacht bedankte sich kurz angebunden und stand im Begriff, den Hörer wieder aufzulegen, als die Laborantin ihn unterbrach. „Wollen Sie die Blutwerte nicht wissen?"

STATISTIKEN 10

Schacht hatte sich die Arbeit eines Mordermittlers anders vorgestellt. Er wusste nicht einmal, wie der Alltag seiner neuen Kollegen tatsächlich aussah. Er, der Praktikant, streunte ja allein durch seinen Fall. Er hatte geglaubt, dass Wissenschaft und Technik die Spur zur Wirklichkeit wiesen: DNA-Tests, elektronische Datenbanken, Raster, Muster und, wenn das nicht half, Kommunikationsdaten. Er fuhr stattdessen in Berlin herum, hörte zu und redete. Und erst ein einziges Mal hatte er handgreiflich werden müssen – und das wäre nicht einmal notwendig gewesen.

Schacht hatte Glück, wenn man es so nennen konnte. Dieselbe gleiche junge Frau stand hinter dem Tresen in Brettschneiders Fitnessklub – ohne Brille, sie trug heute offenbar Kontaktlinsen. Und dafür hatte sie, so dachte sich Schacht, einen denkbar schlechten Tag gewählt. Sie erkannte ihn und errötete.

„Sie erinnern sich an mich?"

„Ja, Sie sind von der Kriminalpolizei."

„Können wir irgendwo reden, wo wir ungestört sind?"

„Ich muss kurz jemanden ausrufen, der mich ablöst. Dauert es lange?"

Schacht zögerte. „Ich denke nicht, nur ein paar wenige Fragen."

ZEHNTES KAPITEL

„Okay." Sie nahm einen Telefonhörer, wartete kurz auf eine Antwort, und nur eine Minute später kam ein sehr gut trainierter junger Mann in T-Shirt und kurzen Hosen daher, der ihr demonstrativ zärtlich, aber auch besitzergreifend um die Taille fasste.

„Kannst gehen, Nicole, reicht eine halbe Stunde?"

Sie führte Schacht in ein kleines Büro, wo die Mitarbeiter des Fitnessstudios ihre persönlichen Dinge aufbewahrten.

„Okay, Nicole. Die Sache ist mir auch unangenehm, deswegen möchte ich es kurz machen. Wie lange kannten Sie Heiko Brettschneider, und seit wann haben Sie mit ihm geschlafen?"

Die junge Frau schien ihre angedeutete Empörung über diese intime Frage schnell zu überwinden. Schacht bildete sich ein, dass er richtig gehandelt hatte. Vielleicht würde sie Vertrauen zu ihm fassen. Für einen Anfänger, fand er, schlug er sich nicht schlecht.

„Er kam vor wenigen Monaten hier an. Er war charmant, war spendabel, wir sind irgendwann nach dem Training was trinken gegangen. Und dann ist es passiert."

„Wo?"

„Bei ihm zu Hause. Er hat eine große, schöne Wohnung in Schöneberg."

Du hättest Besseres verdient gehabt, dachte er, und sah das Schlafzimmer mit dem Spiegel vor sich.

„Hat er Ihnen irgendwas von sich erzählt? Etwas Persönliches?"

„Nein, ganz ehrlich." Sie wurde leise und kämpfte um ihre Würde. Beide seien sich einig gewesen, fuhr Nicole fort, ohne dass Schacht nun weiter nachhaken musste. Regelmäßiger Geschlechtsverkehr zwischen zwei Erwachsenen. Meist nach dem Training. „Sportficken." Bei diesem letzten Wort blickte sie ihn unsicher an. Als Schacht nicht umgehend reagierte, lachte sie etwas verlegen und brach dann im Bruchteil eines Augenblicks in Tränen aus.

Schacht wusste nicht, ob es sich für einen Ermittler gehörte, ihre Gefühlsregung zu ignorieren, ihr tröstend zuzureden oder sie gar dabei zu berühren. In diesem Moment wurde ihm etwas klar. Sie hatte nie gefragt, warum er ermittelte. Wusste sie noch immer nicht, dass Brettschneider tot war?

„Wo glauben Sie, ist er jetzt?", fragte er heiser.

„Wenn Sie mich so fragen, ist er doch wohl in Schwierigkeiten, oder? Was hat er gemacht? Eine Bank überfallen?"

Schacht glaubte nicht, dass Nicole ihm etwas vorspielte. Er machte nun keine Umschweife mehr.

„Heiko Brettschneider ist tot!"

Sie wurde kalkweiß, starrte ihn an und kniff sogleich das linke Auge zu. Spätestens jetzt hatte sich wohl eine Kontaktlinse in ihrem Lid verfangen.

„Es scheint, dass er sich erschossen hat."

Es dauerte einige Minuten, bis Nicole ihre Fassung wiedergewann. Sie war nicht die Einzige, die sich über Brettschneiders Selbstmord wunderte. Aber sie war unter allen, mit denen Schacht bislang gesprochen hatte, die Einzige, die sich ehrlich betroffen zeigte.

Heiko sei so fröhlich gewesen, erzählte sie Schacht. Er habe ihr erklärt, dass er in den letzten Monaten viel vom Leben verstanden habe und bald mit allem durch sei. Dass er quasi in den Ruhestand gehen könne wegen einer Verletzung und dann ein „tolles Leben" führen könne.

„Und als Sie dann kamen und nach ihm fragten, hatte ich Angst. Ich dachte, dass er etwas Illegales gemacht hat und abgetaucht ist. Ich habe bei ihm auch einmal eine Waffe gesehen."

Schacht maß dieser letzten Bemerkung keinerlei Bedeutung bei. Er sah durch Nicoles tränenfeuchte, rote Augen

ZEHNTES KAPITEL

hindurch und suchte den Zusammenhang. Hatte Brettschneider ernsthaft gehofft, dass er sich mit seiner Diagnose krankschreiben und pensionieren lassen könnte?

„Nein, er hat nichts Illegales gemacht, er hat sich nur erschossen." Schacht biss sich auf die Zunge. Er musste sich seinen rotzigen SEK-Sprech für solche Momente abtrainieren und taktvoller auftreten.

„Er war also nicht anders als sonst in den letzten Tagen?"

„Nein, er war wie immer. Fröhlich und gut drauf. Aber das habe ich doch auch Ihrem Kollegen schon gesagt."

Das hatte Schacht nun allerdings befürchtet.

„Danke", sagte er. „Darf ich Ihnen noch eine intime Frage stellen?"

Sie nickte.

„Haben Sie sich geschützt? Ein Kondom benutzt?"

Sie sah ihn ängstlich an. Suchte in seinem Gesicht nach Anzeichen für etwas, was sie wahrscheinlich ahnte, aber nicht hören wollte. Es war ihr anzusehen, dass sie jetzt wahrscheinlich jede Situation im Geiste durchging, die sie mit Brettschneider erlebt hatte. „Warum?"

Er stand auf und entschloss sich nun doch, ihre spürbar kalte Hand zu drücken.

„Machen Sie einen Test. Heiko war HIV-positiv. Wir wissen das sicher."

Schacht verabschiedete sich und ließ die junge Frau mit ihrer Angst zurück. Was hätte er sonst auch tun sollen? Sportficken, hatte Nicole gesagt.

In Berlin lebten vermutlich rund 15.000 Menschen mit HIV und Aids. Man konnte damit alt werden, wenn man im richtigen Teil der Welt lebte und krankenversichert war. Schacht kannte die Statistiken, denn bei seiner Arbeit floss auch hin und wieder Blut. Fast 500 steckten sich jedes Jahr neu mit dem Virus an. Die Zeiten, da im West-Berliner Sex-

und Drogenmoloch die Angst vor Aids grassierte, waren vorbei – für Aufklärungskampagnen gab es heute kaum noch Interessenten. Schacht erinnerte sich an ein Gespräch, das er vor einigen Jahren mit einem Oberarzt der Berliner Charité geführt hatte. Der Mediziner stammte aus dem Osten und hatte über Aids in der DDR geforscht. Erst 1987 brachten die DDR-Zeitungen Details über das Virus. Im Westen, Schacht erinnerte sich gut, mutmaßte der „Spiegel" damals, dass die Schwulenkrankheit noch die Bevölkerung auslöschen werde. Die DDR schob aidskranke Ausländer still und leise ab, vor allem solche aus den sozialistischen Bruderstaaten Afrikas.

Rund 2.500 Berlinerinnen und Berliner lebten laut Schätzungen damit, ohne davon zu wissen. Schacht fragte sich, wie viele junge Frauen wie Nicole ein solches Schicksal nun schon Brettschneider verdankten. Es passte in sein Bild dieses virilen Muskelprotzes, dass er sich darum nicht einmal geschert hatte. Aber sich deshalb das Leben nehmen? Die Möglichkeit bestand immerhin.

ELFTES KAPITEL

SCHAUM 11

Holly Mertens betrachtete sich lange und ausgiebig im Spiegel. Der Schlaf bis in den späten Nachmittag hinein tat ihrem Gesicht überhaupt nicht gut. Sie fühlte sich ausgetrocknet, das Licht schmeichelte ihr nicht, weshalb sie schnell den Schalter umlegte. Jetzt war ihr Körper wieder makellos. 80 DD – ihre BH-Größe hielt so mancher Idiot für die Bezeichnung eines Fahrzeugtyps. Hollys Brustwarzen schauten sie ermutigend im Spiegel an. Sie drehte sich seitlich und verlor sich selbst dabei nicht aus dem Blick. Die Taille war schmal, der Nabel hatte genau die wenigen Gramm Fett zu viel, die ihre weibliche Ausstrahlung noch steigerten. Endlos wäre wirklich das falsche Wort für ihre Beine gewesen. Sie endeten in zarten Fesseln und Füßen, deren Zehennägel gepflegt und perlmuttfarben lackiert waren. Holly konnte zufrieden sein mit dem, was sie sah. Alles andere, vor allem das, was hinter ihren Augen lag, verabscheute sie tief.

Sie ging zum silberfarbenen Kühlschrank und nahm sich eine kleine Flasche Champagner heraus. Hotelzimmerformat. Dann nahm sie ein Cocktailglas aus einem Hängeschrank, goss den Inhalt der Flasche hinein, gab einen ordentlichen Schuss Wodka dazu und füllte das Glas bis zum Rand mit Orangensaft auf. Scheiß drauf, flüsterte sie zu sich selbst. Im Badezimmer wartete eine viel zu heiße Wanne mit einem Schaumbad von Dior. Holly widerstand dem Schmerz des heißen Wassers, der sich um ihren Luxuskörper schloss wie tausend Nadelstiche. Sie ließ sich sinken, bis das Wasser ihren Hals erreichte und nahm einen großen Schluck aus dem Glas. Die trüben Gedanken vergingen, sie fühlte Herrschaft und Macht über ihren Körper. Ihre Waffe, ihr hochwertiges Instrument. Sie griff nach einer Einwegklinge, die auf dem Rand der Wanne schon bereitlag. Sie rasierte sich noch einmal sorgfältig unter den Armen, an den Beinen und im Schritt und bemerkte dabei nicht, dass es dort nicht einen Haarstoppel mehr zu entfernen gab. Routine. Es würde ihm gefallen, wie auch nicht.

Hollys Hand glitt hinab zu ihrem Unterleib und machte sich an ihrer Klitoris zu schaffen. Eine Weile mühte sie sich ab, aber es wollte nicht gelingen. Sich selbst einen Orgasmus vortäuschen, konnte man das? Der Gedanke verflog schnell, Holly stürzte ihren Drink hinunter, öffnete den Abfluss, schaute dem Wasser nach, das langsam ihren Körper freigab, auf ihrer Haut Schaumbläschen zurückließ und sich dann strudelnd seinen Weg in die Berliner Kanalisation bahnte.

ZWÖLFTES KAPITEL

WAFFENBRÜDER 12

Schacht rief im Büro an, konnte dort aber niemanden erreichen. Entweder waren Beate und Frederik etwas essen gegangen, oder sie waren unterwegs. Er konnte keine Nachricht hinterlassen, weil es in dem Büro weder einen Anrufbeantworter noch eine Sekretärin gab. Er hätte im Geschäftszimmer der Mordkommission anrufen können. Die Chance, dass Schmelzer den Hörer abnahm, schien ihm aber zu groß. Er schickte Beate eine SMS: Er sei dienstlich unterwegs und deshalb schwer zu erreichen. Er saß wieder einmal in seinem Volvo, diesmal an der Attilastraße und überlegte, was er tun sollte. Tun konnte. Dann drehte er den Schlüssel herum und startete den Wagen.

Die Schmelzers dieser Behörde waren ohnehin nicht erpicht darauf, ihn zu sehen. Einen konkreten Arbeitsauftrag hatte er nicht, und er ging auch nicht davon aus, nochmals einen bei dieser Mordkommission zu bekommen. Etwas störte ihn zunehmend an dem Fall. Dem Fall, der offiziell keiner war, wie er unablässig in Gedanken wiederholte. An dem dafür aber viel zu viele Leute interessiert waren. Er nahm die Fahrt kaum wahr, so sehr war ihm der Weg vertraut geworden. Er hatte „Echoes" von Pink Floyd im Player, und die sanften Töne von „Hey you" ließen ihn entspannen von dem Tag und den überaus unangenehmen Gesprächen. Berlin, diese verlogene Schlampe, diese nichtsnutzige Stadt inmitten von Brandenburg, zeigte sich wenigstens heute von einer versöhnlicheren Seite. Schacht musste zugeben: Sie war an diesem frühen Abend wunderschön. Der Himmel strahlte majestätisch in bunten Wolkenformationen.

Schacht erreichte das Grundstück des Bauern. Er hoffte, die letzten Sonnenstrahlen noch bei einem Bier im Garten zu erwischen. Er sah den Landwirt auf dem Traktor sitzen und hupte. Der winkte lässig zurück. Schacht war froh, hier leben zu können. Die kleine Remise war mit ihren zwei Zimmern groß genug für ihn. Liebevoll ausgebaut. Der Bauer hatte im Schweiße seines Angesichts die Steine der alten Wände freigelegt, man sah innen auf rote Ziegelmauern, die durch eine geschickte Beleuchtung zeitlos und behaglich wirkten. Die Einrichtung bestand aus hellen Möbeln, wenige, aber große Fotografien hingen an der Wand. Nur über seinem Schreibtisch im Wohnzimmer gab es mehrere kleine Bilder. Die Teamfotos. Mit dem starken, dem ewigen Uli.

Links neben der Badezimmertür führte eine Holztreppe zu einem kleinen Spitzboden, in dem sich ein Gästebett befand. Dort hatte Schacht Teile seiner Ausrüstung verstaut, die er im Moment nicht brauchte. Seine Weste, den Helm, einen Overall, den sie alle ungern trugen und im alltäglichen Dienst gegen Jeans und T-Shirt tauschten. Dennoch etwas ganz Besonderes.

Während des sechsmonatigen Basislehrgangs, bei dem man Blut, Schweiß und Tränen der Wut vergoss, trugen die SEK-Schüler hellgraue Monturen. Mit Bestehen dieser Ausbildung bekamen sie dann das Privileg, den schwarzen Overall zu tragen. Mit der Schwinge auf der Brust. Ein Stück Stoff, für das sie alle viel getan hatten.

Sie alle hassten es, wenn aus Gründen der Rotation von polizeilichen Führungskräften hochrangige Beamte kamen

ZWÖLFTES KAPITEL

und den Posten des Kommandoführers übernahmen, weil es sich in der Personalakte gut machte. Früher noch wurde dieser Job aus der Mannschaft heraus besetzt, heute war das anders. Zwar blieben Taktik und Vorgehen im Einsatz den Teamführern überlassen, aber die „Quereinsteiger" spielten sich gern auf. Zwei hatten sie bereits gehabt, Typen wie Bertram und Bieder – oder Biel? –, die früher beim Dezernat für Wirtschaftskriminalität und beim Betrugskommissariat waren. Sie klopften geistlose Sprüche über das SEK, ließen sich aber bereits am ersten Tag den schwarzen Anzug geben. Mit der Schwinge, für die sie nichts getan hatten. Sicherlich waren die Kommandoführer bei den groß angelegten Einsätzen dabei. Das war auch ihre Aufgabe. Aber manche übertrieben es, bis zur Grenze der Peinlichkeit. Wie einer der Vorgänger des jetzigen SEK-Chefs, der beim Sturm auf ein Lokal der Russenmafia nicht nur die schwere Weste tragen wollte, sondern sich noch einen Helm geben ließ, um dann in der zweiten Welle mitlaufend den Weg zu versperren.

Schacht nahm sich ein Bier und setzte sich auf einen alten Schaukelstuhl vor der Küchentür, von wo aus er über die Felder schauen konnte. Kaum zu glauben, dass man sich mit weniger als einer Stunde Fahrt so weit von dem Moloch und seinen Kreaturen entfernen konnte. Er ging den Fall Brettschneider noch einmal im Geiste durch. Der hatte sich der Aktenlage nach erschossen, allerdings mit einer Hand, die ihm die Natur nicht als seine starke mitgegeben hatte.

Er unterhielt eine sexuelle Beziehung mit einer Trainerin aus einem Sportstudio, der er erzählte, bald mit allem durch zu sein und ein entspanntes Leben anzupeilen. Brettschneider war HIV-positiv gewesen. Der Staatsschutz biss alle engagierten Polizisten weg. Und Schmelzer wollte ihm nicht nur verbieten, in dem Fall zu ermitteln, er recherchierte ihm sogar nach.

Für einige Minuten dachte Schacht an Nicole und daran, wie sie sich nun wohl fühlen würde. In der Rückschau hatte er sich wie ein Sadist benommen. Die von ihm überbrachte Nachricht war wie ein Schwert in ihren schönen, hilflosen Körper gefahren. Bei dem Gespräch hatte er Macht verspürt. Herrschaftswissen, mit dem er Menschen brechen, aber auch wieder aufrichten konnte.

Als Schacht sich ein weiteres Mal am Kühlschrank zu schaffen machte, um sich ein Bier zu genehmigen, sah er sein Handy auf dem Küchentisch liegen. Er hatte zwei verpasste Anrufe von ein und derselben Berliner Festnetznummer, die er nicht zuordnen konnte. Das kam selten vor. Schmied? Beate? Ein anderer der neuen Kollegen? Die Kombination sah nicht nach einer typischen Behördennummer aus. Schacht drückte die automatische Rückruftaste und ließ es einige Male klingen.

„Hallo."

„Wolf Schacht."

„Vielen Dank, dass Sie sich so schnell zurückmelden."

Die Männerstimme am anderen Ende klang angenehm und jovial. Sie kam Schacht vertraut vor, obwohl er sie nicht gleich erkannte. Sein Gegenüber schien das zu merken.

„Tiedge hier."

Der Innenstaatssekretär. Brettschneiders Schutzperson. Brettschneiders Chef. Nach dem Senator der mächtigste Mann der Innenverwaltung. Für einen Moment verging Schacht die gute Laune, die Bier und Abendsonnenlicht in ihm verbreitet hatten.

„Hallo, hören Sie mich?"

„Doch doch, es geht", sagte Schacht.

„Stimmt irgendetwas nicht?"

ZWÖLFTES KAPITEL

„Nun ja, erst dachte ich einen Moment lang an einen schlechten Scherz. Aber dann wurde mir bewusst, dass neuerdings alles möglich ist."

„Ich würde mich gern mit Ihnen unterhalten."

„Auch das wundert mich nicht." Schacht bluffte. Er hatte keine Ahnung, was Tiedge auf dem Herzen hatte. Außer ihn vielleicht zu maßregeln.

„Warum?", fragte Tiedge nun etwas irritiert.

„Mein Fanklub wird von Tag zu Tag kleiner bei den Mordermittlern, und nach den letzten Entwicklungen gehe ich mal davon aus, dass die beteiligten Herrschaften nicht Manns genug sind, mich selbst rauszuwerfen, sondern ihren Boss einschalten."

„Sie irren sich, Herr Schacht." Er wusste selbst, dass er sich irrte. Kein Staatssekretär würde ein solches Gespräch führen, schon gar nicht von seinem privaten Apparat. Im Zweifelsfall würde man das den Handlangern überlassen.

„Okay, zweiter Versuch. Was kann ich für Sie tun?"

„Wie gesagt, ich möchte mich mit Ihnen unterhalten. Allerdings persönlich, von Angesicht zu Angesicht."

Für den Bruchteil einer Sekunde fuhr Schacht sein Gespräch mit Schmelzer durch den Kopf. Ließ der ihn überwachen, würde er nicht zögern, auch sein Telefon anzuzapfen. Bei einem Gespräch mit Staatssekretär Tiedge konnte das nun peinlich werden.

„Worum geht es?"

„Um den Fall Brettschneider."

„Der keiner ist. Haben mir zumindest die Staatsschützer erklärt. Mit Nachdruck. Ach ja, und der Leiter meiner Mordkommission."

„Hoffen wir es, aber man kann nicht sicher sein."

„Sagen Sie."

„Sage ich. Als Innenstaatssekretär. Deren Chef."

„Sagen Sie es auch denen?"
„Vielleicht. Wenn es so weit ist."
„Wann ist es so weit?"
„Sicher nicht, bevor wir beide uns getroffen haben."
„Wann und wo?"
„Ich habe einen Hund, und den führe ich gern am Schlachtensee aus. Da ist eine Hundebadestelle."
„Kenne ich."
„Haben Sie auch einen Hund?"
„Ich habe einen Kater." Tiedge lachte.
„Katzen schwimmen nicht gern."
„Ringo schon. Also wann?"
„Morgen früh um sieben Uhr?"
„Wie Sie meinen."
„Ich komme allein. Kein Personenschutz. Nur ich und mein Hund."
„Und ich komme ohne Kater."
„Habe ich mir gedacht."
„Auf Wiedersehen, Herr Staatssekretär!" Schacht legte auf. Wenn Tiedge im wahren Leben so war wie am Telefon, konnte es sein, dass die Chemie zwischen ihnen stimmte. Er hatte schon während der Pressekonferenz im Fernsehen einen vertrauenswürdigen Eindruck bei Schacht hinterlassen. Dort hatte Tiedge allerdings noch keine Zweifel daran erkennen lassen, dass Brettschneider durch Selbstmord starb. Schacht fragte sich, ob er Tiedge am nächsten Morgen sein eigenes Bild dieses „besonnenen Beamten" vermitteln sollte. Aber was wollte Tiedge? Konnte man ihm trauen?

DREIZEHNTES KAPITEL

KINDER UND HUNDE 13

Bleiern, schwer. Im Wald lag kniehoch dichter Nebel. Den Wagen hatte Schacht an einem Parkplatz abgestellt, der zu einem Ausflugslokal gehörte. Er kannte die Hundebadestelle. Er war dort oft mit Alice und Skippy gewesen. Dem hellfelligen Labrador, den er so geliebt hatte. Der ihn so sehr geliebt hatte. Er verdrängte die Erinnerungen und ging den festgetrampelten Fußweg in Richtung der Stelle, die ihm Tiedge beschrieben hatte. An einem Seeufer hatte sich Brettschneider in den Kopf geschossen, an einem Seeufer sollte er nun Tiedge treffen. Schacht lächelte über seinen Gedanken. In Berlin gab es nun einmal verdammt viele Seen.

Still war es. Der Nebel dämpfte alle Geräusche und machte sich zu einem Gefährten derer, die Böses vorhatten. Unerkannt bleiben wollten, Stille brauchten. Einige Schritte neben ihm hob ein Fischreiher aus dem Nebel ab, den er offenbar gestört hatte. Das Tier schwang sich nach oben wie ein schwerfälliges Transportflugzeug. Nur der gespenstisch klingende Flügelschlag war zu hören, kein Krächzen, kein Laut.

Schacht trug seine schwarzen Haix-Einsatzstiefel, ausgeblichene Jeans und seine grüne Armeejacke, um seinen Hals hatte er einen Schal gebunden. Es war frisch am Morgen. Auch wenn der Nebel die Sicht einschränkte, so erkannte er den Weg. Die Wahrscheinlichkeit, dass sich gestern ein Stimmenimitator als Innenstaatssekretär Tiedge ausgegeben hatte, um ihn am Morgen am Schlachtensee zu liquidieren, war hirnrissig und taugte höchstens für einen zweitklassigen Agentenfilm. Gleichwohl die Szenerie, die er jetzt durchschritt, durchaus dazu passte. Schacht spürte die Sig Sauer an der Hüfte.

Jetzt vernahm er eine Stimme, ein leises Jaulen, aber nicht gequält. Dann ein schnelles Scharren, ein Japsen und dann einen lauten Platscher. Jemand hatte etwas ins Wasser geworfen, was ein Hund herausholte.

Er erkannte den Mann ein paar Schritte weiter. Tiedge stand am Ufer, versuchte, einem Hund – es war ebenfalls ein Labrador, allerdings ein schwarzer – einen Stock aus dem Maul zu ziehen. Der Hund gab nach, weil er das neuerliche Spiel wollte. Er bekam es, das Holz flog trudelnd durch die Luft, landete abermals platschend im Wasser. Der Labrador jagte wieder hinterher. Es war ein junges Tier, nicht älter als 18 Monate.

Tiedge erkannte ihn offenbar im Augenwinkel und sprach ihn an, ohne sich zu ihm zu wenden.

„Schacht, kommen Sie." Erst jetzt drehte er sich Schacht zu und streckte ihm die ausgestreckte Hand entgegen. „Guten Morgen."

Tiedges Griff war kräftig und fest. Angenehm.

„Ein schönes Tier."

„Ja, das ist ein toller Bursche."

Tiedge sah, das musste Schacht anerkennen, ausgesprochen gut aus. Knapp 1,80 Meter groß, schlank, kräftige Schultern, mit einem markanten Grübchen in der Kinnspitze. Harte Züge, breites Lächeln, ein ebenmäßiges Gebiss.

DREIZEHNTES KAPITEL

Dichtes Haar, grau, zurückgekämmt – die Frisur eine passende Mischung aus lässig und adrett. Schacht war sogleich der Ansicht, dass ihn dieser Mann an einen amerikanischen Filmschauspieler erinnerte – und er fragte sich, ob das beabsichtigt war. Ob Tiedge sich gar nach einem Vorbild ausgerichtet hatte. Der Staatssekretär trug Jeans, Timberland-Stiefel. Seine Wachsjacke war abgetragen, am Handgelenk erkannte Schacht eine rotgoldene Omega Terra. Dafür hatte Tiedge gewiss mehr als 10.000 Euro hingeblättert.

In Tiedges rechtem Mundwinkel klemmte eine Zigarette, was auf Schacht etwas verwegen wirkte. Er hatte nie verstanden, wie man freihändig rauchen konnte, ohne dass einem der Qualm in den Augen brannte. War es Masche? Oder war Tiedge wirklich so?

„Wissen Sie, Schacht, ich hätte niemals in die Politik gehen sollen. Mein Vater war Tischler, müssen Sie wissen. Hätte ich seinen kleinen Betrieb übernommen, wäre ich jetzt entweder pleite oder ein Handwerker. Aber ich könnte jeden Morgen hier sein."

„Ohne großes Bankett." Eine poetische Eröffnung, dachte Schacht. Mit der eigenen Biografie beginnen. Schacht konnte sich nicht entscheiden: Einerseits wirkte Tiedge authentisch, andererseits wie ein Schauspieler, der seine Rolle einfach nur überzeugend spielte. Tiedge war Politiker. Und war ein Politiker, so dachte Schacht, nicht auch manchmal ein Schauspieler?

„Genau. Keine Protokolle. Keine Personenschützer. Und keine Anrufe von Mordkommissionstypen, die mich ankotzen." Da war es wieder: Schacht glaubte Tiedge zwar, spürte aber auch, wie der sich nun absichtlich auf sein Niveau begab: ankotzen. Tiedge sprach jetzt zum einfachen Volk. Zum einfachen Polizisten. Zu Schacht, dem Praktikanten.

Tiedge nahm Schacht bei der Schulter und schob ihn sanft in die Richtung, in die er gehen wollte.

„Wolf, ich darf Sie doch Wolf nennen?"

Den anderen beim Vornamen nennen, wie es die Amerikaner tun. Jetzt endlich erkannte Schacht, an wen Tiedge ihn erinnerte: Michael Douglas.

„Sie gehen drauflos, was?"

„Ich erkenne Macher, und ich erkenne Pfeifen. Von den Pfeifen sind Sie keiner. Und das mag ich. Wir beide fragen uns, ob mit dem Tod von Brettschneider vielleicht etwas nicht stimmt."

Schacht horchte auf. Hatte Tiedge bei der Pressekonferenz nicht das genaue Gegenteil gesagt? Er schaute dem Labrador nach, der um die beiden herumsprang, sich entfernte und wieder zurück zu ihnen kam. Schacht fragte sich, ob tatsächlich kein Personenschützer in der Nähe war. Er hatte sich am Vorabend noch ausführlich über Tiedge informiert. Wegen seiner Offensive gegen das Organisierte Verbrechen – was auch immer dahinter steckte – gab es Dutzende Morddrohungen gegen den Staatssekretär. Selten hatte ein Beamter in dieser Position derart in der Öffentlichkeit gestanden.

Tiedge ahnte, wonach Schacht sich umsah, und schüttelte lächelnd den Kopf. „Ich frage mich das aus zwei Gründen", fuhr er fort. „Erstens hätte sich Heiko niemals erschossen, sondern anders umgebracht. Er war eitel und hätte nicht gewollt, dass ihn jemand mit zerknalltem Kopf sieht." Die Erklärung leuchtete Schacht nicht ein. So mancher General hatte sich nach verlorenen Schlachten in den Kopf geschossen. Das war allemal besser, als sich aufzuhängen. „Zweitens finde ich, dass sich zu viele Arschbreitsitzer für die Sache interessieren."

Schacht fand, dass es jetzt Zeit für eine kleine Offensive war. „Warum reden Sie so?"

„Wie rede ich?"

„Sie reden wie ein Bulle. Wollen Sie mich für sich einnehmen? Es mir leichter machen, wenn Sie den Slang der Straße

DREIZEHNTES KAPITEL

sprechen? Ich kenne das Einmaleins, und ich kann mit Messer und Gabel essen."

Tiedge lachte unbeeindruckt. „Sie gefallen mir. Ich war selber einer aus dem Verein, Wolf. Ich war Bulle."

„Was Sie nicht sagen. Und wo?"

„Bundeskriminalamt in Wiesbaden. Bevor ich ein öffentliches Amt übernahm. Meine Frau wollte ein geregelteres Leben für uns und die Kinder. Und sie mag den Kurfürstendamm."

„BKA? Das sind Arschbreitsitzer."

Tiedge grinste, zog an seiner Zigarette und warf den Stummel anschließend weg.

„Viele. Sehr viele sogar. Meine Truppe war ganz okay, Wolf." Die beiden schlenderten am Seeufer entlang, während Tiedge etwas mehr von sich erzählte. Hin und wieder kamen ihnen Jogger entgegen, der Berichtende senkte dann instinktiv die Stimme. Er habe beim BKA gegen die Organisierte Kriminalität gekämpft, auch gegen die fortbestehenden Strukturen der DDR-Staatssicherheit im wiedervereinigten Deutschland. SED-Vermögen, Finanzkriminalität. Schacht könne sich gar nicht vorstellen, dass diese alte Genossen noch Jahre nach der Wende aktiv gewesen seien. Vielleicht sogar auch folgende Generationen. Was Tiedge mit diesem letzten Hinweis meinte, begriff Schacht nicht, er wollte allerdings auch nicht den Redefluss unterbrechen.

„Wir haben das Geld gesucht, die Stasi-Vermögen. Und versucht herauszufinden, was damit geschieht", fuhr Tiedge fort. Später, nach dem 11. September, habe er mit Terrorismusabwehr zu tun gehabt. Islamistische Netzwerke in der Bundesrepublik. Bei diesen Einsätzen habe er auch oft mit der GSG9 zusammengearbeitet: „Mit ihren Freunden, Wolf!" Er, Tiedge, habe zwar immer in der zweiten Reihe gestanden. Aber immerhin.

Der Staatssekretär wandte sich zu ihm, Schacht sah ihn skeptisch an.

„Ich habe kein besseres Ticket, Wolf. Und ich kann verstehen, dass Sie misstrauisch sind. Ich kann Ihnen nur eines anbieten."

„Und das wäre?"

„Ich kann Ihnen sagen, dass ich ebenso wie Sie manchmal Zweifel daran habe, ob sich Heiko das Hirn weggepustet hat. Sie sind noch neu bei der Mordkommission, aber aus Ihnen könnte mal ein guter Ermittler werden."

Schacht knurrte der Magen. Er hatte an diesem Morgen ausgesprochen hastig gefrühstückt.

„Bei der Polizeiarbeit gibt es immer eine offizielle Meinung", sprach Tiedge weiter. „Man schließt eine Akte, stellt ein Verfahren ein oder eröffnet es gar nicht erst, weil der Anfangsverdacht fehlt. Man geht zum nächsten Fall über. Manchmal ist es gut, wenn jemand trotzdem weitermacht und die Sache zumindest im Blick behält. Vielleicht haben die Kollegen ja auch etwas übersehen."

„Und diese Rolle soll ausgerechnet ich spielen?"

Tiedge nickte vielsagend. „Ich könnte mir keinen Besseren vorstellen. Sie sind frei, und mir scheint, dass man Ihnen derzeit keinen anderen Auftrag geben wird. Ich vertraue Ihrer Nase. Und ich kann Ihnen versprechen, dass ich Ihnen den Rücken freihalte, wenn Sie auf Schwierigkeiten stoßen."

Schacht fragte sich, woher dieses Vertrauen rührte. Aber es beruhte für ihn auf Gegenseitigkeit.

„Sie glauben also, der Verein lässt mich weitermachen?"

„Muss er. Sie haben eine festgeschriebene Zeit bei der Mordkommission. Wenn die Sie mit Kleinigkeiten beauftragen, dann erledigen Sie das schnell und gehen den Spuren nach."

„Welchen Spuren?"

DREIZEHNTES KAPITEL

„Denen, die Schmelzer und die Staatsschutz-Schlapphüte nervös machen. Meine private Nummer." Er steckte Schacht eine Karte in die Jackentasche – eine etwas überhebliche Geste, die ihn aber nicht weiter störte. Dann verabschiedete sich Tiedge, drehte sich um und ging zum Wasser.

„Joe, komm, Joe. Ab nach Hause." Der Hund hörte nicht.

„Wie kleine Kinder", sagte Tiedge und lachte. „Manchmal braucht er auch Schimpfe." Das Gespräch war vorbei, Schacht wandte sich ab und wäre beinahe mit einem Jogger zusammengeprallt, der mit einem wütenden Schnauben seine Laufbahn änderte. Schacht kehrte auf dem Weg zurück, den sie gekommen waren. Zweimal hörte er noch Tiedges Stimme, die nun deutlich härter und autoritärer wirkte: „Joe!" Dann hörte Schacht nichts mehr. Der Hund hatte nun anscheinend gehorcht.

VERGELTUNG 14

Vielleicht 15 Jahre oder 16 Jahre. Älter konnte dieses Mädchen nicht sein. Schacht blickte durch eine Rauchwolke auf den leblosen, jugendlichen Körper und stürzte wie benommen darauflos. Das Kind hing apathisch in den Stricken, die blutige Striemen an den Handgelenken hinterlassen hatten und sich immer tief in das magere Fleisch hineinschnitten. Das lange, dunkle Haar klebte in Strähnen am Kopf, nass von einer Flüssigkeit, die jemand über sie gekippt hatte. Immer wieder. Schacht hoffte, dass es nur Bier gewesen war. Er sah all das in einem Bruchteil von Sekunden. Der Körper war nackt, Brust und Schultern mit schwarzen Flecken übersäht: ausgedrückte Zigarettenstummel. Den Unterleib konnte Schacht nicht sehen, weil ein knapp zwei Meter großer Rocker mit langen Haaren und vielen Tätowierungen vor ihr stand. Er bewegte sich halb taumelnd, halb zuckend in einem abscheulichen Takt.

Der Rotwein war schwer. Schwer und dickflüssig, als wolle er gar nicht aus dem Glas herausgekrochen kommen. Er hatte nicht gedacht, dass er jemals so sehr über sein Leben würde grübeln können. Es hatte in den letzten Wochen, in den letzten Monaten deutlich zugenommen. Er verbrachte Stunden damit nachzudenken, was in seinem Leben bislang geschehen war, was ihn beeinflusst hatte und beeinflusste. Norma-

VIERZEHNTES KAPITEL

lerweise sollten Männer gerade seines Schlages etwas tun, sei es nun richtig oder falsch, und gerade im zweiten Fall damit leben können, ohne es immer wieder in Gedanken zu bewegen. Bei ihm funktionierte das nicht. Nicht mehr. Eigentlich alles beschäftigte ihn in letzter Zeit. Alles, was er getan hatte. Und das, was er wahrscheinlich tun würde, wenn es ihm nicht gelang, einen Schlussstrich zu ziehen.

Das hatte sicher mit Ulis Schicksal zu tun. Uli, dessen Vermächtnis er, wollte man es so theatralisch sagen, nicht verraten durfte. Was an diesem Tag geschah, hätte Uli nicht gutgeheißen, er hätte aber auch niemandem davon erzählt. Uli hätte sich im Griff gehabt. Schacht hingegen erfüllte es mit grimmigem Stolz, wenn er daran dachte. Aber ein bisschen schämte er sich auch dafür, dass der Gedanke an jenen Tag ihn so sehr befriedrigte.

So war er, Schacht, der Teamführer. Und so war sein irrer Haufen, der sich abhob vom Rest des Kommandos. Schacht musste wieder an Quiqueks Schüler denken und an den Grund für ihren Ehrgeiz, zu diesem Team zu stoßen.

Es war wie so oft ein Routineeinsatz gewesen. Es galt, den Anführer eines Rockerklubs festzunehmen. Eines Vereins, der es sich zum Ziel gesetzt hatte, irgendwann ein Unterstützerklub der Bloodhounds zu werden. Solche „Supporter" waren genau genommen die Handlanger, die Lakaien, die Sklaven der echten Rocker. Und nicht selten verachteten die Bruderschaften diese Neulinge. Die sich einschleimten bis zur Selbstaufgabe, die alles tun würden, um von einem „Chapter" als Mitglieder ernannt zu werden. Der Anführer dieser Supporter sollte festgenommen werden, im Klubhaus seines Vereins in Berlin-Treptow. Tatvorwurf: Mehrfaches Fahren ohne Führerschein, Urkundenfälschung, Waffenhandel.

Der Kerl war bereits einschlägig bei der Polizei bekannt, wegen verschiedener Gewaltdelikte vorbestraft. Bei Rockern musste man immer mit Bewaffnung rechnen. Axtstiele, Messer und Macheten, das war das Mindeste. Auch über Panzerfäuste durfte man sich nicht wundern. Deswegen wurde das SEK angefordert, wenn es gegen diese Bruderschaften und ihre Unterstützer ging. Ein Team sollte reichen, zum Zeitpunkt des geplanten Zugriffs wurde laut Aufklärung durch das MEK mit maximal 15 Personen in dem Gebäude gerechnet.

Schacht und seine Männer vom 3. Team sollten eindringen und „befrieden", Bereitschaftspolizisten auf dem Fuße folgen, Festgenommene abführen, durchsuchen, sicherstellen, absperren und am Ort bleiben, bis der Einsatz beendet war.

Schacht hatte an diesem Dienstag zwei Krankmelder, die wie viele unter einem aggressiven Magen-Darm-Virus litten und die Nacht über der Kloschüssel verbracht hatten. Durch den Urlaub eines weiteren Kollegen war das Team nicht vollständig. Aber Gefahrensucher gab es auch in anderen Teams.

André Berkel war so ein Kaputter. Teamführer des Zweiten, der an diesem Tag zufällig in der SEK-Unterkunft in Lichterfelde erschienen war, weil er seine Laufschuhe vergessen hatte. „Andy" war ein Pfundskerl, jeder mochte ihn, neben Schacht war er der beliebteste Anführer. Berkel war hochgewachsen und kräftig, das Haar einen Millimeter kurz, weil er seinen angeblich hübschen Kopf nur nicht verdecken wollte. Eine seiner vielen Macken war, dass er sich wie ein Ernährungsfetischist benahm. Sogar den Fruchtzucker im Obst sah er als Bedrohung für die gesunde körperliche Entwicklung seines Sohnes an. Deswegen wurde er oft auf den Arm genommen. Vor allem von Quiquek.

Andy war mit einem Blech Kuchen aufgetaucht, natürlich nicht für sich, sondern für „euch Fettsäcke" hatte er gesagt. Schacht schob sich genüsslich ein Stück zwischen die Kiefer und sagte dann mit vollem Mund. „Andy, du hast keinen Dienst, aber ich brauche einen Mann. Rocker, verstehste?"

VIERZEHNTES KAPITEL

„Friss deinen Kuchen auf und teil mich ein", hatte der ohne zu zögern geantwortet und sich dem 3. Team unterstellt. Auf Rockereinsätze standen sie. Da gab es auch mal Widerstand, da konnte man sich reiben. Im Taschenraum, wie sie es nannten, lag immer Ausrüstung bereit.

Die Fahrt durch Berlin war langweilig gewesen an diesem Tag. Die Straßen leer, obwohl die Ferien sich längst dem Ende zuneigten. Elf Mann waren sie, das Gebäude bestand aus zwei Etagen. Sie parkten unweit der Anschrift, rüsteten sich auf, besprachen sich mit dem Dienststellenleiter vom Kommissariat zur Bekämpfung der Rockerkriminalität und fuhren dann mit „Eile" vor, um mit zwei kleinen Trupps zu stürmen. Andy wollte unbedingt den Schild tragen, Uli konnte ja nicht mehr.

Schacht, Quiquek, Bernhard und Sergej waren hinter ihm, der Rest sollte in das zweite Stockwerk eindringen. Diese Kollegen gingen leer aus, denn oben gab es niemanden. Nicht so bei Schachts Truppe. Andy kloppte die schwere Tür mit einem Schlag ein, und schon eine Sekunde später bot sich den SEK-Männern ein Bild, das sie – ebenso wie den leblos am Boden liegenden Uli – niemals vergessen sollten. Die Rocker waren betrunken, bekifft, bekokst. Aber sie waren wach. Sie teilten sich nacheinander, immer wieder, was da an den Armen gefesselt von einem in die Decke eingeschraubten Haken herabhing.

Immer wieder stieß der Rocker, der den SEK-Männern dabei sorglos und obszön den Hintern zuwandte, in den leblosen Körper hinein. Das Gesicht der jungen Frau, des Kindes, war grün und blau geschlagen. Während sie ohne Unterlass an diesem Tag herumgereicht und vergewaltigt wurde, fraßen die Rocker kalte Pizza aus Pappkartons, soffen und feuerten sich gegenseitig an.

Es war wie ein rasender Wettlauf, wer die Verbrecher als

Erster niederschlug. Bernhard hatte das blitzende Messer in der Hand. Schacht geriet nun einen Schritt ins Hintertreffen. Andy rannte den Mann um, der sich noch immer an dem Mädchen verging und nicht begriff, was die Stunde geschlagen hatte. Der Rest brachte die anderen Rocker in Sekunden zu Boden. Bernhard, der auch Teamsanitäter war, schnitt das Kind augenblicklich von den Seilen los und fing ihren erschlafft herabsinkenden Körper auf.

Später stellte sich heraus, dass es eine junge Rumänin war, die zur Prostitution gezwungen und zuvor „zugeritten" werden sollte. Jemand hatte ihr hohe Dosen an Drogen verabreicht, die sie nicht vertrug. Die Rocker hatten versprochen, dass sie sich „um die Kleine kümmern" wollten. Das hatten sie allerdings getan. Sie war so schlimm vergewaltigt worden, dass ihre Gebärmutter verletzt war. Ebenso ihr Darm. Schacht erfuhr all das viel später, nachdem der Gerichtsmediziner die Obduktion vorgenommen hatte. Zum Zeitpunkt ihrer „Rettung" war die Rumänin bereits so gut wie tot gewesen. Bernhard hatte sie auf seinen Armen zum Notarztwagen getragen, der immer bereitstand, wenn das SEK einen Einsatz auf dem Plan hatte. „Mein Gott!", hatte der Arzt gerufen und Bernhard damit angedeutet, dass er wenig Hoffnung habe.

Woran das Mädchen letztendlich gestorben war, wusste Schacht nicht mehr, aber er erinnerte sich an jede Sekunde, die danach folgte. Sie hatten die am Boden liegenden Rocker bedroht, als Bernhard wenig später wieder zurück in den Raum kam und berichtete, dass es wohl keine Hoffnung gab.

Schacht hatte zuerst den Helm abgenommen und durch den Stoff seiner Maske einen Funkspruch abgesetzt: Man brauche nach „massiven Widerstandshandlungen" mindestens drei Krankenwagen und einen weiteren Rettungsarzt. Ein Blick in die Runde. Keine Worte, die brauchten sie nicht.

VIERZEHNTES KAPITEL

Die Rocker hatten erst dämlich geschaut. Aber dann dämmerte es auch ihnen.

„Steht auf", befahl Schacht mit Eiseskälte in der Stimme. „Jetzt." Sie blieben liegen, von der Angst halbwegs wieder nüchtern. Helfen sollte es ihnen nicht. Schacht nahm Anlauf und trat einem der Kinderschänder den Stiefel in die Niere. Der Mann krümmte sich vor Schmerzen. Schacht riss ihn mit beiden Händen hoch und rammte ihm den rechten Ellenbogen ins Gesicht. Der Rocker stöhnte leise, lauter hörte man Zähne splittern. Der Getroffene wollte sich instinktiv ins Gesicht fassen, kam aber nicht dazu. Denn Schachts flache Hand raste auf sein linkes Schlüsselbein nieder. Es bracht wie ein gefrorener Birkenzweig. Die anderen Rocker, von denen man abgelassen hatte, sprangen jetzt unbeholfen auf. Ob aus Angst oder Angriffslust, wusste keiner. Es scherte auch niemanden.

Quiquek ging los wie ein entfesselter Pitbull. Er sprang hinzu, hob nicht einmal die Fäuste zur Deckung. Der rechte Schwinger krachte an die Schläfe und schickte den zweiten Rocker ohnmächtig zu Boden. Er lag auf dem Bauch, die Hände ausgestreckt, und Quiquek trat ihm mit seinen schweren Einsatzstiefeln in einer schnellen, tänzelnden Bewegung auf die Finger. Die anderen schauten düster und andächtig zu, als wohnten sie einem grausamen Opferritual bei, das notwendig war, um die Götter zu besänftigen. Quiquek hatte gerade erst begonnen. Er drehte sich um, fand den nächsten, trat ihm gegen den Kopf, packte ihn anschließend mit der einen Faust am Hinterkopf und zertrümmerte ihm mit der anderen das faule Gebiss. Andy war nicht umsonst mitgekommen und sollte nun auch sein Werk verrichten.

Er hielt den rasenden Quiquek jetzt zurück. Ohne Worte, sie schwiegen die ganze Zeit. Der nächste Rocker hoffte wohl für einen Moment, dass sie nun genug hatten. Er wusste es besser, als Andy ihm blitzschnell aus der Drehung in die Magengrube trat. Der Getroffene flog stöhnend durch den Raum des Rockerheims und riss dabei einige schäbige Wimpel von der Wand. Er raffte sich auf, hob schützend die Hände. Andy, der ihm schnell gefolgt war, bekam eine zu fassen, drehte die Finger entgegen ihrer von der Natur geplanten Richtung. Das Knacken hallte durch den Raum, erst merkwürdig zeitversetzt stieß der Gemarterte ein markerschütterndes Heulen aus.

Schacht suchte sich den nächsten Gegner, der nichts als Angst in den Augen hatte. Heute gab es keine Gnade, das Mädchen, entführt aus Rumänien und zu Tode vergewaltigt in Berlin, forderte ein Sühneopfer. Von der Verachtung, dem Spott, den Foltern und dem Sperma, mit dem die Rocker sie besudelt hatten, würde man sie nicht mehr reinwaschen können.

Der fünfte Rocker stand seltsam apathisch unter dem Licht einer diffusen Lampe. Er schien am Schicksal seiner Kumpanen keinerlei Anteil zu nehmen. Er rührte sich nicht, auch nicht als Schacht langsam auf ihn zuging. Er versetzte ihm mit dem rechten Schienbein einen harten Tritt gegen den Oberschenkel – und wunderte sich, dass der Rocker dabei stehen blieb. Schacht schlug ihm zweimal gegen den Kopf, nahm den Schwung des letzten Schlages mit und trat noch einmal zu. Exakt auf die gleiche Stelle. Wie ein Turm, dessen Fundament gesprengt war, brach der Rocker in sich zusammen. Der erste Treffer hatte den Oberschenkelknochen angerissen, der zweite ihn glatt durchbrechen lassen. Das wieder zu kitten würde eine blutige Operation werden. Ein Assistenzarzt der Knochenchirurgie konnte sich daran vor seinem Chef beweisen.

Die Teamführer hatten ihre Arbeit getan. Nun sollten die anderen den lädierten Rest erledigen. Bernhard schleuderte

VIERZEHNTES KAPITEL

einen über den Tisch, der eine Batterie Bierflaschen mitnahm und in den Scherben landete. An weitere Details konnte sich Schacht nicht mehr erinnern.

Es kehrte Ruhe ein, die Feinde waren besiegt, sie lagen – sofern sie es noch konnten – röchelnd und wimmernd am Boden. Sie wurden mit Handschellen gefesselt. Quiquek kümmerte sich um den Zweimetermann, der das Kind vergewaltigt hatte, als sie den Raum gestürmt hatten. Er drehte ihn auf dem Bauch, um ihm die Handschellen anzulegen und hob den Arm dabei so weit nach hinten, dass die Schulter auskugelte oder sogar brach.

Inzwischen waren die Kollegen von der Bereitschaftspolizei erschienen, um sich einzumischen. Sie wähnten die SEK-Männer in Gefahr. Bernhard wies sie zurück. „Lasst gut sein, wir haben das im Griff."

„Verstehe", hatte der Truppführer der Bereitschaftspolizei gesagt und die andächtig herumstehenden schwarzen Gestalten angesehen. „Wir haben verstanden."

Als Schacht und seine Kollegen nach kaum fünf Minuten aus dem Raum kamen, sprach sich der Zwischenfall in der Umgebung des Klubheims bald herum. Ein Mitglied der Führungsebene der Bloodhounds war erschienen und sah dem Abtransport der schwerverletzten Kinderschänder von seinem Motorrad aus zu. Die Harley Davidson brummte weiter, als das SEK zu den Fahrzeugen ging. Schacht nahm das zustimmende Nicken wahr.

Jahre später hatte in den Zeitungen gestanden, dass zwei Rocker aus einem Supporter-Club der Bloodhounds während einer Ausfahrt nach Polen auf einem Campingplatz erstochen wurden. Schacht erinnerte sich dabei an den Anführer der Bruderschaft.

Der Zwischenfall war später bekannt geworden, ein Rettungssanitäter der Feuerwehr hatte sich verquatscht, und es hatte eine Untersuchung gegeben. Rocker machten niemals Zeugenaussagen, nichts konnte bewiesen werden. Polizeiintern wurde das SEK für diese Sache hoch geachtet.

Aber Schacht wusste, dass er eine Grenze überschritten hatte. Er wusste, dass er kein guter Teamführer mehr sein würde, weil er Dinge zugelassen hatte und zulassen würde, die nicht mit den Prinzipien eines Polizisten vereinbar waren. Er würde immer wieder so handeln, und das war das Problem. Ehre und Stärke.

Schacht trank seinen Wein aus und ging schlafen. Er schlief allerdings nicht, denn die wichtigsten Anrufe erfolgen nun einmal in der Nacht.

FÜNFZEHNTES KAPITEL

KURFÜRSTEN-DAMM 15

„Wolf, bist du das?"
Er musste sehr undeutlich gesprochen haben.
„Ja, ich bin es."
„Wir haben Bereitschaft, und am Kudamm wurde ein Pärchen überfallen. Der Mann ist tot, wir haben Dienst. Du musst kommen."
Er setzte sich auf. Durch die wie immer geöffnete Schlafzimmertür konnte er das Wohnzimmer erkennen, der Lichtschein war hell genug, um die Zeit auf seiner Armbanduhr ablesen zu können. Es war 4 Uhr 45.
„Okay, bin unterwegs. Wohin genau?"
„Kurfürstendamm, Ecke Waitzstraße. Fast am Adenauerplatz. Du wirst die Lichter sehen."
„Habt ihr Schmelzer erreicht?"
„Gar nicht versucht. Seine Frau hat wohl einen runden Geburtstag, und er ist mit ihr an die Ostsee gefahren. Ich glaube, du, ich und Frederik werden allein am Tatort sein."
„Das ist ja mal eine gute Nachricht. Bin unterwegs."
Den Duschhahn drehte er bis zum Anschlag auf kalt, wie er das immer getan hatte, wenn sie nachts zu einem Einsatz gerufen wurden, für den sie Zeit hatten, also keinen „Not-

zugriff" machen mussten. 20 Sekunden eiskaltes Wasser reichten ihm, um nachhaltig wach zu werden und zu bleiben. Er trocknete sich ab, die ganze Sache hatte maximal eine Minute gedauert, dann war er bereit. Das Anziehen ging schnell, Jeans, T-Shirt, Sportschuhe, seine Armeejacke, wieder der Schal, denn es wurde noch nicht wärmer in Berlin. Er stieg in den Volvo, ließ das Radio aus und fuhr den Weg durch die ländliche Harmonie auf die Großstadt zu. Der Moloch Berlin hatte wieder mal einen verschlungen.

Der Kurfürstendamm war in die Jahre gekommen. Früher standen die Huren vom Café Kranzler unweit der Gedächtniskirche bis hinunter zum Adenauerplatz. Sie lauerten auf Männer mit etwas Geld und Alkohol im Blut, die sie in nicht gerade romantisch eingerichteten Fickzimmern übers Ohr hauen konnten. Recht so, dachte sich Schacht. Keine der Frauen schlief tatsächlich mit den Männern. „Falle schieben" nannte man das. Die Hure setzte sich dabei auf den Klienten und agierte mit der Hand unter dem Hintern so geschickt, dass man sich der Illusion hingeben konnte, tatsächlich in sie einzudringen. Die Touristennummer war so echt wie die falschen Brüste und die falschen blonden Haare, mit denen die Huren im Zwielicht der Laternen lockten. Echte Berliner gingen in die Wohnungsbordelle, wo es echten Sex gab, für weniger Geld.

Heute war der Kurfürstendamm eine Drecksmeile, fand Schacht. Keine hübschen und gewitzten Nutten mehr an den Straßenecken. Stattdessen aufgemotzte Autos besetzt mit Cousins und Sprösslingen arabischer Großfamilien, die nach und nach den Einfluss der wichtigen Lokale in der City West übernahmen – es war ihr Eldorado, ihr Dodge City, wo sie sich dementsprechend aufführten. Kaum einer der traditionellen Nachtklubs sei noch in deutscher Hand, jammerten die Zuhälter von einst.

FÜNFZEHNTES KAPITEL

Nach 22 Uhr war der Kudamm nicht ungefährlich, auch wenn man es nicht sah. Es sei denn, man ging in die alten Theater und leistete sich anschließend ein Taxi.

Schacht kam von der Stadtautobahn und fuhr über die Konstanzer Straße Richtung Adenauerplatz. Er erkannte von Weitem die Blaulichter und die Absperrungen. Er parkte abseits, ging auf die Bereitschaftspolizisten zu und zeigte seine Dienstmarke vor. Zwar war er ursprünglich Schutzpolizist, wer als solcher aber zivil eingesetzt war, sei es nun als Fahnder oder verdeckt bei einer anderen Diensteinheit, bekam dieses nützliche Utensil. Schacht fiel auf, dass kaum neugierige Passanten stehen blieben. Nur ein älterer Mann mit einer Schirmmütze war ihm auf der anderen Straßenseite aufgefallen.

Ein junger Beamter gab den Weg frei; Schacht erkannte Frederik und Beate in einem Seiteneingang. Viele uniformierte Beamte sicherten die Umgebung, er sah eine blonde Frau mit einer der grauen Polizeidecken umhüllt in einem VW-Bus älteren Modells sitzen. Er vermutete, dass es sich um die Begleitung des Toten handeln müsse.

„Hallo Beate, hallo Frederik!" Der Druck von Beates Hand war fester, sie sah ihn direkt an.

„Was haben wir?" Er deutete mit dem Kopf auf die abgedeckte Leiche, ohne dabei näher hinzusehen.

„Sieht nach einem Klassiker aus. Hübsche Frau wird von Proleten angemacht, der Mann will sie verteidigen und wird abgestochen." Schacht wunderte sich über die abgeklärte, zynische Sprechweise von Frederik. Er hatte diese Seite an ihm bislang nicht bemerkt.

„Sagt sie das?", fragte Schacht.

„So ähnlich. Ist ziemlich fertig. Und nicht besonders schlau."

„Nehmen wir sie mit?"

„Ja, sie will heute noch aussagen", rief Beate und leuchtete mit einer kleinen Taschenlampe in den Hauseingang. Schacht erblickte unter der behelfsmäßigen Abdeckung die Leiche eines kleinen, eher schmächtigen Mannes. Er trug eine helle Jacke, die sich mit schwarzrotem Blut vollgesogen hatte. Trotz der nächtlichen Kälte hatten sich bereits einige Fliegen über dem Leichnam eingefunden.

„Dann fahrt mit ihr los. Ich komme gleich."

Schacht hatte den älteren Herrn wieder gesehen, der nun gestikulierte und versuchte, ihn zu sich heranzuwinken. Ein Zeuge? Der Mann näherte sich der Absperrung, Frederik und Beate hatten keine Notiz von ihm genommen. Schacht ging auf ihn zu.

„Sind Sie von der Polizei?", kam es aus einem faltenreichen Gesicht, dessen Hals von einem groß karierten, abscheuerten Hemdkragen umrankt war.

„Ja. Können Sie etwas zu dem Vorgang hier berichten?"

„Herr Kommissar, ich habe leider nichts gesehen. Aber mein kleiner Enkel wohnt hier in der Waitzstraße. Meine Tochter ist tot, und der Vater kommt nur selten. Er hat das Sorgerecht, aber er lässt den Kleinen bei mir, obwohl ich auch Witwer bin."

Schacht wollte die Geschichte nicht hören, er war in Eile und wusste, es würde eine traurige Geschichte sein. Er spürte die Hand an seinem Arm. Hatte der Alte nichts Besseres zu tun, als im Morgengrauen über den Kudamm zu spazieren, um ausgerechnet ihm, Schacht, das Herz auszuschütten.

„Ich kann nicht viel mit meinem Enkel machen, ich bin alt, und meine Gelenke tun weh. Wir haben diesen Spielplatz in der Waitzstraße." An der Art und Weise, wie der Alte das Wort Waitzstraße aussprach, bemerkte Schacht, dass er nicht aus West-Berlin stammte. Es klang etwas leiernd, wie der Akzent der Kanzlerin. Schacht tippte auf die Uckermark und

FÜNFZEHNTES KAPITEL

ergab sich in sein Schicksal. Er würde dem Alten wohl zuhören müssen, zumal der sich von Schachts offensichtlicher Eile überhaupt nicht irritieren ließ.

„Es ist ein schöner Spielplatz, aber die Ausländerbanden verkaufen dort ihre Drogen, und die Süchtigen kommen dorthin. Ich habe Angst um den Kleinen, ich kann nichts tun. Ich habe zweimal mit ihnen reden wollen, aber sie haben mich und Niko weggejagt. Und sie haben über mich gelacht, Herr Kommissar. Mein Enkel hat Angst, und ich habe Angst um ihn."

Schacht spürte wieder den Druck an seinem Arm. Der Druck war stärker als beim ersten Mal. Er sah die Knopfaugen des Alten, die unter der Schirmmütze hervorlugten. Jetzt erinnerte sich Schacht auch an den Namen des Modells: Es war eine Prinz-Heinrich-Mütze mit Eichenlaubstickerei.

„Ich kümmere mich darum", sagte Schacht im Gehen. Dann fuhr er los. Zur Keithstraße, da, wo Frederik und Beate bald mit der Zeugin aufkreuzen würden.

Als er wenig später dort ankam, war der Raum in grelles Licht getaucht. Die Frau, die bei Frederik, Beate und der Schreibkraft saß, sah auch zu dieser Morgenstunde und bei diesen wenig schmeichelhaften Lichtverhältnissen scharf aus. Sie bediente sämtliche Klischeebilder eines Pornofilm-Models, nur hübscher, gepflegter, stilvoller. Aufreizend geschminkt, aber nicht übertrieben.

Schacht platzte zum zweiten Mal an diesem Morgen in ein gerade begonnenes Gespräch hinein. „Wie weit seit ihr?" Die üppige Blondine schaute durch feuchte Augen zu ihm auf. Vermutlich hielt sie ihn, den Praktikanten Schacht, für den Chef der Kommission.

„Wir wollten gerade anfangen. Aber Frau Mertens ist doch nicht mehr imstande, eine Aussage zu machen", bemerkte Beate kühl.

Schacht musterte die Frau abermals. Jetzt brachte Frederik sich ein und suchte nach zutraulichen Worten. Sie habe eine furchtbar schlimme Sache mitansehen müssen. Aber die Polizei könne nur etwas unternehmen, wenn Frau Mertens beschrieb, was geschehen war.

Die junge Frau schluchzte. Sie trug ein crèmeweißes, weit ausgeschnittenes Oberteil mit goldener Naht, darunter anscheinend einen BH, der ihre ohnehin schon eindrucksvollen Brüste noch stärker zur Geltung brachte. Ihr Dekolleté bebte nun auf eine Weise, die niemandem im Raum entging. Besonders Frederik schienen die Augen aus dem Kopf zu fallen. Dass sie in ein Taschentuch weinte wie ein schüchternes, verklemmtes Mädchen, passte nicht zu ihrem optischen Auftritt.

„Er hat mir geholfen, und sie haben ihn abgestochen, diese Schweine, diese Kanaken." Jetzt nahm ein regelrechter Weinkrampf von ihr Besitz, Tränen kullerten sogar geradewegs in das tiefe Tal zwischen ihren Brüsten. Schacht, an dem das Bild nicht ohne Regung vorüberging, spürte zugleich, wie bizarr die Szene war. Beate wirkte zunehmend genervt, und Frederik hatte spätestens jetzt einen Ständer in seiner Khakihose – darauf hätte Schacht einen Hunderter verwettet. Auch um die Situation zu entschärfen, rief er nach einem Arzt.

„Hat keinen Sinn", schnaubte Beate und blickte auf ihre Armbanduhr. „Vielleicht morgen. Personalien haben wir, eine Streife bringt sie nach Hause. Morgen hören wir sie."

Schacht nickte. Beate nahm Holly Mertens beim Arm, die es sich nicht nehmen ließ, noch einmal für Frederik ihren Minirock zurechtzurücken, der in der Trauer um einige Zentimeter zu viel nach oben gerutscht war. Beate begleitete sie wortlos nach draußen, wo eine Streifenwagenmannschaft die Dame in Empfang nahm.

„Was denkst du, ist passiert?" Beate war ebenso schnell zurückgekehrt, wie Frederik die Fassung wieder zurückge-

FÜNFZEHNTES KAPITEL

wonnen hatte. „Was hatten die beiden denn an dem Abend vor?", fragte Schacht zurück. Beate quittierte das mit einem Gesichtsausdruck, als habe sie im Leben noch nichts Dümmeres gehört.

„Sie ist ein Callgirl, macht auch Escort-Service. Schau sie dir an, und schau dir das Opfer an. Klein, schmächtig, keine Haare, Brille, 20 Kilo zu viel.

Schacht wandte ein, so genau habe er die Leiche nicht betrachtet.

„Die beiden waren unterwegs, Alibaba und die 40 Räuber kamen und wollten Pamela Anderson anmachen. Er spielte den Helden, einer zog ein Messer, der Rest ist schnell erzählt."

„Passt einer heute Nacht auf sie auf?"

Schacht wartete bereits auf Frederiks Vorschlag, er könne das übernehmen. Aber Beate kam ihm zuvor.

„Eine Funkstreife steht vor ihrer Tür. Sie will morgen um 14 Uhr hier sein."

„Glauben wir ihr?"

„Wir wissen, wo sie wohnt, wie sie heißt und welcher Arzt ihr den Bockschein unterschreibt."

Auf Frederiks fragenden Blick präzisierte sie: Der Bockschein sei das Gesundheitsbuch der Huren, in den die regelmäßigen Untersuchungen eingetragen wurden.

„Okay, ihr habt das Sagen", sagte Schacht zu beiden Kollegen. „Aber dann sehen wir uns morgen?"

„Ja, Wolf. Es hat heute keinen Sinn mehr, und sie hat ein Beruhigungsmittel bekommen."

„Na dann haue ich jetzt ab. Reicht es, wenn ich um zwei da bin?"

„Ich denke, Schmelzers Trauer wird sich in Grenzen halten", sagte Frederik, und Schacht schlug ihm kräftig auf die Schulter. Dann verließ er das Gebäude. Die Sache war eigentlich klar. Ein Totschlag auf dem Kurfürstendamm – er hatte von so etwas Dutzende Male gelesen und gehört. Mann verteidigt Frau, ein Wort gibt das andere, einer zieht ein Messer, der andere hat keine Ahnung vom Nahkampf oder dem schnellen Rückzug und stirbt.

Schacht fuhr nach Hause. Keine besondere Musik. Es war hell, als er seine Remise erreichte. Und anders als sonst schlief er schnell ein und erwachte erst gegen elf Uhr.

Kaffee, Dusche, Rasur. Er stellte dem Kater Futter hin, der die ganze Nacht über nicht zu Hause gewesen war. Eigentlich war es ein angenehmer Vormittag. Schacht konnte sich an keinen schlechten Traum erinnern, er fühlte sich körperlich bei guten Kräften. Es gab keinen direkten Anlass, für das, was er in sich spürte: Tatendrang und Aggressivität. Er hatte eine seltsame Wut in sich. Diese Wut, vor der er Angst hatte, weil sie einfach ganz von selbst über ihn kam. Und weil er sie nicht kontrollieren wollte.

SECHZEHNTES KAPITEL

DER FUSSBALL 16

„Waitzstraße" – Schacht erinnerte sich nun wieder an den Akzent des alten Mannes mit seiner drolligen Prinz-Heinrich-Mütze. Er war ein kurzes Stück über die Stadtautobahn und die Konstanzer Straße gerollt. Der Verkehr lief flüssig. In den Radionachrichten wurde über einen bevorstehenden Rücktritt des Regierenden Bürgermeisters spekuliert. Auf der Tagesordnung stand noch ein parteiinterner Streit der Linken, den die Nachrichten dankbar aufzugreifen schienen. Es ging um Stasi-Akten und die Klage eines ehemaligen DDR-Politikers gegen die Herausgabe irgendwelcher Dokumente vor dem Verwaltungsgericht.

Nach Passieren des Kurfürstendamms, wo bereits eine Menge Touristen unterwegs war, wollte Schacht eigentlich über die Kantstraße in Richtung LKA fahren. Es war kurz nach 13 Uhr, er hatte Zeit und hatte sich noch rechtzeitig an die Begegnung in der letzten Nacht erinnert.

Er bog also auf dem Boulevard nach links ab, um die erste Straße wieder nach rechts zu nehmen. Die Waitzstraße. Wie es der Zufall wollte, hatte Schacht großes Glück.

Er lauerte eine Weile und betrachtete die Szenerie auf dem Spielplatz, von dem der Alte in der Nacht gesprochen hatte. Schacht sah einen rotblonden Jungen im Grundschulalter mit einem Fußball unter dem Arm. Sollte es tatsächlich der Enkel des Alten sein, so war dieser nirgends zu erblicken.

Dafür hörte Schacht die Stimme des Anführers, der mit einer roten Baseballmütze und einer Kapuzenjacke bekleidet auf einer hölzernen Spielplatzwippe saß und rief: „Hau mal lieber ab, Kleiner, hier ist es zu gefährlich für Deutsche." Außer dem Anführer lungerten fünf Halbstarke herum. Schacht hielt sie für Dealer, vermutlich Araber. Längst keine Jugendlichen mehr, vielleicht Mitte 20 im Schnitt. Sie hingen auf den Spielgeräten herum, rauchten, schnippten ihre Zigaretten durch die Luft und lachten.

Der Kleine stand da und schien nicht zu wissen, ob er gehen sollte. Der Anführer stand auf, ging auf den Jungen zu und sagte etwas, das Schacht nicht hören konnte. Der Junge reichte ihm jetzt zögerlich seinen Fußball. Der Anführer versuchte ein paar mal, den Ball wie ein Profikicker in der Luft zu balancieren, was eher unbeholfen wirkte. Dann trat ihn der Dealer mit einem wuchtigen Torwartabstoß weg. Der Ball flog im hohen Bogen über den Spielplatz und landete schließlich auf der Motorhaube eines Wagen, der auf der gegenüberliegenden Straßenseite parkte. Der Junge lief davon, die Dealer applaudierten. Sie nahmen den Mann zunächst nicht wahr, der da mit einer Tarnjacke bekleidet zielstrebig auf sie zukam.

Der Anführer hatte gerade wieder auf der Wippe Platz genommen und mit seinem Gewicht den Kumpanen, der auf dem anderen Ende der Wippe saß, in die Luft gehoben. Er sah die Faust nicht kommen, die ihn zu Boden streckte. Die Wippe schnappte dabei zurück und ließ den zweiten Dealer unsanft auf den Hintern krachen. Der sprang nun auf, brüllte und machte einige Schritte auf Schacht zu und wurde mit einem Vorwärtstritt in die Weichteile überrascht. „Da unten kannst du keine Muskeln trainieren", sagten sie beim SEK.

Ein Dealer, der seinen Kumpanen jetzt zur Hilfe eilte, bekam Schachts Ellenbogen ins Gesicht und ließ umgehend

SECHZEHNTES KAPITEL

von ihm ab. Schacht beugte sich zu dem immer noch am Boden liegenden Anführer herunter. Der starrte nun mit entsetzten Augen und weit aufgerissenem Mund auf die Pistole, die dieser unbekannte, zweifellos Wahnsinnige über ihm unter der Tarnjacke hervorholte. Ehe der Anführer sich versah, schmeckte er kaltes Metall. Der Lauf der Sig Sauer steckte schwer und tief in seinem Rachen. Aber panische Angst unterdrückte seinen Würgereiz.

Schacht sprach leise und ruhig, er flüsterte beinahe. Dennoch konnten es alle vernehmen. „Sehe ich einen von euch Arschfickern hier jemals wieder, werde ich euch töten. Einen nach dem anderen. Ich stecke euch die Knarre in den Arsch und drücke ab. Ihr werdet innerlich verbluten, und das dauert lange." Der Anführer nickte beteuernd, bewegte dabei aber kaum mehr als seine Augenlider. „Und wisst ihr was?", fuhr Schacht fort. „Wir Bullen halten zusammen, und wenn ich einen von euch Pennern umniete, wird mir keiner ans Bein pissen. Also, geht. Kommt nie wieder. Oder sterbt."

Schacht zog jetzt ruckartig seine Pistole aus dem Mund des Anführers – verkantet, damit noch eine Zahnecke heraus brach. Dann half er dem Dealer auf die Beine, der gar nicht zu wissen schien, wie ihm geschah, und sich dankbar an Schachts linker Hand nach oben zog – nur um, sobald er stand, zum Abschied ein schallende Ohrfeige zu empfangen. Der Dealer torkelte und stürzte gleich wieder zu Boden. Schacht stellte sich daneben. „Nehmt diesen Lappen mit."

Als er wenig später in seinem Wagen saß, wusste Schacht nicht mehr, wovor er den Enkel des alten Mannes wohl gerettet hatte. Aber er wusste, dass er damit seine eigene Rettung noch unmöglicher gemacht hatte. Er wollte wissen, was die Hure zu sagen hatte. Er brauchte jetzt schnell eine Aufgabe. Sonst würde er sich eine suchen.

ESCORT 17

Als Schacht wenig später an der Keithstraße eintraf, ignorierte er das Knäuel von Menschen, das sich dort gebildet hatte. Irgendein Zeuge hatte sich nicht ausweisen können, der Mann befürchtete, ob der vermeintlichen Wichtigkeit seines Wissens nicht zu spät kommen zu dürfen. Und war darüber ausgerastet. Angefangen hatte es mit verbalen Entgleitungen. Die Sicherheitskräfte wollten den Mann zur Ruhe ermahnen, ein Wort gab das andere, es wurde geschubst, geschlagen, die Sache eskalierte. Schacht war das egal, er hatte seinen Job gerade auf dem Spielplatz erledigt.

Als er das Büro betrat, sah er Beate gerade noch mit einem Block in einem Vernehmungszimmer verschwinden.

„Komm schon mit, Wolf, sie ist da. Und heute wirkt sie auch ein bisschen schlauer als gestern."

Schacht folgte ihr in einen der Verschläge, in denen die Beamten die Aussagen von Zeugen abfragten, in verwendbare Sätze zusammensetzten und den Sekretärinnen diktierten, die schneller Protokolle tippen konnten als die Kassiererinnen bei Aldi die Artikelnummern.

Holly Mertens war der Name der Frau, die heute weniger aufreizend angezogen war und sehr professionell wirkte – allerdings in einem anderen Sinne als am Abend zuvor. Holly Mertens wirkte abgeklärt, sachlich. Sie trug Jeans, Kapuzen-

SIEBZEHNTES KAPITEL

sweatshirt und Sportschuhe. Sie sah mehr wie ein Cheerleader nach dem Training als wie eine Professionelle aus. Schacht ahnte die Formen ihres Körpers durch die Baumwolle hindurch.

Auch Frederik Lüttich war mit von der Partie, er saß neben der Sekretärin, suchte unbeholfen in seinen Unterlagen herum, und jeder im Raum wusste, dass er den inneren Hoheitskampf gegen diese Frau schon wieder verloren hatte. Jede Faser seines Körpers war unstrittig mit der Frage beschäftigt, was er am liebsten mit ihr machen würde, wäre er kein Polizeibeamter und mit ihr allein. Schacht fragte sich, ob Frederik, der ja durchaus ein attraktiver Kerl war, auch manchmal den Dienst von Huren in Anspruch nahm. Man konnte das niemals wissen. Schacht erlaubte sich schon wieder eine Frechheit, die Frederik aber gleichmütig hinnahm: Er legte die Hand auf die Schulter des jungen Kollegen und drängte ihn sanft von dem Stuhl. Dann nahm er selbst darauf Platz.

„Wie schlimm ist es?" Er sah die Frau an und übernahm wie selbstverständlich die Gesprächsführung.

„Was meinen Sie?"

„Den Umstand, einen Mann beim Sterben beobachtet zu haben."

„Was glauben Sie?"

„Ich frage Sie."

„Es war furchtbar."

„Was ist genau passiert?"

„Ich wurde gebucht, über die Line." Vermutlich meinte sie die Escort-Verbindung, die im Internet abrufbar war. Schacht nickte, Beate kritzelte etwas in ihren Schreibblock.

„Und?"

„Was und? Wir haben uns getroffen. Stefan war nicht wie die anderen Männer."

„Wie sind andere Männer?"

Holly Mertens schien in Plauderstimmung. Escort-Girls würden dafür gebucht, ein nettes Essen zu nehmen, erklärte sie und blickte dabei im Wechsel Schacht, Beate, die Sekretärin und Frederik an. Es gehe darum, vielleicht einen neuen Chef des Kunden zu beeindrucken, sich einen schönen Abend zu bereiten und am Ende in einem guten Hotel oder im Apartment des Kunden bei einer Flasche Champagner anständig gefickt zu werden.

„Habe ich gelesen. Im Playboy gibt's Reportagen über solche Lebensweisen." Schacht sah sich bewusst gelangweilt nach Kaffee um. Frederik bemühte sich bei dem Stichwort „anständig gefickt" um eine routinierte Miene.

„Warum war dieser Kunde anders? Wie hieß er noch mal?", fragte Schacht.

„Stefan. Der war irgendwie süß. Er hatte sich Gedanken gemacht. Ein schönes Essen, er wollte über Bücher reden und Musik, und er hatte wirklich Ahnung davon. Ich habe gemerkt, dass er eher darauf bedacht war, den Abend im Restaurant in die Länge zu ziehen, als mich nach Hause in sein Bett zu kriegen."

„Und das hat Sie gestört?"

„Nein. Aber ich habe vom Ficken mehr Ahnung als von Musik, wenn ich ganz ehrlich sein darf", sagte die Frau. Schacht fiel auf, dass Holly Mertens jetzt deutlich ihre Art zu sprechen änderte, aber sie wirkte glaubwürdig dabei. Im Augenwinkel sah Schacht, wie Beate wieder einmal genervt mit den Augen rollte.

„Aber irgendwann haben sie das Restaurant dann doch verlassen?"

„Ja, und wir wollten zu ihm."

„Um was zu tun?"

„Was glauben Sie?"

SIEBZEHNTES KAPITEL

„War das im Preis enthalten?"

Holly Mertens schaute Schacht jetzt an wie einen Schuljungen, der eine einfache Aufgabe auch nach dem zweiten Erklären noch nicht verstanden hatte. Es sei den Mädchen überlassen, mit den Kunden zu schlafen. Bei Escort sei das so. Der Kunde zahle das Programm komplett, allerdings ohne Sex. Sollte es dazu noch kommen, liege das an persönlicher Sympathie oder der Summe, die der Kunde dann noch obendrauf zahlt.

„War es Sympathie oder Bonuszahlung?"

„Haben Sie ihn gesehen?"

„Ja. Zu hässlich?"

„Verstehen Sie mich nicht falsch. Aber ich bin in meinem Gewerbe sozusagen ein Porsche. Wer mich fahren will, muss den Sprit zahlen." Schacht musste an seinen alten Volvo denken, während Frederik vermutlich von Sportwagen träumte. Beate schnaubte durch die Nase, die Sekretärin überlegte, ob sie die Bemerkung ins Protokoll aufnehmen sollte, und entschied sich dann offenbar dagegen.

„Und er wollte das tun? Den Porsche fahren?"

„Ja, das wollte er."

„Was geschah bei der Auseinandersetzung?"

„Wir sind nach dem Essen nahe dem Adenauerplatz ein Stück gegangen. Dann kamen die beiden Araber. Sie machten mich an. Ich meine sexuell. Sie kennen das doch. Hey Schlampe, willst du ficken, und so. Und Stefan war mutig, irgendwie, obwohl er sicher die Hosen voll hatte. Er sagte, dass sie mich in Ruhe lassen sollen. Die beiden gingen dann auf ihn zu. Sie haben ihn verhöhnt. Er könne es mir sowieso nicht besorgen und die ganze Scheiße. Als er sich nochmals vor mich stellte, sah ich nur noch ein Messer blitzen."

Beate mischte sich ein, da es sich nun endlich um den eigentlichen Tathergang drehte und nicht mehr ums Porschefahren. Sie stellte einige Fragen nach der Anzahl der Stiche, möglichen Zeugen. Schacht hörte dabei nicht genau hin. Die Geschichte klang in seinen Ohren nicht ungewöhnlich. Er konzentrierte sich allerdings auf die Körpersprache der Zeugin, die mehr und mehr wirkte, als erzähle sie von einem ärgerlichen Autounfall mit geringfügigem Schaden. Nicht von einem gewaltsamen Tod, den sie aus nächster Nähe mitbekommen hatte. Für sie vielleicht so was wie ein Betriebsunfall, dachte sich Schacht.

„In der Nacht haben Sie den Mann beweint. Heute wirken Sie sehr abgeklärt", wandte er ein.

„Es tut mir leid, was dem Mann passiert ist. Aber er war nicht mein Bruder, und er war auch nicht mein Vater. Stefan war ein netter Mann, den ich nicht gut kannte."

„Einer, der Sie beschützen wollte."

Holly Mertens nickte wortlos.

Schacht sprach Frederik leise ins Ohr. „Ich musste sie kurz checken. Machst du die Detailvernehmung? Aussehen, Kleidung, Dialekt der Täter und so weiter?"

„Klar, Wolf. Was machst du?"

„Ich weiß es noch nicht. Bin aber bald zurück."

„Okay." Ein echter Kamerad, dieser Frederik, dachte Schacht bei sich. Beate nickte ihm zu und kommentierte sein plötzliches Verschwinden nicht.

Schacht stand im Türrahmen, drehte sich auf dem Fuße um und sah Holly Mertens nochmals durchdringend an. „Wie hieß Stefan mit Nachnamen. Hat er Ihnen das gesagt?"

Die Angesprochene hielt inne, Beate räusperte sich. „Wolf, das Opfer ist identifiziert. Warst du nicht dabei?"

ACHTZEHNTES KAPITEL

CHIPS 18

Der Tag zog sich hin, zäh wie Kaugummi. Schacht hätte natürlich an der gesamten Vernehmung der Prostituierten teilnehmen können. Aber das war nicht seine Sache. Die Chefs seiner Kommission waren nicht im Dienst, er selbst war nur ein Hospitant. Er hatte sich schon viel zu sehr wie ein Vorgesetzter aufgeführt, wollte Beate und ihrem jungen Kollegen Frederik nicht das Gefühl nehmen, kurzzeitig das Zepter in der Hand zu halten. Zumal er sich durchaus vorstellen konnte, dass man den beiden in jedem Fall einen Vorwurf machen würde, hätten sie das Ermittler-Programm nicht selbst in Verantwortung durchgezogen, sondern dem SEK-Schläger Wolf Schacht überlassen.

Der Tod Stefan Heines hatte etwas Tragisches. Tragisch nicht nur deshalb, weil ein Mann gestorben war. Tragisch deshalb, weil Fälle wie dieser leider immer mehr zum alltäglichen Kriminalitätsbild in Berlin gehörten. Auch vor 20 oder 30 Jahren wurden Menschen bei Kneipenschlägereien getötet – auch mit einem abgebrochenen Stuhlbein konnte man schwere Verletzungen anrichten. Aber Tötungen, die aus völlig nichtigen Anlässen erwuchsen, schienen heute in Berlin Alltag zu sein. Schacht war nicht so erzogen worden, und er wollte es auch nicht sein: Er wollte potenzielle Straftäter nie nach ihrer Herkunft beurteilen. Aber er konnte nicht die Augen verschließen davor, was täglich geschah. Es gab auch genügend deutsche Gewalttäter, die in der U-Bahn einen Menschen tottraten. Aber wenn er ehrlich zu sich selbst war, so wuchs ihn ihm allmählich ein Rassist heran, täglich ein bisschen größer. Er hasste diese Kriminellen dafür, dass sie diesem Rassisten in ihm Futter gaben. Dass sie einige Millionen Muslime in Deutschland für ihre Brutalität in Mithaftung nahmen. Dafür, dass die Polizei einen Araber oder Türken anders betrachtete als einen blonden Deutschen. Und dass er, Wolf Schacht, sich längst in diese Logik hineinbegeben hatte.

Man konnte nicht übersehen, dass manche jungen Männer arabischer oder türkischer Herkunft beim hoffnungslosen Findungsprozess der eigenen Identität in Deutschland den Respekt vor anderen Menschen verloren. Wer Anrüchiges über die Mutter oder Schwester sagte, sollte in ihren Augen einen grausamen Tod sterben – aber vor anderen Frauen fehlte diesem Schlag Mensch jeglicher Respekt. Im gleichen Atemzug beschimpften sie Frauen als Huren, die nichts wert waren und deshalb für jeden – in erster Linie für sie selbst – zur Verfügung stehen mussten.

Ehre wurde hoch gehandelt in diesen Kreisen, sie endete aber oftmals dann, wenn zwei junge Männer vom regelmäßigen Boxtraining gestählt einen anderen angriffen oder gar mit dem Messer attackierten, wenn er ihnen quer kam. Sich vor seine Begleiterin stellte. Wenn eine „Kartoffel" wie Stefan Heine sich Grobheiten verbat. Er musste, so glaubte Schacht, an zwei besonders aggressive Exemplare geraten sein. Der Mann war offensichtlich ein anständiger Kerl gewesen.

Schacht irrte ein wenig verloren durch die Straßen Berlins. Nach langen kalten Monaten hielt endlich Frühling Einzug. In den Straßenlärm mischte sich Vogelgezwitscher. Schacht lenkte sich mit einigen Erledigungen ab und dachte wieder einmal über sich und seine Lage nach. Er wusste, dass er sich durch seinen Auftritt auf dem Spielplatz endgültig selbst ent-

ACHTZEHNTES KAPITEL

waffnet hatte. Er hatte beim SEK nichts mehr zu suchen, so sehr ihm die Nähe zu seinen Freunden auch fehlte. Grenzüberschreitungen gehörten dazu. Aber beim Gefahrensuchen war er erneut einen Schritt zu weit gegangen. Jeder Dienstherr, jeder Richter, dessen war er sich bewusst, hätte ihn nach der Sache mit den Dealern aus dem Dienst entfernt und zu einer Therapie geschickt. Diese Leute wussten vielleicht nicht, was wirklich auf den Straßen los war. Aber sie mussten es auch nicht wissen, um über ihn, Wolf Schacht, ein Urteil zu fällen. Wie damals im Park mit seiner Mutter, wie damals bei dem rumänischen Mädchen, wie heute auf dem Spielplatz war er seiner Meinung nach moralisch im Recht. Aber nicht vor dem Gesetz, und das war höchst wahrscheinlich auch gut so.

Alice hatte ihn erkannt. Hatte erkannt, warum er, warum seine Freunde so waren. Alice hatte es einmal in einem Zitat zusammengefasst, das, soweit Schacht sich erinnerte, von dem Schriftsteller George Orwell stammte: „Die Menschen schlafen nachts nur deshalb friedlich in ihren Betten, weil harte Männer bereitstehen, um für sie Gewalt auszuüben." Das Gesetz, das Gute konnte man nicht nur mit Moral und Anstand verteidigen, sondern auch mit Mitteln, die nicht erlaubt waren. Schacht war sicher, dass der Staat, der ihm diese Gesetze auferlegte, von ihm insgeheim verlangte, dass er sie manchmal übertrat. Den Rechtsstaat hin und wieder abschaffen, um ihn vor sich selbst zu retten.

Alice hatte ihn erkannt, sie hatte ihn genommen, wie er war. Niemals vorher hatte Schacht eine Frau wie sie getroffen. An jedem Tag dachte er an sie. Auch wenn er mit anderen Frauen schlief. Was sollte er auch tun. Sie war weit weg. Und auch sie würde sich nicht dem Zölibat verschreiben. Ihre Liebe war einzigartig, auf eine besondere Weise. Zärtlich wie unter Verliebten. Kameradschaftlich wie unter Pferdedieben.

Der Sex schmutzig. Die Gespräche ehrlich wie unter besten Freunden.

Schacht hatte sich manchmal gefragt, ob es daran lag, dass Alice aus einem Land stammte, in dem die gefährlichsten und giftigsten Tiere der Welt zu Hause waren. Eine schöne, wilde und feindselige Natur, in der man sich in Acht nehmen musste und im Zweifelsfall nicht mit Hilfe rechnen konnte.

Er hatte sie bei einem Einsatz kennengelernt. Es hatte eine Drohung gegen den australischen Botschafter gegeben. Ein Unbekannter hatte dessen Ermordung angekündigt, der Personenschutz brauchte Unterstützung, SEK-Beamte wurden in das Domizil in Dahlem abkommandiert. Die Sache war durchaus ernst zu nehmen, denn Australien hatte zu dieser Zeit noch Truppen im Irak stationiert – als Mitglied der von den USA geführten Koalitionstruppen. „Wir kämpfen bei jedem bescheuerten Krieg mit, ohne dass es die meisten mitbekommen", hatte Alice einmal gesagt. Von einer erhöhten Gefahr durch Aufständische, die versuchen könnten, einen Abzug der Australier zu erzwingen, war also immer auszugehen.

Der Botschafter selbst hieß Horace Chips und war ein steifer, durch und durch konservativer Mann. Und natürlich hatte Chips in Oxford studiert. Hochgewachsen, dunkelblonder Seitenscheitel, seine Kleidung erinnerte Schacht stets an jenen „englischen Landhausstil" aus den Katalogen deutscher Einrichtungshäuser: Cordhosen, hellblaue Hemden, Guards-Krawatten, Karosakkos. Seine Frau muss ursprünglich dem anderen Lager entsprungen sein, übernahm aber die Etikette ihres Mannes. Im Herzen blieb sie Farmerin, die sich in Jeans und Baumwollhemden um Pferde kümmerte und Kängurus erschoss. Die Gattin des Botschafters war knapp 60 Jahre alt gewesen, als er die Familie vor drei Jahren kennengelernt hatte, aber man konnte ihr immer

ACHTZEHNTES KAPITEL

noch ansehen, was für eine Schönheit sie mit Mitte 20 gewesen sein musste. Damals, als der steifärschige Diplomat sie in die Zivilisation verschleppt hatte. Die einzige Tochter im Haus kam nach der Mutter.

Schacht hatte sich manchmal gefragt, ob Alice vielleicht das Produkt eines hastigen Seitensprunges der Diplomatengattin in einem tropischen Land war. Nirgendwo, weder im Verhalten noch äußerlich, kam die nordenglische Abstammung ihres Vaters durch. Alice hatte schwarze, feste Haare, die ihr beinahe bis zum Hintern reichten – seitlich gescheitelt, das linke Ohr lag frei. Dunkle Augen voller Leidenschaft. Eine längliche, schmale Nase, großer Mund, eine kleine markante Zahnlücke zwischen den blendend weißen Schneidezähnen. Sommersprossen trotz eines eher dunklen Teints.

Schacht hatte keine Lust zu diesem Auftrag gehabt, bis er Alice begegnet war. Sie entsprach nicht dem Bild, das er von einer Botschaftertochter gehabt hatte, als man den Beamten die Räume der Botschaft, das Anwesen gezeigt und das ständige Personal vorgestellt hatte. Das hatte komplett in der Küche gestanden, Herr und Frau Chips ebenso; die Tochter fehlte. Sie erschien nach dem dritten Läuten der internen Telefonanlage. Dann hatte sie in dem Raum gestanden und ihn sogleich beherrscht. Sie trug Schlangenleder-Cowboystiefel, eine alte Jeans und eine Harley-Davidson-Jacke, in ihrer Hand hielt sie einen Helm. Zwischen den Zähnen klemmte eine Zigarette, und sie hatte ihren Vater provozierend angeschaut. „Kann ich Conan und die Barbaren nicht ein andermal kennenlernen? Ich muss zur Werkstatt."

Es hatte eine kurze, aber heftige Diskussion gegeben, der Botschafter hatte gewonnen, und Alice hatte sich den Sicherheitsvorkehrungen stellen müssen. Ohnehin war sie längst im Erwachsenenalter und nutzte die Gelegenheit, einfach ein paar Jahre in Berlin zu verbringen.

Der Einsatz war letztlich ein kurzer gewesen. Der Staatsschutz hatte relativ schnell herausgefunden, dass es sich bei dem Drohanrufer um einen Nachbarn des Anwesens gehandelt hatte, dem die regelmäßigen gesellschaftlichen Treffen in dem Gebäude nebst der begleitenden Lärmbelästigung nach mehreren Monaten zu viel geworden waren. Der Täter war ungefährlich, er wollte nur auf den Putz hauen und hatte noch nicht einmal eine Waffe im Haus, als das SEK unter Schachts Führung schließlich bei ihm eingedrungen war.

Chips hatte trotzdem alle Polizisten, die sich um die Sicherheit seiner Familie kümmerten, zu einem Barbecue eingeladen. Sie hatte plötzlich neben ihm gestanden. In einem weit aufgeknöpften weißen Hemd. Ordentlicher als am ersten Tag, aber mindestens so verdorben. Sie hatte ihm ein Bier hingehalten und gesagt, dass es ihr auf dem Fest zu langweilig sei. Sie empfahlen sich einer nach dem anderen im Abstand von einigen Minuten, zogen dann gemeinsam um die Häuser, aßen in einer abgehalfterten Berliner Kneipe, obwohl sie in der Residenz ja schon gegessen hatten, tranken Bier und Tequila und landeten schließlich in seiner Remise. Es war schnell gegangen beim ersten Mal.

Sie waren noch nicht in der Tür gewesen, als sie bereits sein Hemd in die Spüle warf und sich über ihn hermachte. Später war sie durch sein kleines Heim gegangen, nur im Höschen und in seinem verknitterten Hemd, mit einem Whisky in der Hand, den Blick auf die Teamfotos an der Wand gerichtet und mit einer klaren Einschätzung. „Du bist eigentlich kein Polizist", hatte sie gesagt. „Und deine Freunde, zumindest die auf den Fotos, auch nicht." Schacht und die anderen seien wohl zufällig, vielleicht auf Wunsch ihrer Eltern, bei dem Verein gelandet. Ihnen gehe es um das Spiel, das Männer spielten, seitdem sie aufgehört hatten, gemeinsam Mammuts zu jagen: Gut gegen Böse, Mann gegen

ACHTZEHNTES KAPITEL

Mann. „Ihr hättet Soldaten werden sollen. Ihr hättet in echte Kriege ziehen sollen."
Schacht hatte sich an ihrer Schönheit erfreut und ihren Worten ruhig zugehört. In diesem letzten Punkt wollte er Alice widersprechen: In Kriegen gab es keine Guten und Bösen, auf der Straße schon. Er schwieg aber und schlief stattdessen noch einmal mit ihr.

Es war keine klassische Beziehung gewesen mit gemeinsamen Einkaufstouren und Kinobesuchen. Die Treffen waren unregelmäßig, aber intensiv. Die Gespräche lang und tiefgründig. Gemeinsame Träume gab es nicht, nur die Gewissheit, dass sie irgendwann nach Australien zurückgehen würde. Obwohl sie sich vorstellen konnte, mit ihm zu leben, auf ihre besondere Weise. Unglücklicherweise gab es in Deutschland keine Brandung, auf denen sie hätte surfen können. Keine endlosen Strände und ebendieses Gefühl von Freiheit, das ihrer Meinung nach nur Down Under bieten konnte. Alice war die Freiheit selbst. Sie stand morgens auf, stand bildschön und nass mit einem Bier unter der Dusche und ging anschließend zur Medizinvorlesung, um gelangweilt von ihren 20-jährigen Kommilitoninnen abends zu ihm zu kommen und mit dem Motorboot ihres Vaters nächtelang den Wannsee zu durchpflügen.

Der Tag der Abreise kam schnell und unerwartet. Horace Chips wurde nach Canberra berufen, um Leiter der Protokollabteilung zu werden. Alice würde wieder bei Melbourne leben, am Meer, das sie so sehr liebte. Sie hatten die ganze Nacht über Abschied gefeiert. Im Lokal, in seinem Auto, auf seiner Couch. Irgendwann morgens war er eingeschlafen, und sie war verschwunden. Etwas mehr als ein Jahr war das jetzt her.

Eines Tages, vielleicht drei Monate später, hatte der Landwirt, von dem er die Remise mietete, ein Paket vor seine

Haustür gelegt. Ein kleines Paket. Darin war eine Uhr gewesen, die Omega Speedmaster, die Monduhr, die Fliegeruhr. Neil Armstrong hatte sie 1969 beim Sprung auf den Erdtrabanten getragen, Alice trug ebenfalls eine. Auf der Postkarte in dem Päckchen war ein Flugzeug zu sehen. „Ich warte auf dein Zeichen, Schläger." Sie wusste, dass er Flugangst hatte. Vielleicht sollte die Uhr ein Talisman sein. Er hatte sie niemals am Handgelenk getragen. Denn noch prangten dort die Schwingen und der Berliner Bär: Ehre und Stärke.

NEUNZEHNTES KAPITEL

3252 SH [19]

Das Licht war kalt und grell, es tat in den Augen weh. Stefan Heine lag auf einer kalten Zinkwanne. Seine Haut schimmerte weiß und bläulich. Seine Augen waren geschlossen, und die lichten Haare, die einst seinen Kopf umgeben hatten, klebten an seinen Schläfen. Ein Schnitt in Form eines Ypsilons entstellte seinen Oberkörper, die Flügel des Buchstabens berührten seine Schultern beinahe, der Stamm verlief vom Herzen bis hinunter zum Schambein. Alles, was den – wie man jetzt wusste – 45 Jahre alten Mann am Leben gehalten hatte, lag nun in kleinen Zinkschalen neben der Leiche. Herz, Leber, Nieren, Magen, Hirn. Genau aufgelistet, gewogen, untersucht. Fast genau an der Stelle, an der die Flügel des Ypsilons in den Stamm mündeten, war eine Stichverletzung zu sehen. Nicht blutig, ein feiner Schnitt, dem man kaum ansah, welch finale Wirkung er gehabt hatte.

Die Messerklinge hatte das Herz so exakt getroffen, dass auch der beste Arzt ihn nicht hätte retten können. Selbst wenn ein Rettungsteam in dieser Seitenstraße des Kurfürstendamms bereitgestanden hätte.

Der feige Pöbel stach meist einmal zu und rannte dann davon. Es ging bei diesen Burschen oft schlicht darum, dass sie in den Kreisen ihrer Freunde berichten konnten, „einen gestochen" zu haben. Dieser Täter hatte einen Treffer gelandet, gleichwohl er sicher jetzt ängstlich zu Hause sitzen würde. Denn auch der größte Angeber wusste, dass zwischen der gefährlichen Körperverletzung und der mit Todesfolge einige Jahre Zuchthaus lagen. Zumal dann, wenn das Opfer ein Passant war, der seine Begleiterin verteidigen wollte, und nicht ein ebenfalls straffälliger Gegner. Heine hatte gewiss keiner rivalisierenden Bande angehört und höchstwahrscheinlich war er auch nicht in Drogenkriminalität verwickelt.

Die Rituale der Gerichtsmedizin waren neu für Schacht. Er besah sich den Mann, der da kalt und tot auf Zink lag und darauf wartete, von der Staatsanwaltschaft für die Einäscherung oder die Beisetzung freigegeben zu werden. Arme Sau, dachte sich Schacht. Wenn er wenigstens noch die Gelegenheit gehabt hätte, die Nacht mit Holly Mertens zu verbringen. Berlin hatte es nicht gut gemeint mit Stefan Heine.

Der Gerichtsmediziner bestätigte letztlich, was ohnehin klar war: Der Stich hatte allein zum Tod geführt. Kein Tritt, kein Schlag gegen den Kopf, als der schwer verwundete Körper auf den Asphalt klatschte. Nur die scharfe Klinge, die im Bruchteil einer Sekunde den wichtigsten Muskel des Körpers zerteilte, zerstörte. Da hatte einer die Klinge geführt, der mit dem Messer kämpfen konnte. Oder es lag ein teuflischer Zufall vor. Schacht dankte dem Pathologen, an dessen Namen er sich nicht erinnerte. Er nahm den Mundschutz gegen die Bakterien ab und verließ den Raum.

Etwas ließ ihm keine Ruhe. Er wusste nur nicht, was es war. Er saß in seinem Wagen an der Straße Alt-Moabit in Tiergarten, wo die Gerichtsmedizin ihren Sitz hatte. Er dachte nach, suchte nach dem Teil des Puzzles, ohne das Puzzle eigentlich zu kennen, und rief Beate an.

„Wissen wir, wo Holly Mertens arbeitet? Ich meine, arbeitete sie nur auf eigene Rechnung?"

„Sie macht beides. Escort und Bordellbetrieb."

NEUNZEHNTES KAPITEL

„Gibt es eine Adresse zu dem Laden?"

„Ist dir langweilig?" Erst jetzt bemerkte Schacht den äußerst abweisenden Tonfall in Beates Stimme.

„Ja, sehr. Deswegen gehe ich zu Dienstzeiten in den Puff." Er hatte keine Lust auf Zickereien, das schien nun auch Beate zu begreifen.

„Es gibt einen alten Gewerbehof im Industriegebiet an der Straße Freiheit in Spandau."

„Laufen die da mit Helmen auf unfertigen Häusern herum?" Schacht kannte die Gegend, in der ein großer Berliner Bauinvestor vor einigen Monaten Richtfest gefeiert hatte.

„Nein, da haben schlaue Leute alte Fabriketagen umgebaut. Es gibt Studios von Fotografen, und es gibt das Bordell Marilyn."

„Weißt du mehr?"

„Viele Huren, gehobene Klasse. Hohe Preise."

„Und da schafft Holly Mertens an?"

„Ja, kannst ja mal vorbeifahren. Vielleicht kriegst du einen umsonst." Beate legte auf.

Schacht schüttelte den Kopf und fuhr los zur Straße des 17. Juni. Die Fahrt über die mehrspurige Allee führte ihn bis zum Ernst-Reuter-Platz – auch dort standen nachts die Nutten zwischen parkenden Autos. Meistens in weißen Stiefeln und Corsagen, damit man sie im Dunkeln besser sah. Die erste große Straße rechts brachte ihn durch Charlottenburg bis zum Spandauer Damm, von dem wiederum an einer kleinen Kreuzung die Straße Freiheit abging. Er hatte keine Hausnummer von Beate gesagt bekommen, wollte aber nicht nochmals nachfragen und suchte nach einem Fabrikgebäude. Es gab nur eines, er parkte davor und sah sich die Klingelschilder an. „Marilyn" fand er schnell. Er drückte auf den Knopf, und bereits zwei Sekunden später hauchte eine Telefonsexstimme ein „Hallo, nimm den Aufzug bis zum vierten Stock" in die Muschel. Schacht war sich für einen Moment nicht sicher, ob es die Stimme eines Roboters gewesen war. Er würde es in Kürze wohl herausfinden. Er betrat den Lift, drückte die Vier auf der Leiste und spürte, wie sich der schwere Fahrstuhl zügig in Bewegung setzte. Schacht lächelte in sich hinein: Seit einigen Tagen war er Mitglied der Mordkommission. Er hatte noch keinen einzigen Akteneintrag vorgenommen. Stattdessen recherchierte er nun schon im Puff.

Oben angekommen, stand er vor einer grünen Tür, die sich öffnete wie von Geisterhand. Zum Vorschein kam eine zierliche Brünette um die 50: branchenüblich gekleidet, überschminkt, aber gepflegt. „Hallo, ich bin die Hausdame. Bitte folge mir." Der Roboter war also ein echter Mensch. Und man duzte sich bei Marilyn.

Die Frau ging voran durch einen langen Flur bis zu einem Raum, in dem sich eine bequeme Couch befand. Auf einem Tisch standen Cola-Light- und Wasserflaschen, daneben lag die aktuelle Ausgabe der Frankfurter Allgemeinen. Der Raum konnte auch das Vorzimmer eines Steuerberaters sein. Er war edel getäfelt und roch gut. Ohne sich umgeschaut zu haben, erahnte Schacht, dass dieses Etablissement zahlreiche Räume haben musste. Er nahm aus der Ferne den Geruch einer Sauna wahr, auch etwas Schwimmbadchlor lag in der Luft. Wer hier herging, ließ es sich etwas kosten, dessen war Schacht sich sicher. Ob man auch mit Kreditkarte bezahlen konnte?

Die Telefonsexstimme holte ihn nun in die Gegenwart zurück.

Das Haus habe heute etwa 25 Mädchen jeden Typs im Angebot, erklärte nun die Hausdame. Sie klang sanft, monoton und professionell. Die Preise für das Zimmer: pauschal 50 Euro pro Stunde. Die Preise für sein „Erlebnis" solle er direkt mit dem Mädchen seiner Wahl besprechen. „Oder mit den

NEUNZEHNTES KAPITEL

Mädchen, wenn du zwei möchtest. Oder auch drei, wenn dir danach ist." Dann wartete die Hausdame auf Schachts Reaktion.

„Die Mädchen brauchen gar nicht alle zu kommen, ich weiß, zu wem ich möchte", sagte der.

„Und wer soll deine Rose sein?"

Die Hausdame wurde jetzt deutlich persönlicher. Ein Freund habe ihn hierher geschickt und Holly empfohlen. Für einen Moment glaubte Schacht, dass er Pech hatte. Vermutlich würde Holly Mertens bei Marilyn unter Pseudonym anschaffen. Andererseits klang ihr bürgerlicher Name schon nuttig genug.

Die Brünette zögerte und legte ein entschuldigendes Lächeln auf. „Holly hat Urlaub." Er wurde hellhörig, mühte sich aber um Gelassenheit.

„Seit wann denn? Thorsten sagte mir, sie sei hier."

„Sie hat seit heute frei."

„Und wie lange bleibt sie weg? Sie soll spitze sein."

„Das hat sie nicht gesagt, und sie ist uns auch keine Rechenschaft schuldig." Die Stimme der Hausdame ging wieder über in den Robotermodus. Schacht wollte nun keinen Verdacht erregen und kramte einen zerknüllten 50-Euro-Schein aus seiner Hosentasche hervor.

„Okay. Ist ja nicht schlimm. War ja nur, weil mein Freund so geschwärmt hat von ihr und der anderen, mit der er diesen Dreier gemacht hat." Schacht bluffte.

„Franzi?"

„Thorsten hat keinen Namen genannt. Nur, dass er mit Holly und ihrer Lieblinspartnerin eine tolle Stunde hatte. Soll auch blond und vollbusig sein." Wieder ein Bluff.

„Franzi ist heute da. Soll ich sie zu dir schicken, oder möchtest du auch die andern Mädchen sehen. Für einen Dreier?"

„Nein, Franzi wird reichen. Vielen Dank."

„Gerne. Ich bin sicher, sie ist frei."

Schacht lehnte sich auf der Couch zurück und sah sich in dem Zimmer um. An zwei Wänden waren dezente Aktgemälde von Frauen aufgehängt. Edel gerahmt, unaufdringlich. Die Vorhänge waren bordeauxrot und schwer, der Teppich dick, als sollte er Schritte dämmen. Die Tür ging auf, und eine junge Frau von knapp 1,70 Metern stand im Rahmen. Sie hatte hellblonde Haare, hochgesteckt, ihre Füße steckten in hochhackigen Schuhe, sie trug halterlose Strümpfe, Slip und BH, in schwarz. Teure Seide, teure Spitze, so viel konnte auch Schacht erkennen. Sie stellte sich als Franziska vor. „Aber das weißt du ja, du hast ja nach mir gefragt, oder?"

Die Kleine war süß. Nicht blöd, vielleicht studierte sie sogar. Hatte wahrscheinlich den Entschluss gefasst, in jungen Jahren schnelles Geld zu machen, und ihre großen, aber natürlich geformten Brüste, ihre schmale Taille und ihre schlanken Beinen waren gutes Kapital. Der Körper glich dem von Holly, aber das Gesicht war nicht verschlagen, sondern wirkte jünger, ehrlicher.

„Liebe Franzi." Schacht legte den Kopf schief und bemühte sich, zutraulich zu wirken. Dabei stellte er fest, dass die Hausdame sich in Luft aufgelöst hatte wie ein Flaschengeist. Eine gute Gelegenheit, um gegen die Politik des Hauses zu verstoßen. „Machst du auch Escort?" fragte Schacht.

„Nein, ich arbeite nur hier. Warum fragst du?"

„Weil ein Freund von mir Holly empfohlen hat. Und er hat auch von dir erzählt."

„Dann aber hier, nicht im Hotel oder so. Wie heißt dein Freund?"

„Stefan."

„Der kleine Schmächtige?"

NEUNZEHNTES KAPITEL

Schacht nickte eifrig und grinste dabei. „Ja, Stefan. Er schwärmte von euch. Weißt du, Franzi, ich will auf eine Party mit Freunden und brauche eine scharfe Braut an meiner Seite, die sich auch nicht so hat, verstehst du?"

Das Mädchen legte jetzt die Stirn in Falten und musterte Schacht. Franzi schien darüber nachzudenken, ob hinter diesem freundlichen Unbekannten womöglich ein Perversling steckte – oder aber ein Scheinfreier der Polizei. „Ich mache kein Gang-Bang, wenn du das meinst. Und ich mache keinen Escort. Wir können jetzt gern 'ne Nummer schieben, im Pool oder sonst wo. Aber wenn du zu einer Party willst, musst du schon Holly fragen."

„Okay, war nicht böse gemeint."

Schacht bemühte eine Unschuldsmiene, die Franzis Bedenken offenbar zerstreuten. „Wie erreiche ich Holly denn?"

„Setz dich mal dahin", forderte sie Schacht auf. Der gehorchte und nahm auf der Couch Platz. Franzi borgte sich von ihm einen Kugelschreiber, beugte sich über den Tisch, riss eine Ecke von der Frankfurter Allgemeinen ab und schrieb eine Mobilnummer auf den Papierfetzen.

„Ein Mann namens Darwin wird sich melden. Frag nach Holly, und er wird sie vermitteln."

„Danke, Franzi."

Sie kam auf ihn zu, setzte sich rittlings auf seinen Schoß und legte ihre Hände auf die Couchlehne, wodurch er gewissermaßen gefesselt war. Er raunte etwas von „Halteverbot" und wollte sie sanft hochheben. Aber die zarte Franzi machte sich auf unerklärliche Weise schwer. Seine Hände scheiterten an ihren Pobacken, die sich fest unter der schwarzen Seide gegen ihn stemmten. „Und, gehst du jetzt oder bleibst du?"

Schacht blieb.

Erst eine Stunde später rollte er wieder stadteinwärts. Er hatte unweit des Bordells Marilyn an einer Telefonzelle gestoppt – Schacht wunderte sich schon seit Längerem, dass es wieder vermehrt Münztelefone in Berlin gab. Ein gewisser Darwin hatte abgenommen und ihm mitgeteilt, dass Holly derzeit im Urlaub sei. Als Schacht mit Franzi das Finanzielle regelte – weil er nicht nur ein schlechtes Gewissen davontrug, sondern auch noch sehr begeistert von der Nummer war, hatte er sich nicht lumpen lassen –, war ihm etwas in die Hände gefallen. Etwas, das er schon beinahe vergessen hatte. Brettschneiders verblichener Kassenzettel mit der Notiz: 3252 SH.

Mitten im dichter werdenden Straßenverkehr fragte sich Schacht, ob es sich um ein Autokennzeichen handeln konnte. „S" für „Stuttgart". Aber warum sollte Brettschneider die Zahl voranstellen?

Schacht scherte aus dem Verkehr aus, stoppte den Wagen in einer Haltebucht, kramte sein dienstliches Smartphone heraus und gab die Kombination in eine Suchmaschine ein. Aber er fand nichts, was dazu wirklich passte: eine Drucksache des schleswig-holsteinischen Landtages mit der Nummer 3252. ein elektronischer Halbleiter, die Artikelnummer einer Schraube im Baumarktkatalog, eine Adresse in den USA. Er fand keine Verbindung, es passte nicht.

Schacht atmete tief ein und lehnte sich in seinem Sitz zurück. Es war ihm, als erfüllten Franzis Parfum und das Aroma ihrer straffen, warmen Haut die Luft. Es war mit das Beste gewesen, was er in der letzten Zeit erlebt hatte. Während er sich vorstellte, dass er Franzis Geruch einatmete, gesellte sich nun Alice vor seinem geistigen Auge dazu. Er dachte an sie. An ihre gemeinsamen Tage. An all die Post-it-Zettel-Nachrichten, die sie ihm hinterlassen hatte. „18 Uhr Essen bei dir, Schläger. AC."

Plötzlich waren die Träume verflogen. Schacht startete den Volvo, fädelte sich hastig und ohne zu blinken in den

NEUNZEHNTES KAPITEL

Verkehr ein und hätte dabei beinahe einen Kleinbus gerammt. Der Fahrer konnte auf eine andere Spur ausweichen und ließ sekundenlang die Hupe schmettern. Schacht hörte es nicht.

Er griff nach seinem Handy und wählte Beates Nummer. Sie nahm ab, und er mühte sich um einen besonders netten Tonfall.

„Hallo Beate, sag mal, wissen wir eigentlich, was Stefan Heine beruflich gemacht hat?"

„Sekunde."

Sie war immer noch unfreundlich. Er wusste nicht, weshalb.

„Hat für eine Behörde gearbeitet, wir haben es aber noch nicht geprüft." Im Hintergrund hörte Schacht jetzt Frederik sprechen, der eine Information beizutragen schien. Beate wiederholte. „Stasi-Unterlagen. BStU."

„Ach so, war nicht wichtig, danke."

„Wie du meinst." Das Besetztzeichen ertönte.

Schacht wählte die Nummer der Auskunft, was er schon lange nicht mehr getan hatte, und ließ sich nun mit dem Amt des Bundesbeauftragten für die Stasi-Unterlagen in Berlin verbinden. Um für diesen Anruf ein Münztelefon zu suchen, fehlte ihm jetzt die Geduld.

In der Behörde meldete sich jemand bereits nach dem dritten Klingeln, was Schacht überraschte.

„Bräutigam, guten Tag", stammelte er. „Können Sie mich bitte mit Stefan Heine verbinden?"

„Welches Referat?"

„Das habe ich leider auf der Notiz nicht stehen, tut mir leid. Stefan Heine."

„Sekunde." Der Mann suchte in einem Buch, Schacht hörte ihn die Seiten umblättern.

„Stefan Heine, AR. Schriftguterschließung. Stelle durch."

Es klingelte, mehrfach. Dann hob jemand ab, eine Frauenstimme.

„Apparat Heine, Ziegler?"

„Ottke, guten Tag. Ich suche Herrn Blohmann."

„Da haben Sie sich vertan. Hier ist Apparat Heine."

„Das kann aber nicht sein, ich habe Apparat 7254 gewählt und bin eben wieder zur Zentrale zurückgeschaltet worden."

„Haben Sie nicht, oder die Telefonanlage spinnt. Sie haben 3252 gewählt, guter Mann."

„Bitte um Entschuldigung", sagte Schacht und trat aufs Gas, um noch eine gelbe Ampel zu erwischen.

ZWANZIGSTES KAPITEL

POLIZEI-
REPORTER 20

Schacht war froh, dass er das Büro in der Keithstraße leer vorfand. Er hatte keine Ahnung, warum Beate so unfreundlich gewesen war, es war ihm aber auch egal. Er musste jetzt denken. Er nahm sich einen Becher abgestandenen Kaffees und sah auf dem Schreibtisch von Frederik den Bericht aus der Gerichtsmedizin liegen. Auf mehreren Seiten war in umständlichem Deutsch vermengt mit lateinischen Worten der Befund über die Todesursache Stefan Heines aufgeführt. In der Akte fanden sich zahlreiche Fotos der Leiche, nach und während der Obduktion abgelegt. Er erkannte die Szene wieder und merkte, wie groß der Abstand zwischen dem Selbsterlebtem und dieser Akte war. Stefan Heine sah entwürdigt aus auf diesen Bildern mit seinen herausgenommenen Organen, dem eingefallenen Bauch und dem kleinen Penis darunter.

Schacht besah sich den Mann und hoffte, eine Antwort auf seine Frage zu finden. Es konnte kein Zufall sein. Es gab eine Verbindung zwischen dem toten Personenschützer Heiko Brettschneider und Stefan Heine. Einer von beiden hatte sich erschossen, der andere war auf dem Kudamm erstochen worden. Warum hatte Brettschneider den Namen abgekürzt und auch die Telefonnummer unvollständig aufgeführt?

Er brauchte mehr Informationen. Er brauchte das Internet, aber er wollte nicht aus dem Polizeigebäude heraus suchen. Er hinterließ eine Notiz für Frederik und Beate, dass er sie im Büro nicht angetroffen hatte und wegen eines Ermittlungsansatzes nochmals aus dem Haus musste. Dann fuhr er mit dem Wagen den Landwehrkanal entlang Richtung Kreuzberg. Er wollte zum Checkpoint Charlie an der Friedrichstraße. Es hatte zu regnen begonnen. Am historischen Grenzübergang zwischen den einstigen Sektoren der Besatzungsmächte herrschte reger Betrieb. Touristen spannten ihre Regenschirme auf. Die beiden Statisten, die dort in sowjetischen und amerikanischen Uniformen standen und sich gegen etwas Kleingeld fotografieren ließen, rollten ihre Fahnen ein und stellten sich in das Wachhäuschen: „Sie betreten jetzt den sowjetischen Sektor" las Schacht im Vorbeifahren. Am Südende der Friedrichstraße lag ein Spielcasino der weniger gehobenen Art. Dort befand sich auch eine Art Internetcafé. Die „Arbeitsplätze" lagen im Dunkeln, da hatte er seine Ruhe.

Er bezahlte zwei Euro für eine halbe Stunde an einen Mann, der offensichtlich aus Osteuropa stammte, schlechte Zähne hatte und diese inbrünstig in einen Döner Kebab schlug. Eine orangefarbene Soße lief ihm an den unrasierten Bartstoppeln herunter. Es roch nach Zwiebeln und kaltem Zigarettenrauch. Schacht suchte sich einen Computer. Obwohl es in der Ecke kaum Licht gab, wollte er immer in den Raum hineinsehen.

Er wählte die Homepage von Google, gab den Namen Stefan Heine und als Zusatz „Stasi" und „BStU" als Suchbegriffe ein. Die Seite baute sich schnell auf. Es waren nicht viele, gerade mal elf. Aber bereits die erste gab Schacht die Informa-

ZWANZIGSTES KAPITEL

tion, die er brauchte. Eine Lokalzeitung in Leipzig berichtete über einen Vortrag Heines. Zu dem Artikel gab es ein schlechtes Foto des Referenten vor einer Leinwand, auf die eine Art Organigramm projiziert war. Schacht überflog den Artikel – es ging darin um die „West-Arbeit" des Ministeriums für Staatssicherheit der DDR. Heine war anscheinend Historiker und Archivar und als solcher ein wissenschaftlicher Mitarbeiter der Bundesbehörde gewesen, die sich mit den Machenschaften des DDR-Geheimdienstes beschäftigte. Die Stasi-Unterlagenbehörde verwaltete die Dokumente, rekonstruierte sie und legte Privatleuten auf Antrag ihre eigene Stasi-Akte vor. Sie hatte deutschlandweit über 1.800 Beschäftigte. Offenbar hatte sich der erstochene Referent mit den West-Agenten der Stasi befasst. Schacht blätterte weiter in den Google-Ergebnissen.

Heine hatte kleinere Aufsätze über seine Arbeit verfasst, diese waren in Fachzeitungen veröffentlicht worden. Keine großen Besprechungen. Es gab prominentere Mitarbeiter dieser Behörde, die Aufsehen erregt hatten dadurch, dass sie einflussreichen Persönlichkeiten aus dem Westen Deutschlands die Zusammenarbeit mit der Stasi nachgewiesen hatten. Einen akademischen Titel trug Heine nicht. Wahrscheinlich war er auf kleinem Fuß unterwegs – im Liebesleben ebenso wie im Job. Die meisten seiner Veröffentlichungen hatte Heine gemeinsam mit seinem Abteilungsleiter in der BStU gezeichnet. Einmal, so fand Schacht weiter unten, tauchte ein anderer Co-Autor auf: Bertram Tonnow. Schacht kopierte nun diesen Namen in die Suchmaske.

Der Mann lebte in Berlin, er hatte eine eigene Homepage und ein für jedermann offen zugängliches Facebook-Profil, auf dem sich allerhand Fotos befanden: Ausschnitte aus Zeitungen und Büchern, Links zu politischen Artikeln, Kampagnen und Initiativen. In einigen ging es um die Stasi, in anderen um den NSA-Skandal. Was Schacht auffiel: Von Tonnow selbst gab es kein einziges Bild, jedenfalls konnte er ihm keines zuordnen. Fest stand: Der Mann wollte, dass man ihn erreichen konnte. Tonnow war freier Journalist mit der Passion Geheimdienstgeschichten. Schacht ging zurück zu Tonnows Homepage, klickte auf „Impressum", fand dort eine Berliner Postfachadresse und eine Handynummer.

„Ja bitte."

Der Ton im Telefon hatte für Schacht geklungen, als sei der Anruf umgeleitet worden. Nach dem dritten Läuten hatte er eine tiefe Männerstimme vernommen. Der Mann wartete auf Anrufe.

„Bertram Tonnow?"

„Und Sie?"

„Schacht, Kriminalpolizei."

„Wird auch Zeit. Ich habe auf einen Anruf Ihrer Behörde gewartet."

Schacht schwieg einige Sekunden. Er war noch nicht lange bei der Mordkommission und fragte sich, ob es üblich war, dass man einfach wie er herumtelefonierte.

„Weshalb?", fragte er jetzt.

„Heine ist tot."

„In der Pressemeldung der Polizei stand kein Name." Schacht gefiel die forsche Art des Journalisten nicht.

„Ich war früher Polizeireporter."

„Gut für Sie. Hätten Sie zu Stefan Heine etwas zu sagen?"

„Kommt drauf an."

„Worauf?"

„Ob Sie nur geradeaus denken oder auch mal um die Ecke." Der Mann am anderen Ende der Leitung litt nicht an mangelndem Selbstbewusstsein. Und er schien es zu genießen, dass die Polizei um seine Hilfe bat.

„Können wir uns sehen?", fragte Schacht.

ZWANZIGSTES KAPITEL

„Wann?"
„Ich stehe auf jetzt. Wo?"
„Wie spät ist es?"
Schacht sah auf seine Uhr. „Halb vier."
„Augenblick!" Schacht stellte sich vor, wie Tonnow nun so tat, als schaue er in einen dicht beschriebenen Terminkalender. Als müsse er prüfen, ob er, ein viel gefragter Mann, so kurzfristig ein Stunde Zeit abzwacken konnte. Tonnow ließ sich Zeit mit seiner Show.
„Um 17 Uhr unter der Weltzeituhr am Alexanderplatz."
Schacht löschte den Verlauf in seinem Browser und die „temporären Internetdateien". Dann schaltete er den Computer aus und sah sich in dem dunklen Raum um. Die Sache nahm Fahrt auf.

Der Alexanderplatz war belebt um diese Zeit. Touristen scharten sich am Fuß des Telespargels – ein selten gebrauchter Berliner Spitzname für den Fernsehturm der früheren DDR, der in seiner Form tatsächlich dem Gemüse glich. Immerhin war dieses gigantische Spionageinstrument, von dem aus man früher einmal Bewegungen in West-Berlin beobachten konnte, zum Wahrzeichen der vereinigten Hauptstadt geworden. Der Turm war international sogar berühmter als das Brandenburger Tor. Und er ragte nun stolz hinauf in einen Aprilhimmel, über den die Wolken wie im Zeitraffer rasten. Es klarte auf.

Aus irgendeinem unerfindlichen Grund war der kurz „Alex" gerufene Platz ein Magnet für Menschen aller Art. Einheimische, die auf dem Heimweg von der Arbeit waren und von der Tram zum hochgelegenen S-Bahnhof die Platte überquerten. Besucher aus aller Herren Länder, amerikanische Touristen, rumänische Taschendiebe. Wobei Schacht sich dachte, dass es in Berlin auch immer mehr rumänische Touristen gab und sich womöglich in der Menge auch ein amerikanischer Taschendieb finden würde. Man musste nur lange genug suchen. Schön war der Alex trotz etlicher baulicher Versuche nicht. Es roch nach Wurstbuden. Fliegende Händler und Hütchenspieler waren hier unterwegs, Bettler, sogar einige Studenten der nicht weit entfernten Humboldt-Universität saßen um den Springbrunnen herum. Es wurde geflirtet, Eis gegessen und geklaut.

Schacht hatte den Alex niemals gemocht, und er würde es auch nie tun. Vielleicht wäre es anders gewesen, wenn er im Ostteil der Stadt geboren worden wäre. Andererseits: Quiquek stammte aus dem Osten, aber auch er konnte den Alex nicht leiden.

Die Weltzeituhr war eigentlich nur als solche zu erkennen, wenn man sie entweder kannte oder den Reiseführer las. Schacht hatte von der Friedrichstraße aus mit dem Volvo gerade einmal zehn Minuten gebraucht und das Auto in weiter Entfernung abgestellt. Er wollte als Erster an Treffpunkten sein, nicht direkt am Platz selbst, aber in der Umgebung. Um die Stimmung zu schmecken. Ein Bullentick, den Schacht sich von anderen Ermittlern gemerkt hatte. Die Weltzeituhr zeigte für Berlin 16.43 Uhr an. Schacht stellte sich etwas abseits vor den Eingang eines Kaufhauses. Von dort hatte er den Platz im Blick.

„Achtung, Polizei!" hörte Schacht in diesem Moment hinter sich.

Er drehte sich blitzschnell um, bereit, einen Angriff abzuwehren. Aber der Mann, der ihn mit etwas verkniffenen Augen angrinste, stand fast drei Meter von ihm entfernt. Tonnow war eine massige Erscheinung. Mindestens 1,90 Meter groß und untersetzt, wenn nicht gar fett. Tonnow war unrasiert, trug langes, strähniges Haar, das ihm nachlässig auf die Schultern fiel. Neben sich mit der rechten Hand hielt er ein chromfarbenes Rennrad, das, sofern Schacht erkennen

ZWANZIGSTES KAPITEL

konnte, ein schnelles Sportgerät und für den Straßenverkehr nicht ausgerüstet war. Tonnow trug eine Cordhose und – darüber hängend – ein weites, ziemlich durchgeschwitztes Hemd. Trotz seiner eher ungepflegten Erscheinung hatte er einen sympathischen Zug an sich. Zumindest, fand Schacht, wirkte der Mann wie ein Charakter, den man sich merken würde.

„Dachten Sie, ich trete so dicht an einen Elite-Polizisten und dann auch noch von hinten heran, dass er mich gleich umhauen kann?"

„Sie kennen viele Menschen", sagte Schacht. Tonnow verstand, worauf er anspielte. Woher hatte dieser Reporter das mit dem Elite-Polizisten?

„Ja, ich recherchiere. Das hält mich am Leben. Hat Stefan wohl nicht gemacht."

„Was spricht man über mich?"

„Dass Sie gefährlich sind."

„Für wen?"

„Für alle. Vor allem für sich selbst."

Schacht fragte sich, ob sein Gegenüber diesen Dialog im Vorfeld einstudiert hatte. Ein bisschen kam es ihm so vor. Andererseits wusste Tonnow gar nicht, wie recht er mit seiner letzten, dahergesagten Äußerung hatte.

„Wollen wir jetzt über meine Vorzüge reden, oder wollen Sie was loswerden?"

Tonnow hielt ihm den Lenker seines Rennrads hin, holte aus seiner Brusttasche ein Päcken Tabak mit Blättchen hervor und drehte, während die beiden einige Meter über den Platz schlenderten, eine filterlose Zigarette. Schacht fiel auf, dass Tonnow seine gewaltigen Wurstfinger dabei flink und geschickt einsetzte.

„Heine war ein kleiner Wissenschaftler. Einer, der bescheiden war und keine Karriereabsichten hatte. Deswegen vertrauten sich ihm viele an. Auch seine Vorgesetzten, die Star-Enthüller der Behörde."

„Weil er sich den Arsch aufriss und nicht scharf auf Lorbeeren war."

„Genau."

„Und deswegen wurde er von zwei Arabern ermordet?"

„Sagt die Nutte."

„Sie haben wirklich gute Quellen."

„Ja. Ich kenne Heine seit Jahren. Er hätte sich niemals solchen Männern gestellt, sondern die Polizei gerufen."

„Was denken Sie?"

„Er ist zur Schlachtbank geführt worden. Wo ist die Nutte?"

„Hat Urlaub."

„Nutten müssen auch mal Urlaub machen." Schacht konnte gegen diese Feststellung nichts Grundsätzliches erwidern.

„An was genau hat Heine gearbeitet?"

„Er war der belächelte Idiot der Wissenschaftler, die die West-Arbeit der Stasi untersuchen."

„Die HV A?" Schacht kannte sich nicht im Detail aus. Aber er hatte von der Hauptverwaltung A des Ministeriums für Staatssicherheit gelesen. Und von deren Chef, der Agentenlegende Markus Wolf, der vor wenigen Jahren gestorben war. Es hatte ihn überrascht zu hören, dass der Name Markus Wolf im Osten erst nach Wende wirklich bekannt geworden war.

„Genau. Nicht schlecht", sagte Tonnow und stieß den Zigarettenrauch durch seine breiten Nasenflügel aus.

„Auch Bullen lesen den Spiegel."

„Gut so. Heine hat für die Großen recherchiert. Nur weil er sich nicht wichtig genommen hat, heißt das nicht, dass er nichts wusste."

„Was glauben Sie denn, das er gewusst hat?"

ZWANZIGSTES KAPITEL

Tonnow blieb stehen und mäßigte jetzt etwas seinen großspurigen Ton. „Ganz ehrlich, ich weiß es nicht. Er hat nicht darüber gesprochen."

„Woher kannten Sie ihn?"

„Sagen wir mal so: Wir hatten manchmal beruflich miteinander zu tun."

Schacht überlegte, ob Tonnow ein Verschwörungstheoretiker mit großem Geltungsdrang war, der ein paar aufgeschnappte Informationen als Geheimwissen verkaufte. Oder ob er tatsächlich mehr wusste. In jedem Fall schien er keine Sorge zu haben, dass er sich durch seinen Auftritt zum Verdächtigen machte.

„Damit kann ich nichts anfangen", sagte Schacht. Er wollte Tonnow kommen lassen. Zwei junge, sportlich angezogene Männer hatten anscheinend die gleiche Laufrichtung und schlurften nun einige Schritte hinter ihnen. Tonnow blieb stehen und ließ die beiden passieren.

„Weiß ich. Wir hatten geplant, etwas gemeinsam zum Thema zu veröffentlichen. Aber daraus ist dann nichts geworden. Vielleicht sollten Sie sich mal mit Heiner Bettler treffen."

„Ist wer?"

„Einer, der bei der HV A war und den Kodex bricht, weil er über die Zeit des Kalten Krieges spricht. Ein Wunder, dass sie ihn noch nicht verblitzt haben."

„Verblitzt?" Tonnow grinste und kniff dabei die Augen zu.

„Na ja, so haben die Stasi-Schergen früher Verräter liquidiert. Funktioniert am besten auf der Landstraße. Allerdings nur im Dunkeln. Sie wohnen doch auf dem Land, oder?"

Schacht sagte nichts dazu. Für einen Moment dachte er darüber nach, ob es helfen würde, Tonnow in seinen Volvo zu verfrachten, hinaus in den Wald zu fahren und ihm so lange die Fresse zu polieren, bis er alles sagte, was er wusste. Aber

Schacht entschied sich dagegen. Womöglich steckte in diesem Journalisten ohnehin nur unnützes Wissen.

„Warum lebt dann dieser Bettler noch?"

„Vielleicht schützt ihn sein Wissen. Vielleicht wird er beschützt. Wer weiß. Ich muss jetzt leider los."

Zumindest jetzt log Tonnow. Er hatte bis dahin keinen eiligen Eindruck gemacht und sich spontan entschieden, das Gespräch abzubrechen. Vielleicht wollte er sich auch nur interessanter machen.

„Wo finde ich den Mann?", fragte Schacht.

„Ich dachte, Sie sind Elite-Bulle."

„Punkt für Sie. Aber wie Sie wissen, bin ich bei den Mordermittlern neu. Kann ich Sie wieder anrufen?"

„Ermitteln Sie mal. Geben Sie mir Ihre Nummer, ich melde mich."

Tonnow zückte ein Mobiltelefon, das auf Schacht wie eine Antiquität wirkte: ein Nokia aus den 90er-Jahren und vermutlich eines, auf dem man keine Überwachungssoftware installieren konnte. Schacht diktierte seine Nummer. Sie gaben sich die Hand. Tonnow stieg behäbig auf sein schlankes Rennrad, das unter dem massiven Körper noch graziler wirkte.

„Herr Kommissar", raunte er, während er nur noch einen Fuß auf dem Boden stehen hatte.

Schacht sah ihn an.

„Die Nummer ist heiß. Passen Sie auf sich auf. Sie haben eine Chance, weil sie eigentlich nicht dazugehören."

Dann radelte Tonnow langsam davon und schlängelte sich dabei geschickt auf millimeterbreiten Reifen durch die Menge.

EINUNDZWANZIGSTES KAPITEL

GEBLENDET 21

Das Blut brannte Schacht in den Augen. Es blendete ihn grell, giftig, kadmiumrot. Alice stieg mit einem Surfbrett unter dem linken Arm aus der Brandung und ging über den Strand auf ihn zu. Der rechte Arm war nicht mehr da, nur noch ein blutender Stumpf, der eine breite Spur auf dem nassen Sand hinterließ. Schacht starrte gebannt darauf, ein Hai hatte den Arm mit einem einzigen Biss abgetrennt. Alice lächelte ihn an und kam immer näher. Ihr nasses, dunkles Haar verdeckte ihre Brüste. Sie sprach ruhig, und er konnte trotz des Windes und der Brandung ihre Stimme hören. Sie fragte ihn, Wolf Schacht, ob er es jetzt versuchen wolle.

Als er erwachte, hielt er panisch beide Hände in die Luft, um sie zu besehen. Er war nass vom Schweiß. Sein Kopf schmerzte höllisch, sein Genick war starr. Die leise Jazzmusik im Wohnzimmer schuf eine perfide, sanfte Geräuschkulisse zu seinem merkwürdigen Traum. Schacht streckte sich auf seinem Bett aus, das kleine Licht im Wohnzimmer war an. Seine Gedanken kamen nicht weit, er starrte stumpf an die Decke und wartete darauf, dass seine Schmerzen versiegten.

Als daraus nichts wurde, stand er auf und goss sich einen großen Whisky ein. Er brauchte noch mehr „Gewicht", um wieder schlafen zu können. Er wusste, dass er nicht allein trinken sollte. Es war ihm aber egal. Vielleicht würde es helfen, sich mit dem Fall zu beschäftigen. Dem Fall, der nun wirklich einer war. Ein Leibwächter nahm sich das Leben. Die Staatsschützer drehten durch und mischten sich ein. Die Leitung der Mordkommission behandelte ihn, den Praktikanten Schacht, wie einen Feind. Ein Archivar der Stasi-Unterlagenbehörde hatte ein Date mit einer Edelhure, geriet in einen Streit auf der Straße und starb an einem zufällig präzisen Messerstich. Zwischen Bodyguard und dem Opfer Heine gab es eine Beziehung, welcher Art auch immer. Das Opfer war mit Spionen beschäftigt. Und niemand wollte an die Sache heran. Ein windiger Journalist gab ihm Tipps, so als habe er nur darauf gewartet, dass Schacht bei ihm anbiss. Bettler, Heiner Bettler. Ein Ex-Stasi-Mann, der redete. Aber worüber eigentlich?

Schacht schaltete den Computer ein und stöberte im Internet. Diesmal war die Trefferliste lang. Sogar einen kurzen Wikipedia-Eintrag gab es. Oberst a. D. Heiner Bettler, geboren 1936 in Berlin, Absolvent der DDR-Diplomatenakademie, Offizier der Abteilung X. Oberst Bettler ließ offenbar keine Gelegenheit aus, sich mit Journalisten über das ehemalige Wirken des DDR-Geheimdienstes zu unterhalten. Es gab Fotos von dem Mann. Er überragte auf den Fotos alle anderen, die neben ihm standen. Er hatte rosige Pausbacken, einen vormals wohl aschblonden, inzwischen ergrauten Seitenscheitel, einen gewitzten Zug um den Mund. Auf einigen Fotos schien er schallend zu lachen. Bettlers Figur war altersbedingt untersetzt, früher, so glaubte Schacht, musste sie einmal athletisch gewesen sein.

Die Suchmaschine schlug ihm auch einige Videos im Netz zu Bettler vor: Buchlesungen, Podiumsdiskussionen, sogar eine Fernsehtalkshow spät am Abend war dabei. Schacht war

EINUNDZWANZIGSTES KAPITEL

gespannt, ob er in einem dieser Videos Stefan Heine erkennen würde, ging aber leer aus. Es fanden sich einige Historiker, die über die Zukunft der Stasi-Unterlagen forschten. Bettler schien als Zeitzeuge dabei. Auch ein Politiker, dessen Name in dem Mitschnitt nicht genannt wurde, war unter den Diskutanten. Schacht kam die Stimme des jung und dynamisch wirkenden Redners bekannt vor, er konnte sie aber nicht zuordnen. In einem weiteren Clip sprach Bettler in einem Raum, der wie eine Art Vereinsheim wirkte. Die Amateurkamera wackelte und schwenkte hin und her: Es gab offenbar Tumulte, die Bettlers laute Stimme übertönten. Jemand, ein älterer Mann, beschimpfte den Redner als „Verräter". Ein anderer, den man im Bild nicht sehen konnte, rief „Lumpensohn" oder „Hurensohn". Schacht hörte es nicht genau.

Ein normales Leben, so viel stand fest, hatte dieser Bettler nicht geführt. Schachts Gedanken zerstreuten sich jetzt, er fuhr den Computer wieder herunter, genehmigte sich noch einen Whisky. Sein eigenes System war noch intakt. Er konnte irgendwann anfangen, ein normales Leben zu führen. Aber wollte er das wirklich?

Wie die normalen Menschen, die sich abends nach einem Film mit der Frau und einem Glas Rotwein hinlegten, die Augen schlossen und sie die nächsten sieben oder acht Stunden nicht öffneten. Ein solches Gefühl kannte er nicht mehr. Wollte er hinter dem Dorfhorizont leben? Abends Traumschiff und Spätburgunder trocken? Eine Nummer im Dunkeln? Eher nicht. Sein ganzes Leben war durcheinander. Nicht nur wegen des Falls. Nicht nur wegen Alice. Er wollte etwas Neues. Komplett.

Alice wäre die Frau gewesen, mit der all das möglich werden könnte. Aber sie war weit weg. Zu weit. Und was geschähe, wenn sich der Mythos eines Tages in Luft auflöste und sie beide feststellten, dass sie sich etwas eingebildet hatten? Es war die letzte Chance, eine weitere würde es für ihn nicht geben. Die Vorstellung, dass sie jetzt gerade nicht allein war, machte ihn krank. Eine junge Frau, bildschön, die sich am liebsten am Meer aufhielt. Wo die Surfer herumlungerten und auf Beute aus waren wie Haie. Seine rechte Faust ballte sich. Aber mehr vor Wut über sich selbst. Was hielt ihn davon ab, zu ihr zu fliegen. Sich in Australien um einen Job zu bemühen? Polizisten wurden dort gesucht. Referenzen hatte er genug. Seine Ausbildung war allumfassend. Er konnte als Taucher bei der Wasserschutzpolizei im Hafen von Sydney ebenso anheuern wie als Nahkampfausbilder mit und ohne Waffen. Wer weiß, vielleicht nahmen sie sogar Einwanderer als Mitglied in einem dortigen SWAT-Team, einer Spezialeinheit? Aber ihm fehlte der Ansporn. In diesem Punkt hatte er Angst.

Vielleicht brauchte er dieses bisherige Leben. Den Alltag mit der Gewalt. Die zu bekämpfen in der Tiefe seines Herzens schlicht die Motivation war, um selbst Gewalt auszuüben. Vielleicht war das auch eine Notlüge für das Böse und Brutale, das in ihm selbst war. Seine Mutter hatte ihn einmal mit dem „Seewolf" aus Jack Londons Roman verglichen. Unberechenbar, brutal, aber immerhin intelligent und halbwegs belesen. Sie hatte sich immer Sorgen um ihn gemacht, denn so waren Männer, die entweder nicht lange lebten oder auf die schiefe Bahn gerieten. Sie wusste, dass er sich nicht im Griff hatte, wenn es zum Äußersten kam. Das war schon in der Schule so gewesen. Gute Noten, in fast allen Fächern. Aber Einträge und Gespräche mit dem Direktor wegen unnützer Schlägereien. Man hatte ihm damals immerhin zugute gehalten, dass Schachts Gegner immer größer und älter gewesen waren als er selbst. Seine Mutter hatte deswegen Hoffnungen und hatte an den Gerechtigkeitssinn in ihm geglaubt.

EINUNDZWANZIGSTES KAPITEL

Es war ein schöner Sonnentag gewesen, als er geprägt worden war. Sechs Jahre alt gerade einmal. In einem Park am Schlachtensee. Da, wo die Familien am Wochenende baden gingen. Südsee-Feeling in Berlin, Badeanzug und Picknickkorb.

Der junge Wolf Schacht hatte die Schreie der Augenzeugen gehört und dann die seiner Mutter. Der Mann, der wie ein Baum neben ihr gestanden hatte, war verblutet an diesem strahlend hellen Tag, auf der blühenden Wiese. Am Schlachtensee im Sonnenschein. An diesem Tag war auch etwas in ihm gestorben. Der Glaube an Gerechtigkeit. An Gott.

Schacht verdrängte die Erinnerungen. Stellte sie wieder in den Schrank, zu dem er aber leider immer wieder den Schlüssel fand. Das, was er in seinem Leben empfunden hatte, war nun irgendwo da draußen. Genau wie seine Taten. Er konnte nichts wieder einfangen. Nichts ungeschehen machen. Jäh kehrten die Figuren wieder, die er in den vergangenen Tagen getroffen hatte. Franzi, die bezaubernde Hure, der treue Friedel, der feiste Tonnow, der zerschossene Brettschneider, die traurige Nicole, der schlafende Uli, der alte Mann vom Spielplatz, der wutschnaubende Schmelzer, der bleiche Stefan Heine auf seinem Bett aus Zink. Er wusste nun einiges über diese Menschen. Aber was wussten sie von ihm?

Plötzlich zog etwas draußen Schachts Aufmerksamkeit auf sich. Er starrte durch das Fenster auf die Felder und auf den Laubwald. War es eine rasche Bewegung, die er wahrgenommen hatte?

Schacht stieg in seine Jeans und Schuhe. Er nahm sich eine leichte Windjacke vom Haken, kehrte noch einmal zum Kühlschrank zurück, öffnete die Haustür der Remise und trat ins Freie. Es war kalt, aber angenehm. Die Sonne würde lange noch nicht aufgehen. Bis zum Wald waren es vielleicht 200 Meter. So sehr er manchmal die Dunkelheit in seinem

Schlafzimmer hasste und fürchtete, in freier Umgebung fühlte er sich davon beinahe beschützt.

Seine Schritte wurden von dem Moos gedämpft, er ging mit einem Bier in der Hand auf den Wald zu. Die Schatten der großen Bäume hoben sich von der allgemeinen Dunkelheit ab. Ein paar Meter noch, dann würde er im Wald sein. Er spürte, wie die Temperatur augenblicklich sank. Er zog den Zipper seines Anoraks nach oben.

Aber es brannte nun wie Feuer auf seiner Wirbelsäule. Amateure würden schlicht stehen bleiben und panisch lauschen. Schacht duckte sich, machte sich klein und fand wenige Meter links von sich einen Baum. Breit und groß genug, dass er sich dahinter verbergen konnte. Er fasste an seine Hüfte, aber er hatte seine Waffe nicht dabei. Schacht öffnete seinen Anorak wieder und atmete in die Jacke hinein, damit der Dampf seines warmen Atems in der Kälte ihn nicht verriet.

Er durchsuchte leise seine Taschen nach einer Waffe und entdeckte sein kleines Messer. Er klappte es auf, nahm drei tiefe Atemzüge, hielt dann die Luft an und schaute vorsichtig um den Baum herum. Der Lichtstrahl traf ihn voll ins Gesicht, und er war geblendet. Er wäre vor Wut am liebsten dem Schein entgegengerannt, aber das wäre dumm gewesen. Er suchte wieder Deckung hinter dem Baum. Sah überall helle Flecken. Er konnte nichts sehen. Aber sie waren anders trainiert als normale Menschen. Nun übernahmen seine anderen Sinne den Schutzmechanismus des Körpers.

Schacht hörte nichts. Was gut war. Keine brechenden Äste. Kein Gemurmel. Kein Atem. Seine Augen gewöhnten sich wieder an die Umgebung. Die weißen Flecken vor dem inneren Augen wurden dunkler. Und er war sich sicher, dass dort niemand mehr war. Er wartete noch etwa fünf Minuten, dann ging er vorsichtig zurück Richtung Remise. Das auf-

EINUNDZWANZIGSTES KAPITEL

geklappte Messer mit der Klinge nach unten in seiner Faust. Sein Rücken brannte nicht. Als er an der Remise ankam, fand er die Tür verschlossen vor. Niemand war in den Räumen. Nur die unverhohlene Drohung, dass die Sache jetzt ernst für ihn wurde.

ABTEILUNG X [22]

Das Lokal an der Leipziger Straße war nicht groß, aber gemütlich. In der Nähe befanden sich einige Hochhäuser, die einst der Stolz des DDR-Wohnkomforts gewesen waren. In den 80er-Jahren hatten dort die verdienten Eliten Ost-Berlins gewohnt: Funktionäre mit ihren Familien. Schacht hatte Heiner Bettler über das Telefonbuch ausfindig gemacht, der ohne zu zögern den Irish Pub vorgeschlagen hatte. In jeder Hinsicht kam sich Schacht erwartet vor. Er sollte nur die Zeche übernehmen. Im vorderen Bereich befanden sich der Bartresen, einige Tische und eine große Leinwand, auf der allerhand Sportarten übertragen wurden. Ein Kellner mit hochrotem Säuferkopf und strahlend weißer Schürze stand dahinter und schenkte einem vor dem Tresen sitzenden Gast ein Bier ein. Rechts am Tresen vorbei führte ein kleiner Gang in den hinteren Teil des Pubs. Dort standen mehrere kleine Tische in schummrigem Licht. Die Dubliners sangen vom „Foggy Dew", und Schacht erkannte Heiner Bettler. Er saß vor einer Terrine, einem halb ausgetrunkenen Stout-Bier und einem Whisky-Glas. Schacht ging auf ihn zu, und der Mann lachte ihn fröhlich an. „Ah, das muss der Herr Mordermittler sein." Schacht fand die Begrüßung etwas zu laut und sah sich um, aber niemand hatte davon Notiz genommen. Er reichte Bettler die Hand und raunte: „Und Sie der Klassenfeind."

ZWEIUNDZWANZIGSTES KAPITEL

Bettler lachte fröhlich, ehrlich, ein wenig grunzend und deutete auf sein Gedeck.

„Ich hatte heute nur ein leichtes Frühstück, weil meine Frau seit der Wende eine Gesundheitsfanatikerin und der Meinung ist, ich sei zu fett und müsse daran eines Tages sterben. Deswegen habe ich mir schon eine Kleinigkeit bestellt."

Da hatte Frau Bettler in über 20 Jahren nicht viel bewirkt, dachte Schacht bei sich und besah sich sein Gegenüber so unauffällig wie möglich. Er war zu dick, keine Frage. Aber er war einst kräftig und trainiert gewesen. Seine Hände und der Haarschnitt waren gepflegt, ebenso die Kleidung, er war frisch rasiert und roch nach Rasierwasser. Nicht das teuerste, aber immerhin. Das Gesicht verriet mit jeder Furche, dass der Besitzer hochintelligent war.

Ausgebufft. Abgebrüht. Nett. Gewitzt. Eiskalt. Das war ein Gegner, Schacht wusste das. Er fragte sich in diesem Moment, wie er selbst in Bettlers Alter aussehen würde. Möglicherweise genau wie dieser rotgesichtige Bursche, der ihm da gegenüber saß.

„Wollen Sie etwas essen, oder soll es nur ein Drink sein?" Der hochrote Kellner stand neben ihm.

„Ich nehme ein Bier", sagte Schacht und orderte dann noch einen irischen Whisky nach.

„Also, Herr Kommissar, ich warte noch auf mein Fish and Chips. Soll heißen, ich habe den Mund noch nicht voll. Was kann ich für Sie tun?"

Schacht war sich plötzlich nicht sicher, was er wollte. Um ehrlich zu sein, hatte er nicht die geringste Ahnung, wie er das Gespräch beginnen sollte.

„Nun, ich arbeite an dem Todesfall eines Mitarbeiters der Stasi-Behörde."

Bettler zog die Augenbrauen hoch.

„Sie meinen vermutlich die Stasi-Unterlagenbehörde. Bei der Stasi war Stefan Heine ja nun nicht. Obwohl die ihn vielleicht genommen hätten." Bettler nahm einen tiefen Schluck Bier und freute sich abermals über seinen Scherz.

Schacht war davon nicht mehr überrascht.

„Ja. Kannten Sie ihn?"

Bettlers Tonfall blieb heiter, wurde jetzt aber ein wenig andächtiger.

„Ein kleines, fleißiges Frettchen. Er hat immer überall herumgeschnüffelt, alte Akten durchsucht, aber er hat nie so richtig einen echten Coup erwischt. Ich habe ihm gerne Auskunft gegeben, wenn er Vorträge zur Stasi-Arbeit gehalten hat. Ich mochte den kleinen Kerl."

Schacht versuchte jetzt, mit Sachkenntnis zu punkten. Er habe sich über Bettler erkundigt und am Abend ein wenig im Internet recherchiert. Dabei sei ihm aufgefallen, dass Bettler bei seinen alten Kameraden aus dem Osten nicht gerade beliebt sei. Er berichtete von den Amateurvideos, die er im Netz gefunden hatte. Und davon, dass sich Bettler gemeinsam mit einem Politiker der Linken für den Erhalt der Stasi-Unterlagenbehörde ausgesprochen habe.

An dieser Stelle war Schacht gut vorbereitet: Er hatte von einem Streit um die Zukunft der Behörde gelesen. Von aufgeblasener Bürokratie und einer Diskussion um ehemalige Stasi-Agenten, die jahrelang ausgerechnet in der BStU tätig waren – in jener Behörde, die das Treiben der DDR-Spitzel aufklären sollte. Einige Politiker befürworteten, dass die Akten fast ein Vierteljahrhundert nach der Wende ins Bundesarchiv überstellt werden sollten.

Bettler hörte zu und betrachtete Schacht wie einen gelehrigen Schüler, der ein Referat vorträgt. Erst als er gefragt wurde, warum ausgerechnet er für einen Erhalt der BStU sei, ergriff er wieder das Wort. Diesmal ganz ohne Ironie.

ZWEIUNDZWANZIGSTES KAPITEL

„Wissen Sie, der Kalte Krieg ist vorbei. Aber man sollte sich vorsehen: So etwas kann schnell wieder passieren. Und es gibt viele Fragen. Wir sind der Meinung, dass manche durchaus beantwortet gehören."

Für einen Moment glaubte Schacht, dass Bettler von sich selbst in der Mehrzahl sprach. Wie eine Majestät. „Wer ist wir?", fragte er sicherheitshalber.

Bettler lachte wieder.

„Hey, Sie sind doch schlau, oder sitze ich hier mit dem Falschen zusammen?"

„Nein. Sie verraten kaum Geheimnisse, die dem Ansehen der alten Truppe schaden könnten. Ihre Geschichten sind eher Husarenritte – Opa erzählt vom Krieg." Schacht wunderte sich über seine eigene Forschheit, aber etwas an Bettler provozierte ihn ganz plötzlich. Der ließ sich davon nicht beeindrucken und ließ Schacht aus der Deckung kommen.

„Ihre Heldengeschichten von der HV A haben den Nebeneffekt, dass unsere westlichen Sicherheitsbehörden dabei ziemlich blöd aussehen."

Bettler grinste, diesmal etwas schuldbewusst. „Das war vielleicht einmal der Plan früher, als wir noch Planspiele gemacht haben. Aber es ist gar nicht so. Der Krieg ist vorbei, es gab kaum Tote, warum sollten wir nicht darüber reden?"

„Es gab viele Tote an der Mauer." Schacht ging weiter in die Offensive, Bettler fing ihn ein.

„Richtig, mein Sohn. Aber wir waren die James Bonds des Ostens, wenn mir dieser kleine eitle Vergleich gestattet ist. Und von uns war keiner dafür, junge Menschen von der Mauer zu schießen."

Schacht versuchte, sich diesen pausbäckigen Bettler mit einem weißen Smokingjackett, einer Beretta und einem Bond-Girl an der Seite vorzustellen. Es gelang ihm, und er konnte ein Lächeln nicht verbergen. „Wir waren die Auslandsagenten, die Hurra-Schreier waren die von der Inlandstruppe um Erich Mielke. Das waren die Herren mit Bierbauch und Fanatismus im Kopf, die sich jeden lächerlichen Orden an die Brust geklemmt haben, den unser Staat zu vergeben hatte. Und davon gab es einige."

„Und, haben Sie damals Ihre Meinung gesagt?"

Bettler holte tief Luft und schien auf Abstand zu gehen.

„Was kann ich für Sie tun, Herr Kommissar?"

Die Stimme war freundlich, das Gesicht war es nicht.

„Woran könnte jemand wie Stefan Heine gearbeitet haben?"

Die Bilder in Schachts Kopf kamen jetzt von selbst. Er sah den feisten Bettler auf Lackschuhen Wasserski fahren, während die Kugeln um seinen Kopf pfiffen. Im türkisfarbenen Wasser der Karibik.

„Ich entnehme Ihrer Frage, dass Sie nicht daran glauben, dass der Mann ein paar arabischen Messerstechern zum Opfer gefallen ist!"

„Sie entnehmen richtig." Bettler hielt einen Moment inne und hob sein Whiskyglas, das allerdings längst leer war. Dennoch setzte er es an und ließ sich ein paar Tropfen in die Kehle rinnen.

„Na ja, Heine hat an vielen Dingen gearbeitet. Vor allem an der Arbeit der HV A, unserer Arbeit."

„Was genau haben Sie denn damals getan?", fragte Schacht.

„Wir haben euch vorgeführt. Immer und immer wieder. Wir haben euch gefälschte Presseerklärungen untergejubelt, die Reden eurer Politiker geschrieben und uns einen Ast gelacht, wenn diese im Bundestag vorgetragen wurden. Wir hatten die Sekretärinnen der Nato ebenso auf der Gehaltsliste wie eure einflussreichsten Journalisten."

ZWEIUNDZWANZIGSTES KAPITEL

Bettler geriet in Wallung, er sprach jetzt lauter. Schacht sah ihn nun in einem italienischen Sportwagen an der französischen Riviera. Bettler lieferte sich eine waghalsige Verfolgungsjagd auf Serpentinen.

„Wir hatten die Fäden in der Hand, Junge, und es hat einen Riesenspaß gemacht. Ich denke, wir haben jetzt neue Zeiten und sollten darüber reden, was geschah und wie es geschehen konnte. Denn die Gesellschaft ist labil, ein Rattenfänger reicht, um das nächste Chaos zu verursachen. Wir brauchen jetzt Ruhe und Frieden. Denkt bloß nicht, wir wären alle verbissene Mauerschützen gewesen. Jede Entwicklung hat ihre Ursache. Der Unterschied ist nur, dass wir dem Eindruck nach verloren haben, und eure Jungs nicht offenlegen, was sie so machen."

„Sie meinen, Sie haben nicht verloren?"

„Natürlich haben wir verloren. Und wenn wir nicht noch einmal eine Gesellschaft verlieren wollen, müssen wir ehrlich sein. Beide Seiten."

„Hatte Heines Arbeit damit zu tun? Hat er was rausgefunden?"

„Heine hätte seinen Hintern nicht ohne Hilfe gefunden. Er war bemüht, hat aber nichts gefunden. Er war oft auf dem Holzweg und ging Spuren nach, die keine waren."

„Zum Beispiel?"

„Er sah Gespenster. Verrannte sich. Ich vermute, er hatte irgendwann eine ausgewachsene Paranoia. Und alle wussten das."

Etwas in Bettlers Worten irritierte Schacht. Er hatte den Eindruck, dass sein Gegenüber es sich plötzlich anders überlegte und zurückruderte. Wenn Heine tatsächlich gezielt ermordet worden war, konnte man wohl kaum von einer Paranoia sprechen.

„Glauben Sie, er wusste etwas, was ihn in Gefahr brachte?"

„Ich denke, seine Affinität zu hübschen Huren brachte ihn in Gefahr. Wie auf dem Kurfürstendamm. Ein einziger Stich machte dem ein Ende."

Schacht versuchte, Zeit zu gewinnen. Er wandte sich um und bestellte sich ein weiteres Bier.

„Wenn ich mir die Unterlagen besorgte, an denen Heine gearbeitet hat, würden Sie diese mit mir durchgehen?", wandte er sich wieder an Bettler. Der wirkte jetzt sachlich.

„Na klar, gern sogar. Sie können mich jederzeit anrufen, die Nummer haben Sie ja. Aber jetzt brauche ich noch ein Dessert." Da war es wieder, das überlegene Lachen.

Schacht wurde das Gefühl nicht los, dass Bettler ebenso viel über ihn erfahren hatte wie umgekehrt. Vielleicht sogar etwas mehr. Er schaute auf die Uhr, bestellte die Rechnung und verabschiedete sich zügig von dem Ex-Geheimdienstoffizier.

„Ich werde mich melden, wenn ich weiter bin."

„Gern, ich bin erreichbar." Bettlers Händedruck war fest und trocken. Schacht verließ das Lokal, ohne sich umzusehen.

Ein Stich machte dem ein Ende, hatte Bettler gesagt.

DREIUNDZWANZIGSTES KAPITEL

ACHTUNDACHTZIG
23

Thilo Prinz fühlte sich gut und zum ersten Mal seit Tagen nicht völlig erschöpft. Er hatte mit seinem Referenten kreolisch zu Abend gegessen, sich danach verabschiedet und zwei Cocktails getrunken. Allein und im völligen Einvernehmen mit sich selbst. Ein hübscher Bengel am Tresen hatte ihn schon mehrfach über die Schulter seines Begleiters hinweg angeschaut. Prinz war sich nicht sicher, wie er diese Blicke deuten sollte, ob es neugierige oder gierige Blicke waren. Mache Leute erkannten ihn auf der Straße, aber insgesamt konnte er in Berlin ein ungestörtes Leben führen. Er spürte die Blicke über seinen Körper wandern und genoss sie. Die Bar war nicht sonderlich groß, aber doch so groß, dass man zur gleichen Zeit auf die Toilette gehen konnte wie ein anderer Gast, ohne gleich aufzufallen. Der junge Mann am Tresen tat das jetzt und zwinkerte ihm zu. Prinz besah sich den Begleiter, der stehen blieb und sogleich sein Smartphone zückte, um darauf herumzutippen. Dabei knabberte er selbstvergessen an ein paar Salzstangen herum. Nach einem Anfall von Eifersucht sah das nicht aus für Prinz. Einen Skandal konnte er nicht brauchen.

Auf der Toilette roch es nach Blumen und Rauch. Der junge Mann lehnte am Waschbecken, eine Zigarette zwischen den Zähnen. Er hatte auf ihn gewartet. Klein, feingliedrig und schlank, kurze Haare, das Blond war echt. Der Anzug war Designerware, die Schuhe glänzten, das Hemd war weit genug offen, um die zarte Bräune und die Brustbehaarung zu entblößen. Sie sahen sich zuerst im Spiegel.

„Der Typ am Tresen geht gleich, ich habe ihn im Chat kennengelernt. Da hat er sich besser verkauft. Er weiß aber schon, dass das heute nichts wird."

Prinz schmunzelte. Das Selbstbewusstsein dieses Jungen, der höchstens Anfang 20 war, imponierte ihm.

„Okay, dann warte ich wohl."

„Und ob", hauchte der Junge ihm im Vorübergehen zu, deutete einen Griff an seinen Hintern an und verließ den Raum.

Prinz hatte einen trockenen Mund, drehte den Wasserhahn auf, nahm einen Schluck und wusch sich das Gesicht. Dann besah er sich im Spiegel, war zufrieden und wartete anstandshalber noch zwei Minuten.

Als er in den Barbereich zurückkehrte, waren der Süße und sein Begleiter verschwunden. Prinz sah sich um, dann ging er zum Tresen und sprach den Barkeeper an. Ein Berg von Mann mit Muskeln, Tattoos, Glatze und Ohrringen auf beiden Seiten. Der war vorbereitet.

„Ich soll dir das von Hans geben." Der Barkeeper hielt ihm einen Zettel unter die Nase: „Ging nicht anders. Ruf mich an", stand da neben einer Mobilfunknummer, die aus auffällig vielen Nullen bestand.

„Hat Hans irgendwas gesagt?"

„Ja. Dass er dich wiedersehen will. Weil du scharf bist", zwinkerte der Riese und wischte mit einem Lappen die Oberfläche des Tresens ab.

Prinz nickte erkenntlich und kehrte zu seinem Tisch zurück. Er sah auf die Uhr, es war bereits nach Mitternacht. Er

DREIUNDZWANZIGSTES KAPITEL

war noch nicht müde, aber er konnte jede Stunde Schlaf gebrauchen.

Draußen fröstelte ihn, er schlug den Kragen seines Trenchcoats hoch. Die Schöneberger Schwulengegend hatte sich in den letzten Jahren entwickelt – und Prinz hatte seinen Teil dazu beigetragen. Das Schmuddelimage verblasste, es gab gute Klubs. Leider aber immer noch welche, in denen sich auch Minderjährige anboten. Da standen in den Nachtstunden junge Stricher aus Rumänien herum, die ihren Familien zu Hause etwas Geld schickten, obwohl diese sie oft regelrecht verkauft hatten. Seit Rumänien und Bulgarien zum Schengen-Raum gehörten und es Freizügigkeit gab, schien dieser Handel wieder schwunghaft zuzunehmen. Auf dem Balkan lebten ganze Dorfgemeinschaften von dem, was ihre Verwandten in Berlin erwirtschafteten. Vor einiger Zeit hatte Prinz in der Zeitung gelesen, dass sie dort für das Wohlergehen der Kanzlerin beteten.

Die Stricher hingegen ließen sich in die Wohnungen älterer Männer führen, gierig nehmen und schlecht bezahlen. Und in Berlin gab es auch Lokale, in denen Kinder vermittelt wurden. Manche unter zehn Jahren alt. Dagegen hatte er, Prinz, immer gekämpft, war aber an vielen Widrigkeiten gescheitert. In seiner Partei gab es noch so manchen alten Genossen, der das Päderastentum für eine Seuche des Kapitalismus hielt. Nicht einmal Schwule, so hatte ihm vor Jahren ein Herr bei einem Bezirksempfang mitgeteilt, habe es in der DDR gegeben. Prinz hatte sich damals schnell einen anderen Gesprächspartner gesucht. Mittlerweile ging er bei solchen Sprüchen lieber in die Offensive.

Prinz unterstützte das Programm der Charité mit dem Motto „Nicht Täter werden". Dort bekamen Männer Hilfe, die pädophile Gedanken hatten, sie aber nicht ausleben wollten. Ein Tropfen auf den heißen Stein, aber wenn allein

ACHTUNDACHTZIG

ein Kind dadurch gerettet werden konnte, war es die Mühe wert, dachte sich Prinz. Natürlich waren die meisten pädophilen Männer misstrauisch – und angesichts der täglichen Skandalnachrichten über Lauschangriffe und elektronische Überwachung durch Geheimdienste würde das nicht besser werden. Schmutzige Geheimnisse, so dachte Prinz oftmals bei sich, waren wieder eine harte Währung.

Er ging schnellen Schrittes durch die Fuggerstraße, wartete an der Bushaltestelle auf das nächste Gefährt. Sollte sich vorher ein Taxi blicken lassen, umso besser. Zehn Minuten sollte es um die Nachtzeit dauern, bis der Bus eintraf. Prinz kramte in seiner Manteltasche, holte eine Packung Marlboro hervor, die er eigentlich nur mit sich führte, um sie anderen anzubieten. Er zündete sich eine an. Jetzt war es doch wieder spät geworden. Es würde wieder zwei Uhr werden, bevor er im Bett lag. Raus musste er um sieben. Aber der Abend war es wert gewesen. Er freute sich auf ein Wiedersehen mit dem Unbekannten aus der Bar. Die Nummer steckte jetzt in seinem Portemonnaie.

„Na, du beschissene Schwuchtel?"

Prinz hatte die beiden Männer nicht kommen gehört, obwohl sie schwere Stiefel trugen. Die sah er nun zuerst.

„Auf dem Weg nach Hause, Mäuschen?"

„Bitte", brachte Prinz hervor. Seine Kehle war wie zugeschnürt, „ich habe Ihnen doch nichts getan." Er sah dunkle Bomberjacken, traute sich aber nicht, den Männern ins Gesicht zu sehen. Der eine von beiden machte einen Ausfallschritt, sodass die drei Gestalten an der Haltestelle nun im rechten Winkel zueinander standen.

„Das stimmt."

Prinz sah einen Schatten auf sich zufliegen, spürte für den Bruchteil einer Sekunde einen furchtbaren Schmerz. Dann nichts mehr.

DREIUNDZWANZIGSTES KAPITEL

Ein Teleskopschlagstock traf zweimal seinen Schädelbasisknochen und ließ ihn splittern. Prinz ging zu Boden, seine Hände konnten den Fall nicht stoppen, weil die Befehle des Hirns dafür nicht mehr kamen. Er schlug hart auf, und die Sohle des Springerstiefels traf seinen Kopf stampfend. Fast ein Dutzend Mal. Leber und die Milz rissen, als Tritte seinem Körper zusetzten, der sich nun nicht mehr durch das Anspannen von Muskeln schützen konnte. Prinz spürte auch nicht mehr, wie er auf den Rücken gedreht wurde, wie seine Beine auseinander geschoben wurden und einer der Männer mit Anlauf in seinen Schritt trat. Ein Hoden platzte, und Blut lief durch die Anzughose auf die Straße. Auch den Geruch von Farbe nahm er nicht mehr wahr, die aus einer Sprühdose kam und zwei grelle, ungleichmäßige Ziffern auf dem Rücken seines Mantels hinterließ.

Der Bus traf mit geringfügiger Verspätung ein. Der Fahrer bremste ab, schüttelte nur den Kopf über den Penner, der da im Schatten der Haltestelle seinen Rausch ausschlafen musste. Es gab keinen Fahrgast, also schaute er in den Rückspiegel und gab Gas, um die Verspätung aufzuholen.

KREUZBERG-MELODIE 24

Als Schacht die Nachricht hörte, die Berlin verändern würde, befand er sich auf dem Weg ins Büro – mit dem guten Vorsatz, an diesem Morgen einen ordentlichen Eindruck zu hinterlassen. Jemand hatte den Toten erst kurz vor Sonnenaufgang auf dem Gehweg entdeckt.

Von Thilo Prinz hörte Schacht nicht zum ersten Mal, auch wenn sein Gedächtnis für Namen zu wünschen übrig ließ und er sich für Berliner Politik eher wenig interessierte. Der Rundfunk hatte am frühen Morgen bereits einige Stimmen der Betroffenheit eingefangen: von Parteifreunden, politischen Gegnern und Journalisten.

Prinz war schwul, daraus hatte er niemals einen Hehl gemacht. Thilo Prinz war nicht irgendwer, Thilo Prinz war der innenpolitische Sprecher der Linken in Berlin. Der Stachel im kranken Selbstbewusstsein der Stadt. Einer, der den Konservativen mit Regelmäßigkeit ihre Versäumnisse um die Ohren schlug und dabei selbst kaum angreifbar gewesen war. Deshalb ging er offensiv damit um und hatte viel Sympathie in der Bevölkerung. Weil er, so erklärte ein Politiker der Grünen, nicht selbstverliebt war, sondern wie we-

VIERUNDZWANZIGSTES KAPITEL

nige Männer und Frauen seines Berufsstandes wirklich etwas habe bewegen wollen. Prinz hatte in Moskau an einer Schwulenparade teilgenommen und dafür Prügel eingesteckt. Er hatte sich mit Parteifreunden der Linken über das DDR-Erbe gestritten und einige offen angegriffen. Er hatte in Dutzenden Arbeitsgruppen mitgewirkt: gegen Rechts, gegen Abschiebung, für die Mietpreisbremse. Und er hatte in allen möglichen Ausschüssen des Abgeordnetenhauses gesessen: für Inneres, Informationsfreiheit und Datenschutz und, so erfuhr Schacht, der nun aufmerksam zuhörte, einem Untersuchungsausschuss, der sich mit Polizeigewalt beschäftigte.

Thilo Prinz war tot. Erschlagen, in einer Berliner Schwulengegend, was der Radiosprecher allerdings nicht mitteilte. Schacht drehte den Sender lauter. „... wollen die Behörden am Nachmittag in einer Pressekonferenz bekannt geben. Fest steht bislang lediglich, dass Prinz Opfer einer besonders brutalen Tat geworden sein soll. Weitere Einzelheiten liegen nicht vor, wir halten sie aber auf dem Laufenden, wenn es neue Erkenntnisse gibt." Damit schloss der Sprecher und verwies auf den Wetter- und Verkehrsreport.

Schacht verlangsamte das Tempo, hielt ein Auge auf den Verkehr gerichtet, nahm sein Handy aus der Jackentasche und suchte nach Schmieds Nummer.

„Ja", kam es schnell und laut aus dem Gerät.

„Hier Schacht, ich habe gerade von Prinz im Radio gehört."

„Der absolute Albtraum, der absolute Albtraum." Schmied war nervös, so viel konnte Schacht aus seiner Stimme hören.

Er fuhr den Tempelhofer Damm in Richtung Berlin-Mitte und wich einem Betrunkenen aus, der um diese Zeit bereits mit einer Flasche Bier über die Fahrbahn wankte.

„Was ist los? War das ein Milieumord? Ein Stricher?"

„Nein, Wolf, das wäre ja gut."

Er trat aufs Gas, um eine gelbe Ampel zu erwischen, und traute seinen Ohren nicht. Was hatte Schmied da gerade gesagt?

„Kommen Sie in mein Büro, dann erzähle ich es Ihnen."
„Nun sagen Sie schon, ich bin nicht von der Presse."
„Die werden über uns herfallen."
„Warum?"
„Neonazis."
„Wer hat den Fall?"
„Die Zweite. Gott sei Dank haben die Dienst. Die machen aber nur den Tatort, dann übernimmt der Staatsschutz wieder."
„Ist das mit den Nazis schon bekannt?"
„Offiziell werden wir dazu noch nichts sagen, aber die Scheiße sickert durch. Die Berliner Nachrichten haben schon bei Kilian angefragt, weiß der Henker, wo diese Penner das immer her haben."
„Die gehen gleich ans LKA? Wissen die Einzelheiten?"
„Die wissen zu viel. Das reicht. Die Pressestelle hat dummerweise gesagt, dass sie keinen Kommentar abgeben wolle. Ich weiß nicht, warum diese Idioten überhaupt so früh das Telefon abnehmen. Das ist mehr als eine Bestätigung. Das bedeutet, dass der ganze Scheiß in weniger als einer Stunde online steht und dann ein Tsunami auf uns zuschwappt. Ein Tsunami aus Scheiße, Wolf! Sie wissen, was das bedeutet."

Schacht nickte, mehr in sich selbst hinein. Berlin, diese verlogene Drecksau, hatte den nächsten dahingerafft. Jetzt würde die Stadt dafür brennen.

Von Schmied am anderen Ende der Leitung war nichts mehr zu hören.

Schacht legte auf und wählte die Nummer von Quiquek, alias Sven Dietrich. Der meldete sich nach dem zweiten Klingeln.

VIERUNDZWANZIGSTES KAPITEL

„Wolf, mein Freund, wie geht's?"
„Sag du es mir. Seid ihr alarmiert?"
„Klar, aber nur Standby, wie immer."
„Kennt ihr die ganze Geschichte?"
„Nein. Aber die Autonomen werden den Kiez in Kreuzberg heute Abend in Schutt und Asche legen. Es gibt Hinweise, dass sie auch spontan auf dem Kudamm oder der Friedrichstraße zuschlagen wollen. Das MEK ist dran. Noch ist aber alles ruhig."
„Pass auf dich auf."
„Klar. Bist du involviert?"
„Nicht so richtig, aber die Nachbarkommission."
„Dann pass auch du auf."
„Bis dahin!"

Schacht fand einen Parkplatz gegenüber dem Dienstgebäude der Mordkommissionen an der Keithstraße und trank an einer Currywurstbude einen Filterkaffee. Das würde hart werden für Berlin. Hart wie lange nicht.

Die extremistische linke Szene würde, wenn sie von dem politischen Hintergrund der Tat erfuhr, spontan durch ihren Kiez ziehen. Ein schwuler Oppositionspolitiker erschlagen in seinem Revier von Neonazis. Das bedeutete der Erfahrung nach Straßenschlachten, Wasserwerfer, Molotowcocktails, brennende Barrikaden, Verletzte auf beiden Seiten, empörte Politiker in den Tagen danach und parlamentarische Untersuchungsausschüsse. Dieses Mal ohne Thilo Prinz.

Schacht wusste, was jetzt bei den Bereitschaftspolizeiabteilungen ablief. Denn vor seiner SEK-Zeit war er in einer geschlossenen Einheit gewesen, der 23. Hundertschaft – einer der brutalsten, sagte die linke Szene. Kein schlechter Haufen, fand er selbst. Echte Steinefresser, die etwas verdauen konnten. Alle verfügbaren Beamten, von den Urlaubern abgesehen, wurden jetzt in den Dienst gerufen. Denn die Mechanismen waren bekannt. Der Faschismus, so die Ansicht der Autonomen, der allgegenwärtig lauert, hatte erneut zugeschlagen. Von der Politik geduldet. Jeder Staatsdiener, ob als Polizist in Uniform, als Feuerwehrmann oder Mitarbeiter des Ordnungsamtes, der Radfahrer auf dem Gehweg anhielt, war jetzt ein potenzieller Feind.

Sie würden sich nach Einbruch der Dunkelheit in Kreuzberg versammeln und pro forma eine Demonstration beginnen. Nach wenigen Metern würden Feuerwerkskörper fliegen, dann Flaschen, dann Pflastersteine. Der Einsatzleiter würde an die Grenze seiner Toleranz gebracht werden und irgendwann entscheiden müssen, dass er den Aufzug stoppen musste. Wenn er bis dahin nicht schon längst durchgedreht war und den Frontalangriff befahl. Weil sich die Ersten vermummten.

Es musste wohl ausgehen wie immer. „Deutsche Polizisten – schützen die Faschisten." Die Kreuzberg-Melodie von früher. Die üblichen Gesänge, die übliche Gewalt.

Schacht kam es vor, als habe er seit Tagen keinen einzigen Gedanken an Brettschneider verloren. Den ersten Toten in dieser Woche. Brettschneider, der wüste Schläger. Brettschneider, das Sexmonster. Brettschneider, der Steinefresser, der eine junge Frau ins Krankenhaus geprügelt und ein paar andere womöglich mit HIV angesteckt hatte.

In den frühen 90-Jahren, als er, Schacht, noch als Bereitschaftspolizist diente, waren die Maikrawalle in Kreuzberg unendlich brutal gewesen. Die Polizei war hart vorgegangen. Auch Reporter wurden zusammengeschlagen, wenn sie Fotos von Festnahmen und harten Zugriffen machten. Das hatte sich mittlerweile geändert. Heute setzte die Polizei manchmal auf die Taktik der „gereichten Hand". Führte Dialoge, hielt sich zurück. Setzte „Anti-Konflikt-Teams" ein. Es wirkte hin und wieder. Es wurde ruhiger, von Jahr zu Jahr. Dem Schwar-

VIERUNDZWANZIGSTES KAPITEL

zen Block gelang es kaum noch, die Demonstranten des bürgerlichen Lagers dazu zu bringen, sich mit der Staatsmacht anzulegen. Aber in dieser Nacht würde das anders werden.

Als Schacht die Dienststelle erreichte und durch die angelehnte Tür in Schmieds Büro eintrat, standen dort mindestens 20 Polizisten in Zivil. Alles Angehörige der Mordkommissionen. Fast niemand schien ihn zu bemerken, als er sich im Hintergrund einreihte. Nur Schmelzer erspähte ihn und warf ihm einen finsteren Blick zu.

„Wir werden also eine BAO gründen, die von den Kollegen des LKA 5 geleitet wird", hörte er Schmied sagen. Im Klartext hieß das, das LKA 5, der Staatsschutz, leitete die Ermittlungen. Die Mordkommission war unterstellt.

„Ich brauche zehn Mann, die gerade abkömmlich sind, weil sie nicht in aktuelle Fälle eingebunden sind. Wer kann? Die Leiter der einzelnen Kommissionen geben bitte Bescheid."

Schmied sah ihn dabei nicht an. Schacht war froh darüber.

Als er das Gebäude verließ, sah er die Übertragungswagen. Kameramänner standen hinter ihren teuren Geräten, die auf ebenfalls teure Stative gestellt waren und in Richtung der schweren Ausgangstür gerichtet waren. Tontechniker in schwarzen Armeehosen mit Oberschenkeltaschen, Multi-Tools am Gürtel und dicken Schals und vollgepackten Fotowesten liefen wichtig durch die Gegend und sprachen in Walkie-Talkies, als wären sie soeben aus dem Irak-Krieg zurückgekehrt. Er schätzte die Gruppe auf mindestens 50 Personen, und er hatte keine Lust darauf, sich durch diese Menge zu drängeln. Es blieb ihm aber nichts anders übrig. Ein Redakteur mit kariertem Einstecktuch im Sakko, schwergewichtig und mit viel Make-up im Gesicht brüllte eine junge Blondine an: „Wie kann man nur so unfähig sein? Sie sind mit Abstand die dämlichste Praktikantin, die mir jemals mitgegeben wurde."

„Ich habe Ihnen die Unterlagen doch im Büro gegeben", tönte kleinlauter Widerstand aus dem hübschen Gesicht. Die Praktikantin, die sich da zur Sau machen ließ, trug eine dunkelrote Baskenmütze. Schacht schätzte sie auf Mitte 20.

„Dann würde ich das Zeug doch wohl bei mir haben. Und jetzt gehen Sie mir aus den Augen."

Die junge Frau wandte sich ab und ging ein paar Schritte. Minirock und hohe Stiefel, ein fester entschlossener Gang, auch wenn sie den Kopf nun hängen ließ. Als Schacht ihr näher kam, sah er Tränen der Wut in ihren Augen. Sie steckte sich eine Zigarette in den Mund, suchte in ihrer Handtasche nach Feuer, fand keines und blickte ihn fragend an.

„Leider nicht", antwortete Schacht und bemühte sich um einen aufmunternden Blick. „Ist das immer so ein Arschloch?"

„Ja, aber nur zwischen nachts um zwölf und Mitternacht."

„Warum schmeißen Sie ihm den Scheiß nicht einfach vor die Füße?"

„Weil ich mal was werden will. Da muss ich durch. Vögeln wollte ich ihn nicht, dann eben auf die harte Tour." Jetzt grinste sie, brach ihre Zigarette durch und warf sie auf den Asphalt. „Sind Sie ein Bulle?" Schacht schnalzte mit der Zunge.

„Ich bin Praktikant. Und wer sind Sie?"

„Nadja Swoboda vom Frühstücksfernsehen." Sie reichte ihm eine Visitenkarte ihrer Redaktion, auf deren Rückseite handschriftlich ihr Name und eine Handynummer standen. Schacht steckte sie wortlos ein.

„Sehen Sie zu, dass Sie schnell seine Chefin werden. Und dann schmeißen sie ihn raus."

Damit ließ er sie stehen und versuchte, sich unauffällig an der geschäftigen Meute vorbeizubewegen, als plötzlich ein Fotograf vor ihm auftauchte und ihm den Weg versperrte.

VIERUNDZWANZIGSTES KAPITEL

Der Mann bedrängte ihn regelrecht, es gab keinen erkennbaren Grund. Schacht konnte das Gesicht unter der Halbglatze nicht erkennen, denn es wurde von einer Kamera verdeckt, die im Dauerfeuer knipste. Aber er erkannte das Modell – keine schwere Profikamera, wie sie die Pressefotografen benutzten, sondern eine kleinere, vollautomatische. Freie Journalisten und Amateure benutzten solche Apparate, auch die Polizei, um während der Maikrawalle Bilder zu schießen und Gewalttäter zu identifizieren. Schacht senkte den Kopf und ging geradewegs in sein Gegenüber hinein. Dabei trat er ihm mit dem linken Fuß auf die Spitze seines ausgelatschten Turnschuhs. Der Fotograf konnte nun nicht mehr zurückweichen, wurde rüde von Schacht umgestoßen und fiel rückwärts der Länge nach hin. Die Kamera schlug auf dem Boden auf, das Objektiv brach aus der Fassung. Schacht hatte erwartet, dass der Gefällte ihn nun wie wild anbrüllen würde. Aber er rappelte sich wortlos auf und quittierte den Affront mit einem dämlichen, überlegenen Gesichtsausdruck.

Schacht schüttelte den Kopf und ging weiter. Mutwillige Körperverletzung und Sachbeschädigung wegen einer solchen Kleinigkeit? So konnte es mit ihm bald nicht mehr weitergehen.

PETER WILKENS 25

So sehr Berlins Behörden sich manchmal bemühten, einer Weltstadt würdig zu erscheinen, so sehr trat die Spießigkeit am Platz der Luftbrücke im Stadtbezirk Tempelhof zutage, wenn das Landeskriminalamt nach wichtigen Ereignissen die lokale Presse einlud. Unter einem überdimensionalen Polizeiwappen mit dem Berliner Bären war ein breiter Tisch aufgestellt. Platz genug für den Leiter des Landeskriminalamtes, Ernst Kilian, den Polizeipräsidenten und seinen Stellvertreter. Daneben saßen meistens die zuständigen Ermittler, der Staatsanwalt und zumeist noch ein profilsüchtiger Sprecher, der keine Chance ausließ, sein Gesicht in eine Kamera zu halten. Schreibende Redakteure saßen in einem U vor diesem Tisch, ihre Sicht wurde nach und nach von den Kameras der Sender verstellt. Die Kameraleute und Tonassistenten beschimpften sich wechselseitig, weil einer sein Mikrofon zu weit in den Radius des eigenen Blickwinkels gestellt hatte. Fotografen machten Foto um Foto der Protagonisten – dabei wurden die Bilder von Pressekonferenzen meistens nicht gedruckt. Mancher regte sich darüber auf, dass es keine Steckdosen für Laptops gab, ein einschlägig bekannter, geschwätziger Kollege fragte jedes Mal erneut herum nach einem Kugelschreiber, es wurde

FÜNFUNDZWANZIGSTES KAPITEL

geschwätzt und geblödelt, bis der Leiter der Pressestelle irgendwann für Ruhe sorgte.

Aufgrund der Brisanz des Falles Thilo Prinz war die Pressekonferenz besonders gut besucht – an der Routine änderte sich nichts. Es gab einen Vortrag über den Ermittlungsstand, die aus besonderen Gründen nicht erwähnten Einzelheiten der Tatumstände, den personellen Aufwand der Ermittlungen. Wie immer machten sich die Reporter die Mühe, all das ihnen Vorgetragene mitzuschreiben, obwohl Mitarbeiter der Pressestelle bereits in den Eingangstüren mit genau den Mitteilungen standen, die ihre Vorgesetzten vortrugen.

Zwar war bislang bereits bekannt, dass Prinz in einer Gegend, in der es mehrere Schwulenbars gab, auf offener Straße erschlagen worden war. Zuerst war die Nachricht über den Tod von Thilo Prinz durchgesickert, dann kursierten Gerüchte über ein besonders brutales und hinterhältiges Verbrechen. Das alles entscheidende Detail aber, die mögliche Motivation der Täter, war bislang nicht bekannt. Bei den Ermittlern gab es die Hoffnung, dieses Detail so lange wie möglich geheim halten zu können, um die Gemüter durch eine bis dahin hoffentlich erfolgte Festnahme zu beruhigen. Die Hoffnung platzte um 10.55 Uhr. 25 Minuten nach Beginn der Pressekonferenz.

Peter Wilkens, Chefreporter der Berliner Nachrichten, hatte bis dahin mit stoischer Miene zugehört und sich verhalten wie immer.

Es war ein anonymer Anrufer gewesen, hereingekommen über die Zentraleinwahl des Verlages. Die Geschichte klang abenteuerlich, und als der Unbekannte nach seinem nicht einmal einminütigen Monolog nur „machen Sie was draus" sagte und die Verbindung unterbracht, musste sich Wilkens in seinem Stuhl nach hinten lehnen und nachdenken. Sechs Telefonate später hatte er gewusst, dass man ihm keinen Bären aufgebunden hatte. Einige Minuten später eine E-Mail von einem merkwürdigen Account, das seinen eigenen Namen trug: Peter Wilkens. „Machen Sie was draus" in der Betreffzeile. Ein Foto im Anhang – ohne Dateiinformationen zum Zeitpunkt der Aufnahme oder dem Kameratyp.

Wilkens hatte den Hörer abgenommen und die Sekretärin des Chefredakteurs angerufen – „Ich muss ihn sprechen, jetzt. Egal was er für Gäste hat" – und es sich anders überlegt. Es sollte wieder einmal sein Coup werden. Wilkens wusste, dass die Berliner Nachrichten bald den Besitzer wechseln würden. Die Auflage war in den letzten Jahren stetig gesunken und sollte bald für einen Spottpreis an ein Verlagshaus gehen, das in Deutschland ein paar Dutzend Regionalblätter betrieb. Und Wilkens wollte beweisen, dass er bestimmt keine Schuld an der Krise seiner Zeitung trug. Ob er mitging oder die Abfindung kassierte und sich „rationalisieren" ließ.

Mit dem neuen Redaktionssystem, das der Verlag ein Jahr zuvor für ein Vermögen angeschafft hatte, konnte er sich nie anfreunden. Aber jetzt sollte es ihm, Peter Wilkens, dienlich sein. Die junge Kollegin in der Redaktion wartete auf eine einzige SMS von ihm. Die Story war geschrieben und würde schneller als ein Wimpernschlag über alle Kanäle donnern: Facebook, Twitter, die Online-Ausgabe der Zeitung, sämtliche Nachrichtenagenturen.

„Wenn es keine weiteren Fragen gibt?" So wollte der Pressesprecher bereits frohen Mutes das Ende der Veranstaltung einleiten. Es schien alles gut zu laufen.

„Herr Kilian", wandte sich Wilkens nun direkt an den Leiter des Landeskriminalamtes und drückte die Sendetatse seines Telefons. Die Nachricht, die nun in den nächstliegenden Mobilfunkmast sprang, lautete: Feuer!

FÜNFUNDZWANZIGSTES KAPITEL

„Ich habe mir die Ausführungen jetzt bis zum Ende angehört und mich gefragt, wann Sie mit den wichtigen Details kommen!"

Bei Polizei wie Konkurrenz gleichermaßen gefürchtet, hatte sich Wilkens einen Ruf erarbeitet. Den Gesichtern am großen Direktorentisch war anzusehen, dass sie nichts Gutes von seinem Auftritt erwarteten.

Die Kameramänner schwenkten ihre Objektive nun fast synchron um auf den 45-Jährigen. Ein Tonassistent, der gerade an seinem Mischgerät herumspielte, wurde dabei von einem Objektiv gestreift. Der junge Mann trat zur Seite, verhedderte sich dabei anscheinend in einem Kabel, stolperte gegen ein herumstehendes Kamerastativ. Beide landeten mit einem Krachen auf dem Boden. „Idiot" fauchte ein Redakteur, „Trottel" ein anderer, ein junger Reporter konnte seine Schadenfreude nicht beherrschen und prustete. Der Assistent räumte nervös und mit hochrotem Gesicht seinen Krempel zusammen.

Wilkens und Kilian schienen davon keine Notiz zu nehmen. Sie hielten dem Blick des anderen stand. Fest, angriffslustig und nach einigen Sekunden lag die Aufmerksamkeit des Raumes wieder auf diesen beiden Duellanten.

„Was meinen Sie, Herr Wilkens?"

„Ich meine den Umstand, dass das Opfer nicht einfach nur erschlagen wurde, sondern dass ihm vorsätzlich die Geschlechtsteile zertreten wurden. Und dass auf den Mantel von Herrn Prinz eine 88 geschmiert wurde. Falls Sie es nicht wissen, erkläre ich es Ihnen: Der achte Buchstabe im Alphabet ist das H. Und wenn Neonazis diese Zahl benutzen, dann meinen Sie damit nichts anderes als Heil Hitler!"

Der Schlag traf die Behördenleitung mit voller Wucht. Die anwesenden Reporter fixierten die Ermittler, erneut wurden

Kameras geschwenkt. Kilians Stuhlbeine rutschten laut über den Laminatboden des Presseraums.

„Sie handeln unverantwortlich", entfuhr es ihm. „Das ist Täterwissen, was Sie da freigeben."

Im Raum wurde es lauter. Einige Kollegen hatten auf ihren Smartphones, Tablets und Laptops die Nachricht entdeckt und stießen sich gegenseitig an. Wilkens schaute zufrieden und legte noch einmal nach.

„Das mag sein. Aber sollten Sie nicht auch den Bürgern, vor allem den homosexuellen in dieser Stadt, von dieser Gefahr berichten, damit sie sich vorsehen? Und hatten Sie nicht bei der Vorstellung der aktuellen Kriminalstatistik noch verkündet, wie unbedeutend rechtsextremistische Gewalttaten in Berlin inzwischen geworden sind?"

Die Eilmeldungen auf allen Nachrichtensendern in ganz Deutschland beriefen sich die ersten zwei Stunden lang auf Wilkens und seinen Artikel. Danach überschlugen sich die Meldungen über neue Details des brutalen Mords, politische Statements der einzelnen Parteien wurden verbreitet. Ein Sprecher der Partei „Die Nationalen" bedauerte in einer Presseerklärung den „tragischen Tod eines umstrittenen, aber stets freundlichen Kollegen". Schacht war sich sicher, dass allein für diesen Spruch 1.000 Steine mehr durch die Kreuzberger Straßen fliegen würden.

Im Internet wurde mobilisiert, die linke Szene rief zum Kampf gegen den Faschismus auf. Auf die Straße, den Nazis und ihren Beschützern, der Polizei, entgegen. Schacht saß in einem Café in der Oranienstraße. Es war noch etwas Zeit. Er wollte dabei sein, irgendwie. Die Sonne schien, und ein lieblicher Frühlingsnachmittag kündigte sich an. Einige amerikanische Touristen waren schon in kurzen Hosen unterwegs. „Die werden sich noch wundern", dachte Schacht bei sich und rührte in seinem Espresso herum. Einige erfah-

FÜNFUNDZWANZIGSTES KAPITEL

rene Kreuzberger begannen allerdings damit, ihre Autos umzuparken. Jedenfalls wurde es Minute für Minute leichter, einen Platz zu finden. Die Lieferwagen, die umliegende Restaurants bedienten, hielten nicht einmal mehr in zweiter Reihe. Noch tönte Kinderlärm vom Oranienplatz, bald würden es Martinshörner sein. Und ein Krachen und Scheppern, wenn die Steine und Baustellenteile in die Mannschaftswagen der Polizei flogen. Rauch und ein Geruch von Tränengas würden in ein paar Stunden über dem Bezirk liegen, weil die Barrikaden auf den Straßen in Flammen standen, um die Einsatzkräfte fernzuhalten.

Der Schwarze Block war nicht mehr so groß wie früher, dafür aber noch genauso feige: den Beamten die Pflastersteine möglichst in den Rücken werfen. Manche versuchten aber auch, gezielt die Gesichter der Beamten zu treffen, wenn diese gerade das Visier hochnahmen, um Wasser zu trinken. Die besonders Wütenden griffen mit Eisenstangen an.

Schacht trank sein erstes Bier, als Quiquek ihn anrief und berichtete: Kleingruppen in Guerillataktik am Kurfürstendamm, dem Herzen des Kapitalismus, und an der Friedrichstraße. Sie hatten Schaufensterscheiben großer Kaufhäuser und zweier Banken eingeworfen. Schacht harrte aus, genoss die Sonne, dachte nach, blätterte in Zeitungen, trank. Er war der letzte Gast, und die Kellnerin, eine Sprachstudentin aus Spanien, mit der er ein paar Worte gewechselt hatte, bat ihn, nun zu gehen. Drumherum hatten einige Geschäfte bereits die Eingänge verrammelt und Eisengitter heruntergezogen.

Gegen 17.30 Uhr war der Demonstrationszug fertig zum Abmarsch, und der Hass des Schwarzen Blocks auf die Einsatzkräfte war ihm trotz Vermummung und dunkler Sonnenbrillen anzumerken. Hier ging es nicht um eine politische Aussage, hier ging es um die Schlacht gegen die Staatsmacht. Mehr als 1.000 Personen standen um den Oranienplatz herum bereit, die Spitze war schwarz gekleidet. Knapp 500 Relevante, wie man es im Polizeijargon nannte, standen dicht an dicht. An den Seiten hielten sie Transparente – einige davon sogar recht kunstvoll und kostspielig angefertigt. Polizisten waren darauf zu sehen, die Menschen jagten und schlugen. Durchgestrichene Hakenkreuze, Bilder von Autonomen mit Zwillen in der Hand, die auf Polizisten schossen. Der Volvo stand noch geduldig da. Allein. Schacht erlöste ihn und fuhr davon, solange es noch möglich war.

An einer Polizeikontrolle hinter dem Moritzplatz musste er sich ausweisen, der Beamte nahm von der Bierfahne, die er sich in den letzten Stunden angetrunken hatte, keinerlei Notiz. Schacht sah Steinefresser in kleinen Gruppen herumstehen. Sie rauchten, scherzten, fummelten an ihrer Ausrüstung herum. Wie viele Brettschneiders waren wohl darunter? Wie viele von ihnen würden heute Nacht die Nerven verlieren? Würde es diesmal Tote geben? Wer in dieser Stadt glaubte wirklich, dass man Menschen zur Ausübung von Gewalt ausbilden konnte, ohne dass die jemals über die Stränge schlugen? Der Exzess war in Wahrheit kalkuliert. Und zum Berufsalltag geworden.

Jenseits von Kreuzberg war die Stadt beinahe friedlich. Zu Hause war Schacht eigentlich nach Musik und Herumsitzen gewesen, trotzdem schaltete er den Fernseher an. Das tat Schacht so selten, dass er zunächst eine halbe Ewigkeit nach der Fernbedienung suchen musste.

Die Privatsender hatten offenbar aufgerüstet und Teams auf Terrassen teurer Dachgeschosswohnungen in Kreuzberg in Stellung gebracht. Ein Nachrichtenkanal übertrug bereits live, hin und wieder wurden Bilder aus einem Helikopter zugeschaltet. Das kannte man sonst nur von der Love-Parade.

Während Schacht sich noch ein Heineken genehmigte, sah er seine Kollegen durch Kreuzberg rennen, Randalierer

FÜNFUNDZWANZIGSTES KAPITEL

stellen, prügeln, stürzen. Einige Kameraleute waren auch unten im Gedränge. Die Bilder wackelten immer wieder, wenn der Kameramann selbst ins Straucheln kam oder sich in einem Hauseingang in Sicherheit bringen musste. Einige junge Männer tanzten mit Palästinensertüchern vermummt um ein brennendes Auto herum, Autonome warfen Molotowcocktails auf die Polizei. Dass sich junge Migranten dem Treiben anschlossen, war ein eher neues Phänomen, das die Polizei durchaus beunruhigte. Es zeigte, dass der Hass auf den Staat auch diejenigen zusammenbrachte, die sich sonst verachteten. Vielleicht war es aber auch einfach der Event-Charakter der Randale.

„Polenböller" – dicke, in Deutschland illegale Feuerwerkskörper – wurden in die Hundertschaft geschleudert, es krachte entsetzlich in den Häuserschluchten, und Schacht spürte die Trommelfelle der umstehenden Polizisten reißen. Deren Kollegen griffen hart durch, gingen mit Schlagstöcken auf die Steinewerfer zu, erwischten hier und da einen von ihnen. „Nie, nie, nie wieder Deutschland" hallte es durch den Bezirk. Und Rauch lag über der Stadt. Dabei hätte es so ein lauer Abend werden können.

PHANTOM-
SCHMERZEN 26

Uli blickte großmütig auf ihn und seinen Schreibtisch herab. Es gab die Berichte von Menschen, denen eine Gliedmaße amputiert werden musste und die immer noch Schmerzen oder Juckreiz darin verspürten. Obwohl das Körperteil längst mit anderem Klinikabfall entsorgt und verbrannt war. Es gab Berichte von Menschen, die nach einem Unfall und dem vom Arzt diagnostizierten klinischen Tod auf die andere Seite gereist und wieder zurückgekehrt waren.

Es gab Polizisten, die Verbindungen in Fällen sahen, die nach den Erkenntnissen ihrer Kollegen einfach nicht zusammenpassten. Drei Morde in einer Woche – in seiner Wahrnehmung gehörten sie in eine Reihe, denn es waren die drei ersten Morde für den Praktikanten Schacht. Aber was hatte sein persönliches Erleben wohl mit der Wirklichkeit und deren Ursachen zu tun?

Schacht wusste, dass er sich in den letzten 72 Stunden aus den Ermittlungen fast herausgehalten hatte. Und vermutlich verfolgte auch niemand mehr die Fälle Brettschneider und Heine. Ihm fiel wieder einmal auf, dass ihn zwei hochrangige Beamte indirekt damit beauftragt hatten, der Sache nachzugehen. Unabhängig voneinander. Und wahrscheinlich aus

SECHSUNDZWANZIGSTES KAPITEL

ganz unterschiedlichen Motiven. Zugleich erwartete niemand belastbare Ergebnisse von ihm.

Er hatte weder Einfluss noch technische Mittel zur Verfügung, an deren Wirksamkeit er ohnehin immer mehr zweifelte. Seit Tagen fuhr Schacht in der Stadt herum, sprach mit Menschen über dies und das, sammelte Erkenntnisse, die bis in die deutsch-deutsche Geschichte zurückreichten. Und hin und wieder schlug er einem Kriminellen in die Fresse, was sicher nicht zu seinen Aufgaben als Praktikant gehörte. Sein Hirn und sein Verstand funktionierten, ihm wurde mehr und mehr klar, dass die Sache Brettschneider eine weitaus größere war, als es die Kollegen bei der Mordkommission ahnen und die Verantwortlichen anerkennen wollten. Ein Bodyguard des Staatsschutzes erschoss sich, gleichwohl es gerade gut lief in seinem Leben. Der Mann war HIV-positiv und plante dennoch ein neues Leben. Ein Mitarbeiter der Stasi-Unterlagenbehörde wurde auf dem Kurfürstendamm erstochen, und es gab Verbindungen zwischen diesen beiden Männern. Und nun passierte eines der wohl spektakulärsten Gewaltverbrechen der letzten Jahre in Berlin. Drei Tote. Brettschneider, Heine, Prinz.

Schacht goss sich einen Whisky ein – eher einen doppelten, wie er ehrlich zugeben musste – und schaltete seinen Laptop ein.

Er tat das Naheliegende und gab die drei Namen als Kombination in die Suchmaschine ein. Jeden Namen jeweils nur in Verbindung mit einem der drei. Keine verwertbaren Treffer. Was besser funktionierte, waren artverwandte Begriffe. „Thilo Prinz + Stasi" ergab zahlreiche Ergebnisse. „Heine + Die Linke" funktionierte auch. Schacht las Berichte über den ermordeten Politiker. Danach über die Stasi-Unterlagenbehörde. Danach über das Personenschutzkommando, obwohl diese sehr dürftig waren. Er sah auf den Bildschirm, der ihm nicht die erhofften Informationen brachte. Er hatte die ganze Zeit über unter der Kategorie „Web" gesucht, jetzt klickte er „Bilder" an. Er gab alle Namen einzeln ein. Zu Heiko Brettschneider fand er nichts, zu Stefan Heine Hunderte Fotos, die nichts mit dem Gesuchten zu tun hatten. Nur eines, das er schon von einer früheren Recherche kannte: der Wissenschaftler vor einem Organigramm. Der Vortrag in Leipzig. Zu Thilo Prinz erschienen zahllose Motive, mehr als 14 Seiten zeigte der Computer an. Schacht ging sie flüchtig durch. Prinz bei Ansprachen, im Abgeordnetenhaus. Beim Christopher-Street-Day, bei der Love-Parade. Immer umgeben von vielen Menschen. Schwulen, Politikern, Parteifreunden, Parteifeinden, seiner Mutter beim Kaffeetrinken im Garten, ein Foto für den Wahlkampf.

Schacht klickte sich müde, aber gewissenhaft von Bild zu Bild, und er wollte seine Arbeit schon auf den nächsten Tag verschieben, als er ein Foto zu einem Zeitungsbericht von einem 30. April entdeckte. Prinz hielt eine Rede in Kreuzberg, zu der bevorstehenden Randale. Er forderte von den Bewohnern, sich gegen die Krawallsuchenden zu stellen und den Bezirk zu einem Ort zu machen, in dem Gewalt auf Dauer keine Chance haben dürfe. Der Kampf müsse ein anderer sein und dem Rechtsradikalismus gelten. Es musste damals eine heikle Zeit gewesen sein, denn auf dem Bild konnte Schacht erkennen, dass Prinz nicht einfach in der Menge stand, sondern gerade von einem Rednerpult ging, das sorgsam abgesichert schien. Er hatte offenbar Begleitung. Das Foto, das Schacht anklicken konnte, war in der Auflösung klein. Aber im Vordergrund stand jemand, der offenbar gerade einen Demonstranten aus der Laufrichtung des Redners schob. Der Mann wandte sich auf dem Bild mit seinem Gesicht nach links. Schacht erkannte ihn dennoch. Das Profil dieses markanten Kopfes hatte er erst vor kurzer Zeit sehr aufmerksam betrachtet.

SIEBENUNDZWANZIGSTES KAPITEL

MORPHIUM 27

„Hat deine Frau nichts dagegen?"
„Nein, Wolf, hat sie nicht."
„Okay, ich bin in einer halben Stunde da. Soll ich was zu trinken mitbringen?"
„Hab alles da, Kleiner. Komm einfach vorbei. Bisschen Abwechslung tut gut."
Dann klickte es in der Leitung. Friedrich Lege hatte sich seltsam angehört. Vielleicht war er aber einfach nur müde gewesen, Schachts Uhr mit den Schwingen und dem Bären zeigte 23 Uhr an. Ehre und Stärke.
Lege wohnte am Hindenburgdamm, unweit der SEK-Unterkunft. Er hatte immer schnell an seinem Spind sein wollen, wenn es einen Einsatz außerhalb seiner Dienstzeit gegeben hatte und Unterstützungskräfte angefordert waren. Seine Frau hatte diese Marotte immer belächelt. Sie liebte ihren Mann und nahm ihn mit der Liebe zu seinem ungewöhnlichen Beruf so, wie er war. Maria musste nun schon Ende 50 sein. Nicht selten hatte Lege seine Leute nach einem gelungenen Einsatz im Morgengrauen mitgebracht. Maria briet dann Schnitzel und Spiegeleier und kochte literweise Kaffee für ein Rudel Wölfe.
Schacht hielt unterwegs an einer Tankstelle und kaufte einen Blumenstrauß, der dort wohl schon den ganzen Tag unbeachtet in einem Plastikeimer herumgestanden hatte

und nun doch noch seinen Zweck erfüllen durfte. Zehn Minuten später hielt Schacht vor dem Mehrfamilienhaus am Hindenburgdamm Ecke Augustastraße. Er drückte auf den Klingelknopf, und kurz darauf summte die Freischaltung für die schwere Haustür. Schacht erinnerte sich an den zweiten Stock und spurtete die Treppen hinauf, immer drei Stufen mit einem Schritt. Lege, der drahtige Ruheständler, stand in der Tür, in kurzen Sporthosen und einem Polo-Shirt.

„Hallo Wolf, schön, dich zu sehen."

„Geht mir genauso, Friedel. Hier, für deine Frau. Mehr ging nicht um die Zeit."

„Sie wird sich sicher freuen, komm rein."

Lege gab den Weg in die große, bürgerliche Wohnung frei, und Schacht hätte blind in die große Küche gefunden. Dort angekommen, nahm sein alter Kollege eine Vase aus einem Regal und füllte sie mit Wasser.

„Wo ist Maria?"

„In ihrem Zimmer."

Dass die beiden im Alter in getrennten Betten schliefen, wunderte Schacht nicht. Lege war immer ein Nachtmensch gewesen. Und er schnarchte sicher wie ein Bär. Schacht schmunzelte. Lege nicht.

„Schläft sie schon?"

Lege nahm Schacht bei der Schulter und führte ihn ins Lesezimmer. Die Regale schienen sich unter der literarischen Last geradezu zu biegen. Camus, Sartre, Musil, London, Twain, Brecht. Lege hatte all das immer verschlungen. „Unsere Waffe muss auch immer der Verstand sein", hatte er – damals noch aktiv beim SEK – gesagt. Und wenn ein Jungspund mit dicken Oberarmen das nicht verstehen wollte, hatte Lege es erklärt. Schließlich könne es vorkommen, dass ein liebestoller Professor seine Studentin als Geisel

SIEBENUNDZWANZIGSTES KAPITEL

nimmt. Dann müsse man ihm die Braut rausquatschen und deshalb fit in der Birne sein.

Im Lesezimmer, das andere Bürger in dieser Gegend wohl als „Bibliothek" bezeichnet hätten, herrschte warmes Licht. Die Bücher und Folianten wirkten auf Schacht wie weise Freunde. Geerbt hatte der Arbeitersohn aus dem Wedding sicher nichts von alledem. Schacht setzte sich auf einen Stuhl vor einem langen Eichentisch. Lege kam mit einer Flasche Scotch, schenkte großzügig ein und schob ihm eines der schweren Kristallgläser zu.

„Friedel, ich brauche deine Hilfe."

„Schieß los."

„Du weißt, Brettschneider hat sich weggeknallt. Ich habe herausgefunden, dass er HIV-positiv war. Aber er hatte trotzdem Pläne mit einer Frau, in einem anderen Land, am Meer irgendwo. Oder sonst was."

„Er hatte Aids?"

„Nein, er war positiv. Keine Ahnung, vielleicht schon seit Langem, vielleicht frisches Stadium. Das kann zehn, zwölf Jahre dauern, bis es ausbricht. Man hat schon von zwanzig gehört. Er wäre damit alt geworden, mit Geld und Medikamenten."

„Okay, weiter."

„Dann wird dieser Stasi-Bücherwurm am Kudamm gekillt. Stefan Heine. Du erinnerst dich, dass ich damals den Spindschlüssel von Meister Proper eingesteckt habe. Ich habe einen Zettel mit Heines Kontaktdaten gefunden. Vielleicht kannten sich die beiden, obwohl ich mir beim besten Willen nicht vorstellen kann, was die zu besprechen hätten."

„Weiter." Lege wirkte hoch konzentriert und schien zu versuchen, die Fragmente, die Schacht ihm präsentierte, in seinem Kopf zu kombinieren.

„Jetzt wurde Prinz von Nazis totgeschlagen. Ich habe am Computer gesichtet, was das Internet so hergibt. Und was finde ich? Ein Foto, auf dem Brettschneider kurz vor dem 1. Mai einen Demonstranten von Prinz wegschiebt. Du kannst mir erzählen, dass das Zufall ist, Friedel. Ich glaube es nicht."

Lege hatte die Ellenbogen auf die Knie gestützt und massierte sich beide Schläfen. Er schloss dabei die Augen und meditierte für einige Sekunden vor sich hin, bevor er das Wort ergriff. Er wisse, dass Brettschneider kurzfristig einen Schutzauftrag für Prinz gehabt habe. Er wisse es deshalb, weil der Personenschützer sich vor langer Zeit bei Kollegen darüber beschwert habe, er müsse eine „Schwuchtel" schützen. „Du weißt ja, was er für eine Macho-Type war", ergänzte Lege. Schacht nickte und fragte sich in diesem Moment, in welche Kategorie Mann die Nachwelt ihn wohl einordnen würde, wenn er eines Tages mit einem Loch im Kopf am Lenkrad lag.

„Wie lange war er bei Prinz?"

„Nicht lange, nicht mal eine Woche. Es hat nur daran gelegen, dass Prinz beim 1. Mai aktiv werden wollte und man sich bei der Führung Sorgen gemacht hatte, dass er angegriffen werden könnte. Prinz hat sich damals weit aus dem Fenster gelehnt mit seiner Kampagne gegen die Nationalen. Er hat wohl auch eine Reihe Todesdrohungen bekommen, vor allem aus der rechten Szene. Vielleicht nicht ernst zu nehmen, aber ignorieren konnte der Staatsschutz das nicht."

„Kriegst du da ein bisschen mehr raus? Wer noch eingeteilt war? Irgendwas?"

Lege schüttelte sehr bestimmt den Kopf. Er denke, nein. Es gebe nur die Dienstpläne, und diese spontanen Sachen könnten sicher irgendwo erfasst sein. Aber mehr als eine Statistik über die Stunden und Berichte über eventuelle Zwischenfälle werde es nicht geben.

SIEBENUNDZWANZIGSTES KAPITEL

„Okay, Friedel, danke."
Im Nebenraum ertönte ein Piepen, und Lege stand auf. Schacht blickte fragend zu ihm auf. „Die Maschine gibt ihr Morphium. Ich muss aufpassen." Dann verließ der alte Kämpfer den Raum. Schacht folgte zögerlich.

Er hatte die Wohnung als einen Ort in Erinnerung, der liebevoll mit Mitbringseln aus aller Welt, antiken Möbeln und meterhohen Bücherregalen eingerichtet war. Lege und seine Frau hatten immer viel gelesen. Das, was sich hinter dieser Tür preisgab, hatte mit dieser Erinnerung nichts mehr zu tun. Er sah einen Raum mit vielen kleinen Lampen und hörte unterschiedliche Pieptöne. Ein Bett stand mehr oder weniger mitten im Zimmer. Ein medizinisches Bett mit weißen Bezügen und einem Körper darin, der sich kaum rührte, vom leichten Heben und Senken des Oberkörpers abgesehen. Maria trug ein hübsches Nachthemd. Weiß, mit Blumen. Ihr Haar wirkte wie frisch gewaschen. An der rechten Hand erkannte Schacht ihren Ehering, an der anderen einen schmalen silbernen mit einem kleinen Diamanten. Sie wirkte friedlich, nur ihr Gesichtausdruck war irgendwie gequält. Als kämpfte sie einen Kampf, den die anderen um sie herum nicht sehen konnten.

„Manchmal ist sie wach, Wolf, aber nicht immer."
„Was ist mit ihr?" Schacht spürte bei seinen Worten einen festen, klebrigen Widerstand im Schlund.

„Sie hat einen scheiß Hirntumor, der nicht operiert werden kann. Er macht sie langsam kaputt, weil er irgendwo draufdrückt, sie lähmt und dann wieder freigibt." Ein Teufel, der sich daran ergötze, ihr wenige Momente des Daseins zu geben und sie dann wieder zu verhöhnen, wenn er mit ihr rede und sie ihn nicht höre. Lege sprach diese bittern Worte ohne Hass und Trauer in der Stimme. Ruhig und souverän.

„Wir stellen ihr die Blumen hin. Vielleicht ist sie morgen da und freut sich darüber."

Lege trat auf den Korridor hinaus und erschien wieder mit der Vase und Schachts abgestandenem Strauß von der Tankstelle.

„Ich rede nicht darüber, Wolf. Ihr sollt sie so im Kopf behalten, wie sie immer für euch war."

„Wie lange noch?"

„Ich weiß es nicht, und es gibt Momente, in denen ich ihren Kopf in meine Hände nehmen und sie bei einem letzten Kuss ersticken möchte, weil ich sie so nicht sehen kann."

Aber er sei Polizist geworden, um Menschen zu schützen. Und jetzt schütze er eben Marias Würde.

Schacht wusste, dass dieses Thema jetzt beendet war.

ACHTUNDZWANZIGSTES KAPITEL

SEX ZWISCHEN ERWACHSENEN 28

Als Schacht am nächsten Morgen vor Schmieds Büro trat, fand er die Türe angelehnt. Er klopfte, trat ein und sah den Alten mit Bernd Oster und Horst Schmelzer am Tisch sitzen und beraten. Es roch nach abgestandenem Kaffee und Knoblauch. Schacht fragte sich, wer von den Dreien solche Ausdünstungen hatte. Die drei Kriminalbeamten unterhielten sich angeregt, und Schacht hatte den Eindruck, dass sie dabei sehr vertraut miteinander waren. Schmieds Wutanfall gegen Schmelzer schien vergessen und vergeben.

„Herr Schmied, haben Sie bei Gelegenheit eine Sekunde Zeit für mich?" Den Leiter der 5. Mordkommission und seinen Stellvertreter schaute er dabei nicht an.

„Klar, Wolf, kommen Sie doch am besten gleich herein." Es klang falsch. Hatte Schmied vergessen, womit er Schacht vor einigen Tagen im Steakhouse beauftragt hatte? Er wurde das Gefühl nicht los, dass er diesen drei Männern plötzlich allein gegenüberstand.

„Ich wollte Sie gern unter vier Augen sprechen."

„Sie können auch mit uns sprechen, wir arbeiten hier nämlich im Team", stieß Schmelzer hervor. Seine Augen loderten dabei. Oster blieb unbeteiligt. Seine teigige Erscheinung verschmolz geradezu mit der Rauhfasertapete hinter ihm.

„Ja, Wolf, immer heraus damit." Schmied fiel ihm in den Rücken. Schacht wusste nicht, warum. Irgendetwas stimmte nicht. Er musste improvisieren.

Es komme vielleicht zum falschen Zeitpunkt und er wolle nicht undankbar erscheinen, erklärte Schacht. Aber sein Team habe einen wichtigen Auftrag vom Dezernat für Organisierte Kriminalität bekommen. Er habe zwar einen guten Stellvertreter, aber die Mannschaft brauche den Teamführer in dieser Sache. Schmelzer und Schmied hörten interessiert zu, auch Oster schaute ihm jetzt ein paar Mal in die Augen.

„Observation durch das MEK und unser Zugriff werden in den nächsten zwei Tagen stattfinden, maximal in vier. Ihr Einverständnis vorausgesetzt, würde ich gern bei meinem Team sein, wir haben es mit sehr ernst zu nehmenden Gegnern zu tun."

Schmied schien sich augenblicklich zu entspannen. „Das ist doch wohl selbstverständlich. Ihre Hospitanz hin oder her. Wenn sie an ihrer Basisstelle gebraucht werden, können Sie jederzeit agieren."

Und Schmelzer fügte butterweich hinzu: Das SEK habe einen hohen Stellenwert bei der Kommission, auch wenn Schacht das vielleicht nicht glauben wolle. Er möge auf sich aufpassen und nach Erledigung des Auftrags gesund zurückkehren.

„Das werde ich, versprochen."

Schacht sah Schmelzer direkt in die Augen, sekundenlang. Er fühlte plötzlich, dass er niemandem mehr trauen konnte. Auch Schmied nicht mehr. Er glaubte allerdings nicht, dass die Mordkommission beim OK-Dezernat oder gar beim SEK anrufen und sich seine Geschichte bestätigen lassen würde. Er hatte also Zeit. Für zwei Tage, vielleicht.

ACHTUNDZWANZIGSTES KAPITEL

Schacht ging zurück zu seinem Schreibtisch, um ein paar Sachen an sich zu nehmen. Beate Schönhorst saß an ihrem Platz. Ihr konnte nicht entgangen sein, dass er mit Schmied gesprochen hatte und folglich im Haus war. Aber sie ignorierte ihn, als er den Raum betrat.

„Guten Morgen", sagte er an sie gewandt.

„Morgen", kam es zurück. Sie schaute nicht zu ihm auf.

Schacht wollte Gewissheit. Jetzt war ohnehin jeder gegen ihn, und offene Konfrontationen waren ihm lieber als unausgesprochene. Er nahm sich einen Stuhl, setzte sich nah bei Beate verkehrt herum darauf und drängte sich damit zwischen sie und ihren Bildschirm.

„Könntest du die Güte haben und mir jetzt bitte endlich sagen, was los ist?"

Sie sah ihn an, trotzig und traurig zugleich. „Was willst du von mir?"

Schacht legte die Stirn in Falten. Er wolle wissen, warum sie ihn schneide und meide. Man habe gemeinsam eine angenehme Nacht erlebt. Sie, Beate, habe ihn am nächsten Morgen daran erinnert, dass es nur Sex unter Erwachsenen gewesen sei. Ohne Verpflichtungen und Konsequenzen. Seitdem zeige sie ihm nun aber die kalte Schulter. „Was hätte ich tun sollen? Dir den Hof machen? Dich mit Rosen beschmeißen?"

Was eben noch traurig in Beates Augen gewirkt hatte, ging jetzt über in Verachtung. „Du hättest deine Schnauze halten können."

Er verstand nicht. Sie sah es und schien es ihm abzukaufen. Das verunsicherte sie, was wiederum er bemerkte.

„Ich habe niemandem von uns erzählt."

„Aber es macht die Runde, Wolf. Und da ich nicht damit geprahlt habe, dass mich ein Super-Bulle am zweiten Abend flachlegt, kannst es nur du gewesen sein."

Das sei schäbig. Sie habe geglaubt, den SEK-Jungs sei Ehre so besonders wichtig. Und er, Schacht, habe nicht ehrenhaft gehandelt.

Die junge Beamtin wandte sich ab. Er ging um den Tisch herum und legte ihr die Hand auf die Schulter. Sie wehrte sich nicht dagegen.

„Ich weiß, dass du mir nicht glauben wirst. Aber ich schwöre dir beim Leben meiner Eltern, dass ich mit niemandem darüber gesprochen habe."

Dann sah er zu, dass er Land gewann. Er hatte nicht bemerkt, dass sie ihm nachschaute, mit Tränen in den Augen.

Die Sache wurde ernster für ihn, mehr und mehr. Schmied hatte ihn und Beate einander vorgestellt. Als Vertrauter brach er nun weg, und Schacht wusste nicht, was dazu geführt hatte. Nun brachte jemand Gerüchte über ihn und Beate in Umlauf, und zwar offenbar sehr konkrete. Der logische Schluss wog schwer.

NEUNUNDZWANZIGSTES KAPITEL

DAS VERMÄCHTNIS 29

Tonnow hatte dem Treffen sofort zugestimmt. Wie beim ersten Mal schien es, als habe er bereitgestanden und auf Schachts Anruf sehnsüchtig gewartet. Um sich dann allerdings bitten zu lassen. Schacht fragte sich, ob Mordermittler Spesenkonten hatten. Denn natürlich musste er wieder einmal bewirten. Alkoholhaltige Getränke auf der Rechnung konnten als eindeutiger Beweis gelten, dass es sich um ein Geschäftstreffen gehandelt hatte. Nicht um etwas Privates. Schacht hielt den Kopf in die Frühlingssonne, er saß im Café am Neuen See am Rande des Berliner Tiergartens. Amseln zwitscherten, in der Ferne hörte man sogar Raubkatzen brüllen, denn der Zoo war nicht weit entfernt. Die Bedienung der Gäste erledigten auffallend junge Mädchen, die Schacht für Schülerinnen hielt. Sie balancierten selbstbewusst große Teller und Weinflaschen hin und her, hielten ihm ihre weit ausgeschnittenen Dekolletés entgegen und sprachen ihn mit Du an.

Schachts Gedanken bewegten sich zu Franzi, der entzückenden Prostituierten. Zu ihrer warmen Haut, ihrem komplizenhaften Lächeln und ihrer duftenden Möse. Vielleicht konnte sie in diesem Café einmal als Kellnerin anfangen?

Er sinnierte auch über die Frage, ob man seine Arbeit der letzten Tage als produktiv bezeichnen konnte. Termine, Gespräche, sein Leben war in diesen Tagen ein einziger Dialog. Und er gewöhnte sich daran, bedauerte nur, dass er es sich nicht angewöhnen konnte, Notizen nachzuhalten und seine Erkenntnisse zu Papier zu bringen.

Es war ein lieblicher Spätnachmittag, auch dann noch, als die Sonne tiefer am Himmel stand. Tonnow trug weite, beigefarbene Baumwollhosen, ein weißes Hemd, das durchgeschwitzt war und an seinem Körper klebte wie sein fettiges Haar auf der Stirn. Wie beim ersten Treffen hatte er sein Rennrad bei sich und seinen massiven Körber elegant darauf herbeichauffiert. Tonnow hatte Schacht mit seiner Flasche Chardonnay sitzen gesehen und schloss sein wertvolles Rad an, obwohl es beinahe in Griffnähe des Tisches stand. Der Journalist nahm sich kurz darauf einen Stuhl, setzte sich mit der Brust zur Lehne hin, so wie es Schacht am Vortag bei Beate gemacht hatte, und schaute ihn vielversprechend an. Nicht überheblich, eher wissend. Er zog eine Packung Marlboro aus der Hemdtasche und steckte sich ein Stäbchen an. Inhalierte tief und sah sich nach der jugendlichen Bedienung um.

Schacht bot ihm ein Glas Weißwein an, Tonnow winkte ab. „Wenn ich nicht sofort ein Bier bekomme, drehe ich durch."

„Es wird gleich jemand kommen", beruhigte Schacht. „Ich danke Ihnen, dass Sie die Zeit gefunden haben."

„Keine Frage. Mich interessiert ja doch, was Sie von mir wollen."

Tonnow sah sich weiterhin verzweifelt nach einer Kellnerin um. Eine reagierte jetzt auf Schachts Winken und schlenderte auf die beiden zu.

„Ein Hefeweizen bitte, und zwar sehr kalt", schnaufte der Reporter.

NEUNUNDZWANZIGSTES KAPITEL

„So, Herr Kommissar. Worum geht's."
„Ich glaube persönlich, dass der Schlüssel zur Lösung des Rätsels dort liegt, wo Stefan Heine gearbeitet hat."
Tonnow reagierte unbeeindruckt. Etwa so, als habe sich Schacht über die angenehme Witterung ausgelassen.
„Haben Sie mit Bettler gesprochen?"
„Ja, danke für den Tipp. Ein interessanter Zeitgenosse. Und verliebt in das, was seine Truppe im Kalten Krieg angestellt hat."
„Im Kalten Krieg?" Tonnow klang jetzt spöttisch.
Schacht wusste nicht, worauf sein Gegenüber hinauswollte. „Hören Sie, Sie verbringen Stunden damit, in den Akten zu stöbern, zu analysieren und die alten Sachen aufzuarbeiten. Das ist normalerweise nicht mein Beritt."
Tonnow begann nun einen Monolog, der Schacht zu detailliert vorkam, als dass er sich die Informationen einprägen konnte. Er winkte abermals die junge Kellnerin heran und bat um einen Notizblock und einen Kugelschreiber. Tonnow schien zu genießen, dass man ihm zuhörte. Er spähte das eine oder andere Mal neugierig auf Schachts Kritzeleien, die auf ihn anscheinend unbeholfen wirkten.
Was Tonnow erzählte, kam Schacht zwar großenteils bekannt vor. Er musste sich allerdings eingestehen, dass dieses Kapitel deutscher Geschichte für ihn schon in grauer Ferne lag. Anfang 1990 löste die DDR-Regierung den Staatssicherheitsdienst auf, und die Demonstranten stürmten die Stasi-Zentrale in Berlin-Lichtenberg.
Die DDR-Regierung unter Hans Modrow beauftragte eine Arbeitsgruppe Sicherheit, die gemeinsam mit einem Bürgerkomitee die Auflösung der HV A besorgen sollte. Die meisten Akten über Mitarbeiter, Operationen im Ausland und Spionage wurden vernichtet – oder verschwanden auf bis heute ungeklärtem Weg. Vereinzelt, so vermuteten Wissenschaft-

ler, befanden sich auch Dokumente in Beständen der DDR-Auslandsbotschaften. Maßnahmenpläne, Organigramme, Namen und Kontakte. Eine Mikrofilmkarte, die sogenannten Rosenholz-Dateien, gelangten in den Besitz des amerikanischen Geheimdienstes CIA. Erst Jahre später, so schloss Tonnow seinen Vortrag, seien die Dokumente wieder an die Stasi-Unterlagenbehörde ausgehändigt worden. Auch von einer angeblichen Sicherungskopie der Akten sei die Rede.

Tonnow hatte inzwischen sein zweites Weizenbier geleert. Er legte den Kopf in den Nacken und versuchte, die letzten Tropfen Hefe herauszubekommen. „Ist gut für die Haut", kommentierte er grinsend, als er bemerkte, wie Schacht ihn dabei beobachtete.

Erst jetzt fiel Schacht etwas auf, was Zufall sein konnte. Wenn es in dieser Sache Zufälle gab. Dieser feiste Reporter sprach und gestikulierte mehr und mehr wie jemand, den Schacht vor gar nicht langer Zeit getroffen hatte: Tonnow und Bettler mussten viel Zeit miteinander verbracht haben.

„Was glauben Sie, wo diese angeblich vernichteten Akten heute sind? Die BStU ist seit Jahren dabei, geschredderte Dokumente zu rekonstruieren. Mit Hochtechnologie, die den Steuerzahler eine Menge Zaster kostet. Und ich wette mit Ihnen, dass jeder Geheimdienst der Welt da drin seine Leute sitzen hat. Auch diejenigen Geheimdienste, die es angeblich nicht mehr gibt."

Schacht schaute ihn skeptisch an und fragte sich, ob Tonnow ihm nun als nächstes eine Verschwörungstheorie auftischen würde. Die CIA, der Mossad, die Freimaurer, die Illuminaten? Tonnow bemerkte seinen Blick und grunzte.

„Habt ihr euch jemals ernsthaft mit der HV A beschäftigt? Das war kein Haufen Alkoholiker. Das waren Profis, absolute Profis. Die Auslandsspionage unter Markus Wolf galt als geheimdienstliche Elite weltweit, das ist belegt. Und auch die

NEUNUNDZWANZIGSTES KAPITEL

Inlandsspitzel waren ein perfekt organisierter Laden. Vergessen Sie das Geschwätz der Bürgerrechtler. Die Zahl der Spitzel lag im unteren zweistelligen Prozentbereich, was wiederum für die DDR-Bevölkerung spricht."

Schacht wollte wieder ansetzen und sich Notizen machen, ihm war aber inzwischen das Papier ausgegangen.

Tonnow schien darüber enttäuscht, dass niemand seine Worte für die Ewigkeit festhielt, und dozierte trotzig weiter. Diese Stasi habe eines mit den israelischen Geheimdiensten gemein. Ihre Agenten hätten aus ideologischen Gründen gehandelt. „Weil sie an eine Sache glauben oder etwas verteidigen wollen, wie die Israelis."

Schacht fiel auf, dass Tonnow nicht in der Vergangenheitsform sprach.

„Das sind keine bezahlten Ärsche. Glauben Sie ernsthaft, ein Samuel oder David würde die Idee eines Judenstaates aufgeben, wenn irgendwann die Araber die Grenzen Israels überrennen? Niemals. So ist es bei den Stasi-Jungs. Mit einer Mauer fällt keine Ideologie."

Wieder hörte Schacht Bettler reden, sogar der Berliner Zungenschlag kam dabei durch. Hatte der Ex-Oberst der Stasi wieder einmal eine Rede geschrieben. Nur dieses Mal nicht für einen BRD-Politiker, sondern für Tonnow? Sein Medium? Sein Vehikel?

Tonnow ließ sich nicht aufhalten und sprach nun so laut, dass sich ein schwules Paar am Nebentisch gestört fühlte. Die beiden hatten sich auf Englisch unterhalten, Schacht machte eine entschuldigende Geste. „Es gibt fortwährende Strukturen der Stasi. Dafür wurde sogar einst eine spezielle Ermittlungsgruppe beim Verfassungsschutz gegründet. Doch diese Pfadfinder haben sich verschaukeln lassen. Man war zu überheblich, und nun ist der Topf voll Scheiße kurz vor der Explosion."

Das klinge alles sehr plausibel, wandte Schacht ein. Aber was nun Stefan Heine mit der Sache zu tun habe?

Tonnow hielt für einen Moment inne und schien darüber nachzudenken, wie er seine Antwort möglichst effektvoll aufbaute und inszenierte. Er blähte dabei seine Nasenflügel auf.

„Heine hat die fortwährenden Strukturen beleuchtet. Beleuchten wollen. Aber man hat ihn nicht ernst genommen. Es gab Material über die Stasi-Agenten im Westen, also die Verräter der Bundesrepublik. Das war erschreckend, auch für unsere Sicherheitsbehörden. Und als sich all das zu ergießen schien, hat man die Sache heimlich abgewickelt. Am Anfang wurden mehr als 3.000 Verfahren gegen Westler geführt, die gegen Geld für die Stasi spioniert hatten. Alles wurde gegen Zahlung von ein paar Tausend Mark eingestellt, obwohl wir hier von geheimdienstlicher Agententätigkeit sprechen."

Darauf stehe in anderen Ländern noch die Todesstrafe, fügte er süffisant hinzu. Schacht fragte sich, ob dieser Tonnow es wohl bedauerte, dass es in Deutschland keine öffentlichen Hinrichtungen gab. Aber etwas anderes fiel mehr ins Gewicht: Tonnow mit seinem hochroten Schädel und seinen zugekniffenen Augen fand wieder zu seiner eigenen Sprache zurück. Die Bettler-Rede, so erschien es Schacht, war nun vorüber.

„Aber was ist der Schluss?" Schacht drehte die Flasche Chardonnay im Kühler und bemerkte, dass er sie während des Vortrags kaum angerührt hatte. Kein schlechtes Zeichen, fand er.

„Ich habe als Stasi-Agentenführer einen Joker in einer guten Position. Der ist spielsüchtig, hat die Steuer angeschmiert und sein Geld heimlich in die Schweiz gebracht. Der Klassiker: heimlich mit einer Nutte fotografieren. Am besten, er ist pädophil."

NEUNUNDZWANZIGSTES KAPITEL

Tonnow hatte das letzte Wort beinahe genussvoll lang gezogen und ihn dabei angegrinst. Es war Zeit, dass Schacht dieses Gespräch beendete. Sein Gegenüber wurde ihm immer weniger sympathisch, und er verspürte plötzlich in sich selbst die Regung, diesem feisten Gesicht eine Schelle zu verpassen. Seit Tagen hatte sich Schacht keinen Gewaltfantasien mehr hingegeben. Und er wollte, dass es einstweilen dabei blieb.

Dieser Joker, so fuhr Tonnow fort, habe jeden Tag Angst davor, dass man ihn hochgehen lasse. Auch Journalisten, denen die Stasi früher heiße Dokumente gesteckt habe, fürchteten sich vor ihrer Enttarnung.

„Also, was muss er nach der Wende tun, damit es nicht herauskommt? Er schreibt, wie ich es will. Nimmt Einfluss in den Redaktionen. Redet Themen herauf oder herunter. Bezahlt und hilft mir, meine erbärmliche Rente aufzubessern. Warum sollte ich als Stasi-Offizier mit diesem Spiel aufhören, nur weil die Mauer fällt?"

Als Schacht das Wort „Rente" hörte, dachte er unwillkürlich wieder an den rüstigen Pensionär im Irish Pub. Wahrscheinlich saß Heiner Bettler in diesem Moment wieder dort und verdrückte eine Haxe.

Tonnow wirkte nun beinahe erschöpft von seiner eigenen Rede. Er sprach langsamer und versuchte, seinen Worten noch mehr Gewicht zu geben.

„Es gibt immer noch sehr viele West-Agenten der Stasi, die von den Obersten aus der Hosentasche geführt wurden. Über die es keine Akten gab und keine Verpflichtungserklärungen. Die unenttarnt weiter ihr Ding machen. Die fließend Russisch sprechen und das, was sie haben, meistbietend verkaufen. Nach Moskau zum Beispiel. Wie würden Sie sich heute als Spitzenpolitiker in der Ukraine-Krise verhalten, wenn Sie wissen, dass die Russen ihre IM-Akte haben? Und was tun Sie, wenn eines Tages ein Erpresser zu Ihnen kommt und sagt: Du wirst dich jetzt um ein Ministeramt bewerben!"

Schacht fand kein abschließendes Urteil über Tonnow: War dieser Mann nun wahnsinnig oder nicht?

„Hat Heine Ihnen gesagt, woran er genau gearbeitet hat?"

„Nein, das hat er nicht. Und das sollten Sie aus der Tatsache ersehen können, dass ich noch lebe. Die anderen sind tot."

„Welche anderen?", stieß Schacht hervor.

Tonnow zuckte mit den Schultern und wischte sich eine Strähne aus der Stirn.

„Wir sind eine unterwanderte Republik gewesen, und wir sind es immer noch."

DREISSIGSTES KAPITEL

GEFAHREN-SUCHER 30

Leas Stimme klang panisch. Schacht setzte sich auf und streckte seinen müden Rücken durch.
„Lea, was ist los? Wer ist nicht nach Hause gekommen?"
Es war 2.10 Uhr in der Nacht.
„Lea, wenn ich dir helfen soll, dann musst du mit mir reden und nicht heulen. Was ist passiert?"
„Du kennst Sven doch. Er war beim Sport und hatte dort Stress mit jemandem. Er kam nach Hause und wusste nichts mit sich anzufangen. Er wollte nicht mit mir reden und ist plötzlich wieder los. Das ist drei Stunden her." Die Stimme schluchzte.
„War er im Sportstudio?"
„Ja, in Lankwitz."
„Hat er gesagt, wo er hinwollte?"
„Nicht richtig. In irgendeinen Laden."
„Hat er seine Waffe mitgenommen?"
Er bekam keine Antwort. Schacht wurde lauter.
„Lea, hat er seine Waffe mitgenommen?"
Die Frau konnte kaum noch reden, und er hörte sie laut schluchzen.
„Ja, Wolf."

„Ich kümmere mich darum. Bleib in der Nähe des Telefons." Er wollte auflegen, dann sprach er weiter. „Lea, es wird alles gut."

Schacht zog sich eilig Jeans und Sweatshirt an, steckte seine Sig Sauer in den Gürtel und raste los. Mit solchen Situationen kannte er sich aus. Immerhin.

Schacht dachte an seine zufällige Begegnung mit Fadi Brahim vor einigen Tagen. Und er machte sich Vorwürfe. Womöglich war es Zufall. Es konnte aber auch sein, dass er etwas ins Rollen gebracht hatte. Der Brahim-Clan war groß, auch in dem Gym, wo er und Quiquek angemeldet waren, trainierten Mitglieder des Clans. Bestimmt wollte Brahim Genugtuung und sich an einem Bullen rächen. Und Quiquek war leicht zu erkennen, allein wegen der Tätowierungen und seiner Redensweisen: „Is klar, wa?" Die Masken schützten die SEK-Leute vor Racheakten. Aber manchmal lief es anders. Hatten die Libanesen ihn doch irgendwie erkannt? Oder waren einfach ein paar Alphatiere aneinandergeraten, wobei Quiquek seine Haut allein verteidigen musste?

Schacht hatte Angst um seinen Freund. Denn er wusste, wie der tickte. Ab einem gewissen Grad war der nette Dunkelhaarige gefährlich. Brandgefährlich. Schacht, sein Teamführer, war der Einzige, der ihn in diesen Momenten anfassen durfte. Um ihn daran zu hindern, die Grenze zu überschreiten.

Auf puren Verdacht hin lenkte Schacht den Volvo zum Kranoldplatz in Lichterfelde, wo es ein einschlägiges Wasserpfeifen-Café gab. Die Brahims trieben sich dort gelegentlich herum und machten Geschäfte, der Laden hatte bis spät in die Nacht auf. Er sah zwei Funkwagen davor stehen, einige Uniformierte liefen umher. Schacht parkte den Wagen unweit des Lokals und näherte sich der Eingangstür, holte seine Kripo-Marke hervor und sprach die Polizisten an.

DREISSIGSTES KAPITEL

„Braucht ihr Hilfe?"
Der Polizist reagierte freundlich, war aber anscheinend im Stress.
„Danke, alles klar. War nur eine heftige Schlägerei."
Schacht bemerkte einen sehr leichten türkischen Akzent. Junge Migranten bei der Polizei gab es noch nicht lange. Solche Kollegen waren Gold wert und konnten deeskalierend wirken – hatten aber auf allen Seiten einen schweren Stand.
„Wen hat es denn erwischt?"
„Zwei vom Brahim-Clan. Keine Ahnung, vielleicht Ärger mit einem anderen Clan. Der muss ihnen mächtig zugesetzt haben, die beiden liegen mit Knochenbrüchen im Krankenhaus."
„Gibt's 'ne Beschreibung?"
„Nee, die reden nicht. Ehre und so. Angeblich sind mehr als fünf Mann über sie hergefallen, aber ein Zeuge hat nur einen Typen gesehen, der sich schnell verzogen hat. War aber zu dunkel."
„Danke. Ruhigen Dienst noch."
„Witzbold", sagte der Uniformierte und drehte sich ab.
Schacht stieg in seinen Wagen, nahm sein Handy zur Hand und wählte Quiqueks Nummer. Es war abgeschaltet.
Dann versuchte er Leas Nummer. Sie nahm ab, ihre Stimme klang ruhiger.
„Ich habe ihn nicht gefunden, aber ich weiß, dass er nicht verletzt ist."
„Wenn du ihn siehst, sag ihm, dass ich ihn liebe. Aber sag ihm auch, dass ich so nicht mehr leben kann."
„Wirfst du ihn raus?"
„Ich weiß es nicht."
Sie legte auf.
20 Minuten später erreichte Schacht die Remise, er sah Quiqueks alten Mustang in der Auffahrt stehen. Sein Freund

stand an dem offenen Cabrio. Er rauchte eine selbst gedrehte Zigarette, und Johnny Cash sang „There ain't no grave can hold my body down". Schacht konnte sich nur wundern, dass sein Vermieter, der gutmütige Bauer, noch nicht die Polizei gerufen hatte.

Sie gaben sich die Hand, drückten die rechten Schultern aneinander, dann sahen sie sich an.

„Du Vollidiot! Willst du deinen Job riskieren für diese Penner?"

Quiquek strahlte über das ganze Gesicht. Ein hässlicher, blutiger Kratzer zog sich über seine linke Wange, auf seiner Stirn prangte eine Beule, die wie ein gigantischer Mückenstich aussah.

„Du steckst in Schwierigkeiten. Deine Frau ist stocksauer, und du bist kurz davor, rauszufliegen."

„Scheiße, Wolf. Da war ein junger Kerl, vielleicht 18 Jahre alt, bisschen speckig, kein Held. Sie haben ihn in der Umkleide herumgeschubst, seine Klamotten ins Klo geschmissen, ihm eine reingehauen. Ich dazwischen. Plötzlich kam Yussuf von hinten und hat mir eine Hantelstange über den Schädel gezogen. Is klar." Er zeigte stolz das dunkel geronnene Blut auf seinem dicht bewaldeten Hinterkopf vor.

„Mir war kotzübel."

„Und zu Hause hast du dir was überlegt."

„Mit wem rede ich hier? Gefahrensucher? Na sicher. Die machen jeden Tag Menschen fertig, sie kriegen es von niemandem."

„Ich war da, aber die Kollegen haben keine Beschreibung von dir."

„Es war fair. Die beiden plus Türsteher."

„Welche Waffe?"

Quiquek zwinkerte ihn an. Schacht kannte die Lieblingswaffe seines Freundes, von der Maschinenpistole MP5 abge-

DREISSIGSTES KAPITEL

sehen. Ein Bambusstock, einen halben Meter lang und hart wie ein Stück Stahl.

„Der eine sieht jetzt aus wie von der schlagenden Verbindung. Der andere hat nen gebrochenen Unterarm. Der Türsteher braucht Kühleis für seine dicken Eier."

„Du weißt wohl, dass du jetzt ein neues Sportstudio brauchst?"

„Scheiß drauf, sollen sie doch kommen."

„Deine Frau ist sauer. Es ist ernst."

Quiquek nickte geständig wie ein Schüler, der zum ersten Mal eine Fünf in Mathe nach Hause gebracht hat. „Ich bring's wieder in Ordnung."

In den wenigen Stunden, die diese Nacht noch übrig hatte, lag Schacht mit offenen Augen da. Über Quiqueks Besuch freute er sich immer, aber er warf ihn auch ein Stück weit zurück in die Vergangenheit. Erinnerungen randalierten in seinem Kopf. Hielten ihn fest, bis er sie zu Ende gedacht hatte. Was aber nicht geschah.

Uli tauchte wieder und wieder auf, Quiqueks Schlägereien. Das Rocker-Massaker. Splitternde Knochen. Und die Zeit in Bosnien. Er hatte sich damals, kurz nach dem Bürgerkrieg, freiwillig gemeldet: „Special Team 6". Internationale Truppen waren im Kosovo, in Bosnien und Serbien unter UN-Mandat im Einsatz. Und es gab eine Einheit, die sich aus Angehörigen von Spezialeinheiten zusammensetzte. Sie jagten Kriegsverbrecher. Stellten sie, um sie dem internationalen Strafgerichtshof in Den Haag zu überantworten. Notfalls würden sie auch töten, aber das wurde in den Vorschriften nicht erwähnt. Er hatte an den Massengräbern gestanden und die Pestilenz des Todes eingeatmet. Neben den Frauen und den Männern und den kleinen Jungen und den kleinen Mädchen, die jeder für sich um jemanden weinten. Die Kriege auf dem Balkan waren nichts als Wahn gewesen, das brutalste Kapitel Europas nach dem Ende des Zweiten Weltkriegs. Sie hatten Killer gejagt, aber davon gab es eigentlich zu viele. Er war einer von sechs Deutschen gewesen, die zu dieser Dienstperiode im Einsatz waren. Es gab auch drei GSG9-Beamte und einen Fernspäher der Bundeswehr. Und Quiquek. Sie hatten gemeinsam Dreck gefressen, sich den Rücken freigehalten. Und ihre Geheimnisse geschaffen. Sven und er hatten seit Jahren nicht mehr darüber gesprochen. Auch nicht, wenn der Alkohol die Hemmungen versenkte.

In diesen frühen Morgenstunden krochen die Geheimnisse wieder hervor. Wenn die Augen gegen die Dunkelheit kämpften, weil man schweißdurchtränkt erwachte und keinen visuellen Bezugspunkt hatte, der einen retten konnte, und wenn es auch nur für wenige Augenblicke war.

Schacht wusste nicht wirklich, wie der kommende Tag für ihn sein würde. Die Mordkommission wähnte ihn im Einsatz mit seinem SEK-Team, die Truppe selbst wähnte ihn bei der Mordkommission. Nur Quiquek wusste Bescheid. Und würde notfalls eine Geschichte erzählen, die in sich schlüssig war.

Er sah Quiquek, der damals noch nicht Quiquek hieß. Seinen Arm ohne die kunstvollen Tattoos von heute. Auf seine Uniformschulter war das UN-Abzeichen genäht. Die Hand hielt eine Pistole und drückte die Mündung auf die Kniescheibe eines serbischen Offiziers. Er hörte die klare und harte Stimme seines Freundes und sah sich neben ihm stehen. Er hörte den Schuss. Das Geschrei des Serben fuhr ihm in die Glieder. Schacht sah seine eigene Hand, den dunklen Handschuh, der einen nassen Lappen in den brüllenden Mund stopfte. Bis nur noch ein Röcheln und Gluckern zu hören war. Schacht sah seine andere Hand nun seine eigene Pistole haltend, sie in die Schulter des Offiziers drückend. Die gleiche Frage wiederholend. Mehr als diese antrainier-

DREISSIGSTES KAPITEL

ten Worte beherrschte er in dieser fremden, wilden, schönen Sprache nicht. Schacht öffnete die Augen. Er saß aufrecht in seinem Bett. Schweißgebadet. Er hatte nicht geträumt. Er hatte sich erinnert.

DRUCKWERBUNG 31

Das Gebäude der Bundesbehörde für die Stasi-Unterlagen war unscheinbar, hatte von außen trotz mehrerer kosmetischer Veränderungen immer noch den Charme des DDR-Plattenbaus und wirkte trotz des demokratischen Auftrags eher bedrohlich und totalitär. 43 Kilometer Akten und Dokumente lagen im Archiv der BStU. Einsicht für Antragsteller gewährte die Behörde in dem Bau an der Karl-Liebknecht-Straße, die auf den Alexanderplatz führt. Das Thermometer war an diesem Morgen schon auf 23 Grad gestiegen. Es war einer dieser Tage, an denen die Berliner nicht wussten, wie sie sich anziehen sollten. Entweder schwitzte man, oder man fror. Schacht öffnete die beiden schweren Schwenktüren und betrat einen überraschend kühlen Raum. Hinter einem Tresen saßen zwei Pförtner, bei denen man sich anzumelden und auszuweisen hatte. Er trat auf die beiden blassen Gestalten zu, zückte seine Dienstmarke und stellte sich vor.

„Guten Tag, mein Name ist Schacht, und ich würde gern den Vorgesetzten von Stefan Heine sprechen."

„Und warum, wenn man fragen darf?", hieß es barsch.

„Weil die Mordkommission einem unfreundlichen Wachmann keine Auskunft geben muss und notfalls einen Beschluss erwirken kann."

EINUNDDREISSIGSTES KAPITEL

Der Mann lief etwas rot an, schaute verärgert und grummelte etwas im Brandenburger Dialekt in sich hinein. „Ich sehe nach", sagte sein Kollege und tippte umständlich wie ein Erstklässler den Namen in die Tastatur, die mit einem modernen Computer verbunden war.

„Ich rufe Brämer an", sagte der nettere Kollege wenig später und sprach in die Muschel seines Telefons.

„Es kommt gleich jemand für Sie, wenn Sie Platz nehmen wollen", fügte er hinzu und zeigte auf eine Sitzecke.

Schacht blieb stehen, sah sich in der Eingangshalle der Behörde um und fragte sich, wie oft er diesem Wachmann wohl schon eine Backpfeife verpasst hätte, wenn er hier arbeiten müsste. Einige Minuten stand er da herum, wartete und schaute aus dem Fenster. Auf der anderen Straßenseite war vor wenigen Wochen ein „Hofbräuhaus" eröffnet worden. Er fragte sich, wie das in diesem Teil von Ost-Berlin wohl funktionierte, und beschloss, dem Laden bei Gelegenheit mal eine Chance zu geben.

„Herr Kommissar?"

Schacht drehte sich um und blickte in das strenge, aber nicht hässliche Gesicht einer Mittvierzigerin. Die Frau hatte ihr aschblondes Haar stramm zu einem Knoten gebunden. Auf ihrer Nase saß ein Brillenmodell mit dunklem Rahmen, das ihn an Nicole, die Fitnesstrainerin, erinnerte. Vielleicht war es dasselbe Gestell, es erzielte in diesem Gesicht nur einen völlig anderen Effekt. Die Frau, die vor ihm stand, trug ein anthrazitgraues Kostüm mit einem Rock, der weit über die Knie reichte. In das DDR-Ambiente der Behörde passte es sich halbwegs ein.

„Marianne Ziegler."

„Sind Sie die Vorgesetzte von Stefan Heine?"

„Nein, ich bin seine Kollegin. Herr Brämer ist auf einer Vortragsreise in Dänemark. Aber ich habe mit Stefan Tür an

Tür gesessen und nach seinem" – sie stockte für einen Moment und suchte nach einem passenden Wort – „seit seinem Ableben werden die Gespräche auf mich umgestellt."

Schacht erinnerte sich jetzt an die Stimme. Er musste mit dieser Frau gesprochen haben, als er auf dem Rückweg vom Bordell einen Geistesblitz erlebt und in der BStU angerufen hatte.

„Ich bin von der Mordkommission. Ich möchte mir sein Büro ansehen."

„Das können Sie gern tun, aber Sie werden nicht viel sehen."

„Warum nicht?"

„Stefan hatte kaum private Sachen am Platz. Und die Akten und Vorgänge, an denen er gearbeitet hat, liegen zum Großteil wieder im Archiv. Oder auf meinem Schreibtisch."

„Ich möchte trotzdem hinein."

„Arbeiten denn mehrere Einheiten an dem Fall?"

Schacht bemühte sich, keine Irritation zu zeigen. War bereits jemand hier gewesen? Am Ende der Staatsschutz? Für die Kollegen der Mordkommission schien der Fall Heine geklärt. Sie fahndeten nur nach dem Messerstecher.

„Nein, aber es gibt immer noch einmal am Ende den abschließenden Blick. Und dafür bin in dem Fall ich zuständig."

„Verstehe, dann folgen Sie mir", sagte die Wissenschaftlerin und ging vor. Bestimmt war ihr der Tod Heines nahegegangen. Aber Frau Ziegler benahm sich ausgesprochen professionell. Sie fuhren in den dritten Stock, Schacht sah ein Schild, auf dem die Worte „AR Schriftgutschließung" eingeprägt waren. Ziegler ging einen langen Gang entlang erst nach links, dann nach rechts, wieder nach links und lange geradeaus. Als Frau, so dachte er bei sich, würde man sich nach Einbruch der Dunkelheit sicher unwohl fühlen, weil die gesamte Szenerie an einen Horrorstreifen erinnern ließ.

EINUNDDREISSIGSTES KAPITEL

Plötzlich blieb sie stehen und zeigte auf eine Tür. „Hier ist es. Aber erwarten Sie keine Antworten auf Ihre Fragen."

„Danke."

Schacht drückte die Klinke und betrat einen kleinen Raum mit einem kleinen Fenster. Wer dafür veranlagt war, würde hier Platzangst bekommen. Ziegler hatte nicht übertrieben. Die Aktenregale waren leer, es gab zwei gerahmte Bilder mit Leuchtturmmotiven an den Wänden. Sonst nichts. Auf dem Schreibtisch stand eine Tasse mit dem Schriftzug des Bundesnachrichtendienstes. Vielleicht hatte Stefan Heine einen besonderen Humor gehabt.

Schacht fand die Schubladen des Schreibtisches leer vor. Die „Kollegen", wer auch immer da gewesen war, hatten nichts zurückgelassen. Ziegler stand in der Tür.

„Okay, das wollte ich sehen. Nichts vergessen", sagte er und verließ den Raum. Er hielt Frau Ziegler kurz die Hand hin, zog sie aber zurück, als er merkte, dass sie nicht zugreifen würde.

„Haben Sie vielen Dank, ich finde allein hinaus."

„Ganz wie Sie meinen", hörte er noch hinter sich, dann war er auch schon in den Gängen verschwunden. Draußen vor der Tür, er hatte sich bei den Pförtnern nicht abgemeldet, setzte er sich in seinen Wagen, suchte sich einen Parkplatz genau vor dem Haupteingang. Marianne Ziegler war Beamtin. Spätestens um 17 Uhr würde sie Feierabend machen.

Sie fühlte sich nicht wohl in ihrer Haut, das war ihr anzusehen. Schacht hatte sie aus dem Seitenfenster heraus angesprochen und um ein Gespräch unter vier Augen gebeten. Sie stammte, wie Schacht auf der Fahrt erfuhr, selbst aus der DDR, war im Stadtteil Pankow aufgewachsen und alt genug, um sich noch daran zu erinnern, wie ein Verhör ablaufen konnte. Widerwillig war Marianne Ziegler zu Schacht eingestiegen und hatte sich von dem in ein Café an der Bergmannstraße in Kreuzberg fahren lassen. Beide saßen nun vor einem schwarzen Kaffee ohne Zucker. Er verspürte wieder einen Anflug von Macht über sein Gegenüber. Ein anregendes und zugleich seltsames Gefühl. Schacht wusste, dass er behutsam mit dieser Frau umgehen sollte, entschloss sich aber dann, Klartext zu reden.

„Frau Ziegler, ich will ganz offen mit Ihnen reden. Ich arbeite derzeit bei der Mordkommission und glaube nicht an die Version, dass Stefan Heine zufällig auf der Straße Opfer zweier südländischer Messerstecher wurde. Ich glaube, dass er gezielt ermordet wurde, dass sein Tod mit anderen Todesfällen zu tun hat. Und auch mit dem, woran er gearbeitet hat."

Ungerührt und sachlich sah sie ihn durch ihre dicken Brillengläser hindurch an. Marianne Ziegler trug kein Make-up, nicht einmal etwas Lippenstift. Er erinnerte sich an das Gespräch mit Tonnow und an dessen Bemerkung, ehemalige Mitarbeiter der Stasi seien bei der Behörde tätig. Dass diese Frau dazugehörte, bezweifelte er. Zur Wendezeit hatte sie vermutlich gerade erst mit dem Studium begonnen.

„Ich komme in der Sache nicht weiter, weil ich leider nicht genau weiß, woran Ihr Kollege denn nun gearbeitet hat. Ich kann Ihnen versichern, dass dies für mich ein rein informelles Gespräch ist, über das ich keinen Bericht schreiben werde. Sie konnten doch gut miteinander, wenn ich Ihre Reaktion vorhin richtig gedeutet habe?"

Sie entspannte sich sichtbar und schien seine ehrliche Eröffnung mit Zutrauen zu quittieren. „Ja, wir standen uns auf eine gewisse Art und Weise nahe. Deswegen hat mich sein Tod auch so getroffen. Und ich habe mich über das, was in der Zeitung stand, gewundert. So leid es mir tut, das sagen zu müssen, aber Stefan war kein Held. Und er hätte sich niemals, auch nicht für eine wunderschöne Frau, solchen Männern in den Weg gestellt."

EINUNDDREISSIGSTES KAPITEL

„Und woran hat er gearbeitet?"
„Kennen Sie sich mit der Stasi-Thematik aus?"
„Mittlerweile ein bisschen, ja."
Schacht war überaus erfreut, dass er dieses Mal vorbereitet war. Vieles von dem, was Marianne Ziegler ihm nun in klaren und schnörkellosen Worten berichtete, kam ihm bereits bekannt vor. Das eine oder andere Mal gab er ihr durch ein Nicken oder eine Geste zu verstehen, dass er die Hintergründe kannte. Aber er unterbrach sie nicht. Die Hauptverwaltung A, die HV A, war für die Agenten im westlichen Ausland zuständig. Sowohl was die Werbung der Kandidaten als auch was deren Führung anbetraf. Während die Aktenbestände des Inlandsapparats der Stasi in sehr großem Umfang gesichert werden konnten, durfte die HV A ihre Spuren vernichten. Offenbar hatten sich der DDR- und der BRD-Innenminister darauf geeinigt, dass der Osten seine Geheimnisse behalten sollte: Im Gegenzug gab die DDR-Führung die Aufenthaltsorte der letzten gesuchten Terroristen der Roten Armee Fraktion preis. Einige RAF-Mitglieder lebten damals unter neuen Namen und gänzlich neuen Identitäten und Lebensläufen in der DDR. Ein schlechter Deal sei das für den Westen gewesen, so kommentierte Marianne Ziegler. Schacht stimmte ihr mit einem Brummen zu.

„Es gab aber einige wenige Listen, in denen die Namen der West-Agenten mit Decknamen aufgeführt worden waren. Und Kopien davon befinden sich möglicherweise auch irgendwo in den Beständen der BStU."

Schacht erwähnte die Aktion „Rosenholz" und erntete dafür ein anerkennendes Lächeln. Es war das erste Mal in diesem Gespräch, dass Marianne Ziegler eine freundliche Regung zeigte.

„Diese wurden von der CIA und den Russen erbeutet und ausgeschlachtet. Sicherlich arbeiten jetzt viele ehemalige

DDR-Kundschafter für andere Regierungen. Die Listen wurden in den 90ern von BND und Verfassungsschutz eingesehen. Das Problem ist nur, dass wie gesagt ein Großteil der Bestände vernichtet worden war und es daher sehr schwer ist, das ganze Ausmaß der West-Arbeit des DDR-Geheimdienstes zu rekonstruieren."

Es könne vorkommen, dass in dem einen oder anderen Aktenbündel solche Informationen auftauchten, die aber nur im Kontext Sinn ergäben. Auch in den „vorvernichteten Beständen", so erklärte sie, dürfe man Überraschungen vermuten. Mit aufwendigen Scannern und Computertechnik werde ein Teil davon rekonstruiert.

„Und daran hat Heine gearbeitet?"

„In Teilen, ja."

„Und weiter?"

Marianne Ziegler nahm einen Schluck Kaffee aus ihrer Tasse, und Schacht konnte sehen, dass ihre Hand ein wenig zitterte.

„Wie gesagt, wir fügen manchmal durch Hinweise oder endlos langes Auswerten Fragmente zusammen. Manchmal stoßen wir durch einen Vermerk auf eine Akte oder wissen zumindest, wonach wir zu suchen haben."

„Und?"

Sie kramte aus ihrer Handtasche nun eine Zigarettenschachtel hervor und sah sich um. Schacht zuckte mit den Achseln. Anscheinend herrschte Rauchverbot in dem Café. Während sie weitersprach, spielte sie nun mit dem Päckchen herum. Das Rauchen war doch die kleine Wildheit der Mauerblümchen, dachte er bei sich. Die – leider nur Minuten währende – Unvernunft der angepassten Mädchen.

„Stefan hat Erkenntnisse über eine kleine Einheit gesammelt, die ihr eigenes Ding drehte und Menschen im Westen mit allem möglichen erpresst hat."

EINUNDDREISSIGSTES KAPITEL

„War das nicht gang und gäbe?"

„Na ja, wenn man sich mit Zeitzeugen unterhält und auch die Dienstvorschriften auswertet, so muss man doch sagen, dass HV A-Chef Markus Wolf gegen die Druckwerbung war. Ein guter Agent sollte aus Überzeugung handeln, auch wenn es um den Verrat des eigenen Landes geht. Wer es nur für Geld oder aus Angst tut, sei nicht zuverlässig, weil er durch mehr Geld oder mehr Druck auch wieder die Seiten wechseln könne."

„Und diese Gruppe hat genau das getan, die Menschen zur Zusammenarbeit erpresst."

„Ja, wir haben so etwas generell nicht zum ersten Mal aus den Akten erfahren. Aber diese Gruppe muss da noch etwas spezieller gewesen sein."

„Inwiefern?"

„Ich weiß es wirklich nicht, Herr Schacht. Ich weiß nur, dass Stefan einen Hinweis auf die Gruppe hatte und sich in den folgenden Monaten in die Sache reingekniet hat. Wir haben einmal nur ganz kurz beim Mittagessen darüber gesprochen, und da sagte er sinngemäß, dass ihn jetzt gar nichts mehr wundere. Ich habe da nicht weiter nachgehakt."

Marianne Ziegler hielt die Hände jetzt wieder ruhig und hatte sie zu einer Raute gefaltet. Die Zigarettenschachtel lag friedlich auf dem Tisch. Schacht sah sie prüfend an.

„Mehr hat er nicht gesagt?"

„Nein."

„Haben Sie alle seine Akten einsehen können?"

„Nein. Er hat manchmal Sachen mit nach Hause genommen, obwohl das nicht dienstkonform war."

Plötzlich wurde Schacht etwas klar, an das er bislang nicht gedacht hatte. Marianne Ziegler hatte sich leutselig gegeben. Sie war nun keine Informantin mehr, sondern höchst wahrscheinlich Zeugin in einem Fall. Schacht fragte sich, ob er sie darüber aufklären sollte, ließe es dann aber bleiben.

„Wissen Sie etwas über diese Gruppe?"

„Nein, er hat, wie gesagt, nicht darüber gesprochen."

„Hatte er sich in der Vergangenheit irgendwie verändert?"

„Na ja, er fing an, sich anders zu kleiden. Irgendwie flotter. Er trug auch im Büro Parfum, hatte eine neue Brille und eine neue Frisur. Ich vermutete, dass er eine Frau kennengelernt hatte, wollte ihn aber nicht darauf ansprechen, sondern ihn selbst damit kommen lassen."

„Also kennen Sie diese Frau nicht?"

Marianne Ziegler schüttelte den Kopf.

„Wissen Sie, wie diese Gruppe hieß? Hatte die einen dienstlichen Namen?"

„Er hat wie gesagt nicht darüber gesprochen."

„Aber er muss doch einem Vorgesetzten darüber berichtet haben?"

„Vielleicht der Behördenleitung. Aber ob die Ihnen Auskunft gibt?"

ZWEIUNDDREISSIGSTES KAPITEL

HEINES HANDSCHRIFT 32

Marianne Ziegler hatte sich verabschiedet, das Café verlassen und war im Gedränge auf dem Marheinekeplatz verschwunden. Es war Marktabend – die Fressbuden hatten geöffnet und am Straßenrand boten die Anwohner allerhand wertlosen Plunder an. Von den Randalen des Vortages war an dieser Stelle nichts zu spüren – es sei denn, man schaute genauer hin. Ein Mannschaftswagen der Bereitschaftspolizei stand hinter der Markthalle herum. Und Schacht vermutete, dass sich einige Zivilbullen auf dem Platz herumtrieben. Zum Abschied hatte Marianne Ziegler gesagt, dass sie sich wohlfühle in der Gegend. Es sei ihre erste Wohnung im Berliner Westen. Und sie lebe dort zum ersten Mal allein. Schacht hatte nicht nachgefragt, mit wem sie denn bis dahin zusammengelebt habe. Es war ihm auch egal. Allerdings ärgerte er sich darüber, dass er eine andere Frage vergessen hatte. Welche Polizeieinheit war vor ihm in der BStU gewesen, um Heines Arbeitsplatz zu untersuchen? Und waren diese „Kollegen" noch weiter gegangen?

Er verfluchte sich selbst für seine Nachlässigkeit. Heine spielte eine wichtige Rolle in dem Fall. Und er hatte sich bislang nicht die Mühe gemacht, in dessen Privatleben vorzudringen.

Die Adresse des Mannes hatte er damals aufgeschnappt. Marienstraße, Lichterfelde. Eine bürgerliche Gegend. Nichts für Partygänger. Eher für Familien, die etwas Sicherheit wollten. Im Grünen. Mit weniger Gangs. Dafür mit höheren Mieten. Und längeren Anfahrtswegen für die guten Schulen. Heine würde sicher weder Frau noch Kinder haben. Schacht konnte sich dessen Wohnung lebhaft vorstellen. Ob er die Nutte Holly Mertens je zu sich nach Hause bestellt hatte?

Schacht lenkte wieder einmal seinen Volvo durch den Berliner Abendverkehr. Es wurde gehupt, Gas gegeben, ein Radfahrer im Anzug, der sich von einem Renault Twingo abgedrängt fühlte, brüllte an der Ampel „Du Fotze" in die offene Fensterscheibe. Kaum wurde es wärmer, drehten die Verkehrsteilnehmer vollends durch, anstatt sich über das Wetter zu freuen. Schacht blickte auf die Tankanzeige und stellte verwundert fest, dass er mal wieder auf Reserve fuhr. Dann schaute er in den Rückspiegel und bemerkte den Wagen zum ersten Mal.

Es war ein dunkler VW Vento, älteres Baujahr. Viele zivile Einheiten der Berliner Polizei hatten diesen Fahrzeugtyp früher verwendet, jetzt waren diese Autos zu alt. Er konnte nur eine Person auf dem Fahrersitz ausmachen, sah aber kaum etwas von ihr, dafür war der Vento zu weit weg. Zwischen ihnen rollten ein Mercedes, der Werkstattwagen einer Glaserei und ein Motorrad. Aber der dunkle Vento blieb an ihm dran. Wechselte auch die Fahrbahnseite, wenn er es tat. Sie näherten sich dem Stadtring, und Schacht zog seinen Volvo ohne zu blinken nach rechts auf die Abbiegespur. Der Verfolger blieb hinter ihm. Schacht blieb ruhig sitzen und vermied Körperbewegungen, die verraten konnten, dass er ständig in die Rückspiegel schaute. Er setzte trotz der

ZWEIUNDDREISSIGSTES KAPITEL

fortgeschrittenen Dämmerung seine Sonnenbrille auf, sodass der Verfolger auch bei einer weiteren Annäherung nicht die Blickrichtung erraten konnte. Dabei dachte Schacht zwei Möglichkeiten durch. Entweder handelte es sich um einen Dilettanten, oder er sollte bemerken, dass jemand sich an seine Fersen geheftet hatte. Schacht legte sich fest: Sein Verfolger wollte entdeckt werden. Er versuchte, den Fahrer zu Gesicht bekommen, vermied die Stadtautobahn und steuerte auf den Hindenburgdamm. Eine Straßenbaustelle verengte hier die sonst dreispurige Allee. Auf der rechten Straßenseite an der Bäkestraße befand sich eine etwas heruntergekommene Kneipe mit der Leuchtreklame einer Brauerei. Daneben sah Schacht einen Zigarettenautomaten.

Als er sich der gelben Ampel näherte, verlangsamte er plötzlich seine Fahrt, stoppte den Volvo, schaltete den Warnblinker an und blieb in zweiter Reihe stehen, um sich an dem Automaten zu bedienen. Beinahe hätte er damit einen Auffahrunfall verursacht. Es gab ein Hupkonzert und das Gezeter genervter Autofahrer, als Schacht auch noch die Tür öffnete und in aller Seelenruhe auf den Zigarettenautomaten zuschlenderte und dabei in seinen Hosentaschen kramte. Wegen der verengten Fahrbahn konnten die nachfolgenden Autos ihn auch nicht überholen; Sie mussten sich langsam zwischen dem Volvo und der Baustelle durchzwängen, wenn die Ampel wieder auf Grün sprang.

An vierter Stelle kam der Vento. Schacht stand neben seinem Wagen und schaute bewusst zur Fahrerseite des Autos. Er erkannte einen hageren Mann mit dünnem dunklen Haar und einem besonders hervorstehenden Adamsapfel. Der Mann hatte schlechte Haut, er trug wie er, Schacht, eine Sonnenbrille und starrte in Fahrtrichtung, sodass nur sein Profil zu sehen war. Sekunden später war er im Verkehr verschwunden.

Alte Bäume. Hoch und gut gewachsen. Heines Wohnung lag in einem Haus mit insgesamt acht Mietparteien. Schacht war die ganze Straße abgelaufen und hatte die Klingelschilder abgesucht. Bereits beim fünften Versuch hatte er Glück. Die Haustür stand merkwürdigerweise offen. Schacht betrat den Flur, es roch nicht muffig in den Altbauhäusern in Wedding, Kreuzberg oder Moabit, sondern nach Reinigungsmitteln. Offenbar eine sorgfältige Hausgemeinschaft. Wo man sich abwechselte, damit alle es schön hatten. Schacht verdrehte die Augen und schaute sich um.

Er wollte Heines Wohnungstür nicht eintreten, und er wollte das Schloss auch nicht gewaltsam aufbrechen. Neben den Briefkästen mit den Namen der einzelnen Mieter hingen auch die Erreichbarkeiten des Klempners, des Gaszählerablesers, der Hausverwaltung. Er hatte zwar keinen Durchsuchungsbefehl – wenn man so etwas überhaupt bei einem Toten brauchte –, aber er war immerhin Polizist. Schacht wählte die Nummer, aber es hob niemand ab. Eine Stimme forderte den Anrufer auf, eine Nachricht auf der Mailbox zu hinterlassen.

Schacht nahm die Treppenstufen mit schnellen Schritten und stand nach weniger als 30 Sekunden vor der Tür im zweiten Stock. Nach dem Namensschild auf der Tür musste er nicht suchen. Ein Papiersiegel des Berliner Landeskriminalamtes verband den Holzrahmen mit der in grüner Farbe beschichteten Tür. Das Siegel würde er in jedem Fall brechen müssen, wenn er in die Räume wollte. Das würde irgendwann auffallen, aber nicht so schnell. Zudem hatte ihn bisher niemand gesehen. Schacht griff an seinen Gürtel und holte ein Multiwerkzeug aus einer Nylontasche hervor. Es war in erster Linie eine zusammenfaltbare Zange, in deren Griffen sich verschiedene Messerklingen und andere nützliche Dinge verbargen. Viele in den Teams hatten ein solches Werkzeug bei sich, wenn sie in Einsätze gingen.

ZWEIUNDDREISSIGSTES KAPITEL

Schacht stemmte sich mit der Schulter vorsichtig gegen die Tür und wollte die Spannung zwischen Riegel und Rahmen testen. Vielleicht hatten die Kollegen nur zugezogen und nicht abgeschlossen. Er konnte es nicht glauben, aber es war tatsächlich so.

Das alles tat er fast geräuschlos, hielt aber inne, als er etwas anderes im Hausflur hörte. Schacht hielt den Atem an. Er konnte aber schwören, dass jemand anders das nicht tat, der sich im Stockwerk unter ihm befand. Er vernahm ein leises, regelmäßiges Pfeifen. Es klang wie der schwere Atem eines Asthmatikers. Er blickte in das dunkle Treppenhaus, horchte wieder. Das Geräusch war verstummt. Schacht wartete einige Sekunden in der Dunkelheit, holte dann eine der drei Klingen aus dem Zangengriff und schob sie schräg zwischen Tür und Rahmen, um den Schnapper des Schlosses zu erreichen. Er schob ihn in seine Höhle zurück, und die Tür wollte nachgeben. Er zerschnitt vorsichtig das Siegel, weil ein Schnitt weniger auffiel als ein Riss, und drückte die Wohnungstür dann nach innen auf. Vor ihm öffnete sich ein Flur, von dem links und rechts mehrere Türen abgingen und der schließlich in einem kombinierten Küchen- und Wohnbereich überging.

Schacht drückte die Klinke zu dem ersten Raum, der rechts lag. Es war ein Gästebad. Nur eine Toilette, ein Waschbecken und eine Dusche mit einem Vorhang, auf dem sich Möwen jagten. Flüssige Seife in einem wieder auffüllbaren Spender mit Druckknopf, auf dem sich ebenfalls aufgedruckte Motive von der Küste befanden. Muscheln, Seesterne. Hinter dem Duschvorgang eine Flasche mit Waschgel für sensible Haut. Schacht nahm sie in die Hand. Sie war schwer, noch unbenutzt. Heine hatte nicht oft Besuch gehabt in seinem Leben.

Er fand nichts Auffälliges in dem Bad und nahm sich den nächsten Raum vor. Auf der gegenüberliegenden Seite. Es war ein großes Wannenbad mit Plüschteppich und Doppelwaschbecken. Auf dem Fensterbrett stand anscheinend die komplette Serie einer Karl-Lagerfeld-Duftreihe. Aftershave, Eau de Cologne. Bodylotion. Eine Gesichtscreme. Handtücher lagen gestapelt in einem kleinen Holzregal in einer Ecke. In Blau und in Rot, für Mann und Frau. Aber es gab keine weiblichen Kosmetikartikel. Nichts, dass auf die Anwesenheit einer Frau in dieser Wohnung hindeutete.

Der nächste rechts abgehende Raum war offenbar das Schlafzimmer. Interessant war nicht nur die Größe des Raumes, sondern auch der Umstand, dass sich darin ein sehr großer Schreibtisch befand. Rechts und links davon befanden sich Regale, in denen sich Zeitungen, Magazine und Papiere stapelten. Diesen Raum wollte sich Schacht zum Schluss vornehmen. Er ging die wenigen Schritte des Flures bis zum Ende und stand in dem Wohnbereich. Links die Küche. Offen, ein Tresen. Darauf eine teure Küchenmaschine. Eines der Dinger, mit denen man selbst Nudeln zubereiten, Fleisch kneten, Kuchen backen und sonst was anrichten konnte.

Die wenigen Regale im Wohnzimmer hatte er schnell durchgesehen: Fernsehzeitschriften, verschiedene DVDs mit Filmen wie „Titanic", „Herr der Ringe" und „Verrückt nach Mary". Persönliche Dokumente, Lebensversicherungen, Kontoauszüge. Die Polizei hatte davon offenbar nichts mitgenommen.

Schacht schaltete eine Stehlampe ein und drehte den Dimmer so weit wie möglich herunter. Glücklicherweise waren die Jalousien heruntergelassen, sodass man den Lichtschein kaum von der Straße aus wahrnehmen würde. Am Abend seiner Ermordung hatte Heine das Haus in einem guten Zustand hinterlassen.

Schacht blätterte in den Kontounterlagen. Keine Sonderzahlungen oder Honorare. Jeden Monat die gleiche Summe

ZWEIUNDDREISSIGSTES KAPITEL

von der Behörde. Die Zahlungen mit seiner EC-Karte beliefen sich zumeist auf nicht mehr als 100 Euro. Eine Kreditkarte schien Heine nicht benutzt zu haben. Einige Male hatte er allerdings größere Summen Bargeld abgehoben. Schacht hörte jetzt Hollys Worte am Tag nach Heines Tod: Wer einen Porsche fahren wolle, müsse den Sprit dafür bezahlen.

Schacht ging zurück in das Schlafzimmer. Er fand das Fenster auf Sparlüftung und die Jalousien blickdicht geschlossen. Er schaltete die Schreibtischlampe ein, setzte sich hin und fingerte einige Fotokopien und Schreibmaschinenseiten aus einer grauen Dokumentenhülle. Der Ordner war nicht beschrieben. Wenn die Kollegen der Mordkommission tatsächlich hier gewesen waren, so hatten sie diesen Papieren keine Bedeutung beigemessen.

Was Schacht zuerst in die Hände fiel, sah aus wie ein Abkürzungsverzeichnis. „AAuoD = Auslandsapparat unter offizieller Deckung", las Schacht. Weiter unten „FÜT = Führungstreff mit einem Agenturischen Mitarbeiter". „GE" stand für „Grundeinstellung", „HIME" für „Hauptamtlicher Inoffizieller im besonderen Einsatz". Einige Abkürzungen hatte Heine handschriftlich und gut leserlich ergänzt und mit Verweispfeilen verbunden: „Dr. Vo → Volp. → Heinz Volpert, Devisenbeschaffung und Häftlingsfreikauf". Auf der nächsten Seite der eindrucksvollen Liste las er „EGruT → GT → Tischler".

Wie Schacht erwartet hatte, fand er Kopien von Aktenvermerken aus der Bundesbehörde. Registernummern, MfS-Stempel, Namen und Geburtsdaten wildfremder Personen, Inoffizielle Mitarbeiter, Führungsoffiziere. Auf einigen hatte Heine – soweit Schacht dessen Handschrift richtig zuordnen konnte – ein großes „T" geschrieben und den Buchstaben eingekreist.

Aber es schienen keine wertvollen Dinge zu sein. Nichts, was Heine sich mitgenommen hatte, um daraus erkennbaren Nutzen zu ziehen. Es ging um kleine Spitzel in der DDR, die ihre Kollegen in den staatlichen Betrieben angeschwärzt hatten. Kleine Verfehlungen gemeldet hatten. Affären. Alkoholexzesse. Nichts Besonderes. Peinlich und ungünstig für die Betroffenen, aber nichts von historischer Bedeutung. Mancher hatte vielleicht dadurch seinen Arbeitsplatz verloren und wurde in die Produktion an die Fließbänder geschickt. Andere hatten ertragen müssen, dass wegen unbotmäßigen Verhaltens die eigenen Kinder nicht studieren durften. Oder dass man sie in der Nachbarschaft diskreditierte. „Zersetzungsmaßnahmen" wurde das in den Richtlinien des Ministeriums für Staatssicherheit genannt. Schacht fand nichts, keinen „Anfasser", wie Polizisten einen Hinweis nannten, mit dem eine Ermittlung in Gang kam.

Schacht arbeitete sich durch die Papiere, drei Stunden lang schon. In der Schreibtischschublade befanden sich zwei weitere Dokumentenhüllen, ebenfalls unbeschrieben und neu. Darin bewahrte Heine Zettel, Notizen – die meisten davon undatiert – sowie ausgeschnittene Zeitungsartikel und Fotokopien auf, die beim ersten Hinsehen wenig mit seiner Arbeit zu tun hatten.

Der Wissenschaftler schien sich für Storys von Prominenten interessiert zu haben. Schacht fand mehrere Porträts über einen Schauspieler, der in Talkshows seine radikalen linken Ansichten bekannt gegeben hatte. Er fand drei Artikel über einen Bundespolitiker im Wahlkampf. Über eine grüne Friedensaktivistin, einen Geistlichen, den runden Geburtstag eines prominenten Journalisten. Weiter hinten stieß Schacht auf Themen, die er mit Heines Arbeit in Verbindung bringen konnte. Ein Artikel war mit „Tod dem Verräter" überschrieben. Er handelte von dem ehemaligen DDR-Fußballer

ZWEIUNDDREISSIGSTES KAPITEL

Lutz Eigendorf, der nach einem Freundschaftsspiel im Westen getürmt war und Anfang der 80er-Jahre in der Bundesliga spielte. 1983 starb Eigendorf bei einem Autounfall. Der Autor des Artikels verfolgte offenbar die These eines Mordanschlages. Agenten der Stasi hätten ihn „verblitzt" – in der Dunkelheit scharf geblendet, um ihn von der Straße abzubringen.

Schacht spürte die Müdigkeit, die sich seiner bemächtigte. Unten auf der Straße hörte er einen Wagen ankommen. Im Treppenhaus schien alles still.

Pflichtbewusst machte sich Schacht nun an die letzte Dokumentenmappe, in der eine einzige, dicht beschriebene Seite lag. Die Handschrift stammte nicht von Heine und war so unleserlich, dass Schacht kaum etwas entziffern konnte. Heine, der sich mit der Erschließung von Schriftgut befasst hatte, musste es leichter gefallen sein. Auf den Rand des Blattes hatte er einige Passagen in seiner eigenen, klaren Handschrift zitiert:

„Es war mein Auftrag seitens des MfS, diesen Mann psychologisch einzuschätzen. Später konnte ich erfahren, dass er nach seiner Übersiedlung in die BRD westdeutsche Männer mit solchem Material erpresst hat. Die Kinder stammten ohne Ausnahme aus DDR-Erziehungsheimen."

Das Blatt, das Schacht vor sich in der Hand hielt und von dem er konzentriert las, bewegte sich. Ein kaum spürbarer Luftzug ging durch den Raum. Schacht suchte blitzschnell nach dem Schalter der Schreibtischlampe und löschte das Licht. Er horchte in den Raum und führte die Hand zu seiner Waffe. Minutenlang saß er da, flach atmend, und horchte in den Raum.

SCHWEISS-BRENNER 33

In den Abendstunden eskalierte wieder die Gewalt im Osten des Bezirks Kreuzberg. Die Lage nach dem Nazi-Mord an Thilo Prinz war weit davon entfernt, sich zu entspannen. Wegen der Brisanz der Gesamtsituation rückten auch bei den kleinsten Aufzügen und Kundgebungen Bereitschaftspolizisten aus. Und die Krawallsucher des Schwarzen Blocks versuchten es jedes Mal aufs Neue. Es war wieder im Bereich des Oranienplatzes in Kreuzberg losgegangen. Ein Flashmob, aber ein personenstarker und ein gewaltbereiter. 150 Entschlossene, teils vermummt, und Mitläufer – Jugendliche und zum Teil Betrunkene, die weit davon entfernt waren, eine politische Botschaft in die Welt zu tragen. Es fehlte nicht an Schaulustigen und Idioten, die einfach nur einmal eine Flasche werfen wollten und dabei nicht einmal auf die geschützten Beamten zielten, sondern ihre Wurfgeschosse einfach in die Gegend schleuderten. Die Berliner Steinfresser waren ausgebrannt und aggressiv. Die Hauptstadt hatte einige Hundertschaften an Verstärkung aus Brandenburg bestellt, die sich beweisen wollten. Sie rannten los, drängten die Randalier einige Straßenblöcke nach Süden ab: auf die auch nachts stark befahrene Ska-

DREIUNDREISSIGSTES KAPITEL

litzer Straße. Niemand hatte offenbar daran gedacht, den Verkehr dort vorsorglich umzuleiten.

Ein etwas übergewichtiger, langhaariger Radfahrer rollte mitten auf der Hauptstraße auf das Spektakel zu. Bertram Tonnow hatte sein schlankes Renngerät vom Radweg herunterlenken müssen: Die Autonomen blockierten ihn und versuchten, Pflastersteine aus dem Boden zu hebeln. Tonnow störte das nicht weiter. Sicher und geschmeidig bahnte er sich seinen Weg durch die laue Frühlingsnacht, die glühende Spitze seiner Zigarette im Mundwinkel war seine einzige Beleuchtung. Der Lieferwagen, der dicht hinter ihm fuhr und auf eine Gelegenheit zum Überholen wartete, störte ihn nicht.

Tonnow konnte den jungen Mann nicht sehen, der nun knapp zehn Meter entfernt einen Pflasterstein aufhob und in seine Richtung schleuderte. Sein mächtiger Leib schlingerte auf dem dünnen Reifen hin und her. Eine Sekunde lang. Dann schlug Tonnow ungebremst auf dem Asphalt der Straße auf. Der teure Rahmen seines Rennrads verfing sich unter dem Kleinlaster und sprühte Funken wie ein Schweißbrenner. Erst nach rund 20 Metern kam das Gefährt zum Stehen.

BIS 2099 34

Als Schacht das Lokal am Vormittag pünktlich um 11.30 Uhr betrat, sah er den alten Stasi-Mann am selben Tisch sitzen wie beim letzten Mal. Vor Heiner Bettler standen ein dunkles Bier und ein Glas Whisky, das zur Hälfte gefüllt war.

„Hallo, Herr Kommissar. Ich war schon etwas früher hier und konnte mich einfach nicht mehr beherrschen."

Bettler wirkte frisch, ausgeschlafen und noch nicht angetrunken.

„Kein Problem, ich kann Sie verstehen. Noch mal das Gleiche?"

„Whisky habe ich noch, aber ein Bier kann nicht schaden", lachte der Dicke und schob einen Stuhl zur Seite, damit Schacht sich setzen konnte.

„Sie haben wohl etwas Neues ermittelt oder herausgefunden, das ist doch sicher der Grund unseres Treffens." Bettler nahm einen großen Schluck Bier, leckte sich die Lippen und setzte das schwere Glas mit einem lauten Klappern auf dem Tisch ab.

„So was in der Art, ja. Hat Ihre Abteilung auch krumme Dinger gedreht?"

Bettler hob die linke Hand, steckte sich den Zeigefinger ins Ohr und rieb ein paar Mal darin herum, als wolle er sich

VIERUNDDREISSIGSTES KAPITEL

den Gehörgang reinigen, um Schacht besser zu verstehen. „Herr Kommissar, niemals. So etwas ist verboten", lachte der alte Geheimdienstoffizier laut. „Auf welchen Punkt wollen Sie hinaus?"

Der Kellner servierte Bettler ein zweites Guinness und stellte ein Schälchen Erdnüsse dazu. Bettler griff danach, schüttete die Hälfte des Inhalts in seine Handfläche, die er wie die Schaufel eines Baggers geformt hatte, und stopfte sich begierig alles in den Mund. Er zermalmte die Erdnüsse und wischte sich seine von Salz und Fettresten schimmernde Pranke an seiner Flanellhose ab.

„Ich bin mir nicht ganz sicher", begann Schacht. „Ich brauche wahrscheinlich einfach eine Einschätzung. Es gab wohl eine Stasi-Einheit im Westen, die ihr eigenes Süppchen gekocht hat, so heißt es zumindest. Ich kann mit diesen ganzen Begriffen nichts anfangen, deshalb frage ich Sie."

Bettler schien eher beiläufig zuzuhören. Er überlegte, wonach er als Nächstes greifen sollte, und entschied sich für einen doppelten Schluck Whisky, um dann dem Rest der Erdnüsse den Garaus zu machen.

„Was für Begriffe?" fragte er kauend nach.

„Decknamen, Fachbegriffe, Einheiten. Die Gruppe Tischler beispielsweise."

Bettler verschluckte sich kräftig. Aus seinem Mundwinkel schossen ein paar halb zerkaute Erdnüsse hervor. Er hustete entsetzlich, lief rot und röter an, kniff beide Augen zu und brach dann in ein kurzes, aber schallendes Gelächter aus.

„So schlimm?", fragte Schacht.

„Peinlich für uns", antwortete Bettler, der sich schnell wieder gefangen hatte und den Hustenreiz nun mit Bier bekämpfte. „Eigentlich sollte man dieses Thema verschweigen bis zum Jahr 2099. Herbert Tischler war ein Offizier, der in der HV A seinen Dienst versah. Der hatte mutmaßlich einen

DDR-Koller und versuchte, mit den abenteuerlichsten Geschichten an einen Auslandsauftrag zu gelangen. Er erfand mögliche Kandidaten in der BRD, die er werben wollte. Die ihm übergeordneten Diensteinheiten wollten natürlich Details wissen, um ihre eigenen Werber loszujagen. Tischler hatte dann immer irgendwelche Ausreden parat."

„Gab es für so etwas nicht ernsthaften Ärger?"

„Herr Schacht, man kann sich das im Westen sicher nicht vorstellen, aber wir hatten auch nicht nur das Messer zwischen den Zähnen. Auch wir haben gelacht, auch über völlig bekloppte Kollegen. Tischler wurde nicht ernst genommen, man hat ihm unwichtige Aufgaben zugeteilt."

„Und wie kam dann der Begriff Gruppe Tischler zustande?"

„Er hatte die Aufsicht über insgesamt vier MfS-Leute, die sich tatsächlich mit perspektivischen Kandidaten beschäftigen sollten. Bei genauerem Hinsehen ergab sich aber für die ranghohen Offiziere, dass die Personen, die er werben wollte, für alles Mögliche infrage kamen, aber nicht für eine Zusammenarbeit mit uns."

„Okay, das erklärt mir aber immer noch nicht Ihren Anfall von soeben."

Bettler schnaubte und fasste sich mit Daumen und Zeigefinger an die Nase.

„Tischler wurde vom Ministerium selbst überwacht, weil denen die Sache zunehmend komisch vorkam. Die haben ihn schließlich mit einer Gummipuppe aus einem westlichen Sexshop im Bett erwischt. Damit war er moralisch als Agent des Arbeiter-und-Bauern-Staates nicht mehr tragbar." Der Bauch des Stasi-Mannes wackelte unter einem neuerlichen Heiterkeitsanfall. Schacht konnte nicht länger widerstehen und musste nun ebenfalls lachen.

„Was ist aus ihm geworden?"

VIERUNDDREISSIGSTES KAPITEL

„Er hat angefangen zu saufen, was er eigentlich immer getan hat, nur noch intensiver. Es heißt, er ist dann jämmerlich an Leberzirrhose eingegangen, noch vor der Wende. Vielleicht hat er auch noch versucht, über Ungarn zu verschwinden. Wann immer die Rede auf die Gruppe Tischler kommt, haben alle das Observationsfoto vor Augen, auf dem er es der Dame aus Gummi von hinten besorgt hat. Er wirkte dabei doch etwas angestrengt."

Bettler hob beide Hände über die Tischplatte und machte ein unzweideutige Bewegung.

„Das wurde verbreitet?"

„Selbstverständlich, wie gesagt, wir hatten auch unseren Spaß."

„Wieso hat man ihn so lange machen lassen?"

„Wir waren ein bürokratischer Laden. Zum Teil auch unübersichtlich. Deswegen kam er erst mit seinem Schwachsinn durch. Später ließ man ihn schlicht zur Belustigung gewähren."

„Und er hat nichts Ernsthaftes geliefert?"

„Er hat, wenn ich mich recht erinnere, einen Kandidaten geliefert, der dann auch später geworben wurde. Es war irgendein Abgeordneter – ein Bonner Hinterbänkler und Perversling. Der wurde abgeschaltet, weil nichts dabei rumkam. Abgesicherte Treffen mit ihm waren dafür zu gefährlich und das Risiko nicht wert."

Bettlers ansteckende Heiterkeit war wieder verflogen. Schacht saß da, zurückgelehnt, und hatte die Arme vor der Brust verschränkt. Bettler hob jetzt sein Bierglas und forderte ihn zum Anstoßen auf. Schacht gehorchte, sagte aber nichts.

„Wie sind Sie überhaupt auf Tischler gekommen?", fragte Bettler und rückte dabei etwas näher an ihn heran. Schacht hob die Schultern und senkte den Blick.

„Hat Tonnow Ihnen diesen Quatsch erzählt?"

Als Schacht wieder aufschaute zu Bettler, sah er nicht mehr das feiste, pausbäckige und lebensfrohe Gesicht von soeben. Für den Bruchteil einer Sekunde blickte er in eine aschfahle, eingefallene Fratze und in Augen, aus denen ihm die Bosheit entgegensprang.

Schacht blinzelte ein paar Mal angestrengt und fand vor sich wieder den alten Bettler. „Nein, Stefan Heine, der Stasi-Forscher, wusste davon."

Er spürte, dass sein Gegenüber versucht war, noch einmal nachzuhaken. Aber Bettler klatschte nur mit beiden Händen auf den Tisch und setzte eine ratlose Miene auf. „Na ja, vielleicht wollte er einen Ulk-Roman schreiben."

Sie tranken beide noch zwei Bier, dann verabschiedeten sie sich. Schacht sah dem ehemaligen Stasi-Offizier nach, wie er die Leipziger Straße entlanglief und zwischen den Hochhäusern verschwand. Er glaubte ihm kein Wort.

Schacht griff nach seinem dienstlichen Mobiltelefon in der Hemdbrusttasche. Er stoppte die Tonaufnahme, prüfte, ob der Mitschnitt funktioniert hatte, und schaltete den „Flugmodus" wieder aus. Er hatte vermeiden wollen, dass die Aufnahme durch einen Anruf unterbrochen wurde, und sah jetzt, dass er richtig gehandelt hatte. Drei SMS-Nachrichten über verpasste Anrufe trafen kurz nacheinander ein. Alle stammten von Quiquek.

Schacht wählte dessen Nummer. „Chief?", fragte Sven Dietrich. „Hast du Zeit?"

„Was ist los?"

„Nicht am Telefon. Wo bist du?"

„In Mitte. Du?"

„Wir sind im ‚Pferdestall'." Schacht kannte die Kneipe Unter den Eichen im Bezirk Steglitz gut. Ein Bullentreff, für die Männer von den Spezialeinheiten. Aber nicht um diese Zeit.

VIERUNDDREISSIGSTES KAPITEL

„Wer ist wir?"
„Alle. Kannst du kommen? Jetzt?"
„Klar. Ich kann in 20 Minuten da sein. Du klingst ernst. Was ist los?"
„Nichts, Teamführer."
Schacht wusste, dass etwas im Argen liegen musste. Er kannte Quiquek, seinen Stellvertreter, aus vielen gefährlichen Situationen. Und er wusste, wie Quiqueks Stimme klang, wenn er sich unsicher fühlte.

VERDACHTSBERICHT-ERSTATTUNG 35

Quiquek, Bernhard, Michi, Peter und Sergej sah er schon von Weitem im Wintergarten des Lokals sitzen. Schacht betrat den „Pferdestall", steuerte auf den Tresen zu und sprach die Kellnerin an – eine junge Rothaarige mit langen, schlanken Beinen und engen, tief sitzenden Jeans. Schacht hatte keinen Blick dafür.

„Noch mal eine Runde dessen, was die Kerle da im Wintergarten haben, und das Gleiche für mich bitte", sagte er im Vorübergehen.

Schacht hatte die Gläser gesehen. Havana Club mit Cola und Limettenscheiben. Wenn seine Jungs das um diese Tageszeit bestellten, musste etwas in der Luft liegen.

Quiquek stand zuerst auf, als er ihn erblickte. Schacht reichte ihm die rechte Hand, sie drückten die rechte Brustseite aneinander, danach folgten wortlos die anderen.

„Was ist los?"

„Riesenscheiße, Wolf. Wir haben Ärger. Die Presse ist an der Sache mit der kleinen Rumänin dran."

„Und was wollen die?" Schacht blickte in die Gesichter des Teams und spürte, dass er jetzt am besten einen gelassenen Eindruck machte. Der Anlass mochte unerfreulich sein, aber

FÜNFUNDDREISSIGSTES KAPITEL

er genoss es, so unverhofft und plötzlich wieder in die Rolle zu schlüpfen, die er routiniert beherrschte.

„Der Alte hat uns angesprochen." Sven Dietrich wollte eben zu sprechen beginnen, als die Kellnerin auch schon mit der Runde kam.

„Ist von mir, scheint länger zu dauern", sagte Schacht und nahm eines der Gläser. „Was jetzt auch kommt, erst mal Prost."

Sie stießen an, dann wurde es leiser am Tisch.

„Es gibt eine Anfrage von Peter Wilkens. Der hat angeblich irgendetwas ausgebuddelt und will nun Details wissen."

„Und?"

„Was und?" Bernhard, so stellte Schacht fest, war hier von allen der Nervöseste. „Wir wissen, was damals passiert ist. Wir waren uns einig, nun kommt die Sache hoch. Was nun?"

„Warten wir es ab!" Schacht blieb weiter gelassen.

„Chief", sagte Quiquek. „Ich habe dein Eiswasser in den Adern immer geliebt, aber das kann uns um die Ohren fliegen."

Schacht nippte an seinem Glas und beschwichtigte die Truppe. Man habe etwas getan, für das sich keiner schämen müsse, nicht einmal vor dem lieben Gott. Die Rocker hätten nichts gesagt, und auch nichts mehr sagen können. Und die anderen Polizisten seien nicht wirklich im Raum gewesen, als die Aktion vonstatten ging. „Was hat dieser Wilkens denn schon in der Hand?"

Nie zuvor hatte Schacht diese Mischung aus Wut und Misstrauen in Bernhards Blick gesehen. Er hatte bisher auf der Lehne eines Stuhls gehockt, ging jetzt einen Schritt auf Schacht zu und brachte seine Stirn sehr nahe an Schachts heran. „Alter, die ganze Sache kocht jetzt hoch, und du verpisst dich zu den Mordermittlern und machst noch mal Karriere. Und ich? Mir fliegen die Raten für mein Haus jetzt um die Ohren."

VERDACHTSBERICHTERSTATTUNG

Mit einem Satz stand Quiquek neben Bernhard, griff ihn mit beiden Fäusten am Revers und schob ihn rüde von Schacht weg. „Noch so ein Spruch, und ich leg dich weg. Was glaubst du, mit wem du redest?" Der Einsatz zeigte Wirkung. Mit Quiquek wollte sich niemand prügeln.

„Irgendwer hat ihn gefüttert", ergriff Sergej wieder das Wort.

„Womit? Es gibt keine Bilder, keine Berichte. Soll er uns doch am Arsch lecken", konterte Quiquek, der sich durch Schachts zur Schau gestellte Ruhe sichtlich ermutigt fühlte.

„Mensch, es gab Schwerverletzte", wandte Michi ein, der die ganze Zeit über geschwiegen hatte.

Schacht spürte, dass Bernhard seinen Blick suchte. Er versuchte, sich nicht anmerken zu lassen, dass ihn der Angriff schwer getroffen hatte. „Es gab in erster Linie ein zu Tode vergewaltigtes Mädchen. Die Rocker haben nichts gesagt, dabei bleibe ich. Soll der Penner doch rumstochern, er wird es zu nichts bringen. Ich kläre das, ihr sagt nichts. Solange ihr nicht vorgeladen werdet, gilt die alte Abmachung. Die haben Widerstand geleistet, wir mussten ihn brechen. Ende der Story. Wir trinken jetzt aus und dann noch eine Runde auf meine Kosten, dann fahre ich zum Alten."

Er konnte sehen, wie sich seine Leute nach hinten lehnten. Mit Lungen voller Luft. Auch Bernhard schien wieder beruhigt. Sie waren im Unrecht, und das wussten sie. Sie waren im Recht, und auch das wussten sie. Sie hatten einen Teamführer, dem sie vertrauten. Noch. Und während Schacht mit ihnen trank und ein paar Belanglosigkeiten aus den letzten Tagen seiner Arbeit zum Besten gab, fragte er sich insgeheim, wie lange das so bleiben würde. Er glaubte nicht an Zufälle. Vor allem jetzt nicht, da sich seine erste Woche als Praktikant bei der Mordkommission zielstrebig dem Ende zuneigte.

FÜNFUNDDREISSIGSTES KAPITEL

Der nächste Morgen war ein Sonnabend, und die Berliner Nachrichten titelten auf der ersten Seite: „Foltert das SEK Verdächtige?" Darunter: „Polizei verschweigt Gewaltorgie im Rockerheim."

Schacht las die Online-Ausgabe, er hatte mit so etwas gerechnet. Der Reporter berief sich auf Aussagen aus Ermittlerkreisen, die nach Jahren angeblich ihr Schweigen brachen, weil sie mit dem Wissen nicht mehr leben konnten. Beweise gab es nicht, die Zeitung führte eine juristisch nicht angreifbare Verdachtsberichterstattung. Auffallend war jedoch, dass der mutmaßlich Verantwortliche mit „Wolf S." als Teamführer benannt wurde. Der Vater dieses Mannes sei einst erstochen worden, er selbst seit einem internationalen Polizeieinsatz in Ex-Jugoslawien „schwer traumatisiert".

Das Verfahren als solches störte Schacht wenig. Sie hatten sich zum Überschreiten einer Grenze entschieden, sie hatten in Bruchteilen von Sekunden die möglichen Folgen einkalkuliert. Er sah auch zum jetzigen Zeitpunkt keine Möglichkeit für die Presse, das Team zu überführen. Aber er sah, dass sein Ruf beschädigt werden sollte. Brisant war, dass ein Journalist seinen Klarnamen erhielt – und seinen Lebenslauf in Teilen. All dies war geheim, und Wilkens hatte keinerlei Kontakte bei den Spezialeinheiten. Er wurde gefüttert. Warum, das war Schacht sonnenklar.

Gleich zwei Anrufe hatte er an diesem Morgen schon auf seinem Display. Der erste stammte von Schmied, den er nicht hatte sprechen wollen. Der zweite vom alten Lebrink, dem Koordinator der Spezialeinheiten.

Es tue ihm aufrichtig leid, aber die Staatsanwaltschaft habe von Amts wegen ein Verfahren wegen gefährlicher Körperverletzung gegen die Mannschaft eingeleitet, die an dem Einsatz damals beteiligt war. Vorerst sei das gesamte 3. Team suspendiert.

„War mir klar. Jetzt kann ich endlich mal Golf spielen", hatte Schacht trotzig geantwortet. Lebrink empfahl ihm, sich umgehend mit einem Anwalt zu beraten. Man werde es jetzt mit einem „Haufen Dreck" zu tun bekommen. Eher beiläufig erwähnte Lebrink, dass beim Landeskriminalamt noch etwas anderes eingegangen sei: mehrere Fotos, die einen Mann zeigten, der ihm, Schacht ähnlich sehe. Dieser Mann halte einem auf dem Boden liegenden Jugendlichen mit mumaßlichem Migrationshintergrund eine Schusswaffe ins Gesicht. Es sehe sogar so aus, als stecke der Lauf der Pistole in der Mundhöhle des Opfers. Die Bilder seien auf einem Spielplatz aufgenommen worden. Ob er, Schacht, damit etwas anfangen könne?

Schacht hatte sich lauffertig gemacht und einige Runden im Wald gedreht. Vor der Remise blühten die Narzissen, ein Bussard zog gemächlich seine Kreise über dem Feld und lauerte auf Beute.

Die Zersetzungsmaßnahmen hatten begonnen. Schacht fühlte sich beinahe erleichtert, dass er jetzt endlich Klarheit darüber hatte. Seit Tagen fragte er sich nämlich, ob er nicht Gespenster sah und erste Anzeichen von Verfolgungswahn an sich feststellen musste. Schacht verfolgte den Greifvogel am Himmel und blinzelte ins Sonnenlicht. Schacht versuchte, sich Heiner Bettler vorzustellen. Wie der mit einer Gummipuppe im Arm Tango tanzte. In einem Irish Pub.

SECHSUNDDREISSIGSTES KAPITEL

IN IRLAND STERBEN 36

Schacht sollte aus dem Spiel genommen werden. Aber er hatte noch einen Joker. Einen mächtigen Verbündeten. Dessen Villa war nicht besonders herrschaftlich im Vergleich zu den anderen Anwesen am Ufer des Schlachtensees. Neun oder zehn Zimmer hatte sie wohl trotzdem. Schacht sah niemanden vor dem spitzgiebeligen Backsteinhaus stehen. Aber er wusste, dass das Haus gesichert war. Die Leibwächter vom Staatsschutz mussten in der Nähe sein. Sie kamen in der Regel morgens, um ihre Schutzperson zur Arbeit abzuholen. Sonntags und in der Nacht waren sie nicht da – es sei denn, es lag eine besondere Gefahrenanalyse vor. Und angesichts der zurückliegenden Krawalltage konnte man davon ausgehen.

Schacht hatte Arnold Tiedge, den Innenstaatssekretär, nur einmal getroffen. Aber der Politiker war früher ein BKA-Ermittler gewesen, und das hob ihn schon einmal auf die Bullenseite. Tiedge wollte bei wichtigen Entwicklungen informiert werden.

Schacht musste nicht einmal klingeln, denn Tiedge stand bereits im Garten und wartete auf ihn. Der Mann trug sein dichtes Haar wieder nach hinten gekämmt, er hatte ähnliche Kleidung an wie bei ihrem ersten Treffen mit dem Hund am

See. Jeans, feste Schuhe, ein Tweed-Hemd. Anstelle der alten englischen Wachsjacke trug Tiedge einen grauen Cardigan.

„Wolf, kommen Sie herein." Der Staatssekretär öffnete das schwere und knapp drei Meter hohe Gartentor und reichte ihm die Hand.

„So ein Garten ist eine feine Sache, aber man hat immer etwas zu tun. Meine Frau und die Kinder sind bei den Schwiegereltern an der See, ich habe den Kamin angemacht und eine gute Flasche Rotwein entkorkt. Der schnappt gerade nach Luft, also kommen Sie schon rein."

Schacht folgte Tiedge durch eine schwere alte braune Holztür in ein mindestens 50 Quadratmeter großes Wohnzimmer, in dessen südlicher Ecke Holz knackte und brannte. Aus einem dunkelbraunen Sekretär aus Mahagoniholz hatte Tiedge eine Hausbar anfertigen lassen. Schacht erkannte eine Reihe kostspieliger Sorten Cognac, Whisky und verschiedene Liköre. Der rote „Cru Bourgeois", Jahrgang 1996 stand geöffnet auf einem Beistelltisch neben zwei Gläsern und zog Luft. Tiedge zog seine Strickjacke aus, warf sie auf einen der dunkelgrünen, antiken Ledersessel mit dicken Knöpfen und trat an den Getränkeschrank.

„Mögen Sie erst mal einen irischen Whisky?"

„Mögen Sie in Irland sterben", antwortete Schacht mit einem der ältesten irischen Trinksprüche.

„Ich habe verstanden", lächelte Tiedge und füllte zwei Gläser halb voll mit Bushmills.

„Was ist da los, Wolf. Was läuft schief?"

Schacht wusste nicht, wo genau er anfangen sollte.

Aber nachdem er gut eine Stunde mit Tiedge vor dem Kamin gesessen hatte, war das meiste von dem erzählt, was er in den vergangenen Tagen erlebt hatte. Die Fälle Brettschneider, Heine, der Mord an Prinz, seine Begegnungen mit Bettler, der Vorfall mit der jungen Rumänin und die Schlägerei im

SECHSUNDDREISSIGSTES KAPITEL

Rockerheim, die Anschuldigungen in der Zeitung, die Suspendierung und die Staatsschutzleute, die ihm von Anfang an im Weg standen und offenbar auch den Dienststellenleiter der Mordkommission gegen ihn aufgebracht hatten. Sogar sein Verhältnis zu Beate deutete Schacht an. Allein seinen Einbruch in Heines Wohnung verschwieg er. Tiedge hatte aufmerksam zugehört, das eine oder andere mal gebrummt und nicht den Eindruck erweckt, als sei er überrascht oder gar unangenehm berührt von dem Bericht.

„Das ist scheiße, Wolf. Aber das war nicht anders zu erwarten. Die Sache wird politisch, und das war sie eigentlich von Anfang an. Sie haben sicher die Eier, das Ding durchzustehen, aber die Gegenseite ist sehr stark. Soll ich mich offiziell einschalten?"

„Es würde mir schon reichen, wenn Sie einfach mit breiter Schulter da wären, wenn es aufs Ganze geht."

„Das habe ich Ihnen versprochen. Und dazu stehe ich." Tiedge schnitt dabei fachgerecht das Ende einer Zigarre an und reichte sie Schacht, der dankend ablehnte. Tiedge hielt ein Stück Zedernholz in die Kaminglut, entzündete die Zigarre und paffte blaue Wölkchen in die Luft. „Sie wissen, dass Berlin ein Stadtstaat ist und ich dadurch mit einem Innenminister eines Bundeslandes zu vergleichen bin. Ich habe Kontakt zum Bundesinnenminister und notfalls auch zum Kanzleramt. Sind wir schon so weit?"

„Diesen Joker würde ich mir gern aufbewahren, bis die Kugeln tiefer fliegen."

„Okay, Wolf. Ich kann das jederzeit umsetzen, und ich habe den Eindruck, dass wir das in jedem Fall tun werden, weil alles, was Sie mir hier erzählt haben, auf eine Verschwörung deutet. Was Ihnen da widerfährt, ist nicht normal. Und ich war beim BKA, ich habe schon ein paar Dinger mitbekommen."

Er empfahl Schacht, weiterzumachen, auch wenn er selbst jetzt noch nicht wisse, wie. Wichtig sei jetzt, Protokoll zu führen. Alles aufzuschreiben, was Schacht erlebt, ermittelt und recherchiert habe. Wer wann was zu ihm gesagt hat. „Das werden wir am Ende brauchen, um Ihnen den Rücken freizuhalten und die Ratten zu erledigen."

„Was glauben Sie, steckt dahinter?"

„Ich habe keine Ahnung, aber wir werden es dank Ihrer Hilfe herausfinden. Wein?"

Schacht nickte zustimmend. Er genoss die ehrwürdige Gemütlichkeit des Ledersessels und das Feuer im Kamin. Schacht spürte seine Waffe an der Hüfte, lehnte sich vor und lockerte den Gürtel.

Als Schacht Stunden später nach Hause kam, war er todmüde und schwer angetrunken. Auf der Fahrt hatte er noch über das Risiko nachgedacht, das er damit einging. Jemand lauerte ihm auf. Vielleicht kannte dieser jemand auch seine Gewohnheiten. Ein Tipp, eine Polizeikontrolle und Schacht würde wegen Trunkenheit am Steuer buchstäblich aus dem Verkehr gezogen. Aber manchmal, so räsonierte er schmunzelnd, dachten die Menschen nicht an das Naheliegende. Der Kater Ringo, den Schacht seit Tagen nicht gesehen hatte, saß laut maunzend vor der Tür der Remise und schaute ihn vorwurfsvoll an.

Schacht schloss auf, und der Kater schoss an ihm vorbei, wobei er beinahe über das Tier gestolpert wäre. Schacht ging den Weg in die Küche, er brauchte dafür kein Licht. Er öffnete die schwere Tür seines silberfarbenen Kühlschranks, und die plötzliche Helligkeit verursachte Schmerz in seinen müden Augen. Er nahm Dosenmilch und eine Flasche Bier heraus, goss Milch auf eine Untertasse und verdünnte sie mit Wasser. Ringo schlabberte die Mixtur schnurrend, ihm rann das kalte Bier die Kehle runter. Manche Katzen bekamen von

SECHSUNDDREISSIGSTES KAPITEL

Milchprodukten Dünnschiss, Ringo vertrug sie anscheinend nicht schlecht.

Die Gesellschaft dieses Tieres belebte ihn irgendwie, und er machte Licht an seinem Schreibtisch und über seinem Sofa an. Er hätte schlafen sollen, doch ihm war klar, dass es eine dieser Nächte werden würde, in denen er zu viel trank und zu viel dachte und am Ende keine Lösung würde finden können. Er musste wieder an Alice denken und an die Leichtigkeit, die er stets in ihrer Gegenwart gefühlt hatte. Eben diese Leichtigkeit war das, was er jetzt genau brauchen konnte. Er vermisste die Art und Weise, wie sie sich in seinem Haus bewegte. Wie sie sich umsah, in seinen Büchern blätterte, dreist seine Schubladen inspizierte. Vor seinen Bildern stand und über die Männer nachdachte. Seine CD-Alben in Augenschein nahm und ihn dafür belächelte, dass er sich mit Johnny Cash beschäftigte. Er vermisste die Neugier, mit der sie seine Pistole in die Hand nahm und wie sie spürte, welche Macht davon ausging. Sie hatte sie in der Hand gewogen und gesagt, dass ein paar abgefeuerte Gramm Blei viel verändern könnten. Menschen, Angehörige, Feinde. Den Schützen selbst. Er wusste das. Er hatte viel verändert.

Er holte sich ein zweites Bier aus dem Kühlschrank, und erst auf diesem Weg in die Küche sah er das Blinken seines Anrufbeantworters, das ihm eine aufgezeichnete Mitteilung anzeigte. Seit Monaten hatte er dieses Gerät nicht mehr benutzt. Er drückte auf den Wiedergabeknopf, es rauschte ein paar Sekunden lang. Dann hörte er die Stimme von Friedrich Lege. Schacht wunderte das nicht. Der alte Lege war wohl der einzige Mensch in seinem Leben, der noch von Festnetz zu Festnetz telefonierte und Nachrichten auf Anrufbeantwortern hinterließ.

„Hey Kleiner, mir ist etwas eingefallen, was für dich vielleicht wichtig sein könnte. Es kann auch totaler Blödsinn sein, aber ich wollte es dir nicht vorenthalten. Ruf mich einfach an." Wahrscheinlich saß Lege jetzt am Bett seiner todkranken Frau und würde sich über eine Ablenkung freuen, dankbar sein.

Die durch die Fenster scheinenden Sonnenstrahlen weckten ihn am Morgen des nächsten Tages erst um halb elf. Schacht lag in seiner vollständigen Kleidung auf dem Sofa, er verspürte Schmerzen im Nacken. Und die Nacht war so verlaufen wie vorher vermutet. Er fühlte sich zerschlagen und war todmüde, aber irgendetwas schickte ihn auf die Beine. Nach einer Minute erinnerte er sich – Friedrich Lege hatte ihm etwas mitgeteilt. Und Schacht bemühte sich, das Gespräch sinngemäß zu rekonstruieren.

Es war um Heiko Brettschneider gegangen. Der Personenschützer hatte einige Monate vor seinem Tod die Kontaktdaten der Angehörigen geändert, die im Falle eines Unfalls zu verständigen sind. Mehrere Dienststellen waren darüber informiert worden, und auch Lege hatte so davon erfahren. Ein Routinevorgang, der dennoch ungewöhnlich war. Denn Brettschneiders Eltern waren noch am Leben und betrauerten nun wohl ihren Sohn. Und sie waren auch nicht umgezogen. Vielmehr hatte Brettschneider auch einen anderen Namen angegeben, an den sich Lege allerdings nicht mehr erinnerte.

An den Rest der Unterhaltung aus der letzten Nacht erinnerte sich Schacht im Wortlaut.

„Ihr habt noch ganz andere Sorgen, stimmt's?"

„Ja. Du hast davon gehört?"

„Wer nicht? Das macht die Runde, auch zu mir. Was ist damals passiert?"

„Du hast uns immer gemocht und uns geholfen. Ich möchte nicht, dass du schlecht von uns denkst."

„Mit wem glaubst du, dass du sprichst?"

SECHSUNDDREISSIGSTES KAPITEL

„Wir haben sie zertrümmert, Friedel. Richtiger ging es nicht."

„Ihr seid zu weit gegangen."

„Dreh die Zeit zurück, und geh mit uns in dieses Rockerheim. Danach reden wir."

„Ich weiß. Zum Glück habt ihr niemanden getötet."

„Ja, und wir sind nicht stolz drauf."

„Doch, seid ihr. Sonst wäre ich auch enttäuscht. Macht so was aber nie wieder."

Schacht hatte eine ausgiebige Dusche genommen und spazierte nun nur mit einem Handtuch um die Hüften in die Küche, um Kaffee aufzusetzen, als ein seltsames Gefühl Besitz von ihm ergriff.

Das Kribbeln kehrte zurück, es brannte beinahe auf seinem Rücken. Er konnte nicht glauben, dass ihm seine Wahrnehmung einen Streich spielte, und versuchte angestrengt, sich vorzustellen, was er in der letzten Nacht gesehen hatte. Er trat aus der Küche und näherte sich langsam und beinahe auf Zehenspitzen seinem Schreibtisch im Wohnzimmer. Das Teamfoto, das mit dem starken Uli, hing verkehrt herum an der Wand vor ihm. Der Gegner hatte sonst keine Spuren hinterlassen.

Schacht schlug vier Eier auf und kippte sie in ein großes Glas. Dann nahm er eine Flasche Sojasoße aus dem Küchenschrank neben der Spüle, goss einen ordentlichen Schuss hinein und fügte noch Tabasco hinzu. Dann schluckte er alles in einem Zug runter. Langsam fühlte er sich besser. Am Abend stand Quiqueks Geburtstag an. Er wollte ohne Frauen eine Sause mit dem Team veranstalten. Schacht wusste, dass er am kommenden Tag mindestens acht Eier brauchen würde.

Ein langer Faden hing am Hosenbein seiner Jeans herab, und er wollte ihn abschneiden. Früher hatte eine Levi Strauss ein gefühltes Leben lang gehalten. Aber die Baumwolle wurde zusehends schlechter. Schacht brachte es nicht mehr im Detail zusammen, aber er hatte einmal gelesen, dass dieser Qualitätsverlust irgendetwas mit der großen Flut in Pakistan zu tun hatte.

Schacht fand sein Messer nicht. Das kleine Teammesser mit der SEK-Schwinge auf der Klinge, das er immer bei sich trug, wie die anderen auch. Er suchte den Boden ab, hoffte, dass er es beim Ausziehen der Hose verloren hatte. Aber es war nicht da. Nicht im Bad, nicht in der Küche, nicht im Auto.

Eine halbe Stunde später saß er im Volvo und fuhr nach Berlin. An der Grunerstraße, unweit des Alexanderplatzes, gab es einen Ausrüstungsladen für Polizisten. Von der kugelsicheren Weste über Blutgruppenabzeichen bis hin zum taktischen Holster wurde alles angeboten. Und natürlich auch Messer. Ohne SEK-Schwinge, aber das war ihm egal. In diesem Laden gingen die echten Bullen ein und aus. Diejenigen, die sich jeden Tag und jede Nacht da draußen dem Bösen in den Weg stellten. Man sprach nicht viel miteinander in den Verkaufsräumen, es sei denn, man kannte sich. Trotzdem hatte es Flair.

Außenstehende hätten die Männer und Frauen darin nicht erkannt, Schacht fielen sie schon von Weitem auf. Jeans, schwarze Sportschuhe und Outdoor-Jacken, unter denen sich Schutzwesten verbargen. Hüfttaschen, die meist vor der Gürtelschnalle hingen und in denen Kleinkram wie Autoschlüssel und Zigaretten transportiert wurden. Die jungen Frauen, ebenso angezogen, die mit ihren Einkäufen zu den zivilen Fahrzeugen und Kleinbussen der Marke VW T5 gingen. Bullen optimierten ihre Ausrüstung mit eigenem Geld, weil die Behörde nicht allen Ansprüchen nachkam. Oder zu spät. Man musste warten.

Ein knapp zwei Meter großer Hüne lehnte an einem schwarzen VW-Bus und grüßte Schacht beim Vorübergehen.

SECHSUNDDREISSIGSTES KAPITEL

Streifendienst VB, Verbrechensbekämpfung. Zivilfahnder, die rund um die Uhr im Einsatz waren, um Täter aller Deliktsfelder auf frischer Tat zu stellen.

Er betrat den Raum, und eine junge Polizisten wäre beinahe in ihn hineingelaufen. Sie trug einen großen Karton vor sich, darin waren Einsatzstiefel mit fester Sohle, und Schacht wusste, dass sie die Dinger von ihrem eigenen Einkommen bezahlt hatte. Sie war eine von den echten Bullen, und allein diese kurzen Begegnungen ließen ihn die Typen bei der Mordkommission kurzzeitig vergessen.

Schacht schaute sich in dem Laden um, entschied sich schnell für ein Einhandmesser der Firma Walther und bezahlte es mit seiner EC-Karte. „Behörde?", fragte der Verkäufer. „Ja, sicher."

Dann gebe es Rabatt. Schacht nickte dem Verkäufer zu und bedankte sich. Er ging ins Freie und zu seinem Volvo. Ein Strafzettel pappte unter dem Scheibenwischer. Die „Aufschreiber" waren scheinbar aus dem Nichts aufgetaucht. Haben den Polizeitest nicht geschafft, dachte sich Schacht leicht gereizt, zerknüllte das Knöllchen und fuhr davon. Es gelang ihm irgendwie, die letzten Tage auszublenden. Er dachte eigentlich gar nicht daran. Es tat gut.

In einer nahegelegenen Buchhandlung kaufte er einen Johnny-Cash-Bildband für Quiquek. Schon möglich, dass der das Buch schon hatte. Dann würde er es eben selbst behalten. Es gab die jungen Männer beim SEK, den Nachwuchs, die lieber Rammstein vor dem Training hörten, um sich aufzuputschen. Die älteren Semester hörten aber Cash. Und wenn einer der Jungen spottete, ging es in den Ring. Für eine Runde. Meistens reichte das.

Schacht kam Brettschneider in den Sinn. Brettschneider, der Steinefresser, Brettschneider, der Sexprotz. Der einige Monate vor seinem Tod seine eigenen Eltern von der Notfallrufliste für Angehörige strich und einen anderen Namen angab.

Schacht rollte die Potsdamer Straße Richtung Süden und hielt beunruhigt Ausschau nach einer Tankstelle. An der Ecke Kurfürstenstraße sah er die ersten Junkie-Nutten, die bereits am helllichten Tag entlang der Fahrbahn wankten und sich den Freiern offerierten. Es gab auch Mädchen in der Gegend, die sich nicht jeden Tag Rauschgift in den Körper pumpten. Durchaus ansehnlich, wenn man die falschen langen Haare ignorierte und das zu dick aufgetragene Make-up. Aber die Präsenz der Zombies nahm weiter zu. Reines Heroin gab es kaum noch auf den Straßen – Crystal Meth und andere dreckige Synthetikdrogen bestimmten heute das Bild. Der Blick leer, der Fußschritt wackelig, verzweifelte Versuche, den Körper aufrecht zu halten und nicht umzukippen, wenn sie sich in das Beifahrerfenster des nächsten Kunden beugte. Wer mit solchen Frauen schlief oder sich einen blasen ließ? Schacht erinnerte sich an einen Fall, der erst drei Jahre zurücklag. Eine der Huren war in das Auto eines Freiers eingestiegen, der sie vergewaltigen wollte und mit ihrem Tode drohte, als sie sich wehrte. Dem Mann war es nicht ums Geld gegangen, sondern um den Genuss der Vergewaltigung. Er hatte eine Waffe an ihren Kopf gehalten, später sollte sich herausstellen, dass es eine Gaswaffe war. Aber das konnte man damals aus der Distanz nicht erkennen, weil die Dinger den echten Pistolen äußerst ähnlich sahen. Opfer und Täter saßen in dem BMW auf einen Parkplatz unweit der Kurfürstenstraße, das SEK kam, und es war Schacht, der dem Freier schließlich in die Schulter schoss. Die junge Hure saß später als Zeugin in der Vernehmung. Und sie berichtete, dass dieser Freier eigentlich noch zu den Netteren gehöre. Vielen gehe es nicht um Sex, sondern darum, sie und ihre drogenkranken Kolleginnen nach allen Regeln der Kunst zu

SECHSUNDDREISSIGSTES KAPITEL

erniedrigen. Darunter fanden sich Manager in leistungsstarken Limousinen. Die den Preis noch drückten, weil sie die Macht über einen Entzugsanfall hatten. Und grundsätzlich ohne Kondom.

In letzter Zeit hatten die Fixer-Huren harte Konkurrenz bekommen. Junge Frauen aus Bulgarien und Rumänien, teilweise nicht älter als 14, boten ihre Körper nun ebenfalls in dem Areal an. Drückten die Preise, um mehr menschlichen Umsatz zu machen. Es gab Schlägereien unter den Frauen, zwischen ihnen und ihren Zuhältern und unter den Zuhältern selbst. Mitten auf dem Strich fand Schacht endlich eine Tankstelle. Während er dem durstigen Volvo Diesel gab, schauten ihm zwei Nutten dabei zu. Schacht hörte, wie sie sich miteinander unterhielten, und nahm den Klang einer seltsam vertrauen Sprache wahr. Die Mädchen stammten aus Bosnien oder aus Montenegro und waren wenigstens halbwegs erwachsen.

Als Schacht rund eine halbe Stunde später vor dem Fitnessstudio in Tempelhof einparkte, wusste er bereits, dass er Nicole nicht antreffen würde. Er ging dennoch in die Geschäftsräume hin zu dem Tresen, wo eine hübsche Asiatin stand und auf einen Computerbildschirm schaute. Er hörte das Quietschen von Sportgeräten und das Ächzen der sich Marternden. Schacht hatte keine Lust auf große Erklärungen und stellte sich direkt vor.

„Hallo, Kriminalpolizei. Hat Nicole heute Dienst?"

Die junge Frau war vermutlich Koreanerin. Sie hatte ein schönes Gesicht, nur ihre Kiefermuskeln traten zu sehr an den Seiten hervor. Wahrscheinlich nahm sie aufbauende Mittel.

„Nein, krank. Seit einer Woche. Warum?"

„Ich muss mit ihr reden. Sie ist Zeugin in einem Ermittlungsverfahren. Geben Sie mir bitte ihre Adresse."

Schacht ließ keinen Spielraum für Diskussionen.

„Darf ich das denn überhaupt?" Die Frau war unsicher.

„Sie müssen sogar. Sonst muss ich gegen Sie wegen Behinderung der Justiz ermitteln. Außerdem würde ich die Daten auch so herauskriegen. Sie können mir lediglich Zeit ersparen." Schacht legte ein übertrieben joviales Lächeln auf, das seine Wirkung nicht verfehlte.

„Okay", erwiderte die Frau und schrieb eine Adresse in Steglitz auf. „Sie ist eine Freundin von mir. Grüßen Sie sie bitte."

„Von wem?"

„Von Juni."

Schacht bedankte sich. Es lag auf der Hand, dass Brettschneiders Freundin die Diagnose bekommen hatte. An einen Schnupfen wollte er nicht glauben. Beim Verlassen des Sportstudios sah er die junge Frau hinter dem Tresen und fragte sich, wie viele Stunden Sport diesen perfekten Hintern wohl geformt hatten. Hoffentlich hatte sie nicht zusammen mit dem Bodyguard und Nicole einen Dreier abgezogen. Während er die Treppen hinuntersprang, tadelte er sich selbst für seine schmutzige Fantasie.

Die Albrechtstraße lag nicht weit entfernt. Er fand die richtige Hausnummer und den Familiennamen, den ihm Juni aufgeschrieben hatte. Die Klingel war die zweite von unten, wahrscheinlich wohnte sie ihm Erdgeschoss. Er drückte den Knopf, nach etwa 30 Sekunden hörte er die Stimme der Frau durch die Gegensprechanlage.

„Wer ist da?"

„Schacht, Mordkommission. Wir kennen uns. Bitte öffnen Sie."

Der Summer brummte, die schwere Holztür ließ sich öffnen, Schacht nahm den ersten Treppenabsatz und sah Nicole Singer im Parterre in der offenen Tür stehen. Sie sagte

SECHSUNDDREISSIGSTES KAPITEL

nichts, sondern drehte sich um und ging in ihr Wohnzimmer. Er folgte ihr und setzte sich auf eine Couch, der gegenüber sie auf einem Sessel Platz genommen hatte. Ihr Körper war immer noch schön und der einer Mittzwanzigerin, ihr Gesicht war gealtert. Das kurze dunkle Haar war strähnig, die Brille verschmiert. Sie hatte Ringe unter den Augen und tiefe Falten um den Mund herum. Der Aschenbecher vor ihr quoll über, eine fast leere Flasche Sekt stand am Boden. Die Wohnung war modern eingerichtet, helle Möbel, abstrakte Bilder. Ein dunkler Teppich, er konnte eine amerikanische Küche sehen, die von dem Wohnzimmer abging. Nicole Singer war das Einzige in diesen Räumen, was nicht mehr zu retten schien.

„Wie geht es Ihnen?", fragte Schacht und wusste schon beim Aussprechen, dass diese Frage albern war.

„Wie soll es jemandem gehen, der eine tödliche Krankheit hat, über die Filme mit Tom Hanks gedreht werden?", erwiderte sie monoton.

„Es tut mir leid", sagte Schacht und meinte es ernst. „Aber ich musste Ihnen die Wahrheit sagen."

„Ich weiß, und ich bin Ihnen dankbar dafür. Ich war dumm, mit ihm einfach so zu schlafen. Ich hätte auf einem gemeinsamen Test bestehen sollen. Aber er war Polizist. Beschützt Politiker. Ich wäre nicht darauf gekommen."

„Was sagt Ihr Arzt?"

„Dass ich mir keine Sorgen machen, mich gesund ernähren, nicht rauchen und trinken soll. Sie sehen ja, ich halte mich dran." Sie zeigte auf den Aschenbecher und die Flasche Sekt.

„Es gibt Medikamente."

„Ich weiß. Und ich werde sie bis an das Ende meiner Tage nehmen müssen."

„Es gibt Menschen, bei denen das Virus irgendwann nicht mehr im Körper nachzuweisen ist."

„Das steht in den Zeitungen."

„Ich würde daran glauben. Sie sind jung und leben nicht in Afrika. Sie haben eine Chance."

Nicole Singer schaute aus dem Fenster, ihr Blick war glasig. Leer.

„Nach dem, was wir beide durchgemacht haben, dachte ich, es könnte klappen", sprach sie nun von Schacht abgewandt. Der wurde hellhörig. Ein Verdacht überkam ihn, und er wusste nicht woher.

„Sie sind beide als Kinder sexuell missbraucht worden?"

Nicole rührte sich nicht, antwortete nicht. Und starrte weiter aus dem Fenster. Dann wandte sie sich langsam zu ihm, und ein Hauch von grimmiger Entschlossenheit flackerte kurz in ihr auf.

„Und wir haben es nie angezeigt. Jetzt, wo die Polizei da ist, wäre das doch mal eine Gelegenheit."

„Ich ermittele immer noch in der Sache Brettschneider."

„Ich dachte, man hat Sie von dem Fall abgezogen." Schmelzer musste bei ihr gewesen sein.

„Ich wurde wieder eingesetzt. Kennen Sie seine Eltern?"

Nicole griff nach der Zigarettenschachtel, fand sie leer und warf sie achtlos durch den Raum.

„Wir wollten seine Mutter besuchen. Deswegen war ich ja auch so sicher, dass er mehr für mich empfindet. Aber dazu ist es dann nicht mehr gekommen."

„Nur seine Mutter?"

Nicole warf die Stirn in Falten, als habe Schacht etwas furchtbar Dämliches zu ihr gesagt.

„Sein Vater ist schon lange tot. Er hat sich das Leben genommen, weil die Stasi ihn fertiggemacht hat."

Die offiziellen Eltern Brettschneiders mit dem gleichen Namen lebten den Akten nach in Grunewald und erfreuten sich bester Gesundheit. Schacht ging darüber hinweg.

SECHSUNDDREISSIGSTES KAPITEL

„Danke", sagte Schacht und stand auf. „Ich soll sie von Juni grüßen. Sie sollen bald wiederkommen."

Die junge Frau nickte, und für einen Augenblick huschte ein Lächeln über ihr Gesicht. Eine Spur von Zuversicht.

Schacht befand sich schon auf dem Treppenabsatz, als Nicole ihn noch einmal ansprach. Sie habe gelesen, dass Heiko am nächsten Vormittag beerdigt werde. Hingehen könne sie nicht.

ERNTEZEIT 37

Ein sanfter Westwind zog über die Beelitzer Felder, Ein Krähenschwarm hatte es sich auf der alten hölzernen Bockmühle bequem gemacht, deren Flügel trotz des Windes stillstanden. Die Vögel schauten den Saisonarbeitern zu, die am Morgen die erste Ernte ausgestochen hatten. Sie banden die Stangen am Rand des Feldes zu kleinen Bündeln und verpackten diese in Kisten. Die Spargelzeit hatte begonnen, und die Berliner warteten schon sehnsüchtig auf das Gemüse aus dem Brandenburgischen. Die Gemeinde Beelitz mit ihren 10.000 Seelen lag vor ihm und machte einen lieblichen Eindruck. Einst waren die Industriearbeiter aus der Hauptstadt nach Beelitz gekommen, um sich von der Schwindsucht kurieren zu lassen. Die Lungenheilanstalt aus der Zeit der Wende vom 19. zum 20. Jahrhundert war heute ein verfallener, von Pflanzen überwucherter Ruinenkomplex. Ein verwunschener Ort, an dem kurz nach der Wendezeit ein rätselhafter Mörder sein Unwesen trieb.

Schacht sog die Luft begierig ein. Das trockene sanfte Klima kam nicht nur dem Spargelwuchs zugute, sondern hatte Sterbende und Lebende über Jahrzehnte angelockt. Ein Soldat namens Adolf Hitler hatte sich dort während des Ersten Weltkriegs von seiner Splitterwunde aus der Somme-Schlacht erholt. Und ein krebskranker Erich Honecker, einst

SIEBENUNDDREISSIGSTES KAPITEL

Vorsitzender des Staatsrates der DDR, verließ von Beelitz aus für immer deutschen Boden. Im März 1991 wurde Honecker mit seiner Frau Margot von dem kleinen sowjetischen Militärflugplatz zwischen den Spargelfeldern nach Moskau ausgeflogen. Für die Toten an der Mauer musste er sich nie verantworten, für die Verbrechen der Stasi ebenfalls nicht.

Schacht kannte diese Geschichte, denn er war einmal mit Alice in Beelitz gewesen, um ihr das Umland von Berlin zu zeigen. Auf einer Motorradtour. Sie war entzückt durch die Ruinen der Lungenheilanstalt geklettert und hatte sich später in einem Restaurant über die seltsame Leidenschaft der Deutschen für ein Gemüse ausgelassen, das einem Penis ähnlich sieht.

Nun stand Schacht vor dem Haus Dorfstraße Nummer 12. Den Wagen hatte er rund 50 Meter davon entfernt abgestellt. Fremde Autos fielen immer auf, gerade in einer dörflichen Gegend. Helga Valentin musste schon seit einigen Stunden wieder von der Beisetzung in Berlin-Grunewald zurückgekehrt sein. Sie war ohne Begleitung erschienen und vermutlich mit dem Regionalexpress gekommen.

Schacht hatte der kleinen Trauerfeier für Heiko Brettschneider aus der Distanz beigewohnt und die ältere, weinende, aber würdevolle Dame umgehend erkannt. Das Kinderfoto aus Brettschneiders Wohnung. Der Matrosenanzug, die Tapete, die Farbgebung, die er nicht hatte zuordnen können. Neben dem Kranz seiner Adoptiveltern – „In Liebe. R&G Brettschneider" – gab es Trauergrüße der Berliner Polizei und Arnold Tiedges, der allerdings nicht zur Beerdigung erschienen war. Den vierten Kranz, auf dem der Name „Valentin" zu lesen war, konnte Schacht also leicht zuordnen. Auch wenn die alleinstehende Dame der kleinen Trauergemeinde nicht an das Grab folgte, sondern in der Kapelle sitzen blieb.

Schacht hatte keine Ahnung, was ihn erwartete, aber er war aufgeregt. Womöglich hatte er sich in Heiko Brettschneider alias Valentin getäuscht. Sechs Parteien wohnten laut Klingelschild in dem alten DDR-Haus. Valentin stand in der Mitte. Die einst weißen Knöpfe waren vergilbt und hatten Spiel. Als Schacht auf den hinter dem Namen Valentin drückte, hörte er ein lautes Schrillen. Der Summer wurde nicht betätigt, dafür wurde ein Fenster im ersten Stockwerk geöffnet, und die rund 70-jährige Frau mit mittellangen, grauen Haaren schob ihren Kopf ins Freie.

„Ja bitte?"

„Frau Valentin?"

„Ja, die bin ich."

„Mein Name ist Schacht, ich bin bei der Polizei und ein Kollege Ihres Sohnes."

Er hatte sich nicht bemüht, diskret zu sein. Erst jetzt stellte er fest, dass ein greiser Hausbewohner im ersten Stock am Fenster saß. Er hatte ein Kissen auf den Rahmen gelegt, die Ellenbogen darauf abgestützt und glotzte neugierig zu ihm herab.

Wenig später bekundete der Summer, dass die Tür geöffnet wurde. Schacht nahm drei Stufen auf einmal und stand wenig später vor Helga Valentin. Sie trug ein dunkelblaues, mit kleinen weißen Lilien besticktes Kleid.

„Kommen Sie herein."

Schacht folgte ihr in das winzige Wohnzimmer und erkannte das Tapetenmuster. Eine Plüschcouch beherrschte den kleinen Raum, davor stand ein Glastisch. Ein Deckchen verhinderte, dass die metallene Keksdose Kratzer auf der Platte verursachte. Die Frau hatte geweint, und das offenbar sehr oft in letzter Zeit. Ihre Augen waren rot, sie hielt ein zusammengedrücktes Taschentuch in der Hand.

„Mein Beileid", sagte Schacht. Er meinte das ernst, fühlte sich dennoch unbeholfen.

SIEBENUNDDREISSIGSTES KAPITEL

Die Frau nickte, Tränen liefen über ihr Gesicht, jetzt, da sie wieder und durch einen Fremden an das brutale Ende ihres Sohnes erinnert wurde.

Schacht nahm auf dem Sofa Platz, Frau Valentin servierte Kaffee. Nach einer Weile fasste er Mut, nun seine Fragen loszuwerden.

„Ich habe früher mit Heiko zusammen trainiert, wir haben zusammen Sport gemacht und geschossen. Haben Sie eine Idee, warum er sich das Leben genommen hat?"

Die alte Frau schaute durch die gelben Gardinen hin zu dem Baum, der vor ihrem Fenster stand.

„Ich wusste doch gar nichts von ihm."

„Wieso?" Es wurde spannend.

„Mein Mann hat früher hier in Beelitz an der Funkempfangsstelle gearbeitet."

Schacht hatte von dieser Einrichtung gehört. Die Kurzwellenstation war lange Zeit der technische Stolz der DDR gewesen. Von Beelitz aus hatte der Osten Deutschlands mit China, Cuba und der Sowjetunion kommuniziert.

„Er war ein Dickkopf und weigerte sich, in die betrieblichen Kampfgruppen zu gehen. Mit der SED wollte er nichts zu tun haben. Und er machte aus seiner Meinung kein Hehl."

In Helga Valentins Stimme hörte Schacht eine seltsame Mischung aus Vorwurf, Trauer, Trotz und Stolz.

„Und dann kam die Stasi mit Zersetzungsmaßnahmen", warf er ein.

„Immer wieder. Sie nahmen ihm die Arbeit, dann die Würde. Sie erfanden Lügen über ihn. Freunde blieben weg, dann fing es mit der Sauferei an. Sie haben uns Heiko weggenommen, als er noch ein kleiner Junge war, und in ein Erziehungsheim gesteckt."

Schacht sah seine Vermutung bestätigt. Er versuchte, im Kopf nachzurechnen. Das, was den Valentins das Herz ge-

brochen hatte, musste Anfang der 80er-Jahre geschehen sein.
Er erkundigte sich nach dem Verbleib von Heikos Vater, obwohl er die Antwort schon am Tag zuvor gehört hatte. Von Nicole.
„Eines Tages hat er sich in der Garage aufgehängt."
„Seit wann hatten Sie wieder Kontakt zu Heiko?"
„Ich wollte unsere Stasi-Akten erst nicht lesen. Bin ein paar Mal zur Auskunftsstelle gefahren und dann auf halbem Weg wieder umgekehrt. Ich hatte Angst zu erfahren, wer uns bespitzelt hat. Doch dann habe ich sie eines Tages doch angefordert und eingesehen. Es war ein langer Prozess, aber ich erfuhr schließlich, dass Heiko nach fünf Jahren im Heim von einem systemtreuen Ehepaar adoptiert wurde, das selbst keine Kinder bekommen konnte. Die Familie ist nach dem Mauerfall in den Westen gezogen, und Heiko wurde Polizist."
„Und dann haben Sie ihn ausfindig gemacht?"
„Nein. Ich habe es natürlich versucht. Aber er hatte eine Sperre beim Landeseinwohneramt, weil er ja bei der Polizei war. Ein Mitarbeiter der Stasi-Unterlagenbehörde hat mir dabei geholfen."
Schacht zog die Augenbrauen hoch. Den Namen dieses Mitarbeiters musste er nicht erfragen.
„Er wurde schließlich benachrichtigt, dass da jemand auf der Suche nach ihm war. Und dann stand eines Tages hier in der Tür. So wie Sie gerade eben."
„Wann war das?"
„Vor zwei Monaten etwa. Wir haben uns beide in den Armen gelegen und geweint. Wegen der Jahre, die man uns genommen hat. Und aus Freude über die Jahre, die wir nun doch noch gemeinsam haben könnten."
Schacht stellte sich diese andere Seite vor, die er an Brettschneider nicht gekannt hatte. Er schämte sich nun auch für

SIEBENUNDDREISSIGSTES KAPITEL

die Verachtung, die er dem Steinefresser stets entgegengebracht hatte. Brettschneiders Brutalität, sein großspuriges Auftreten, sein Umgang mit Frauen. Für das alles hätten die Psychologen vermutlich genug Ursachen in der Kindheit gefunden.

„Er hat Sie regelmäßig besucht?"

„Ja, sehr oft. Er brachte Blumen mit, führte mich zum Essen aus. Er erzählte mir auch von seiner Freundin, eine Sporttrainerin. Ich hatte mir immer gewünscht, dass ich einmal Enkelkinder haben würde."

„Hat er Ihnen auch davon erzählt, wie seine Jahre im Erziehungsheim verliefen?"

Helga Valentins Blick verfinsterte sich.

„Nein. Nicht richtig. Er hat nur einmal zu mir gesagt, dass er sich für das, was man ihm damals angetan hat, rächen werde."

Tagelang hatte er im Dunkeln getappt und darauf gewartet, dass sich irgendetwas rührte. Nun ging alles schnell. Noch flogen ihm Fragmente durch den Schädel, verwirrten ihn und fügten sich wie zufällig von selbst zusammen. War Brettschneider alias Heiko Valentin eines der unglücklichen DDR-Heimkinder gewesen, die die Stasi westlichen Pädophilen zugeführt hatte, um sie dann damit zu erpressen? Oder waren er und Heine nur einer solchen Sache auf die Spur gekommen? Wer wusste noch davon? Thilo Prinz? Hatte Brettschneider seine ehemalige Schutzperson einweihen wollen, weil er politisch Hifle brauchte? Oder hatte er selbst jemanden erpresst?

Schacht erinnerte sich an sein Gespräch mit Nicole. Und an die Unterlagen, die er in Heines Wohnung gefunden hatte. Viele davon hatte er abfotografiert. Das Material befand sich noch auf seinem Handy.

„Hat er von seinen anderen Eltern gesprochen?"

„Ja, er war wütend auf sie, weil sie ihm nie davon erzählt haben, dass er von ihnen adoptiert worden war."

„Hat er sich vielleicht einmal merkwürdig verhalten? Hatte er Stimmungsschwankungen?"

„Nein, er war fröhlich. Nur einmal wollte er unbedingt die Stelle sehen, an der sein Vater sich erhängt hat."

„Wo ist das?"

„In der Garage hinter dem Haus. Er sagte, er wolle den Ort sehen, um mit der Vergangenheit abzuschließen."

„Waren Sie dabei?"

Helga Valentin verneinte. Sie habe die Garage seit über 20 Jahren nicht mehr betreten und erfolglos versucht, sie zu vermieten. Schacht bat um den Schlüssel.

„Das hat Heiko mich auch gefragt. Ja, ich habe einen. Was wollen Sie dort?"

„Mich umsehen. Es ist quasi auch für mich das Ende der Ermittlungen, ich würde gern einfach nur einen Blick hineinwerfen."

Die Frau erhob sich und kam wenig später mit einem Schlüssel wieder, der an einem alten roten Plastikanhänger befestigt war.

„Es ist die mittlere Garage mit dem braunen Tor. Ich werde nicht mitkommen."

Er bedankte sich und versprach, den Schlüssel gleich wieder zurückzubringen. Dann verließ Schacht die Wohnung und das Haus. Auf der gegenüberliegenden Straßenseite sah er eine Gruppe polnischer Saisonarbeiter, die erschöpft von den Feldern heimkehrten, aber ausgelassen redeten. Ein schmächtiger alter Mann mit einem Rauhaardackel und einer dunkelblauen, alten Schirmmütze stand an der Bordsteinkante und grüßte die Gruppe freundlich.

Schacht lief um das Haus herum zum rückwärtigen Teil und fand einen ausgetretenen Pfad, der zu den drei Garagen

SIEBENUNDDREISSIGSTES KAPITEL

führte. Er sah die mittlere mit dem braunen Tor und steckte den Schlüssel in das alte Schloss an dem Drehknauf. Dieser ließ sich einfacher drehen, als er es erwartet hätte, doch beim Aufstemmen des Tores nach oben musste er seine gesamte Körperkraft aufbringen. Dann stand er in dem kleinen Raum, in dem es modrig roch. Ein alter Schrank nahm die gesamte rechte Seite der Garage ein, es gab eine kleine Werkbank an der Stirnseite, links stand ein altes Fahrrad. Der Staub lag zentimeterdick auf dem Holz, Spinnweben hingen von der Decke. Schacht öffnete die Schranktüren, doch außer Werkzeug und altem Schmirgelpapier entdeckte er nichts. Rechts und links an der Werkbank gab es kleine Schubladen, sie ließen sich mit viel Kraftanstrengung öffnen, doch auch sie waren leer. Schacht tastete mit der rechten Hand die Unterseite der Arbeitsplatte ab und spürte eine große, weiche Unebenheit. Er ging in die Knie und holte seine Taschenlampe hervor. Vier Reißzwecken hielten Schnüre, hinter die mehrere Umschläge geklemmt waren. Schacht nahm sie ab. Die Umschläge hatten DIN-A4-Format und waren an der Verschlussseite zusätzlich mit Paketklebeband umwickelt. Auf einem stand mit Kugelschreiber „Original" geschrieben, auf drei anderen „Kopie". Schacht war überzeugt davon, dass er diese Handschrift schon einmal gesehen hatte.

Er spielte mit dem Gedanken, die Umschläge sogleich zu öffnen. Sein Herz schlug, so fiel ihm jetzt auf, schneller als vor einem SEK-Einsatz.

Offenbar hatten alle Umschläge den gleichen Inhalt. Er klemmte sich den Umschlag mit dem Original und eine Kopie unter die Jacke, die anderen platzierte er wieder unter den Schnüren. Er verließ die Garage, zog das Tor herunter und tat so, als würde er das Schloss verriegeln. Tatsächlich ließ er es offen. Dann stieg er wieder zu der trauernden Frau Valentin hinauf und überantwortete ihr den Schlüssel.

„Ich wünsche Ihnen viel Kraft." Er drückte ihre Hand herzlich. Frau Valentin bedankte sich für seinen Besuch und wandte sich ab.

Schacht eilte zum Volvo. Er wollte nach Hause fahren und sich dort den Inhalt der Umschläge anschauen. Erst jetzt bemerkte er, dass es mittlerweile fast dunkel war.

ACHTUNDREISSIGSTES KAPITEL

NACHT DER RATTEN 38

Schacht kannte sich in der Gegend nicht aus, aber das brauchte er auch nicht, weil er auf seinem Navigationsgerät einfach auf den Knopf „Nach Hause" gedrückt hatte. Die Spannung zerriss ihm beinahe den Verstand.
Unzählige Dinge gingen ihm durch den Kopf. Schacht wusste, dass er zumindest einen Teil der Lösung in seinen Händen hielt. Er konnte nun nicht anders, sondern fuhr rechts auf einen kleinen Weg, den die Landwirte mit ihren Traktoren nutzten, um zu ihren Feldern zu gelangen. Vor ihm lag eine sanfte Linkskurve, auf der anderen Seite ein dunkler Kiefernwald. Er stellte den Motor ab und schaltete die Innenbeleuchtung an. Dann holte er sein Messer aus der Hosentasche und schnitt den Verschluss auf.
Schacht erfühlte Papierbögen, Büroklammern, darunter dünne, scharfkantige Kunststoffkarten. Das Material fühlte sich an wie Filmnegative. Schacht hatte solches Material zuletzt in der Polizeischule gesehen: Mikrofiche, eine mit Silberfilm beschichtete Polyesterfolie, auf der man – stark verkleinert – große Datenmengen ablichten konnte. Wenn man sie bei richtiger Witterung aufhob, sollten sie 50 Mal so lange halten wie elektronische Speichermedien.

Schacht sah im Rückspiegel einen Geländewagen herankommen. Das Auto fuhr mit hoher Geschwindigkeit und hatte Fernlicht eingeschaltet, das der Fahrer kurz vor der Kurve abblendete. Danach wurde es wieder ruhig und dunkel.

Schacht fingerte die Blätter aus dem Umschlag und sah, dass es sich dabei um Vergrößerungen der Mikrofiche-Dateien handelte. Er musste sich anstrengen, konnte das, was Maschinenschrift war, aber entziffern.

Sie trugen alle den Stempel des Ministeriums für Staatssicherheit und einige Registernummern. An mehreren Stellen erkannte Schacht auch den Stempel der BStU. Schacht blätterte die mit Gummibändern zusammengehaltenen Blätterstapel durch. Er las Namen. Und war fassungslos. Schacht kannte nicht alle, aber viele von ihnen. Journalisten. Schauspieler. Industrielle. Sportler. Politiker. Und immer ging es um Menschen, die durch Erpressung geworben worden waren.

Zum Schluss fand er einen kleinen Umschlag mit Kontaktabzügen von Fotos.

Horst Schmelzer sah deutlich jünger aus, er musste damals gerade Anfang 30 gewesen sein. Die beiden Frauen, die sich mit ihm auf dem Bett räkelten, und von denen mindestens eine eher Übergewicht hatte, waren offenbar noch etwas jünger. „Komprimat" stand auf einem der Papiere. „Anwerbung" auf einem anderen. „Maßnahmenplan" zur Werbung des IM-Vorlauf. Perspektiven. Nichts darüber, ob die Druckwerbung zum Erfolg geführt hatte. Schacht rief sich seine ersten Begegnungen mit Schmelzer in Erinnerung, diesem verbissenen, scheinheiligen Bürokraten. Er zweifelte daran.

Auch einige Diapositive, in Papprahmen gefasst, fanden sich. Es fiel ihm schwer, die abgebildeten Motive im Gegenlicht der Kabinenlampe zu erkennen. Aber er ahnte, worum

ACHTUNDREISSIGSTES KAPITEL

es sich handeln könnte. Die Zeit dafür würde Schacht sich später nehmen.

Er sah auf die Straße, laut seinem GPS waren es noch 20 Minuten bis zur Remise. Er musste los. Nicht zur Remise. Sondern nach Berlin.

Die Umgebung der Landstraße rechts und links von ihm wurde nun etwas hügelig, er erkannte dichte Wälder und Felder. Er war allein unterwegs, obwohl es noch nicht allzu spät war, und die Landstraße machte nun eine Linkskurve, in deren Scheitelpunkt er einen großen Baum erkannte. Schacht blendete seine Scheinwerfer ab. Er war bei Tempo 90, schaute konzentriert und mit weit offenen Pupillen voraus.

Ein stechender Schmerz fuhr ihm in den Schädel, wie gleißendes Metall. Es fühlte sich an, als explodierten seine Augen. Schacht wollte mit vollem Druck auf die Bremse treten, verfehlte aber das Pedal. Das Lenkrad hatte er schon verrissen. Beim zweiten Blitz, der die Landschaft taghell erleuchtete, schoss der Volvo schnurgerade auf das Feld. Überschlug sich und kam auf dem Dach zu liegen. Die Zylinder liefen noch immer und verursachten ein kreischendes Geräusch. Der Geruch von Diesel breitete sich aus. Jetzt verreckte der schwere Volvomotor. Schacht hing kopfüber in seinem Gurt und spürte den Geschmack von Eisen auf seiner geplatzten Unterlippe. Der Aufprall auf das Lenkrad hatte seinen harten Schädel sonst nicht äußerlich verletzt. Aber die Gehirnerschütterung und der Gestank des Treibstoffs trieben ihn an den Rand einer Ohnmacht. Schacht suchte nach dem Verschluss des Gurtes, konnte ihn aber nicht finden. Er wusste plötzlich nicht mehr, wo oben und wo unten war. Erst als ihm das eigene Blut von außen in die Nase hineinlief, fand er Orientierung. Schacht hörte Stimmen, wie von weit her, als sprächen sie durch Watte, dann bog jemand die Fahrertür auf.

War er bei Sinnen? Er nahm wahr, ohne darauf reagieren oder sich mitteilen zu können. Wie in einem Traum, in dem man auf der Stelle bleibt, weil man sich nicht fortbewegen kann. Jemand zerrte an ihm, wollte ihn aus dem Wagen holen. Ihm war schwindelig. Er öffnete die Augen und sah über sich ein gelbes Licht. Dann tauchte in seinem trüben Blickfeld das faltige, aber freundliche Gesicht eines alten Mannes auf. Der beugte sich über ihn und betrachtete ihn lange. Schacht konnte allmählich klarer sehen und zählte Eichenblätter auf dem dunkelblauen Steg. Der Mann trug eine Prinz-Heinrich-Mütze, und sein Gesicht kam Schacht vertraut vor. Sie waren sich begegnet. Auf dem Kudamm, in jener Nacht, als Stefan Heine von einem Araber erstochen wurde.

Schacht schloss die Augen und fragte sich, ob er Gespenster sah. Ob als Nächstes ein lachender Brettschneider über das Feld spazieren würde.

Ein ächzendes, metallisches Geräusch war zu vernehmen. Jemand machte sich an dem Autowrack zu schaffen. Tischler, er hörte deutlich diesen Namen. Mehrmals. Er fantasierte nicht. Aber es machte keinen Sinn. Schacht hörte nun die Stimmen lauter.

„Seht zu, dass ihr das angezündet kriegt." – „Geht in Ordnung, Tischler. Wir wussten ja nicht, dass das ein Diesel ist."

Schacht erkannte, was der Plan war. Und konnte sich doch nicht dagegen wehren. Er ruderte hilflos mit den Armen in seinem Gurt herum. Zu dem stechenden Dunst von Diesel mischte sich nun ein angenehmerer Geruch. Whisky rann über seine Kleidung, brannte auf seiner offenen Lippe und in seiner Nase. Schacht hustete, schnaubte, öffnete gierig den Mund.

Durch seine Nebelwand hörte Schacht nun eine andere Stimme. Ob Heiner Bettler nun mit einem Fallschirm und im Smoking auf ihn herabgeflogen kam? Die Prostituierte

ACHTUNDREISSIGSTES KAPITEL

Franzi als Geschenk im Arm? Für ihn, den Praktikanten Schacht? Für einen Augenblick überwand er seine Benommenheit und spürte, wie das schwere Blut im Kopf ihm das Gehirn zerdrückte. Bettler, verflucht! Er hatte es von Anfang an vermutet. Was nun folgte, klang, als schlage jemand mehrmals kurz hintereinander auf die Karosserie des Wagens. Aber Schacht wusste, dass es Schüsse waren. Jetzt zogen ihn starke Hände endlich vollständig aus dem Wagen. Er lag vor der Fahrertür im Dreck. Hörte jetzt die feste, laute Stimme des alten Stasi-Offiziers. Auch der Name „Tischler" fiel einige Male. Schacht lag auf dem Rücken wie ein Käfer, konnte aber den Blick zur Seite drehen. Die Prinz-Heinrich-Mütze lag zwischen ihm, Schacht, und ihrem Besitzer, der wahrscheinlich nicht mehr am Leben war. „Schafft sie weg, schnell", hörte Schacht die Stimme, die nun ohne Zweifel Bettlers war. „Hoch jetzt mit ihm." Jemand hob seine Arme an, dann seinen Oberkörper. In diesem Augenblick wurde Wolf Schacht, Führer des 3. SEK-Teams und Praktikant bei der 5. Mordkommission Berlin, durch eine Ohnmacht erlöst.

JAHRGANG 36 39

Die Schmerzen hatten ihn ein paar Mal während der Fahrt geweckt. Nicht die Stimmen, es waren die starken Schmerzen, die seinen Kopf beherrschten. Es dröhnte und pochte im Stirnbereich, und er schmeckte noch immer sein eigenes Blut.

„Er ist so weit", hörte Schacht eine Männerstimme sagen, und das Geräusch von hin und her geschobenen Stühlen war zu hören. Schacht öffnete vorsichtig die Augen, und die Helligkeit tat ihm weh, obwohl nur eine Stehlampe den Raum beleuchtete. Er nahm den Geruch von Linoleum wahr, sah sich um und befühlte die alte Couch, auf der er lag. Davor ein alter Tisch mit einer Wachsdecke. Menschen sah er nicht, aber er hörte sie sprechen. Offenbar lag er in einer Gartenlaube – oder in einem Wochenendhäuschen, das die Ostdeutschen „Datsche" nannten.

Schachts Kopf dröhnte noch immer, und ihm war schwindelig. Heiner Bettler ging vor ihm in die Knie und nahm seinen Kopf in die Hände. „Na, Herr Kommissar?" Bettler wirkte an diesem Abend weniger schelmisch und sogar etwas gebrechlich. Hinter Bettler in der Tür stand eine Gestalt mit einer Sturmhaube, die denen des SEK ähnlich sah. Die Gestalt hatte eine Maschinenpistole am Tragegurt, die Schacht für ein tschechisches Modell hielt: eine CZ Scorpion Evo 3 mit 30 Schuss im Magazin.

NEUNUNDDREISSIGSTES KAPITEL

„Meine Herren, die haben Sie aber ordentlich rangenommen. Kommen Sie." Bettler half Schacht, sich aufzurichten und sitzend Platz zu nehmen. Der sah ihn fragend an, spürte aber, dass die Lebensgeister wieder in seine Glieder fuhren.

„Eigentlich müsste ich Sie in Ihrem Auto hängen lassen. Aber ich bin Ihnen etwas schuldig. Schließlich haben Sie mich nach all den Jahren endlich zu diesen Ratten geführt."

Schacht schaute fragend zu Bettler auf.

„Sie haben ja schon einiges selbst herausgefunden. Und das Kapitel ist jetzt abgeschlossen."

„Was haben Sie mit Tischler gemacht?" Zum ersten Mal seit dem Unfall hatte Schacht gesprochen. Seine Kehle war heiser und belegt.

Bettler hob die Schultern und versuchte, jene Unschuldsmiene aufzusetzen, die Schacht von ihm kannte. Es gelang ihm nicht. Der alte Stasi-Veteran schaute düster.

„In den letzten DDR-Jahren an Zirrhose verreckt. Nie wieder gesehen. Es ist vorbei."

Schacht ließe seine Schultern kreisen und spürte Prellungen, Verspannungen und eine Schürfwunde, die anscheinend von seinem Sicherheitsgurt stammte.

„Und Brettschneider ist denen in die Quere gekommen."

„Das mag sein. Allerdings wäre das noch kein Grund, ihn zu erschießen."

Bettler bückte sich und nahm die beiden Umschläge in die Hand. „Darum ging es. Um ein paar Akten. Aber wer den Inhalt kennt ..."

„Wie ist Brettschneider darangekommen?"

„Ich weiß es nicht. Aber er hatte wohl seine eigene Geschichte mit Tischler. Und ich kann auch nur vermuten, worum es dabei ging. Mit diesen Schweinereien hatten wir nie etwas zu tun."

Schacht sah, dass der Vermummte aus dem Türrahmen verschwunden war. Er tastete mit der linken Hand seine Hüfte ab. Natürlich fehlte die Pistole.

„Wollen Sie sich jetzt wieder als der moralgefestigte Stasi-Offizier mit Anstand und Ehre präsentieren?" Mit dem Leben war auch die Wut wieder in Schacht zurückgekehrt.

„Mein Junge, Sie sind frech. Wissen Sie, ich habe einmal an etwas geglaubt. Wie war Deutschland früher? Unsere Vorfahren haben sechs Millionen Menschen umgebracht, Kinder vergast. Experimente durchgeführt. Einen Krieg angezettelt, der Millionen das Leben gekostet hat. Aber das werden Sie wissen, Sie sind ja zur Schule gegangen. Mich hat man genau damit bekommen. Jahrgang 1936, Berlin zerbombt, der Vater in Kriegsgefangenschaft. Dann erwachte Deutschland wieder, und die alten Ratten waren wieder im Geschäft."

Die Szene wirkte auf Schacht wie ein bizarres Schauspiel. Wieder saß ihm Heiner Bettler gegenüber und sprach von der Vergangenheit. In einer Laube, nachts in Brandenburg. Wenige Minuten nachdem er, Schacht, nur knapp dem Tod entkommen war und Bettler einen alten Genossen liquidiert hatte. Womöglich sogar eine ganze Schar, die Gruppe Tischler. Ihm kam es vor, als versuche Bettler dieses Mal nicht, ihn zu manipulieren. Das mochte aber auch an Schachts Kopfschmerzen liegen – und seinem getrübten Vermögen, die Lage zu beurteilen.

Ein charismatischer Mann, so berichtete Bettler, habe ihn damals angesprochen, noch bevor er die Diplomatenakademie der DDR besucht habe. Er sei ganz früher einmal Journalist gewesen. „Wir treten an, um zu verhindern, dass jemals wieder Nazis das Land beherrschen", habe der Mann zu ihm gesagt.

„Mir kommen gleich die Tränen", erwiderte Schacht. Bettlers System habe Menschen von der Mauer schießen lassen,

NEUNUNDDREISSIGSTES KAPITEL

Dissidenten weggeschlossen und für wahnsinnig erklärt. Ihnen die Kinder genommen und manche davon zum Missbrauch freigegeben: als Komprimat. Nicht auszuschließen, dass Brettschneider ein solches Kind gewesen sei. Und dass er sich auf diesem Wege sogar mit HIV infiziert habe, ohne je davon zu wissen.

„Wer einmal in dem Gefüge war, konnte nicht mehr raus. Und krankhafte Sadisten gab es auch bei uns." Bettler fühlte sich ernsthaft angegriffen, sein feistes, rotes Gesicht war blass und müde. „So ist das, Junge. Die Gruppe Tischler hat es übertrieben. Deswegen haben wir das heute erledigt."

„Wer ist wir?"

Mit einem Schlag war es wieder da: das Joviale und zugleich Überhebliche an Heiner Bettler.

„Herr Schacht, ich habe meine Waffen in den Schrank gestellt, aber ich habe den Schlüssel dazu nicht weggeworfen. Auch wenn ich vielleicht bald an einem Herzinfarkt verrecke. Mit einer Mauer fällt keine Ideologie. Es gibt uns noch, in wichtigen Positionen. Und die Vernetzungen wird es immer geben. Ihr könnt nichts dagegen tun. Euer Nachrichtendienst ist auf Profit ausgerichtet, wir waren das nicht, auch wenn das in Ihren Ohren seltsam klingen mag. Die Gruppe Tischler hat alles verraten, wofür wir standen und wofür junge Menschen wie Sie kein Verständnis mehr aufbringen werden."

Bettler, der James Bond der DDR kehrte in Schachts Fantasie zurück. Ein gutes Zeichen? Bettler kletterte geschickt vom dem Dach eines rasenden Zuges in ein Abteilfenster hinein. Vermutlich, um dort einen feindlichen Agenten auszuschalten.

Schacht deutete auf den Vorraum, in dem sich der junge Mann mit der Maschinenpistole aufhalten musste. Und zwar wahrscheinlich nicht allein. „Ihre Enkel?"

„So alt bin ich noch nicht", antwortete Bettler, jetzt eher staatstragend, als verleihe er in dieser lauen Frühlingsnacht eine Tapferkeitsmedaille.

„Jungs, die wir ausgebildet haben. Wir werden sehen, wer sich durchsetzt. Es wird schwerer für uns, wenn das alles hier bekannt wird." Bettler zeigte auf die Umschläge.

„Es ist zu spät", sagte Schacht. „Es ist nicht mehr aufzuhalten, spätestens übermorgen steht es in allen Zeitungen."

„Das ist nicht gut. Für beide Seiten nicht."

Schacht blickte Bettler scharf an. „Was ist mit Tonnow? Haben Ihre Genossen den auch aus dem Weg geräumt?"

Bettler hielt ihm Stand. „Ich war mir erst nicht sicher. Aber es scheint tatsächlich ein Unfall gewesen zu sein."

„Prinz?"

„Gut möglich."

Schacht raffte sich auf und spürte einen stechenden Schmerz. Bei dem Unfall hatte er sich wohl die Kniescheibe geprellt.

„Wieso glauben Sie, dass wir Sie gehen lassen?", fragte der alte Offizier.

„Weil Sie nicht so dumm sind wie Tischler. Und weil Sie mich mögen."

Schacht schob sich an Bettler vorbei und ging in Richtung Tür. Die Mündung der Maschinenpistole nun auf ihn gerichtet, und der Mann am Abzug schaute durch seine Sehschlitze zu Bettler.

Schacht drehte sich noch einmal um. „Ich vermute, dass das hier nie stattgefunden hat und es auch keinen Sinn ergibt, morgen die Spurensicherung hierherzuschicken."

„Sie vermuten richtig. Und jetzt gehen Sie, in Gottes Namen."

Schacht drehte sich um, trat aus der Laube hinaus. Vor ihm stand ein dunkelgrüner, schmutziger Geländewagen,

NEUNUNDDREISSIGSTES KAPITEL

dessen Nummernschild entfernt worden war. Hinter dem Wagen begann ein Feldweg, der, wie Schacht richtig vermutete, zur Bundesstraße führte.

Er musste eine halbe Stunde gelaufen sein und fühlte sich wie von einem Laster überfahren. Er hörte das Brummen eines Motors hinter sich. Es klang wie von einem Traktor, stammte aber von dem Geländewagen, der sich im Schritttempo näherte. Schacht wandte sich um und sah, dass das Fahrzeug wieder ein Nummernschild hatte, das allerdings so verdreckt war, dass er es nicht entziffern konnte. Bettler steckte den Kopf aus dem Beifahrerfenster. „Steigen Sie ein, Sie sturer Hund, bis zum Ortseingang von Beelitz nehmen wir Sie mit." Schacht gehorchte, zwängte sich hinter Bettlers Sitz. Er griff in die Innentasche seiner Jacke und ertastete sein Handy, das Tischler ihm offenbar nicht weggenommen hatte. Mit dem Gerät an seiner verkohlten Leiche wäre sein Unfalltod noch glaubwürdiger gewesen. Das Display war gesprungen, das Gerät schien aber noch funktionstüchtig.

Weder Bettler noch der Fahrer, der jetzt ein Sweatshirt mit hochgeschlagener Kapuze trug, schauten zu ihm in den Rückspiegel. Schacht fragte sich, wann wohl die anderen abgehauen waren. Und was aus seinem Volvo geworden war? Den Rest der Fahrt über sprachen sie kein Wort.

ZUGRIFF 40

Das blubbernde Motorengeräusch klang wie eine Offenbarung. Eine Dreiviertelstunde später hielt der rote Mustang von Sven Dietrich am Fahrbahnrand. Als Schacht seinen Freund sah, weiteten sich seine Augen.

„Bring mir eine Waffe mit", hatte er noch am Telefon zu Quiquek sagen können, dann war das Gerät endgültig tot. Als Schacht es wieder in die Innentasche seiner Jacke gesteckt hatte, war ihm eine verknickte Visitenkarte in die Hand gefallen.

Er hatte sich in ein Bushaltestellenhäuschen am Ortseingangsschild gekauert. Seine Stirn tat immer noch weh, und wenn er mit der Hand über die Stelle strich, konnte er eine heftige Beule spüren. Aber ihm war nicht schwindelig, und er musste sich auch nicht übergeben. Die Gehirnerschütterung war nicht stark.

„Scheiße, Wolf, was ist denn hier los?", fragte Quiquek, als Schacht neben ihm im Wagen saß.

„Ich muss hier um die Ecke etwas erledigen. Und dabei brauche ich Deckung. Ich gehe zwar davon aus, dass wir maximal die Leiche einer alten Frau finden werden, aber nach diesem Tag würde mich nichts mehr wundern."

Quiquek wirkte unbeeindruckt und professionell.

„Was soll ich tun?"

VIERZIGSTES KAPITEL

„Gib mir Deckung. Wir werden zuerst in eine Garage gehen, in der ich nur kurz was untersuchen muss. Das Ganze wird 30 Sekunden dauern. Danach klingeln wir an einer Wohnung, und ich hoffe, dass sie von der alten Frau geöffnet wird."

„Is klar, wa? Du wirst mir später mal erzählen, worum es geht."

„Ja."

„Dann los."

Quiquek fuhr den Weg, den ihm Schacht beschrieb.

„Nette Gegend."

In Schachts Kopf arbeitete es. Wer hatte die beiden Umschläge an sich genommen, die er zurückgelassen hatte? Bettler mit seinen Leuten? Oder war Tischler vorher da gewesen.

„Wir sind da", sagte der dunkelhaarige Boxer und holte Schacht wieder aus seinen Gedanken.

„Okay. Auf der Rückseite des Hauses ist die Garage. Pass einfach auf, dass niemand kommt. Und wenn ja, dann mach ihn unschädlich."

Quiquek reichte Schacht einen Revolver, Kaliber .357. Das war offenkundig keine Dienstwaffe, und Schacht fragte sich, woher sein Freund die schon wieder hatte. Beschlagnahmt und vergessen abzugeben? Er wollte es nicht genauer wissen.

Quiquek postierte sich neben dem Garagentor, die Waffe in den Händen, den Finger am Abzug. Schacht fand ohne Licht zu der Werkbank und untersuchte die Unterseite der Arbeitsplatte. Nichts. Keine Schnüre, keine Umschläge, keine Reißzwecken. „Scheiße", zischte er leise und ging wieder ins Freie.

„Komm mit."

Sein Teampartner folgte. An der Haustür angekommen, spähte Schacht zu dem Fenster hoch, aus dem die Mutter von Heiko Valentin vor wenigen Stunden noch den Kopf gesteckt hatte. Es brannte Licht, das Fenster war angelehnt. Schacht drückte auf den Knopf. Keine Antwort.

Schacht gab Quiquek ein Zeichen, sich in den Hauseingang zu drücken und trat so weit von der Hauswand weg, dass man zumindest seine Silhouette vom Fenster aus sehen konnte. „Frau Valentin, hier ist Schacht von der Polizei."

Er sah keine Bewegung am Fenster, aber der Summer an der Haustür war zu hören. Schachts Wirbelsäule stand in Flammen, das Gefühl überlagerte sämtliche Schmerzen, die er kurz vorher noch verspürt hatte. Wer befand sich in der Wohnung?

Er holte seine Waffe hervor, nahm sie in Anschlag, Quiquek stieg hinter ihm durch das dunkle Treppenhaus.

„Ich wusste, dass Sie wiederkommen würden."

Helga Valentin stand in der Tür, in einem gestreiften Morgenmantel.

„Warum?"

„Weil Sie nicht alles mitgenommen haben." Sie hielt ihm die beiden Umschläge mit den Aufschriften „Kopie" entgegen.

„Wann haben Sie die geholt?"

„Kurz nachdem Sie weg waren. Ich habe mir gedacht, dass mein Sohn dort etwas versteckt hatte."

„War jemand bei Ihnen?"

„Ich glaube, es war ein Mann in der Garage. Er hat auch meine Wohnung geöffnet, aber ich war bei meiner Nachbarin. Irgendwie hatte ich das Gefühl, dass ich heute nicht zu Hause bleiben sollte."

Schacht trat einen Schritt auf die Frau zu und nahm sie fest in den Arm. Quiquek staunte nicht schlecht.

„Das haben Sie gut gemacht."

„Werden Sie es herausfinden, was mit Heiko geschehen ist?"

VIERZIGSTES KAPITEL

„Ich bemühe mich."

Eine Minute später blubberte der Ford Mustang an der verwunschenen Ruine der Beelitzer Heilstätten vorbei. Über den Spargelfeldern lag jetzt eine sternenklare Nacht. Die Ernte am nächsten Morgen würde reichhaltig werden.

„Und jetzt?", fragte Quiquek. Sie hatten die Stelle erreicht, an der Schacht in die Blitzfalle geraten war, fuhren aber vorbei. Von dem Unfallwagen war nichts zu sehen, was aber auch an der Dunkelheit liegen mochte.

„Zu dir. Ich schmeiße dich dort raus. Ich brauche deinen Wagen."

Quiquek legte die Stirn in Falten. „Is klar, wa? Du glaubst doch wohl nicht im Ernst, dass ich dich jetzt allein lasse. Wo ich nicht einmal weiß, worum es geht."

„Doch, genau das wird passieren. Ich ziehe dich da nicht mit rein. Ende der Diskussion."

Der Teamführer hatte gesprochen.

DER PRAKTIKANT₄₁

Als Nadja Swoboda um 4.47 Uhr ihr Fahrrad vor dem Büroturm abstellte, glitzerte noch das fade Mondlicht in der Spree. Der „Molecule Man", eine haushohe Skulptur, die drei menschliche Silhouetten zeigte, schwebte über dem Wasser. Die Figuren sollten für das Zusammentreffen dreier Berliner Stadtviertel stehen: Treptow, Kreuzberg, Friedrichshain. Auf Nadja Swoboda wirkte die Skulptur eher, als würden drei Männer miteinander ringen. Der Turm, in dem sich ihr Redaktionsbüro befand, trug den originellen Namen „Treptower". Zum ersten Mal, seit sie vor zwei Monaten ihr Praktikum beim Frühstücksfernsehen begonnen hatte, lag etwas für sie am Empfang.

Nadja Swoboda war noch müde von der kurzen Nacht, sie schaltete aber schnell und fuhr, bevor sie jemand von der Redaktion gesehen hatte, wieder mit dem Fahrstuhl nach unten. Verstohlen blickte sie sich um und lief dann einige Schritte zum Spree-Ufer hinunter. Aus der Ferne dröhnten die Bässe einer Techno-Party. Nadja Swoboda setzte sich an den Rand des Uferweges und öffnete den Umschlag. Sie fröstelte und zog sich ihre Baskenmütze über das linke Ohr.

Die Akten und vergrößerten Mikrofiche-Abzüge konnte sie nicht sogleich zuordnen. Sie sah Einsatzberichte, Beurteilungen. Und einige Fotos. Gott sei Dank hatte ihr Smartphone eine App mit einer Taschenlampe. Sie griff in ihre

EINUNDVIERZIGSTES KAPITEL

Handtasche und sah eine Benachrichtigung von ihrer Mailbox. Der Anruf musste eingegangen sein, als sie sich im Fahrstuhl befand.

Nadja Swoboda drückte die Kurzwahltaste, um die Nachricht abzuhören: „Guten Morgen, hier spricht der Praktikant. Sie sollten dafür sorgen, dass sich niemand von ihren Kollegen in die Geschichte drängt. Sagen Sie, Sie hätten dafür lange recherchiert. Lassen Sie sich das nicht aus der Hand nehmen. Und wenn Sie im Archiv kein Mikrofiche mehr haben, versuchen Sie es ab neun mal in der Staatsbibliothek. Am Potsdamer Platz."

AUS VERSEHEN 42

Als Schacht an diesem Morgen in der Remise sechs gebratene Eier frühstückte und dabei Ringo, dem Kater, beim Herumliegen zusah, fiel ihm ein, dass er etwas Wichtiges vergessen hatte: Quiquek zum Geburtstag zu gratulieren. Das Bild vom starken Uli hing noch immer nicht gerade. Er korrigierte das sorgfältig, ging dann ins Bad, um sich zu rasieren und in ein gebügeltes, weißes Hemd zu schlüpfen. Es war beinahe halb zwei. Er hatte die Unterlagen sorgfältig geordnet und sortiert. Die Akten und Papiere befanden sich als Scans auf einem Datenstick, ebenso die Kontaktabzüge und Fotos. Er fragte sich, warum Brettschneider das Material an einem einzigen Ort deponiert hatte und ob es noch weitere, elektronische Kopien gab.

Dann machte er sich auf nach Zehlendorf, wo er um Punkt zwei vor dem Eisentor der Backsteinvilla am Seeufer stand. Staatssekretär Arnold Tiedge, sein Auftraggeber und Verbündeter, hatte zugestimmt und für das Treffen eine Sitzung abgeblasen.

„Steht Ihr Angebot noch, mir politisch den Rücken freizuhalten?" Selbstverständlich, das Sicherheitskonzept für die Bewerbung Berlins für Olympia 2024 sei nicht ganz so eilig. Und bei Weitem nicht so brisant.

Wind kam auf, die Blätter der alten Bäume neben der Villa rauschten. Schacht mochte den wuchernden Garten,

ZWEIUNDVIERZIGSTES KAPITEL

der offensichtlich bewusst verwildern sollte, weil es dem Anwesen einen eigenen Charme verlieh. Arnold Tiedge trug dieses Mal keine Freizeitkleidung im englischen Stil, sondern einen maßgeschneiderten, dunkelblauen Anzug mit steigendem Revers. Anstelle einer Krawatte hatte er einen beigefarbenen Ascot-Schal unter den Hemdkragen gebunden. Das Hemd war gestärkt und sah ebenfalls nicht wie Konfektionsware aus. Der Labrador sprang auf Schacht zu, wedelte erregt mit dem Schwanz und ließ sich von ihm streicheln.

„Wir haben Glück", lachte Tiedge ihn an und schüttelte ihm herzlich und fest die Hand.

„Sturmfreie Bude, meine Frau ist mit den Kindern bei ihren Eltern. Kommen Sie herein."

Schacht folgte ihm, wollte seine Jeansjacke zunächst an einen dafür vorgesehenen Haken im Eingangsbereich hängen, behielt sie aber dann doch an.

„Gehen Sie nach oben, erste Tür rechts. Da ist mein Arbeitszimmer. Ich hole den Wein. Oder was Stärkeres?"

„Am besten beides."

„Was ist mit Ihrem Kopf, das sehe ich ja jetzt erst im Licht?"

Tiedge wirkte ehrlich besorgt auf Schacht.

„Ich hatte einen kleinen Autounfall, aber ich bin okay."

„Daher der Ersatzwagen. So ein Mustang passt gar nicht zu ihnen." Schacht lächelte stumm. Tiedge schien seine Gäste aus dem Fenster zu beobachten. Oder das Anwesen war bis zur Straße mit Kameras bestückt.

„Wollen Sie etwas zum Kühlen? Als Vater kleiner Kinder habe ich so etwas immer im Haus?"

„Nein, alles okay."

Schacht ging in den beschriebenen Raum, wo ein antik wirkender Globus, der von innen beleuchtet wurde, ein war-

mes Licht verbreitete. Er hörte Schritte, und wenig später balancierte Tiedge ein Tablett herein. Darauf standen zwei Weingläser, eine Flasche Bordeaux St. Emilion 2002 und zwei bereits großzügig eingeschenkte Whiskygläser.
„So, Wolf. Bedienen Sie sich."
Dann setzte sich der Staatssekretär hinter seinen schweren alten Holzschreibtisch, während Schacht auf einem Ledersessel davor Platz nahm.
„Was gibt es? Wo kann ich helfen."
„Wir haben eine Ratte im eigenen Nest."
Tiedge nahm einen großen Schluck Whisky aus dem Kristallglas und bewegte ihn im geschlossenen Mund hin und her. Er schaute interessiert. Nicht überrascht.
„Das ist noch nicht so schlimm. Was ich Ihnen zeigen werde, stellt alles auf den Kopf, woran ich bisher geglaubt habe. Ich kann nur mit Ihnen darüber reden, denn Sie sind gegen diese Leute einmal angetreten."
Tiedge verstand, das war deutlich zu sehen. Er hatte nach der Wende für das BKA gearbeitet. Stasi-Strukturen aufgespürt. Und SED-Vermögen. Erst jetzt schien ihm der braune, wattierte Umschlag im Überformat aufzufallen, den Schacht mit sich hereingetragen hatte.
„Okay, dann zeigen Sie mal her."
Schacht öffnete den Umschlag, den er nicht zugeklebt hatte und gab dem Politiker die erste Akte. Tiedge zog den Stapel hervor, Schacht hatte die Fotos nach oben gelegt. Tiedge zog die Schublade seines Schreibtisches auf, holte eine Lesebrille hervor und beugte sich nach vorn.
„Das hier ist Horst Schmelzer", sagte Schacht. Und als Tiedge nicht reagierte, fügte er hinzu: „der Leiter der 5. Mordkommission."
Tiedge schien Schmelzer nicht zu kennen und für eine Sekunde kam es Schacht vor, als sei er darüber sehr erleichtert.

ZWEIUNDVIERZIGSTES KAPITEL

Der Staatssekretär brummte. „Der Beamte, der Ihnen das Leben schwer gemacht hat?"

Schacht nickte.

Tiedge blätterte die Kontaktabzüge durch.

„Der werte Kollege hat sich wohl mit Stasi-Prostituierten eingelassen. Man müsste jetzt mal herausfinden, ob das auf westlichem oder auf DDR-Territorium passiert ist." Er blätterte weiter zur entsprechenden Akte. Schacht hatte sie selbst sortiert.

„Hier steht es. Maßnahmenplan zur Anwerbung. Aussicht durch Komprimat als sehr hoch einzustufen", Tiedge pfiff durch die Zähne. „Er wollte sicher nicht, dass seine Frau das mitbekommt."

Tiedge schien sich mit solchen Dokumenten auszukennen.

„So sieht es aus."

„Wo war Schmelzer damals? In West-Berlin?"

„Irgendwo bei der Kripo, aber das war der Stasi sicher egal, Hauptsache, sie hatten ein U-Boot in der Behörde."

Tiedge las in den Akten, raunte etwas vor sich hin. Schacht sah ihm zu und nippte an seinem Whisky. Er wollte nüchtern bleiben, bis er das Gespräch beendet hatte.

Die Brille half nicht mehr. Tiedge griff jetzt zu einer Lupe mit integrierter Leselampe. „Hier. Der Kandidat ist gerade Vater geworden. Die Wahrscheinlichkeit, dass die Ehe mit seiner Frau in die Brüche geht, erscheint hoch. Vorschlag: Druckwerbung mit Komprimat." Er schaute auf zu Schacht und zwinkerte ihn an. „Also haben die ihn angesprochen und erpresst."

„Genau."

Tiedge schien Gefallen daran zu finden und sich dabei nicht zu fragen, ob Schacht die Akte wohl bereits gelesen hatte.

„Hier. Der Werber und der künftige Instrukteur streben Treffen mit Kandidat im Operationsgebiet an, also schätzungsweise in West-Berlin. Wie konnte das nur durchrutschen? Es wurde doch umfangreich geprüft."

„Das ist eben das Material der HV A, der Auslandsspionage. Das wurde größtenteils vernichtet, aber es gibt immer noch Überraschungen, wie man hier sehen kann."

Tiedge betrachtete ihn anerkennend. Von einem SEK-Schläger hatte wohl auch er etwas anderes erwartet.

„Landesverrat, geheimdienstliche Agententätigkeit. Der Mann hat den Kopf voll. Plus Ehebruch." Tiedge ließ von den Unterlagen ab, fand sein Glas leer und griff nach einem Rotweinkelch.

„Das ist schon mal nicht schlecht, aber solche Fälle gibt es viele. Haben Sie noch mehr?"

Schacht reichte ihm den ganzen Stapel. Tiedge nahm ihn entgegen. Er pfiff durch die Zähne, die schon einen dunklen Schimmer offenbarten. Es schien nicht der erste Wein zu sein, den er sich an diesem Tag genehmigte. Er schaute auf die Namen, die auf den Aktendeckeln geschrieben standen. Die Namen der Prominenten. Der Politiker und Sportler, der Journalisten und der Industriellen. Nachdem er alle überflogen und das Ausmaß der Sache erkannt hatte, lehnte er sich in seinem Sessel zurück. Schacht bemerkte, dass Tiedges rechte Hand ein wenig zitterte. „Und das sind alles nur die Kandidaten, die von einer einzigen wilden Gruppe angeworben wurden. Und die vielleicht auch heute noch erpresst werden."

Tiedge erhob sich, warf dabei sein halbgefülltes Rotweinglas um. Schacht, vorschnellend wie ein Blitz, fing es auf und rettete damit die Unterlagen. Der Staatssekretär nickte dankend. Er wirkte nun abwesend auf Schacht. Etwas arbeitete in ihm.

ZWEIUNDVIERZIGSTES KAPITEL

„Vielleicht hat Brettschneider über seine Staatsschutzkontakte Wind davon bekommen und wollte seinen Anteil. Vielleicht kannte er eine Zielperson, Thilo Prinz zum Beispiel. Dafür hat er dann von denen die Rechnung bekommen. Wussten Sie, dass Brettschneider als Kind in einem DDR-Heim eingesessen hat?"

Tiedge zog wieder die Schublade seines Schreibtisches auf und suchte etwas, das Schacht nicht sehen konnte. Er spürte aber, dass der Staatssekretär ihn nicht aus den Augen ließ. Schließlich kramte er eine Packung Players Virginia No. 6 heraus und bot Schacht eine an. Der hob dankend die Hand.

„Wissen Sie was, Wolf, ich habe mich entschieden. Das alles ist unter Vorbehalt, aber man hat mir die Leitung des Bundesamtes für Verfassungsschutz angetragen. Auch wenn ich dafür nach Köln ziehen muss. Das, was Sie da aufgedeckt haben, das sind die wahren Probleme. Wir werden immer noch erpresst, gesteuert. Können uns wegen dieses ganzen Drecks nicht so selbstständig präsentieren, wie wir das tun müssten." Er schenkte sich Rotwein nach. „Haben Sie noch?" Er hielt den Wein in die Luft. Schacht war noch nicht einmal mit dem Whisky fertig.

Er wolle, so erklärte Tiedge ihm jetzt wieder deutlich ruhiger, diesen „Krieg" gewinnen. Das habe nichts mit übermäßigem Patriotismus zu tun. „Aber ich habe wirklich die Nase voll davon, dass fremde Mächte hier tun und lassen können, was sie wollen. Selbst einen Kerl wie Brettschneider haben die letztlich bekommen. Nämlich durch seine Gier."

Schacht horchte auf, Tiedge hatte wieder Platz genommen hinter seinem antiken Schreibtisch, der sicher so viel wie Schachts Volvo wiegen musste. Oder was davon noch übrig war.

„Ich brauche Sie, Wolf."
„Wofür?"

„Kommen Sie mit mir zum Verfassungsschutz. Das Wort ist scheiße, ich weiß. Aber es ist nun einmal der Inlandsnachrichtendienst. Kommen Sie mit mir, und arbeiten Sie für mich. Das mit der Versetzung kriege ich hin. Ich brauche Leute wie Sie, die anders denken und handeln."

Schacht tat so, als überdenke er dieses großzügige Angebot. „Ich freue mich sehr, dass Sie so viel von mir halten. Aber ich fürchte, das ist nicht meine Welt."

„Überlegen Sie es sich in Ruhe. Vielleicht sehen Sie das Ganze morgen ja anders."

„Morgen wird nichts mehr sein wie heute." Draußen hatte es sich zugezogen, es wurde deutlich dunkler in dem Arbeitszimmer. Schacht griff in die Innentasche seiner Jacke und legte noch ein weiteres Kuvert vor Tiedge hin. Der griff nach einem Brieföffner in Form eines zweischneidigen Dolches und schnitt es auf. „Was ist das, Ihr Kündigungsersuchen? Ein bisschen viel Papier dafür." Der Staatssekretär bemühte sich um ein Lachen, fand in dem Umschlag einen Stapel weitere Bilder und zog sie hervor. Es waren, wie die von Schmelzer, Kontaktabzüge in Schwarz-Weiß. Schacht hatte sich nicht vorstellen können, dass ein vor Eleganz und Gesundheit nur so strotzender Mann innerhalb von Sekunden um Jahrzehnte altern konnte.

Die Haare hatte Tiedge auch schon damals etwas länger getragen, nach hinten gekämmt und Gel benutzt. Auch in dieser grotesken Szene. Tiedges Gesicht wirkte darauf verzerrt, abwesend, war aber deutlich zu erkennen. Es gab einige Close-ups davon. Auf anderen Fotos sah man seinen schlanken Körper vollständig und nackt. In dem – anscheinend mit Rotlicht – abgedunkelten Raum wirkte seine blasse Haut gespenstisch. Er stand vor einem Stuhl, auf dem ein schmächtiger Junge saß. Gefesselt, nicht mehr als elf Jahre alt. Tiedge hatte seine Hände um den Hals des Kindes ge-

ZWEIUNDVIERZIGSTES KAPITEL

krampft. Schacht hatte nicht genauer hingesehen. Nur den erigierten Penis Tiedges hatte er erkannt – und gesehen, wo dieser sich befand.

Auf den anderen Bildern, die offenbar in einer schnellen Serie aufgenommen waren, war Hektik zu sehen. Bewegungsunschärfen. Tiedges Gesicht schien panisch, er sprang vermutlich in dem Raum herum. Der Kopf des Kindes hing leblos auf der Brust. Eine andere Aufnahme zeigte Tiedge neben dem Kind am Boden liegen. Würdelos, verzweifelt, flennend und dabei berauscht.

Schacht kannte die Motive, sein Blick lag während dieser Sekunden auf dem Staatssekretär. Die Virginia lag kokelnd in dem schweren Aschenbecher aus Quarz. Sie löste sich jetzt von selbst auf. Tiedge hatte seine Hände auf das Gesicht gelegt, Schacht hörte ihn stoßweise atmen.

Tiedge schnaubte, entschuldigte sich mit einem geflüsterten „pardon", griff dann blitzschnell in seine Schublade und holte eine halbautomatische Polizeipistole daraus hervor. Aber als er aufblickte, schaute er bereits in die Mündung von Schachts Sig Sauer. Das Licht der kleinen Lampe darunter blendete ihn.

Gut, dass er sich von Quiquek eine ordentliche Dienstwaffe geliehen hatte, dachte Schacht bei sich.

Tiedge hielt inne. Schaute auf die Pistole, besann sich und legte seine Waffe vor sich auf die Schreibplatte.

„Und was wollen Sie jetzt hören?" Seine Stimme klang nicht souverän, aber trotzig. Tiedges Reflexe funktionierten also noch.

Er habe, so begann Schacht, in den letzten Stunden genügend Zeit gehabt, um sich ein eigenes Bild zu machen. Tiedge könne zuhören und ihm sagen, an welcher Stelle er falsch liege.

Der Staatssekretär antwortete nicht. Schacht bedeutete ihm, die Pistole noch ein Stück mehr außer Reichweite zu schieben, und behielt sie im Auge. Dann begann er zu reden. Tiedge sei ein Päderast, und die Stasi habe das herausgefunden. Als BKA-Mann zuständig für die Organisierte Kriminalität sei er ein dicker Fisch gewesen. Viele Einblicke in das operative Geschäft. Nach der Wende habe die Gruppe Tischler, die seiner Neigung nachgespürt hatte, ihn weiterbenutzt. Und ihn vor allem ermutigt, sich für die Jagd auf die Stasi und die SED-Vermögen zu bewerben. „So musste niemand Angst davor haben, dass ein anderer den Job macht. Und vielleicht konnten Sie auch mal was geradebiegen, wenn die Schwierigkeiten hatten."

Schacht pokerte. Es waren Vermutungen, die Tiedge aber schweigend quittierte. Erst jetzt genehmigte Schacht sich einen größeren Schluck Whisky.

„Sie sind erpresst worden, über die Jahre hinweg. Und irgendwann hat Heiko das mitbekommen. Ich vermute, dass die Stasi-Jungs nicht zu Ihnen nach Hause kamen und Sie sich mit ihnen an anderen Orten trafen und deswegen Ausreden brauchten, um auf den Personenschutz zu verzichten. Er wird Sie observiert haben. Und dann wollte er etwas von dem Kuchen abhaben. Vielleicht hat er dabei sogar Tischler wiedererkannt, den Stasi-Mann, der sich jahrelang für seine Schweinereien in DDR-Heimen bediente. Bis hierhin richtig?"

Tiedge starrte teilnahmslos aus dem Fenster, widersprach ihm aber nicht. Schacht fühlte sich ermutigt, seine Spekulationen schienen ihm jetzt schlüssiger als je zuvor. Tiedge habe einer angeblichen Geldübergabe zugestimmt und sich mit Brettschneider im Südosten von Berlin verabredet. Im Auto habe er dem Leibwächter mit vorgehaltener Waffe die Sig Sauer abgenommen und ihn dann damit erschossen, um die Selbstmordtheorie stützen zu können."

Tiedge schüttelte den Kopf und bat Schacht darum, sich noch eine Virginia anstecken zu dürfen. Er blies den Rauch

ZWEIUNDVIERZIGSTES KAPITEL

durch seine Nasenlöcher aus und beteuerte, dass er mit Brettschneiders Ermordung nichts zu tun habe. Schacht glaubte ihm, ließ sich aber dennoch nicht aus dem Konzept bringen.

Jemand bei der Stasi-Unterlagenbehörde habe für die Gruppe Tischler Akten ausgegraben – oder wahlweise verschwinden lassen. Ob Stefan Heine selbst dieser Mitwisser gewesen sei oder ob Heine einem solchen auf die Spur gekommen sei, könne er noch nicht sagen.

Auf den Namen des ermordeten Wissenschaftlers zeigte Tiedge keine Reaktion. Er wirkte ahnungslos und mit sich selbst beschäftigt. „Tischlers Leute mussten ihren Diamanten schützen, der nun schon Staatssekretär war. Und weiter war auf dem Weg nach oben."

Während Schacht seine Version der Geschichte mit ruhigen Worten referierte, wurde ihm deutlich wie nie zuvor, welche Lücken es noch gab.

Hatte Brettschneider alias Heiko Valentin den Staatssekretär wirklich erpresst? Oder hatte er die Angelegenheit zu Thilo Prinz getragen, um sie vor einen parlamentarischen Ausschuss zu bringen? Hatte er beides tun wollen – Tiedge abkassieren und dann trotzdem ans Messer liefern? Was war aus der schönen Hure Holly Mertens geworden? Würde sie jemals wieder auftauchen? In einer Sache gab es für Schacht allerdings kaum Zweifel mehr.

„Der Mordkommission und den Staatsschützern haben Sie wahrscheinlich erzählt, dass ich ein gefährlicher Türeintreter sei, dem man den Fall entziehen müsse. Damit Sie allein Einfluss nehmen konnten."

Tiedge stand auf und ging wie ferngesteuert auf das große Fenster zu, dessen Scheibe bis zum Boden reichte und vor der sich die Bäume immer noch im Wind wiegten. Schacht folgte seinem Gang mit der Pistole.

„Sie sind gut, Wolf. Wir haben selbst nie herausgefunden, wie Heiko an die Unterlagen gekommen ist. Er hat sie mir beschrieben. Nicht gezeigt, aber beschrieben."

„Sie perverses Schwein", entfuhr es Schacht.

Tiedge blickte nun auf ihn herab. Sein Haar fiel ihm in Strähnen in die Stirn, der Ascot-Schal an seinem Hals war verrutscht. Tiedge wirkte auf Schacht nun wie ein trauriger Professor, der einem jungen Menschen die Schicksale und Wendungen der Welt erklärt. Tiedge habe sich nie zu Männern hingezogen gefühlt. Und schon gar nicht zu Kindern. Bei einer Fahndung sei ihm eines Tages kinderpornografisches Material in die Hände gefallen. Er habe es ansehen müssen, von Dienst wegen, dann immer wieder. Schließlich habe er jeden Tag daran gedacht. In Amsterdam habe er sich einige Male im Milieu herumgetrieben. „Ich dachte, wenn ich es einmal machte, wäre es vielleicht vorbei. Ich habe es damals nicht getan, aber die waren längst an mir dran."

Tiedge lernte Geschäftsleute aus Holland kennen, es wurde getrunken, er hatte Sex mit einem Jugendlichen. Aber es reichte nicht. Er wollte mehr Macht und es wieder tun, bis zu jenem Tag.

„An dem Sie zum Mörder wurden", unterbrach ihn Schacht. Tiedge hatte die ganze Zeit über auf die Straße und den See geschaut. Schacht überlegte, ob er dort jemandem ein Zeichen geben wollte. Das Festnetztelefon im Erdgeschoss klingelte nun einige Male. Beide ignorierten es.

„Das war kein Mord, Wolf. Das war Sado-Maso. Ich kann es nicht vergessen. Jeden verdammten Tag sehe ich es vor mir. Sie sagten, es sei einer, der sich etwas dazu verdienen will. Den man auch etwas härter rannehmen kann."

Schacht wurde mit einem Mal kotzübel. Er konnte nicht sagen, ob es die Nachwirkung der Gehirnerschütterung, der Whisky oder Tiedges abscheuliches Geständnis war.

ZWEIUNDVIERZIGSTES KAPITEL

Es sei ein „Rollenspiel" gewesen. Er, Tiedge, sei auf Drogen gewesen, exstatisch. Und habe die Kontrolle verloren. „Dabei ist der Junge dann wohl erstickt."
Tiedge war fertig. Mehr würde nicht kommen. Und Schacht hatte auch genug.
„Und jetzt?", fragte der Staatssekretär. Sein Tonfall klang beinahe wieder optimistisch, so als habe er nur in Erinnerungen geschwelgt und sei nun wieder ganz bei sich.
„Was glauben Sie? Dass ich jetzt einfach gehe und zu Hause einen Film anschaue?"
„Nein." Tiedge lächelte traurig und ging auf seinen Schreibtisch zu. Nun stand Schacht am Fenster – ein Auge auf die Straße, das andere auf Tiedges Waffe gerichtet. Unten rührte sich etwas. Ein Lieferwagen, der vermutlich frische Wäsche in die benachbarten Villen lieferte.
„Wie ist es am sichersten?", fragte der Staatssekretär halbwegs gefasst und sachlich. Schacht antwortete mit Eiseskälte in der Stimme. Unten klingelte wieder das Telefon. Erst jetzt fiel Schacht auf, dass Tiedge in seinem Arbeitszimmer keinen Apparat besaß.
„Die Mündung von unten gegen den Gaumen pressen und abdrücken. Dann geht das weiße Licht an."
Tiedge angelte sich die Waffe mit Fingerspitzen, hielt sie weit von Schacht weggerichtet und lud gekonnt eine Patrone in den Lauf. Zum ersten Mal sah Schacht in diesem Mann einen Polizisten.
„Ich mag Sie. Ich hätte gern mit Ihnen zusammengearbeitet", murmelte Tiedge.
Schacht erwiderte nichts.
Tiedge nahm die Waffe in die Hand und setzte sie so an, wie ihm empfohlen worden war. Draußen an dem Lieferwagen öffnete sich eine Schiebetür, und ein Scheppern war zu vernehmen. Ein Kamerateam war ausgestiegen und der As-

sistent hatte zwei schwere Lichtstative samt Scheinwerfern auf das Kopfsteinpflaster fallen lassen. Schacht hörte eine Männerstimme fluchen, die ihm bekannt vorkam.

Der Praktikant Wolf Schacht hatte alles richtig gemacht, obwohl ihn die erfahrenen Kollegen dabei fast allein gelassen hatten. Ein kapitaler Fehler war ihm nicht vorzuwerfen. Und das bei seinem ersten Fall, aus dem binnen einer Woche gleich drei Fälle geworden waren.

Zum ersten Mal, und für den Bruchteil einer Sekunde, fühlte sich Schacht wie ein Idiot. Er hörte den Schuss und sah plötzlich viele Menschen, die ihm in der zurückliegenden Woche begegnet waren. Und in den Jahren davor. Zum Schluss winkte ihm Alice freudestrahlend aus den Fluten des Ozeans zu. Mit einem Arm. Aus dem Stumpf ergoss sich noch immer scharlachrotes Blut. Er fühlte einen Schlag gegen die Brust. Das Blei bohrte sich durch Haut und Knochen und blieb – das war die neue Munition der Polizei – in seinen Eingeweiden stecken. Übel war ihm auch vorher schon gewesen. Jetzt spürte er nichts mehr.

Wolf Schacht kehrt zurück mit
Gefahrensucher
www.wolf-schacht.de